Margaret Jardas

Das Halsband der Königin von Saba

PIPER

Zu diesem Buch

Lilith, Tochter der Schankwirtin Yala und des Händlers Nikomedes, ist mit ihrer hellen Haut und ihren weizenblonden Haaren eine auffällige Schönheit. Dadurch erregt sie die Eifersucht ihrer Mutter, denn auch deren Geliebter Rahib, General der Königin von Saba, will Lilith besitzen. Er beginnt die junge Frau zu umwerben, beschenkt sie mit Juwelen, mit Gold und wohlriechenden Essenzen. Lilith aber findet den grobschlächtigen, brutalen Mann widerwärtig. Ihr Herz gehört dem verträumten Kameltreiber Sami. Als Rahib jedoch droht, ihren Liebsten zu töten, wenn sie ihn nicht erhört, folgt sie dem General widerwillig in den Palast. Ihre Verachtung aber steigert noch seine Besessenheit, so dass er sogar das Halsband der Königin stiehlt, um es Lilith umzuhängen. Vom prunkvollen Hofleben unbeeindruckt, hat diese jedoch nur ein Ziel: gemeinsam mit Sami zu fliehen ... Mit sinnlicher Erzählkraft entführt Margaret Jardas den Leser in die faszinierende Welt der legendären Königin von Saba und auf die abenteuerlichen Karawanenwege der berühmten Weihrauchstraße bis hinauf an die Küste des Mittelmeers.

Margaret Jardas, in München geboren, studierte Kunstgeschichte und Archäologie sowie verschiedene alte und neue Sprachen. Sie arbeitete als Journalistin und einige Jahre auch als Reiseleiterin für Studienreisen in die Länder der arabischen Welt. Nach »Der Mann aus Israel« und »Der Zauber von Benghasi« ist »Das Halsband der Königin von Saba« ihr erster historischer Roman.
Weiteres zur Autorin: www.margaret-jardas.de

Margaret Jardas

Das Halsband der Königin von Saba

Historischer Roman

Piper München Zürich

Mehr über unsere Autoren und Bücher:
www.piper.de

Mix
Produktgruppe aus vorbildlich bewirtschafteten Wäldern und anderen kontrollierten Herkünften
FSC
www.fsc.org Zert.-Nr. SGS-COC-2452

Originalausgabe
Oktober 2009

Umschlaggestaltung: semper smile, München
Umschlagabbildung: Sir Frank Dicksee/Leeds Museums and Galleries, U.K / Bridgeman Berlin
Satz: Filmsatz Schröter, München
Papier: Munken Print von Arctic Paper Munkedals AB, Schweden
Druck und Bindung: C. H. Beck, Nördlingen
Printed in Germany ISBN 978-3-492-26329-0

Teil 1

Lilith

In der Oase Marib im
8. vorchristlichen Jahrhundert

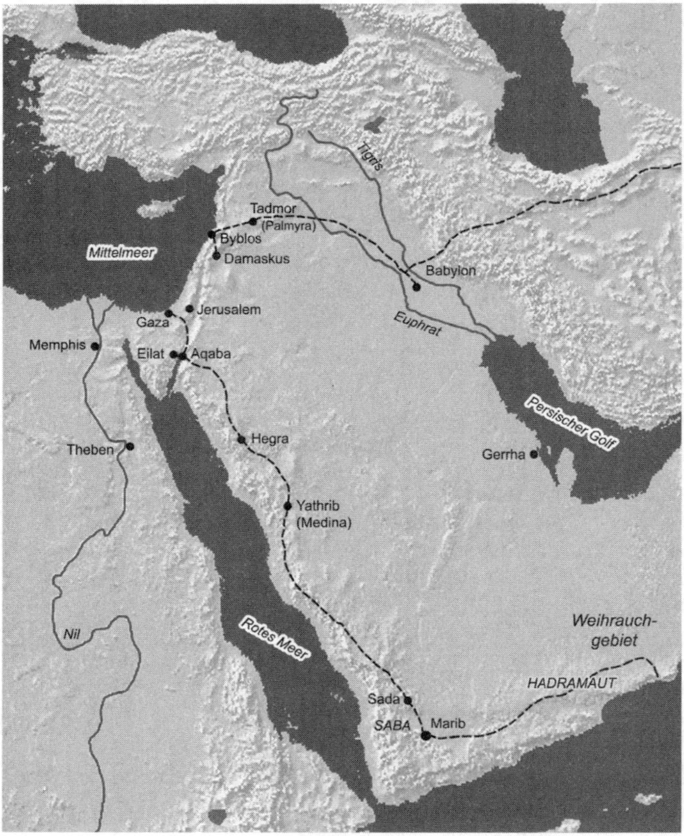

Tigris
Tadmor
(Palmyra)
Byblos
Mittelmeer
Damaskus
Babylon
Jerusalem
Gaza
Euphrat
Memphis
Eilat
Aqaba
Persischer Golf
Hegra
Theben
Gerrha
Yathrib
(Medina)
Weihrauch-
gebiet
Nil
Rotes Meer
HADRAMAUT
Sada
Marib
SABA

1

»In Babylon schneidet man unwilligen Weibern die Brustwarzen ab«, sagte er lächelnd. Er hieß Rahib und war der Geliebte ihrer Mutter.

In der Schankstube war es dämmrig, im Licht der flackernden Öllämpchen konnte Lilith sein Gesicht nur undeutlich erkennen. Aber sie spürte seinen gierigen Blick, wusste, dass er seine Augen über ihren Körper gleiten ließ. Das Mädchen mochte ihn nicht, fand ihn widerwärtig. Was wollte er überhaupt von ihr? Er war schließlich der Geliebte ihrer Mutter.

»Das Ungeheuer kommt!«, rief sie, immer wenn sie ihn rechtzeitig den lehmigen Weg heraufgehen sah, der zum Wirtshaus führte. Und sie und ihre beiden Schwestern nahmen dann Reißaus, versteckten sich, bis der grobschlächtige Kerl das Haus wieder verlassen hatte. Die Mädchen mochten ihn alle nicht.

Er kam und ging, wann es ihm passte, und schmiss seine Gaben auf den Schanktisch. Weihrauchbrocken, gemahlene Hirse, Oliven, Früchte, gewebte Tücher, manchmal ein paar Goldstückchen. Dann dirigierte er mit einer herrischen Handbewegung ihre Mutter in den ersten Stock. Und Yala, die Mutter, ließ alles stehen und liegen und huschte mit erröteten Wangen die Treppe hinauf.

Was fand sie nur an diesem plumpen Kerl, dachte Lilith oft. Warum wartet sie nicht, bis Vater heimkehrt. Kann es sein, dass Papa ihr nicht gut genug war? Du stinkst nach Kamelmist, hatte Lilith ihre Mutter oft sagen hören, wenn der Vater von einer seiner Reisen zurückgekehrt war. Er war Karawanenführer und sehr oft unterwegs. Und Rahib war ein General, kam jedes Mal aus dem Palast der Königin zu ihrer Mutter und nicht aus einer der verdreckten, übel riechenden Strohhütten vor der Stadt. Er trug teure Stoffe und fein ziselierte Schmuckreifen an den feisten Oberarmen.

Lilith stieß seine Hand weg, die sich ihrer Brust nähern wollte, und schüttelte verächtlich lachend ihre Haarmähne.

»Binde dir die Haare zusammen!«, zischte ihre Mutter, die gerade die Treppe herunterkam und ihr Hüfttuch ordnete.

»Brauch ich nicht«, rief Lilith und streckte ihr die Zunge heraus. »Ich bin ja kein schwarzer Krauskopf wie du!«

In der Tat, Lilith hatte nicht die schwarzen, schweren Haare der Frauen Südarabiens, die wie verfilzte Wolle vom Kopf standen und nur durch fest gezurrte dünne Zöpfchen einigermaßen geglättet wurden und für kurze Zeit ebenmäßig auf die Schultern fielen. Sobald es feucht wurde oder gar regnete, zogen sich die Haare wieder zusammen wie ungeschorener Schafspelz. Da halfen kein Kämmen, keine Öltinktur, keine Perlchen, die eingeflochten wurden, keine Gewichte, die an die unteren Enden der Haare gehängt wurden. Das Haar kräuselte sich wie ein feuchter Kamelschweif.

Lilith hatte diese Sorge nicht. Ihr Haar war glatt und dicht, fiel ihr in leichten Wellen bis über den Rücken, und wenn es schmutzig war, genügte es, wenn sie es mit dem Saft des überall wachsenden Steinkrautes einrieb und ein paar Mal abwusch. Dann glänzte es und schimmerte wie Gold im Sonnenlicht.

Ja, golden, denn Lilith hatte das helle Haar ihres griechischen Vaters geerbt. Als Einzige. Numarit und Hada, ihre älteren Schwestern, waren dunkle Mädchen. Vor allem an Numarit, mit ihren achtzehn Jahren die älteste der drei, war alles schwarz. Die Haare, die Augen, die Wimpern und Augenbrauen, der Teint. Wie Feuersglut brannten die Augen in dem schönen, schwarzen Gesicht. Aber Numarit hasste ihre finstere Schönheit genauso wie Hada, die sechzehnjährige Schwester. Beide hatten schlanke Leiber, geschmeidige Gliedmaßen und gesunde, weiße Zähne. Aber in ihnen rumorte der Neid und die Missgunst auf Lilith. Sie wollten so sein wie die kleine Schwester. Hellhäutig, weizenhaarig, auffällig.

Wenn Lilith durch die Gassen von Marib schlenderte, gafften ihr alle hinterher. Sie ließ ihre Haare in dem sanften Wind, der durch die Oase strich, wehen, kaum verdeckt durch den leichten Umhang. Und die Männer, vor allem die jungen, ließen ihre Hacken und Beile fallen und stierten hinter dieser ungewohnten Pracht her. Aber nicht nur die Haare hatte Lilith von ihrem Vater geerbt, sondern auch dessen Augen. Blau wie der ewige Himmel über der Oase und nicht arabisch mandelförmig mit tiefen, halbverschlossenen Lidern, sondern rund und groß und weit geöffnet. Lilith war vierzehn. Vor ein paar Monaten noch ein wuscheliges Fohlen, war sie plötzlich zu einer reizvollen Stute herangewachsen, der Glanznummer unter den drei Töchtern Yalas.

»Nun binde dir die Haare hoch!«, fauchte die Mutter noch einmal. »Du siehst ja aus wie die oben.«

Sie deutete abfällig in den ersten Stock. Yala unterhielt dort ein Bordell. Es lief gut, die Mädchen hatten zu tun, und Yalas Vorratskammern waren brechend voll von den Naturalien, mit denen die geilen Mannsbilder die Liebesdienste zahlen mussten. Sie akzeptierte nur Haltbares wie Honig, Datteln, gepresstes Olivenöl oder bronzene Gefäße. Hirse nahm sie ungern, Mehl, Früchte und Gemüse auch. Sie verdarben so leicht in der ewigen Hitze der Landes. Nur für Stammgäste machte sie hie und da eine Ausnahme.

Marib war der wichtigste Sammelort der Weihrauchstraße, aus allen Himmelsrichtungen trafen dort Männer ein, die auf langen und einsamen Wegen die Wüsten und Meere durchquert hatten und dabei selten in den Genuss von Liebesfreuden kamen. Bis aus China kamen sie, waren durch Assam, Burma und Indien gezogen und hatten die gefährliche Fahrt über den Indischen Ozean gewagt, um ihre Güter an den Häfen der südarabischen Fürstentümer zu löschen.

Hauchdünne Textilien, allem voran, herrliche, beinahe durchsichtige Stoffe, die dann, auf Kamelrücken gepackt, ihren Weg weiter in Richtung Ägypten und Assyrien nahmen, um dort von geschickten Händen zu wunderschönen Gewändern, Tuniken, Wandbehängen verarbeitet zu werden. Aber auch Edelsteine kamen aus China und Indien, durchscheinend und kostbar. Und natürlich Cassia, der chinesische Zimt. Er erzielte Höchstpreise. Hauptabnehmer war der Palast, aber auch vermögende Bürger stäubten gern ein wenig Zimt über ihre gedünsteten Gemüse und auf ihre honigsüßen Kuchen.

Die Mädchen, die Yala beschäftigte, stammten, wie die Kunden auch, aus aller Herren Länder. Die meisten von jenseits des Meeres, aus Afrika. Der Weg dorthin war kurz, eine kleine Schiffsreise ans Horn. Und Mädchen gab es zuhauf auf den Märkten. Die Leiber braun und biegsam, boten sich die jungen Frauen Yala auf ihren jährlichen Besuchen aufreizend dar. Sie alle brannten darauf, nach Marib verkauft zu werden. Es galt als das Paradies auf Erden. Reich, fruchtbar, uneinnehmbar und verschwenderisch. Für Huren ein lockenderes Ziel als die trostlosen Wüsten Afrikas.

Aber Yala war anspruchsvoll, sie kontrollierte jede einzelne genau, ihre Zähne, ihre Haare, die Füße, die Hände, vor allem aber den Zustand ihrer Scheiden. Sie duldete keine Entzündungen, Verletzungen oder Unreinheiten, keine Geschwülste oder Ausschläge. Die Vulva einer jeden musste tadellos sein, ansonsten sie keinerlei Chance hatte, in Yalas Freudenhaus zu landen. Zu viele Schwarze waren aber nicht gut fürs Geschäft. Die meisten Besucher wollten Originelleres, denn schwarz waren auch die Frauen im Land, und schwarz waren auch die Frauen unterwegs auf den endlosen Wegen die arabische Halbinsel hinauf zum Mittelmeer. Erst an der Küste waren die Frauen hellhäutiger, schlanker und größer.

Aber das Angebot dort oben war dürftig. Die schönsten Küstenbewohnerinnen wurden nach Griechenland verkauft oder Zypern, viele auch nach Assyrien. Der öde Weg hinunter nach Südarabien wurde kaum einer zugemutet. Die hundert Tagesmärsche im heißen Sand hätten die feinen Städterinnen wohl auch gar nicht überlebt.

So beauftragte Yala ihre Zubringer, ihr schlitzäugige Chinesinnen zu besorgen, mit glatten langen Haaren und einer Haut wie Alabaster. Im Bett waren die Afrikanerinnen wendiger, aber das machten die Chinesinnen durch ihre weißen

Körper mehr als wett. Zwei Burmesinnen gehörten auch zur Mannschaft. Sie waren liebreizend und sanft, Yala fand sie dennoch zu eintönig und wollte sie bei nächster Gelegenheit abstoßen, genauso wie die drei Inderinnen, die sich als zu träge, teilnahmslos und auch viel zu dunkel erwiesen.

»Sie ist hübsch geworden, deine Kleinste.«

Der General lehnte am Treppengeländer. Die meisten Männer Maribs liefen barfuß, seine Füße aber waren mit hauchdünnen Lederstiefeletten bekleidet. Sie reichten ihm bis zu den gewaltigen Waden, die unter seinem knielangen Rock aus gefärbtem Stoff hervortraten. Sein nackter Oberkörper war athletisch breit, die Muskeln prall und hart, über dem Rock wölbte sich abstoßend ein dicker Bauch.

Bei Attar, dachte Lilith, sieht der grässlich aus, wie ein keuchender Stier auf dem Feld. Rahib musterte sie mit zusammengezogenen Brauen.

»Dich werde ich schon noch bekommen, du kleines Biest«, sagte er mit einem schnellen Grinsen. »Warte es nur ab.«

»Du bindest dir jetzt sofort die Haare hoch.« Yala schrie vor Zorn. »So wie deine Schwestern es tun.«

»Brauch ich nicht«, versetzte Lilith. »Jeder weiß, dass ich keine Hure bin. Deswegen kann ich meine Haare offen tragen.«

Sie schwenkte den Kopf hin und her und erwiderte den wütenden Blick ihrer Mutter mit einem hohen Lachen. Frauen aus anständigem Haus mussten in der Öffentlichkeit ihre Haare hochgebunden tragen, nur Huren und niedrige Mägde ließen sie flattern und waren so mit einem einzigen Blick als minderwertig auszumachen.

»Du sollst sie nicht so ansehen!« Yalas zornige Augen schnellten zum General. »Sieh sie nicht so an. Sieh sie bitte nicht so an!« Ihre Stimme zitterte.

Wovor hat sie Angst, dachte Lilith, fürchtet sie etwa, dieses Ekel zu verlieren, diesen bulligen Ochsenkopf? Sie würde ihn der Mutter bestimmt nicht wegnehmen. Bei dem Gedanken musste sie lachen. Nein, nicht im Traum würde sie daran denken, sich mit diesem fürchterlichen Kerl einzulassen. Als ihre Mutter sie so überheblich lächeln sah, schlug sie ihr wutentbrannt mit der Faust in den Rücken.

»Bilde dir nur nichts ein, du kleine, unscheinbare Springmaus. Schau dir Numarit und Hada an, die sind viel aparter als du mit deiner Haut, die aussieht wie frische Ziegenlake.«

Yala war eifersüchtig auf die aufblühende Schönheit ihrer jüngsten Tochter. Sie missgönnte ihr die Jugend, die Frische, sie beobachtete mit Unwillen, wie ihre eigene Schönheit verblühte und diejenige Liliths mit jedem Tag wuchs. Lilith roch auch so anders, so hellhäutig, so sauber. Die anderen beiden Töchter waren ihr ebenfalls ein Dorn im Auge, aber im Dunkel des Wirtshauses, wo nur ein paar Ölfunzeln flackerten, war der Altersunterschied zwischen ihr und den beiden dunklen Mädchen nicht so sehr auszumachen. Nur Lilith in ihrer Helle fiel auf und stahl allen anderen die Schau. Früher war sie es gewesen, denen die bewundernden Blicke galten. Jetzt war ihr auf einmal eine Konkurrenz aus den eigenen Reihen erwachsen.

»Du gehst jetzt sofort hinauf, Lilith, und richtest mir die Gesichtspaste her«, schnauzte Yala unfreundlich.

Lilith blickte sich in der Wirtsstube um. Wenn es im ersten Stock keine Freier zu bedienen gab, mussten die Dirnen im Lokal helfen. Auch da war im Moment nicht viel los. Deshalb lümmelten sie hinter dem Tresen, auf dem die Krüge aus gebranntem Ton mit dem Dattelbier standen, und gafften neugierig in die Runde. Ein Streit zwischen Mutter und Tochter! Das gefiel ihnen.

»Was meint ihr, ob die Gesichtsmaske unserer Herrin noch etwas nützt?«, rief Lilith frech.

Schon spürte sie die flache Hand ihrer Mutter im Gesicht. Sie hatte kräftig zugeschlagen. Die Mädchen sogen den Atem ein. Sie alle freuten sich höllisch an der ungewohnten Szenerie. Ihre herrische Chefin wurde von der eigenen Tochter beleidigt. Aber kein Laut entkam ihren Lippen. Zu sehr fürchteten sie Yala und ihre unbotmäßigen Strafen.

»Du gehst sofort hinauf!«, rief Yala zornig. »Und wag dich

heute nicht mehr herunter, sonst bekommst du den Stock zu spüren.«

Lilith sah ein, dass sie zu weit gegangen war. Sie zuckte mit den Schultern und trollte sich in den ersten Stock. Was war nur in sie gefahren? Sie war doch sonst ehrerbietig ihrer Mutter gegenüber, fügsam und brav. Sie verstand sich selbst nicht, was hatte sie sich nur erlaubt? Da traf ihr Blick im Hinaufgehen den des Generals, der noch immer am Treppengeländer lehnte und sie mit einem anzüglichen Grinsen musterte.

Um ihre Lippen zuckte es leise, sie stieg die Stufen hinauf und schlug gegen den Pfosten, hinter dem ihr Zimmer lag. Sie betrat den Raum und ließ sich mit einem wütenden Seufzer auf ihre Schlafmatte sinken.

2

Lilith lag auf ihrem Bett, die Arme hinter dem Kopf verschränkt. Sie war zornig auf ihre Mutter. In letzter Zeit hackte Yala ständig auf ihr herum.

Tu dies nicht, tu das nicht. Numarit hat die schöneren Wimpern. Und überhaupt, Hada hat eine viel schlankere Taille als du. Hol dies, hol das. So ging das den ganzen Tag. Dazu diese Blicke! So feindselig und abschätzig. Was hatte Mutter nur mit einem Mal gegen sie? Lilith kämpfte mit den Tränen.

Sie war doch immer Mutters Liebling gewesen. Mein kleines Fohlen, hatte sie sie genannt, und mein süßer Blondschopf und meine duftende Gazelle. So weit Lilith zurückdenken konnte, war immer sie diejenige gewesen, der die Mutter keine Bitte abschlagen konnte. Abends war sie länger an Liliths Nachtlager sitzen geblieben als bei den anderen Mädchen, immerzu hatte sie liebevoll über ihre blonde Mähne gestrichen.

Und jetzt befahl sie ihr sogar, die eklige Gesichtsmaske für sie zuzubereiten. Das hatte früher immer Numarit erledigen müssen. Lilith spürte, wie ihr die Tränen über die Wangen kullerten. Früher, ja, da hatte es auch richtig schöne Zeiten gegeben. In der privaten Abteilung des ersten Stockes, abgetrennt durch eine dicke Mauer aus Steinquadern von den Kammern der Freudenmädchen. Mit einer eigenen Treppe, die hinauf in die Wohnung der Familie führte.

Die Zimmer der Dirnen waren einfache Kuben mit Matten aus geflochtenen Palmzweigen auf dem Boden und einer Decke aus der Wolle der Ziegen. Nur durch einen kleinen Lichtschacht trat ein wenig Sonne in die dürftigen Zimmer. Ihre Habseligkeiten mussten die Mädchen in kleinen Nischen, die in die Wand eingelassen waren, aufbewahren. Aber viel besaßen sie nicht. Im Wirtshaus selber liefen sie mit bunten Wickelröcken herum, der Oberkörper blieb nackt. Was sie brauchten, waren ein paar Umhänge, wenn sie ab und zu einmal auf die Straßen gingen, zwei, drei Schalen aus gebranntem Ton als Trinkbecher und Miniaturständer zum Abbrennen von Weihrauch.

»Damit es nicht so nach Schweiß stinkt.« Yala mochte den Geruch der Mädchen nicht. »Vor allem die Schwarzen stinken«, sagte sie vorwurfsvoll.

Ansonsten besaßen die Huren nur ein paar billige Kettchen aus Perlmutt und bunten Steinen. Und die eine oder andere Erinnerung an ihre Heimat. Die Afrikanerinnen liebten ihre kleinen Figuren aus Holz, die sie als Götter anbeteten. Die Asiatinnen hatten Amulette aus Muscheln an die Wände gehängt. Das war alles, mehr besaßen sie nicht. Zum Waschen mussten sie in den Innenhof hinuntergehen, einem winzig kleinen Geviert, das wiederum vom Innenhofgarten der Familie durch eine Mauer abgetrennt war. Dort standen Bottiche mit Wasser, die jeden Tag von den Hausdienerinnen geleert und mit frischem Wasser aus den Brunnen der Oase aufgefüllt wurden. Zum Säubern benutzten die Mädchen den Saft des Steinkrauts, der sich auf der Haut aufschäumte und alle Spuren von Schweiß, Staub, Essensresten, Spermien wegwischte.

»Eine jede von euch muss sich täglich waschen. Ohne Ausnahme«, befahl Yala und achtete persönlich darauf, dass die Mädchen sich jeden Morgen gründlich reinigten.

»Was mich das zusätzlich kostet!«, jammerte sie.

Das Wasser war ein kostbares Gut in der Oase Marib, aber Yala verabscheute schlechte Gerüche und stellte deshalb Wasser und Steinkrautsaft kostenlos zur Verfügung. Immerhin wohnte ja die Familie im selben Stockwerk, wenn auch abgetrennt, so doch durch die offenen Höfe recht nah miteinander verbunden, sodass der sanfte Wind Gestank oder Wohlgeruch sehr wohl hin und her wehte.

»Es kommt schon genug übelriechender Gestank von der Straße herein«, rief Yala theatralisch, »da soll es wenigstens bei uns gut riechen.«

In der Privatwohnung der Wirtsfamilie herrschte standesgemäßer Luxus. Auf den Lehmböden der Zimmer lagen Wollteppiche, grob und kratzig zwar, doch trocken und den ewig staubigen Geruch des erdigen Bodens aufsaugend. Die Schlafmatten waren aus mehreren Schichten sorgsam geflochtener Palmzweige, darauf lagen Decken und Polster, denen ein nicht zu unterdrückendes Ziegenaroma entströmte, obwohl Yala die Räume regelmäßig mit teuren Harzen ausräuchern ließ. Überall standen die kleinen Terrakottagefäße herum, in denen der Weihrauch abgebrannt wurde. Der Weihrauch verbesserte die Luft, gleichzeitig diente er zum Anrufen der Götter, aber auch zum Desinfizieren der Wohnräume, denn es tummelten sich scharenweise Ameisen, Mücken, Flöhe und Spinnen in den Häusern.

Jede der Töchter hatte ein eigenes Zimmer. Mit einfachen Holzkommoden, in denen sie ihre Kleider verstauten. Das Zimmer der Mutter war sogar weiß gekalkt, die Kommoden, die der General ihr aus Assyrien mitgebracht hatte, waren aus Zedernholz mit kleinen Elfenbeinintarsien.

Lilith seufzte und richtete sich auf. Sie musste wohl oder übel hinuntergehen und die Qureida-Pflanze zerstampfen, damit die Gesichtspaste fertig wurde, wenn Yala sie verlangte. Warum war Mutter so ungerecht, dachte sie und verzog schmollend den Mund. Sie wusste doch, dass sie immer niesen musste von dem beißenden Gestank der gelben Blüten.

»Wie mich davor ekelt!«, rief sie laut und ließ sich wieder auf ihre Matte sinken.

Ihr Blick streifte über das Regal, wo sie ihre Lieblingssachen aufbewahrte. Mit den kleinen Terrakottatierchen spielte sie schon lange nicht mehr. Aber auf der Stellage lagen auch die vielen Souvenirs, die ihr Vater von unterwegs mitgebracht hatte. Einen blauen Skarabäus an einem zarten goldenen Kettchen, bunte Haarbänder und Armkettchen aus Ägypten, einen roten Schal aus Gaza. Papa hatte ihr erzählt, der sei mit dem Saft einer Drüse einer Schnecke gefärbt worden und deshalb sehr kostbar. Ihr Lieblingsstück aber war eine kleine Statuette aus Bronze, die einen Krieger darstellte, mit wehendem Haar und einem Löwenfell über den Schultern. Er kam aus Vaters Heimat, aus Griechenland, weit weit weg von Marib.

»Das ist Herakles, der Bezwinger des Löwen«, hatte Vater erklärt. Und Lilith stellte sich immer vor, dass das nicht irgendein Held war, sondern das Bildnis ihres eigenen Vaters. Er sah ja so ähnlich aus. Ein muskulöser, schlanker Mann, größer als die Männer in Marib und viel zierlicher. Er war hellhäutig und hatte blonde Locken, die ihm in die Stirn fielen. Seine Haut war immer ein wenig gerötet, er hatte sich nie an die Hitze der Sonne in den Wüsten Arabiens gewöhnen können.

Ach, Papa, dachte Lilith, ich habe solche Sehnsucht nach dir.

Seit dieser schreckliche General im Haus der Eltern ein und aus ging, kam Vater immer seltener heim. Früher hatte Mutter ihn sehnsüchtig erwartet, kaum hatte sie gehört, dass die Karawane aus dem Norden auf Marib zuritt, setzte sie sich auf einen der Esel und trabte ihrem Mann entgegen.

»Nikomedes kommt heim!«, hatte sie freudig gerufen, und noch Tage nach seiner Rückkehr hatten ihre Augen geglänzt, sie war sanft und großzügig gewesen in dieser Zeit. Alle hatten aufgeatmet und den Herrn mit aufrichtiger Freude begrüßt. Nikomedes war ein liebenswürdiger Mann, sein helles Äußeres entsprach seinem Wesen. Er war gut gelaunt, geduldig und zuvorkommend. Yala hatte Nikomedes einst so lieb gehabt, dass sie sogar das Wirtshaus nach ihm benannte: »Zum fröhlichen Griechen«. Sie war so stolz auf ihn, nannte ihn heimlich ihren Achilleus, den großen Helden aus Nikomedes' Heimat, der wie er aus Pilion stammte.

»Mein Mann ist der schönste der ganzen Mutter Erde«, sagte sie. »Und du, Lilith, bist sein Ebenbild.« Mit einer zärtlichen Handbewegung hatte sie dann über die Locken ihrer Tochter gestrichen.

Oft waren sie alle im Oikos, wie Vater ihr Wohnzimmer genannt hatte, beieinandergesessen und hatten sich lustige Geschichten erzählt. »Ionischer Löwenbändiger« nannte Mutter ihn dann und »Mein heller Fremdling«. Vater hatte von Inseln erzählt, die zu Tausenden im Mittleren Meer schwammen, von den hohen Bergen, den sprudelnden Bächen und Klippen, den duftenden Blumen und Gräsern seiner Heimat, von den schnellen Schiffen und von den ins Wasser krachenden Rudern.

Pilion war weit weg, das wusste Lilith, Vater musste zuerst drei Monde lang die arabischen Wüsten durchqueren und dann noch einmal beinahe so lange mit dem Schiff das wilde Meer durchkreuzen, bis er nach Pilion kam. Aber er war nie wieder dorthin zurückgekehrt. Man hatte ihn aus seiner Heimat vertrieben, er hatte fliehen müssen und war an den Gestaden Phönikiens in der Nähe der Stadt Byblos gelandet, nachdem er als Ruderer auf einem der schnellen Schiffe der Phöniker angeheuert hatte. Einmal führte ihn sein Weg in die Hafenstadt Askalon, weiter im Süden gelegen, und dort erfuhr er von neuen Handelsstraßen, die bis hinunter in das sagenhafte Reich von Saba, wo der Weihrauch gedieh, führten. Das interessierte Nikomedes, und so wurde er Kameltreiber.

Er bereute diesen Entschluss oft, denn die Strapazen waren gewaltig. Die Hitze, der Sand, die maulenden, gefährlichen Kamele, die gewalttätigen Mitglieder der Karawane, die Angst vor Beduinenüberfällen, Hunger, Durst.

Liliths Vater konnte gar nie aufhören, von den Gefahren und Unbilden der langen Reisen zu erzählen. Aber als er die schöne Yala traf, die Tochter des Viehzüchters Yanuf aus Shurwah, dachte Nikomedes nicht mehr ans Aufhören. Er heirate Yala und blieb Karawanenführer.

Yala eröffnete eine Schankstube, weil sie sich so einsam während seiner langen Abwesenheiten fühlte. Später kam das Bordell dazu. Nikomedes war das nicht recht.

»Denk an die Töchter«, hatte er zaghaft zu bedenken gegeben. Aber Yala zuckte nur mit den Schultern und lachte über seine Besorgnis. Er liebte seine Töchter sehr, war nie gram darüber gewesen, dass Yala ihm nur Mädchen schenkte.

Sie gefielen ihm alle drei, die liebste war ihm jedoch Lilith, sein helles Ebenbild.

Sie waren sehr glücklich gewesen in ihrem schönen Zuhause mit dem kleinen Palmengarten und den duftenden Kräutern. Dann tauchte Rahib auf, der General aus dem Palast, und Nikomedes schnürte nach einer Weile gedemütigt sein Bündel und kehrte immer seltener zu seiner Familie zurück.

Lilith schlurfte missmutig die Treppen hinunter in den Innenhof, wo in einem kleinen Schuppen Yalas getrocknete Kräuter und Kosmetika lagerten. Lilith fand diese Gerüche widerlich. Sie rochen muffig und nach faulen Eiern. Wacholderbeeren, Mastix, Weihrauch, Alaun und Myrrhe wurden unter der strengen Aufsicht Yalas zu feinem Pulver zerstampft und dann unter die Achseln und zwischen die Beine gerieben. Mutter verlangte diese Prozedur von jedem im Haushalt, jeden Tag nach dem Aufstehen.

»Dann stinkt ihr nicht so«, rief sie.

In einem der Behälter im Schuppen lagen kleine Pastillen aus Bockshornkleesamen, die mit Rosinen, Honig und Weihrauch vermengt waren. Auch das Lutschen der Kügelchen gehörte zum täglichen Ritual, weil Yala Mundgeruch nicht ertragen konnte. Sie kannte auch ein Rezept, das sie im Verborgenen zubereitete, niemand durfte sie dabei stören oder gar zusehen. Es war ein großes Geheimnis.

»Später, später«, raunte Yala, wenn Lilith sie danach fragte. »Später werde ich dich einmal darüber aufklären.«

Von den Freudenmädchen erfuhr Lilith lediglich, dass Yala einen Kräutersud zubereiten konnte, der sie vor unerwünschten Schwangerschaften bewahrte.

»Aber wie geht das denn«?

Lilith war schrecklich neugierig. Die Mädchen sagten, dass Yala ihnen regelmäßig einen brennenden, übelriechenden Saft in die Scheide goss, mehr wussten sie auch nicht, und dass es wehtat und sie mehrere Stunden mit angezogenen Knien auf dem Rücken liegend verharren mussten.

Lilith kramte in dem Schuppen herum, sie suchte nach der Schale mit den gelben Blüten. Sie nahm zwei Handvoll davon und warf sie in einen Mörser, gab ein wenig Alabastermehl dazu, Salz und Honig. Sie stampfte mit dem Mörser, bis es eine pappige Masse ergab, die nach fauligen Eiern und verdorbenem Fisch roch. Das waren die gelben Blüten. Wie Lilith sie hasste.

Yala schmierte sich die Maske ins Gesicht, vor allem auf die Wangen.

»Die Königin im Palast macht es so«, behauptete Yala. »Und alle Frauen, die etwas auf sich halten, machen es ihr nach.«

Von dieser Maske bekamen die Frauen Glashaut, durchscheinend, glatt und fein wie Glas. Das behaupteten sie jedenfalls. Lilith sah nie einen Unterschied im Gesicht ihrer Mutter, wenn sie das ölige Geschmiere wieder abgewaschen hatte. Nur wenn sie vergaß, die Sanduhr einzustellen und die Zeit der Einwirkung überzog, dann blieben gelbe Flecken im Gesicht zurück, die tagelang nicht weggingen, so fest Yala auch rieb. Die Mädchen kicherten dann hinter ihrem Rücken.

»Nützt doch sowieso nichts mehr«, flüsterten sie. »Mutter ist einfach schon zu alt.«

Yala lag auf ihrer Matte, den Kopf hatte sie auf eine Nackenstütze aus Akazienholz gelegt, damit ihre Frisur nicht in Unordnung kam. Der Kopfschemel war mit dem Öl eines Balsamgehölzes eingerieben. Es verströmte einen angenehmen, frischen Geruch. Sie rieb sich vorsichtig die gelbe Paste ins Gesicht, vor allem an die Partien, die in letzter Zeit faltig geworden waren. Stirn, Nasenwurzel, um den Mund herum. Am hässlichsten fand Yala die Krähenfüße an den Augen. Winzige Linien, die ihrem Gesicht etwas Hexenartiges verliehen.

Yala war wehmütig und wütend zumute. Seit ein paar Wochen hatte sie das Gefühl, dass Rahib nicht mehr ihretwegen in die Schenke kam, sondern nur um Lilith angaffen zu können. Lilith mit dem schmalen Hals, den zarten Schultern, dem kindlichen Busen, der unter der Tunika zu erahnen war. Lilith mit ihren blauen Augen und ihrem blonden Haar. Yala litt unter diesen Blicken, sie brannten ihr tief ins Herz, schmerzten sie wie scharfe Dolchstiche. Sie wollte Rahib nicht teilen, sie wollte ihn für sich und nur für sich, sie verbrannte sich nach ihm. Und nun schielte dieser Mann nach ihrer eigenen Tochter. Diesem Blondschopf, diesem weißhäutigen Kind, das ihr mit jedem Tag fremder wurde, Lilith, die ihr einst so viel bedeutet hatte und die sie nun ganz unangenehm an Nikomedes erinnerte.

»Ah, Nikomedes«, rief sie laut. »Hätte ich dich nur nie gesehen, dich einfältigen Griechen mit deinem ewigen Lächeln!«

Was hatte sie nur jemals an ihm anziehend empfunden? Richtig aufdringlich fand sie ihn nun. Er machte sie nervös mit seiner behäbigen und unentschlossenen Art. Er war keine Kämpfernatur, so wie Rahib, der sich nahm, wonach ihm gelüstete. Nein, Nikomedes, dieser Schwachkopf, litt nicht darunter, wenn er etwas verpasste, wenn jemand anderer ihm etwas vor der Nase wegnahm. Nichts brachte ihn je aus der Fassung, er blieb gleichmütig, sanft, ein ewiger Lächler, nahm alles hin, was das Schicksal ihm aufbürdete, als ob nichts wirklich wichtig für ihn wäre. Was für ein Schlappschwanz er doch war! Nie war es ihm gelungen, ihr die richtigen Geschenke mitzubringen. Er kam doch so weit herum in der Welt, aber nein, wenn sie sich sehnlichst Ohrringe mit diesen grünen Steinen wünschte, die es dort oben in jenem Land Juda gab, brachte er Gürtelschnallen mit einem Skarabäusverschluss mit.

Sie mochte keine Türkise, sie mochte keine Skarabäen und Gürtelschnallen schon gleich überhaupt nicht. Sie mochte den Duft starker Parfums, Edelsteine und schöne Stoffe. Aber das brachte Nikomedes nie. Er war ein schlechter Geschäftsmann obendrein. Er bezahlte seinen Leuten zu viel, schonte die Kamele, nahm niedrige Preise und forderte ungern seine Schulden ein.

Bei Attar! Was für ein Theater er gemacht hatte, als sie das

Bordell eröffnete. Als ob den lieben Kleinen das schon schaden könnte. Der Liebeshandel ist schließlich etwas ganz Alltägliches, je früher sie darüber Bescheid wissen, desto besser. Seine süßen Küken, seine kleinen Augäpfelchen, seine liebreizenden Täubchen sollten irgendwann auch einmal das Geschäft übernehmen.

Ach, wenn er nur nie wiederkommen würde, dieser Weichling, ihretwegen konnte er wieder in sein Griechenland zurückkehren. Er hatte ihre Heimat nie wirklich leiden können, immer nörgelte er an allem herum. Er missachtete die Sklavenwirtschaft, er verhöhnte Verstümmelungen als Strafe für Verbrechen, er wollte doch tatsächlich die Todesstrafe abschaffen. Was für ein Phantast! Hier in Saba herrschten Gesetz und Ordnung.

Sie sah nach der Sanduhr. Meine Zeit fließt mir auch fort, murmelte Yala, und blickte verdrießlich auf den Sand, der im oberen Glas darauf wartete hinunterzurieseln. Bald bin ich eine alte Krähe, nach der sich keiner mehr umdreht. Sie hätte heulen können, so missgestimmt war sie. Und alles nur wegen Lilith. Was fand denn Rahib nur an diesem käseweißen Geschöpf. Sie hatte doch gar keine Rasse, kein Temperament. Sie war weich wie Brotteig, ihr fehlte die Glut der Mutter, deren stolze Haltung und ihr einladend beweglicher Körper.

Vorsichtig wusch sie sich die Gesichtsmaske ab, prüfte in dem kleinen polierten Silberspiegel, einem Geschenk von Rahib, ob ihre Haut nun glatt und gläsern wie die der Königin war. Aber die Haut fühlte sich an wie vorher. Yala warf den Spiegel auf die Kommode.

Ob Rahib heute noch einmal wiederkommt? Sie spürte ein solch ungebändigtes Verlangen nach ihm. Tag und Nacht. Rahib, Rahib immerzu. Seit er vor drei Jahren zum ersten Mal in das Wirtshaus kam und abschätzend die jungen Huren mit ihren nackten Oberkörpern begutachtet hatte.

»Gib mir die Beste«, hatte er Yala befohlen, in der er die Chefin erkannte, weil sie als Einzige bekleidet war. Er gefiel ihr sofort. Das selbstsichere Auftreten, die muskulöse Figur, der harte Blick, der kahlgeschorene Schädel. Ein richtiger Kerl, hatte sie gedacht, und als sie erfuhr, dass er General am Hof der Königin war, steigerte das ihr Interesse noch gewaltig. Er kam von da an sehr häufig in den »Fröhlichen Griechen«, probierte alle Mädchen aus, irgendwann begann er, Yala Geschenke mitzubringen. Kleine Kostbarkeiten aus den fernen Ländern, in denen er als Streiter für seine Königin gekämpft hatte. Ein Schmuckkästchen mit feinen Einlegearbeiten, eine bemalte Vase aus Alabaster, einen zierlichen Lapislazulianhänger, Karneolkettchen, Ohrgehänge, schwere Parfums. Aus Babylonien und Assyrien.

Eines Tages steckte Rahib ihr einen goldenen Kamm ins Haar, bestückt mit sieben hauchdünnen Rosetten, die zitterten, wenn Yala den Kopf bewegte. Das war das erste Mal gewesen, dass sie ihn mit in ihr Zimmer nahm.

Rahib wurde ihr Geliebter. Und kein anderer Mensch interessierte sie seither mehr.

3

Als Rahib die Schenke verlassen hatte, zögerte er einen Moment.

Sollte er gleich zurück in den Palast gehen? Aber ihm stand nicht der Sinn danach, alleine in seinen Gemächern herumzusitzen. Es war erst Nachmittag, und die Abendgesellschaft bei der Königin würde noch lange nicht beginnen. Ihre Feste wurden erst eingeläutet, wenn die Kühle der Nacht die Hitze des Tages ein wenig vertrieben hatte.

Er wäre gerne noch in der Schenke geblieben, aber neuerdings keifte Yala zu viel. Er mochte Frauen an und für sich nicht besonders, aber solche, die in seiner Gegenwart übelgelaunt waren, mochte er schon gar nicht. Yala, dieses Prachtweib mit ihrer samtigen Haut und ihrer wilden Liebe zu ihm, hatte er über Jahre hinweg durchaus geschätzt. Sie war willfährig, immer da, wenn er Lust auf sie bekam, sie freute sich über die albernen Mitbringsel aus fernen Ländern. Er hatte nichts vermisst, wenn er bei ihr lag. Aber seit ein paar Wochen befriedigte sie ihn nicht mehr.

Er bog um die Ecke. Sein Pferd hatte er mit dem Stallburschen heimgeschickt, ihm war nach Bewegung zumute. Er wandte sich in Richtung des großen Marktes. Die Schenke lag im Viertel der Zimmerleute, es roch überall nach Holz und Sägespänen.

Hier war nie eine besonders gute Wohnlage gewesen, dachte Rahib und sah sich um, hier in der Ecke der Stadt, wo alle Handwerker arbeiteten und wohnten. Die Schmiede, die Bäcker, die Weber, die Färber, die Korbflechter, die Gerber, die Schreiner, die Schuster, die Sattler. Rahib roch verbranntes Öl, sog die Ausdünstungen der gegerbten Tierhäute ein, den Geruch nach Feuer und Rauch, dazwischen zog der Duft frischgebackenen Brots durch die Luft. Es klopfte und hämmerte, zischte und krachte.

»Welch ein Lärm«, brummte Rahib. »Gut, dass die Ziegelmacher, Steinmetze, Töpfer und Schlächter außerhalb der Mauern leben, sonst wäre es vollends unerträglich hier.«

Die guten Familien lebten in der Nähe des Palastes oder in den seltensten Fällen gar, wie er selber, im Palast.

Marib war ein ansehnliches Städtchen geworden in den letzten Jahrzehnten, seit ein Mukarrib, ein König, über die Stadt und das umgebende Land herrschte. Noch zu Zeiten von Rahibs Urgroßvater waren die einzelnen Stämme von Saba untereinander spinnefeind gewesen, bekriegten sich gegenseitig, zerstörten die Ernten, überfielen die Karawanen der anderen.

Das waren wirklich Wilde, dachte Rahib, den Göttern sei Dank, dass es heutzutage anders geworden ist.

Die Herrscherfamilie von Saba hatte alle Fehden eingedämmt, eine strenge Gesetzgebung erlassen, Land und Wasser neu verteilt, die Steuersätze festgelegt. Und sie hat die Stadt Marib mit breiten Gassen neu gebaut, und sie wurde sauber und schön.

Marib war das Zentrum des Fürstentums Saba geworden. So prunkvoll wie die Städte der Ägypter oder der großen Assyrer war Marib nicht, dachte Rahib, aber im Vergleich zu den verlotterten Nachbarreichen einigermaßen gepflegt und gut organisiert. Er war stolz auf seine Heimatstadt. Die Tempel des großen Gottgestirns lagen außerhalb der Stadt, für den Königspalast wurde ein Hügel aufgeschüttet, auf dem, ein wenig erhöht, nun die Anlage der Fürsten thronte.

Von überall in dem flachen Gelände der Oase Marib konnte man die Mauern des Palastes sehen.

Ein Stück in Richtung Süden, außerhalb der gewaltigen und langen Stadtmauern, da wo der Sayl, der gebändigte Fluss, durch die Schlucht herunterdröhnte, waren die ausgedehnten Palmengärten, die Gemüsebeete, die Fruchtplantagen. Ein wohlduftender Paradiesgarten, ermöglicht durch das Wunder des Staudammes, der war der ganze Stolz der Bewohner, eine Errungenschaft, die es nirgendwo sonst in Arabien gab.

So lange sich Rahib erinnern konnte, waren die Handwerker um den großen Markt mitten in der Stadt gruppiert. Gerade begann das Nachmittagsgeschäft. Die Händler und Handwerker hatten ihre Mittagsruhe beendet. Sie stiegen in ihren Häusern hinunter in ihre Geschäfte oder gingen auf den Marktplatz. Bei den Gemüsehändlern duftete es nach Feigen, Datteln, Dumpalnüssen, Rosinen, Honig, Zwiebeln, Knoblauch, Bockshornklee, Kresse, Gerste, Emmer. Rahib grüßte den einen oder anderen flüchtig herablassend.

»Gute Ware«, riefen sie. »Gute Preise.«

Rahib schlenderte über den Markt. Seine Grüße wurden ehrerbietig erwidert.

»Friede sei mit dir, Herr!«, schallte es ihm entgegen.

Jedermann in der Stadt kannte ihn, wusste um seinen Einfluss und fürchtete seinen Jähzorn. Er beachtete die Leute nicht. In ihren zerschlissenen Röcken, die Oberkörper drahtig und mager, die Haare in langen, schwarzen Zotteln bis auf die Schultern hängend, waren sie nun wahrhaftig seines Grußes kaum wert. Sie waren nur stinkende und schuftende Bauern, er aber gehörte dem Palast an, war in edle Stoffe gekleidet und trug goldene Spangen an den Armen.

Rahib war übellaunig, wie üblich. Seinen Samen hatte er in Yala verströmt, danach war ihm meist wohler. Deshalb ging er so oft in die Schenke. Heute war ihm nicht leichter. Schon wieder nicht. Ein finsterer Zorn war deshalb in ihm hochgestiegen. Verdrossen marschierte er weiter und wedelte mit dem Arm die vielen Fliegen weg, die sich in Heerscharen über die Waren hermachten.

Der General ging ein paar Gassen weiter, wollte bei den Waffenschmieden vorbeischauen, um die neue Ware zu begutachten. Aber es gefiel ihm nichts. Er hatte Dolche, Lanzen und Messer in Assyrien und Babylonien gekauft, die von feinster Handwerkskunst zeugten, exquisit verarbeitet, scharfe Klingen, Einlegearbeiten in Silber und Gold. Das konnten die ungeschickten Schwertschmiede hier unten in Südarabien natürlich nicht bieten. Ihre Bronzeware war plump und einfach.

»Was soll ich damit?«, schnauzte er den Schmied an, der ihm einen Dolch entgegenhielt.

Düsteren Sinns setzte Rahib seinen Weg fort. Er bog in die Straße der Goldschmiede ein. Auch hier alles simpel und primitiv, wie er fand. Er hätte gerne etwas erstanden, aber es gefiel ihm nichts. Nur einfache Kettchen aus Korallen gab es, die Verschlüsse waren grob gearbeitet, die Steine nicht poliert, sie sahen stumpf und schmutzig aus.

Bei Almaqah, seufzte Rahib, dieses Volk ist weit entfernt von der Kultiviertheit der Nordländer.

Rahib dachte gerne an seine Aufenthalte in Assyrien. Der Speisezettel am Hof dort war exzellent, im Gegensatz zu Saba gab es dort oben Fleisch, Geflügel, Tauben in Mengen und auf jede nur denkbare Art und Weise raffiniert zubereitet. Die Weiber waren, wie die Küche und die Weine, auserlesen, und sie kannten Liebesspiele, die ihn heute noch voller Gier an diese Tage zurückdenken ließen.

Wenn er auch nur als Abgesandter eines tributpflichtigen Staates in die Residenzstädte Niniveh, Kalchu oder Assur kam, wurde er dort doch mit viel Freundlichkeit empfangen und ihm aller Komfort geboten.

»Willkommen sei uns der gottesfürchtige Sohn des Landes Saba, der Botschafter der großen Bilqis, der Herrin des gesegneten Landes jenseits der großen Wüste.«

Mit diesen Worten wurde Rahib von wichtigen Hofbeamten begrüßt und während seiner Aufenthalte respektvoll und mit großer Hochachtung behandelt, gerade so, als sei er ein wichtiger Partner und nicht ein Diplomat eines Vasallenstaates.

Bei Attar, dachte Rahib, was haben wir für eine Geschichte hinter uns! Es ist schon mehr als hundert Jahre her, dass sich irrwitzigerweise eine arabische Koalition unter Führung von Gindibu zusammengetan hat, um die Vorherrschaft der Assyrer zu brechen. Natürlich kam es zu einer Schlacht, der verheerenden Schlacht bei Qarkar im Orontestal. Und natürlich wurden die Gegner des assyrischen Königs Salmanassar des Dritten vernichtend geschlagen.

Vor zwanzig Jahren, unter der habgierigen Königin Zabibe von Saba, kam es erneut zu einem Bündnis gegen die Assyrer, es war töricht und ohne jede Aussicht auf Erfolg. Zabibe stellte Hunderte von Kamelen zur Verfügung, um den nunmehrigen assyrischen König, den mächtigen Tiglatpileser, anzugreifen und zu entmachten. Da war ich noch im Haus meines Vaters, erinnerte sich Rahib.

Zabibe wählte Rahibs Vater, General Yamschit, aus, um die sabäische Truppe zu befehligen. Sie hatte keine Chance. Kein Kamel kam zurück und auch keiner der Krieger. Noch heute spürte Rahib die Trauer um den Verlust des verehrten Vaters. Denn alle, auch der Vater, fanden ein unrühmliches Ende in der Steppe Assyriens. Weit weg von der heimatlichen Erde vertrockneten sie unbeweint in ausländischem Boden. Welche Schmach!

»Ich werde dich rächen, Vater!«, hatte Rahib damals geschworen, draufgängerisch und voller Hass und Trauer. Er war gerade neunzehn Jahre alt zu dieser Zeit.

Der assyrische Herrscher, Tiglatpileser, siegte haushoch und stellte den Unterlegenen seine Bedingungen. Saba wurde Vasall und musste zahlen. Und Saba zahlte noch immer.

Königin Zabibe fand man ein paar Jahre später eines Morgens tot in ihrem Gemach. Die Kehle war ihr durchtrennt worden. Niemand suchte nach dem Mörder. Den Thron bestieg ein tüchtiger Onkel der Ermordeten, aber auch er verstarb rasch. Nunmehr kam Bilqis, die junge, begabte Fürstin, mithilfe der Generalität an die Macht. Seither war Saba wieder ein stolzes Land.

»Ich erhebe dich zum General, mein Rahib«, hatte Bilqis gesagt. Er war brutal und hinterhältig, undurchschaubar, ein skrupelloser Machtmensch, aber selbst seine Feinde konnten ihm kein Fehlverhalten nachweisen. Er war klug genug, jeden seiner Schritte zu durchdenken, abzuwägen und alle Eventualitäten einzubeziehen.

Kriege führte Saba im Moment nicht, die Armeeangehörigen waren zurück auf die Felder und in die Handwerksstuben geschickt worden. Und so hatte Bilqis, die allverehrte

Fürstin, ihren Generalissimus mit einer anderen Aufgabe betraut: Er wurde zum obersten Aufseher des Dammes ernannt, der der Oase Marib die guten Ernten, den Wohlstand, den Frieden brachte. Ein Amt von außerordentlicher Verantwortung, hohem Ansehen und beinahe unbeschränkten Machtbefugnissen.

»Ich erhebe dich zum Zeichen meiner besonderen Gunst zum obersten Richter«, hatte Bilqis außerdem erklärt. Rahib konnte also, wenn er wollte, Todesurteile fällen und aufheben.

Er war hauptsächlich draußen am großen Damm von Marib beschäftigt, der vielbewunderten architektonischen Meisterleistung und das Resultat einer ausgeklügelten Bewässerungstechnik. Von überall her kamen Gesandte, um sich von Rahib das Funktionieren des Baus erklären zu lassen.

»Die Oase wird von den Wassern gespeist, die vom Hochland herunter durch ein tiefes Tal in die Oase donnern«, erklärte er dann stolz.

Die Ingenieure hatten auf sein Geheiß hin einen Damm gebaut, der das ganze Tal absperrte. An der Süd- und Nordseite wurden Verteiler platziert, die das Wasser in ein rechteckig angeordnetes Kanalsystem leiteten.

»Der Zweck des Dammes besteht nicht im Speichern von Wasser, sondern im Anheben des Wassers auf das Niveau der Felder«, dozierte Rahib.

Von diesem Damm aus konnte die gesamte Oase Marib zentral bewässert werden. Saba blühte auf, jedes Jahr wurden Nahrungsüberschüsse produziert, und Saba begann, mit den entstandenen Reserven Handel zu treiben. Die Schatztruhen füllten sich, Saba wurde sehr reich. Keine Frage, dass der lebenswichtige Wall und sein diffiziles Betriebssystem zuverlässig gewartet werden mussten. Die Aufgabe des obersten Leiters konnte nur dem fähigsten und loyalsten Mann des Staates übertragen werden.

Rahib war sich der gehäuften Ehrungen natürlich bewusst, dennoch fand er keine Freude an seiner neuen Würde. Er, der es gewohnt war, Männer in die Schlacht zu führen, mit anderen hohen Offizieren zu tafeln, diplomatische Aufträge in fernen Ländern auszuführen, musste nun Ausbesserungsarbeiten überwachen, sich mit Baumeistern, Maurern, Handlangern, Steinklopfern herumschlagen, musste den Materialnachschub kontrollieren, die Wasserverteilung überprüfen. Er musste Recht sprechen bei Verstößen gegen die königlichen Bauvorschriften, bei Diebstahl, Ungehorsam und Nachlässigkeit.

Beinahe täglich ließ er Männer auspeitschen, denen Verfehlungen vorgeworfen wurden. In den meisten Fällen handelte es sich um Diebstahl. Viele der Arbeiter draußen am Damm stahlen wie die Elstern. Hacken, Schaufeln, Körbe, Steinquader, Holz, Nägel. Oft schlichen die arglistigen Kerle nachts in die Werkstätten am Damm und räumten sie leer. Rahib hatte mehrere von ihnen zur Abschreckung auf dem großen Platz unterhalb des Palastes öffentlich köpfen lassen. Das Köpfen dauerte ihm aber zu lange, denn mit den stumpfen Schwertern aus Bronze mussten die Henker oft mehrmals zuschlagen, bis der Kopf endlich abgetrennt war. Deswegen ordnete Rahib an, Köpfen durch Hängen als Todesstrafe zu ersetzen. Außerdem stellte er eine Wachmannschaft am Damm auf, die bei Tag und Nacht patrouillierte. Seitdem waren die Delikte zurückgegangen.

Rahib schüttelte sich unwillig und blickte um sich. Auf den Gassen begann allmählich das abendliche Leben. Schwatzende Frauen, mit Einkaufskörben beladen, schreiende Kinder, die mitten im Getümmel Fangen und Verstecken spielten, Eselskarren, die sich ihren Weg durch die Stadt bahnten, Lastträger, Verkäufer, die ihre Waren anpriesen. Dazu der Duft von Gebratenem aus den vielen kleinen Garküchen der Stadt.

Rahib fühlte sich unter dem Pöbel nicht wohl. Was würde ihn zerstreuen und auf andere Gedanken bringen? Er könnte hinausgehen zum großen Tempel, aber da würde er am nächsten Tag sowieso hingehen müssen wegen der wöchentlichen Zeremonie. Er verwarf den Gedanken und machte sich auf den Weg in den Palast. Er würde bis zum Abendgelage ein wenig schlafen.

Er ging in Richtung des Palastes, nun hatten die Häuser gepflegte Vorgärten. Die Fensterrahmungen waren weißgekalkt und auf manch einem Dachvorsprung war ein Widdergeweih angebracht. Die Sabäer glauben doch tatsächlich, dass damit alle Unbill vom Hause abgewiesen wurde, dachte er amüsiert.

In dieser Gegend war es still. Vornehme Leute wie er und seinesgleichen gingen selten auf den Gassen spazieren, sie blieben in ihren kühlen, gepflegten Räumlichkeiten und mieden den Lärm und den Gestank und das Getümmel der Gassen. Die Einkäufe wurden von den Dienern erledigt. Und wenn Besuche bei Gleichgestellten gemacht wurden, huschte man gut verhüllt aus dem Haus und glitt so rasch wie möglich in den Schutz des nächsten Hauses. Die Straße gehörte dem gewöhnlichen Volk.

Dort war es staubig, überall lag Unrat herum, und der Wind aus der nahe gelegenen Wüste setzte sich mit seinen Sandpartikeln auf Haut und Kleider. Es stank nach Ziegenkot und menschlichen Fäkalien.

Rahib fühlte sich schmutzig nach dem Spaziergang durch die Stadt. Er schritt auf das Portal des Palastes zu. Die Wachen salutierten ehrerbietig, er beachtete sie nicht.

Die Mauern des Palastes waren bis zur Höhe eines Mannes aus Steinquadern, die Aufbauten aus ungebrannten Lehmziegeln und mit Putz überzogen. Er blickte hinauf zu herauskragenden Türmchen, die mit Zinnen verziert waren.

Ah, gut, dachte er, die Wachen stehen an ihrem Platz. Auf den Türmen der Mauern flatterten die rotbraunen Fahnen in der Abendbrise. Der Hügel war nicht ganz eben, sodass sich die gewaltige Palastmauer leicht wellenförmig entlangzog.

Rahib schritt durch das Hauptportal, das in einen großen Hof führte, der von vielen Räumen flankiert war. Hier waren, in zwei Stockwerken, die königlichen Verwaltungsangestellten tätig, die Schreiber, die Buchhalter, die Vermögensverwalter, Wirtschaftsexperten, die Versorgungsmannschaft, die

Rechtsgelehrten, Militärstrategen, die Handelsfachleute, kurz alles, was zum Funktionieren des Staates vonnöten war. Die meisten der Herren konnten weder lesen noch schreiben, sie mussten auf die Hilfe der professionellen Schreiber zurückgreifen, denen sie alles genauestens diktierten.

Rahib blieb einen Augenblick gedankenverloren stehen. Emsig kratzten die Schreiber die kleinen Bildsymbole der sabäischen Schrift auf ihre Holzstäbe, die schmal und lang waren, etwa so wie ein Unterschenkelknochen. Manchmal benutzten sie auch Palmrippen. Sie schrieben Verträge, Briefe, Verwaltungstexte, Vereinbarungen, saßen mit angewinkelten Knien und ritzten die Texte mit einem Metallstift oder einem Holzgriffel mit einer feinen Spitze aus Blei ein. Bei zusammenhängenden Texten wurde am Ende ein Loch durch das Holz getrieben, sodass eine Schnur durchgefädelt werden konnte. Und ab ins Archiv. Rahib wollte um nichts in der Welt mit diesen Schreiberlingen tauschen.

Schon gar nicht mit den Archivlingen und Schreibschülern. Es genügte nicht, dass die Schüler Sabäisch beherrschten, denn Saba trieb Handel mit vielen ausländischen Staaten, sodass es vonnöten war, große lexikalische Wörterbücher in den Hauptsprachen der Wirtschaftswelt zu erstellen und benutzen zu können.

Klar war ihm freilich, wie wichtig das hier alles war. Seit dem Aufschwung des Weihrauch- und Myrrhehandels, der dem Land gewaltige Einnahmequellen verschaffte, war der ganze Aufwand unumgänglich. Die gesamte Welt war begierig nach Weihrauch und Myrrhe, tonnenweise wurde das kostbare Gut über die Handelswege transportiert. Die Staatskassen waren prall gefüllt mit Goldbarren und Silber, und die Königin wurde nicht müde, sich aus den fernen, fortschrittlicheren Ländern die schönsten Dinge zu besorgen. Sie liebte Luxus, und sie liebte alles Moderne.

Als Rahib den mittleren Hof betrat, kam ihm ein älterer Mann entgegen.

»Verehrter General«, begann er vorsichtig. »Es gibt noch Entscheidungen zu treffen.«

»Was gibt's?«

Rahib konnte diesen Kerl nicht ausstehen. Es war der Rechtsgehilfe Mukarabil.

»Du erinnerst dich, Herr, die Todesurteile.«

»Sie sind unterschrieben, oder?«, fragte Rahib unwirsch. Was vergeudete dieser Zauderer seine Zeit.

»Ja, schon«, begann Mukarabil zögernd. »Aber ist das wirklich dein Ernst gewesen, diese Kerle töten zu lassen? Sie haben doch nur ein paar Säcke Gerste gestohlen.«

Rahib lief rot an vor Zorn.

»Zweifelst du an meinem Verstand? Sie haben zum wiederholten Mal gestohlen, darauf steht die Todesstrafe. Es gibt keinen Grund, Milde walten zu lassen«, er schnaubte laut. »Wie sähe es hier wohl aus, wenn du mit deiner dämlichen Güte alle Verbrecher frei herumlaufen ließest?« Er streckte seine geballte Faust in die Höhe. »Die fünf werden gehängt. Und damit Schluss.«

Er drehte sich um und ging über den Hof, hielt aber inne.

»Haben wir nicht auch noch den Sohn des Färbers, dem morgen die rechte Hand abgeschnitten wird?«, rief er laut hinter Mukarabil her.

Der drehte sich um und seufzte. »Ja, doch, Herr«, sagte er leise. »Aber …«

»Willst du den auch laufen lassen, was?« Rahib schlug sich mit der Hand in die Faust. »Er hat seinen Vater geschlagen! Kennst du unsere Gesetze nicht mehr?«

»Nun …«, begann Mukarabil. »Er ist doch noch so jung.«

»Nichts will ich hören«, schrie der General. »Alle Verurteilten werden morgen ihre Strafe bekommen.« Er drehte sich noch einmal um. »Ausnahmslos.«

Nun ging er mit raschen Schritten weiter, vorbei an den Stuben der Tributberechner. Eigentlich waren das auch Buchhalter, aber mit einer Spezialausbildung. Sie mussten penibel darauf achten, dass die Einnahmen korrekt verrechnet wurden, damit dem Assyrerkönig der zustehende Tribut unanfechtbar richtig ausgeliefert werden konnte. Dromedare, Weihrauch, Myrrhe, purpurgefärbte Textilien und Alabaster wurden regelmäßig in den Norden geschickt. Ein hoher Beamter begleitete jeweils diesen kostbaren Zug auf seinem Weg hinauf ins Zweistromland. Es war eine gefährliche Reise, lang und durch unwirtliche Gegenden, ständig drohte die Gefahr eines Überfalls durch räuberische Banditen. Die Karawane wurde von Soldaten beschützt, Rahib kannte das nur allzu gut, er war mehrmals deren Kommandant gewesen.

Auf der anderen Seite des Hofs lag der Empfangssaal der Königin, ein langgestreckter Bau, an dessen südlichem Ende der Thron stand. Hinter dem Thronsaal öffnete sich erneut ein großer Hof, der von vielen Räumen umgeben war.

Hier lebte die Königin mit ihrem Gefolge. An den Thronsaal anschließend, durch eine kleine Gasse getrennt, lag das Haus des Generals.

Es war viel zu groß für ihn, denn er wohnte alleine. Deshalb benutzte er nur ein paar Zimmer, der Rest stand leer. Zu ebener Erde lagen die Küche und die Vorratsräume. Daneben hatte Rahib sich ein Badezimmer einrichten lassen.

Eine Wanne stand darin, die er sich nach eigenem Entwurf von den Maurern der Königin hatte anfertigen lassen. Er hatte Badezuber in Mari gesehen, einer Stadt am Euphrat, und war begeistert gewesen. Aber er hatte versäumt, nachzufragen, wie dieser ausgefallene Bottich nachzubauen sei. Er beriet sich lange mit den Töpfern vor der Stadt und den Maurern, bis sie ein Modell entwickelt hatten, das leicht anzufertigen und wasserdicht war. Die gemauerte Wanne wurde mit Lehm verputzt und anschließend so lange angefeuert, bis aus dem Lehm wasserundurchlässiger Ton geworden war.

Rahib war sehr stolz auf seine aufwendige Errungenschaft. Er badete oft und gern, sein harter Sinn fand dabei Momente der Entspannung.

Mühsam war allerdings das Entleeren der Wanne. Mehrere Diener mussten mit großen Holzkellen das gebrauchte Wasser herausschöpfen. Es dauerte lang, und die Dummköpfe von Bediensteten spritzten dabei das Wasser im ganzen Raum herum. Immer wieder grübelte Rahib über diese unbefriedigende Situation nach.

Erst als er eines Tages auf seinem Abtritt hockte, der in der Ecke des Badezimmers angebracht war und aus zwei aufgeschichteten Steinplatten bestand, auf denen er unbequem kauerte, während seine Exkremente in den Schacht darunter fielen. Als der Diener herbeieilte, um die Notdurft des Gebieters mit Wasser nachzuspülen, damit sie in die Entwässerungsrohre floss, kam Rahib auf die Lösung.

Er rief nach dem Schreiner, der ihm einen kleinen Kegel zimmern musste, der mit Fäden aus Palmblättern umwickelt wurde und in den Abfluss, den Rahib in die Badewanne hatte schlagen lassen, gesteckt wurde. Darunter ließ er ein Tonrohr legen, das mit dem des Abtrittes verbunden wurde. Und schon floss das Wasser ab!

Natürlich sprach sich Rahibs erlesene Badezimmereinrichtung wie ein Lauffeuer im Palast herum. Die Königin ließ sich im Handumdrehen einen ebenso exquisiten Baderaum bauen. Mit gekachelten Wänden und mehreren Fenstern, um den Raum gut zu durchlüften.

Durch eine dicke Mauer getrennt und mit einem separaten Eingang ging es in den dritten Raum des Erdgeschosses, dem Empfangszimmer des Generals. Dort nahm er seine Mahlzeiten an einem hölzernen Tisch ein, um den ein paar Stühle standen. Die Wände des Zimmers waren mit bunten Fresken bemalt. Auf dem Tisch lag ein kunstvoll verziertes Spielbrett. Ansonsten war das Zimmer leer. Rahib empfing hier seine offiziellen Besucher, für größere Empfänge benutzte er den Hof.

»Lahaythat!«, rief er jetzt ungeduldig. »Wo steckst du?«

Er warf den Vorhang zur Küche beiseite. Seine Dienerin kniete am Boden und mahlte mit einem dicken Reibstein auf einer Platte Mehl.

»Wieso machst du das selbst? Ich hab dir schon hundert Mal gesagt, du sollst das in deinem Alter nicht mehr selber machen!«

Lahaythat blickte auf, ohne mit dem Hin-und-Herwalzen des Reibsteines innezuhalten.

»Aber Rahib, Herr«, sagte sie ruhig. »Du weißt doch, dass in dem Mehl oft Spreizen mit klitzekleinen Steinchen sind. Das ist nicht gut für deine Zähne, sie nutzen sich sonst so sehr ab. Deswegen mahle und siebe ich das Mehl immer noch einmal, bevor ich Brot für dich backe.«

»So ein Unsinn«, er schüttelte unwirsch den Kopf. »Hör jetzt auf damit! Und bereite mir ein kaltes Bad.«

Sie nickte und erhob sich mühsam. Das Alter machte ihr langsam zu schaffen. Sie schlief schlecht und war dann tagsüber oft müde und fühlte sich ausgelaugt. Aber sie ließ keine andere Dienerin in die Nähe ihres Herrn. Sie war für ihn alleine zuständig und würde das Feld erst räumen, wenn sie auf der Totenbahre läge. Sie wischte sich das Mehl von den Händen, ging hinaus in den Hof und schrie mit heiserer Stimme nach den beiden Dienern, die für das Putzen zuständig waren.

»Der Herr wünscht ein kaltes Bad.«

Die beiden huschten eilig zum Brunnen und begannen, große Amphoren mit Wasser zu schöpfen und sie ins Badezimmer zu tragen. Die alte Dienerin holte einen kleinen Glasflakon und tröpfelte ein wenig Moschus ins Badewasser.

Umständlich zog Lahaythat ihrem Herrn die Sandaletten aus, den Wickelrock, nahm ihm den Schmuck von den Armen und zog ihm die goldenen Ohrringe heraus. Er stieg in das duftende Bad.

»Ah, natürlich nicht kalt genug, wie immer«, raunzte er schlechtgelaunt.

Aber sie reagierte nicht auf seinen rabiaten Ton. Sie kannte ihn, hatte ihn gesäugt und aufgezogen. Sanft rieb sie ihn mit dem Schwamm ab, auf den sie Waschpaste gegeben hatte. Es war ihr eigenes Rezept. Ein wenig pflanzliches Fett, vermischt mit geriebenem Kalkstein, Salz und Honig. Damit hatte sie Rahib schon als Kind gewaschen.

Sie sprachen nicht. Sie wussten alles voneinander. Wobei es von ihr nicht viel zu wissen gab.

Lahaythat spürte, wie der Nacken des Generals sich langsam entspannte. Er hatte die Augen geschlossen und war eingenickt.

Sie fuhr ihm ganz sacht über den kahlgeschorenen Schädel.

»Ach, Rahib«, seufzte sie.

4

»Sei willkommen, mein werter Rahib, endlich bist auch du da«, sagte die Königin freundlich und wies ihn an, an ihrer Seite Platz zu nehmen.

Bilqis lag in einem Meer von Kissen, sie trug ein plissiertes Gewand aus weißer, hauchdünner Baumwolle mit geschmückten Borten und bunten Fransen. Es war halsfrei mit kurzen, engen Ärmeln. Ihren Kopf krönte eine kunstvolle Perücke, die mit schwarzen, verschlungenen Zöpfchen und bunten Bändern verziert war. Die dunklen Augen waren mit Kajal betont. Sie trug viele Reifen an den Armgelenken und große, runde Ohrringe aus dunklem Gold. Ein samtener Duft von Rosenöl und pulverisiertem Weihrauch entströmte ihrer glänzend dunklen Haut.

»Nimm Platz.«

Ihre Stimme war seidig, ihr voller Mund lächelte. Mit einer anmutigen Bewegung lud sie Rahib ein, in ihrer Nähe Platz zu nehmen. Ihre Armbänder klirrten, und immer noch trug sie die Gewänder von einst, obwohl sie darin noch fülliger aussah, als sie war. Ihre frühere, sprichwörtliche Schönheit verblasste zusehends und machte einer ehrwürdigen, etwas trägen Mütterlichkeit Platz. Sie war mollig geworden. Ihre Schärfe war gewichen, ihre Koketterie auch, nicht aber ihr brillanter Geist, mit dem sie so viele Jahre schon den Staat führte.

Nunmehr war sie ein wenig behäbig und überließ gerne die Staatsgeschäfte ihren treuen Beamten. Allen voran vertraute sie Rahib. Mit ihm war sie aufgewachsen, ihr Vater und seiner waren Freunde gewesen, hatten gemeinsam dafür gesorgt, dass aus Saba ein blühender Handelsplatz wurde. Warum hätte sie nicht dasselbe tun sollen? Die aufrichtige, tiefe Loyalität Rahibs war ihr gewiss. In den zwanzig Jahren ihrer Regentschaft hatte er sie nicht ein einziges Mal enttäuscht oder schlecht beraten. Seine rohe Art störte sie nicht. Den Gerüchten über seine Gewalttätigkeiten schenkte sie kein Gehör. Ihr, das wusste sie, war er treu ergeben.

»Verzeih, Herrin«, sagte er entschuldigend.

Es war sehr unhöflich, erst nach der Fürstin einzutreffen, aber Rahib hatte zu lange geschlafen und war erst aufgewacht, als Lahaythat ihn vorsichtig an der Schulter berührte.

»Wach auf, Gebieter«, hatte sie geflüstert. »Unsere Herrin erwartet dich.«

Schnell hatte sie ihn eingeölt, ihm den gefältelten Rock umgebunden, die goldenen Armspangen mit den Löwenköpfen angelegt.

»Ist es ein offizieller Abend?«, fragte sie.

Er schüttelte den Kopf.

»Dann brauchst du keine Perücke und keinen Bart«, sagte sie, »das spart uns Zeit.«

Den Göttern sei Dank, dachte Rahib. Denn er konnte diese neue Männermode mit den Perücken und den falschen, eingeölten Lockenbärten, die hinter dem Ohr festgezurrt werden mussten, nicht ausstehen. Er schwitzte in dieser Verkleidung und trug sie nicht elegant und selbstverständlich wie die anderen am Hof.

»Nur die Ringe und die Halsketten«, brummte er.

Lahaythat hauchte noch einmal auf die guten Stücke und polierte sie an ihrem Gewand. Dann streifte sie die goldenen Ringe mit den schweren Karneolsteinen an seine klobigen Finger und legte ihm zwei Ketten aus geschliffenen Lapislazuli um den kurzen, feisten Hals.

Er schubste sie weg.

»Schon gut«, sagte er. »Hol jetzt die Lampe.«

Sie huschte vor ihm den gepflasterten Weg hinüber zum privaten Teil des Palastes und hielt die Öllampe für ihn. Die Gäste der Königin saßen im Hof. Man hatte Teppiche unter den Palmen ausgelegt, Polster und Kissen darauf verteilt. Auf niedrigen Tischchen standen die Getränke der Gäste. Sie schlürften den importierten Wein mit Halmen aus Stroh, so wie es auch am Hof in Babylon Sitte war. Es waren nur Männer anwesend, sechs der wichtigsten Beamten am Hof, sie saßen auf dem Erdboden, hatten es sich mit den Polstern und Kissen bequem gemacht, alle waren barfuß.

»Nun«, lächelte die Königin, die abends nicht gerne allein war, weshalb sie oft Gesellschaft pflegte. Eine Einladung zu ihren abendlichen Runden konnte nicht abgelehnt werden, auch wenn die Herren gerne einmal pausiert hätten. Außer Rahib hatten sie alle Frauen und Kinder.

»Nun, wie steht es draußen am Staudamm?«, fragte sie Rahib.

Bilqis selbst hatte keine Familie mehr, nur ein einziger Sohn war ihr geblieben. Er war zu Studienzwecken nach Niniveh geschickt worden. Schon zwei Jahre war er fort und schrieb ganz selten. Nur sein Diener berichtete ab und an von seinem Wohlbefinden.

Bilqis blickte sinnend auf den General. Er hatte ihr sehr geholfen, damals, als die Katastrophe über sie hereinbrach, als sie glaubte, nicht weiterleben zu können. An dem Tag, als sie, ihr Gemahl und die vier Kinder draußen an einem schattigen Plätzchen im Tal des Flusses einen Imbiss einnahmen. Sie waren hinausgeritten, hatten die Pferde an die Akazienbäume gebunden und saßen lachend und plaudernd auf einem bunten Teppich. Die Diener reichten frische Datteln und eine raffinierte Neuerwerbung aus Ägypten, Granatapfelkerne. Sie schmeckten säuerlich und erfrischend.

Ihr Kleinster, der vierjährige Schamschi, musste austreten. Sofort stand ein Diener bereit, aber Bilqis winkte ab.

»Schon gut«, sagte sie. »Ich gehe selbst mit ihm.«

Sie kletterten den Hang hinauf, Schamschi wollte, dass ihn auch wirklich niemand sah, wenn er sein Röckchen hob.

Sie waren schon ziemlich hoch über dem Tal, als Bilqis plötzlich ein seltsames Rauschen hörte. Sie blickte forschend in das Tal hinunter, sah aber nichts. Hörte nur dieses Brausen und Raunen, das sie nicht einordnen konnte. Sie war beunruhigt, schaute ängstlich um sich, sie fühlte eine seltsame Überreizung, als zitterte etwas in ihrem Rückenmark. Sie reckte den Hals vor, lauschte angespannt. Da plötzlich sah sie es. Sie sah eine Flutwelle das Tal herunterjagen in einer solchen Geschwindigkeit, dass sie kaum mit den Augen folgen konnte.

»Nein!«, schrie Bilqis. »Nein! Nein!«

Aber schon hatte die Flut ihre Liebsten erreicht und riss sie mit sich fort. Ihr Mann, die Kinder, die Diener, die Pferde wurden unter den Wassermassen fortgeschleudert. Sie und der kleine Schamschi standen wie versteinert auf dem Felsvorsprung und sahen, wie alles, was ihnen lieb und teuer gewesen war, einfach mitgerissen wurde, verschwand, unterging, versank. Innerhalb von Bruchteilen von Sekunden.

Es dauerte nicht lange, dann war der Spuk vorbei. Sie hatten zwölf Tote zu beklagen und eine zerstörte Plantage. Die gemauerte Talsperre hatte der Flut nicht standgehalten. Das war vor vierzehn Jahren gewesen.

»Bau endlich den Damm, Königin«, hatte Rahib ihr nach den Begräbniszeremonien gesagt. »Marib braucht diesen Damm. Es kann jederzeit wieder passieren. Bilqis, verschließ nicht länger deine Augen.«

Rahib war schon lange für den Bau eines richtigen, eines festen, massiven Damms gewesen. Die Pläne lagen längst schon im königlichen Archiv bereit, aber Bilqis hatte immer gezögert. Es war so kostspielig, diese Mauer zu bauen, so viele Arbeiter mussten eingestellt, so viele Mäuler mehr gestopft werden, und es war doch nie etwas wirklich Schlimmes passiert. Nur kleine, urplötzliche Überflutungen, sicher, manchmal waren ein paar Bauern dabei draufgegangen. Aber eine Katastrophe war es nie. Und nun dies!

»Bau den Damm, Bilqis.«

Rahib hatte insistiert. Und so gab sie nach, ließ den ersten großen Damm in Marib bauen, der allen Flutwellen standhalten sollte.

»Am Tosbecken sind einige Ausbesserungen nötig«, antwortete Rahib nun scharf. »Damit es zu keinen Rissen und Schäden in den Kanälen kommt.«

Die Königin stöhnte.

»Nicht schon wieder!« Sie richtete sich ein wenig auf. »Wie viel Zeit veranschlagst du?«

»Ich schätze drei Monde.« Rahib wusste schon, was nun kommen würde.

»Der Damm ruiniert mich noch.«

Ihre Entrüstung war nicht gespielt. Sie war eine ziemlich sparsame Frau, wenn es nicht um Schmuck, Luxusgegenstände, Parfum, Möbel, Stoffe ging.

»Das letzte Mal hat es mich Tausende von fetten Schafen und Kamelen gekostet und Hunderte von Kamelladungen mit Trauben- und Dattelmost.« Sie strich sich über ihr kleines Doppelkinn. »Wie viele zusätzliche Arbeiter wirst du brauchen, Rahib?«

»Mach dir darüber keine Sorgen, Königin«, antwortete Rahib kurz.

»Dann stimmt es also?«, fragte sie.

Die anderen Männer hoben ihre Köpfe und starrten gespannt auf Rahib.

»Was soll stimmen?«

»Dass du Zwangsarbeiter aushebst?«

»Ja, und?«

»Weil es gegen unsere Sitten geht!«, rief Himata, der Vorsteher der Schreiberschule, aufgebracht. »Unsere Sitten verbieten es!«, wiederholte er und streckte den Zeigefinger nach oben.

Die anderen Beamten nickten.

»Ja, er hat recht.«

»Nie ist so etwas bei uns geschehen.«

»Es ist frevelhaft, Königin, du darfst das nicht dulden!«

»Bedenke, Herrin, die Schande!«

»Nie darf bei uns so etwas geschehen. Zwangsarbeiter. Nein!«

Sie redeten aufgeregt und wild fuchtelnd durcheinander, nur der General blieb ungerührt.

Bilqis deutete mit einer winzig kleinen Handbewegung auf ihn und alle schwiegen sofort. Sie zog die Brauen ein wenig in die Höhe.

»Nun, ich höre.«

»Es ist eine ganz einfache Rechenaufgabe, Fürstin. Das ist alles.« Er lächelte hochmütig. »Die Zwangsarbeiter bekommen zu essen und zu trinken, den angeheuerten Arbeitern muss ich aber auch noch zusätzliche Rationen als Entlohnung austeilen. Bei fünftausend Arbeitern geht das ins Unendliche.«

»Du wirst sie schlecht behandeln und auspeitschen lassen, du Untier, wir kennen dich«, entwischte es Himata. »Wir haben eine Gesetzgebung, du kannst nicht einfach tun, was du willst!«, rief er außer sich vor Zorn.

Die anderen nickten.

»Erstens, verehrter Herr Schreiber«, Rahibs Stimme war eisig, »lasse ich jeden auspeitschen, der faul ist und seine Pflichten nicht erfüllt, der stiehlt und schlampig arbeitet. Egal, ob Zwangsarbeiter oder nicht.« Er sah sich im Kreise um. »Und zweitens ist mir nicht bekannt, dass dazu in unseren Gesetzen etwas steht.« Er hob beide Hände. »Aber ich lasse mich gerne belehren.«

»Genehmigt, lieber General«, sagte Bilqis leise, aber sehr bestimmt. »Du kannst so verfahren, wie du es vorgeschlagen hast.«

Für einen Augenblick herrschte atemlose Stille. Die Männer starrten ihre Königin fassungslos an. Die wandte sich freundlich lächelnd Himata zu.

»Und was machen die neuen Schüler, wie stellen sie sich an?«, sagte sie in einem harmlos geselligen Ton.

Sie winkte die Diener herbei, die die Becher neu füllten und kleine Lauchzwiebeln und gegrillte Rippenstücke vom Schaf reichten. Das Gespräch kam langsam wieder in Schwung. Nach einigen Bechern Wein löste die Königin die Abendrunde auf, sie erhob sich aus dem Kissenberg, neigte leicht den Kopf.

»Die späte Stunde vertreibt mir die liebsten Gäste.«

Das sagte sie bei jeder Einladung, und das war das Signal zum Nachhausegehen. Die Herren standen nun auch auf und verabschiedeten sich unterwürfig, indem sie beide Hände über der Brust kreuzten, sich vor der Herrscherin tief verbeugten und dann langsam rückwärts aus dem Hof gingen. Keiner durfte der Fürstin sein Hinterteil zeigen, noch durfte ein Untertan höher stehen als die Herrscherin.

Nur Rahib blieb noch. Auch er verbeugte sich, und als er den Kopf wieder hob, begegneten sich ihre Blicke. Bilqis sah ihm suchend in die dunklen Augen, die nichts an Gefühl preisgaben. Wie seit eh und je, fuhr es ihr durch den Sinn. Sie musste plötzlich an ferne Zeiten denken, als sie verzweifelt in seinen Armen Trost gesucht hatte, nachdem ihr Gemahl ihr so grausam entrissen worden war.

Er war der Einzige, der infrage gekommen war, er stand ihr nah, war ihr Vertrauter, war verschwiegen, und er war sehr männlich. Ein paar Mal hatte sie ihn rufen lassen, hatte das Lager mit ihm geteilt, hatte gehofft, bei diesem muskulösen Athleten Heil zu finden in ihrer fraulichen Einsamkeit, in ihrer ungewollten Keuschheit. Aber Rahib hatte ihr nur harte Männlichkeit geboten, einen kraftvollen Körper, eine sprachlose Kopulation wie bei Tieren, eine leidenschaftslose Vermählung. Er blieb kalt und unergründlich, sie war jedes Mal ermattet zurückgeblieben, noch einsamer als zuvor, traurig und hoffnungslos. Sie hatte ihn nach einer Weile nicht mehr rufen lassen. Und beide hatten nie ein Wort über diese Vorkommnisse verloren.

»Gute Nacht, Fürstin«, sagte er und verschwand in der Dunkelheit.

In seinem Kopf hatten sich andere Gedanken breitgemacht. Den ganzen Tag hatte er an das junge Ding denken müssen, an die helle Tochter seiner Geliebten. Er lag auf seiner Schlafstatt und sah sie vor sich. Elastisch wie eine hüpfende Gazelle, mit Brüsten weich und rosig, eine frische Blume, die noch keiner gepflückt hat. Er verlor sich in seinen Vorstellungen, wie er dieses Mädchen nehmen würde. Immer und immer wieder. Morgen früh reite ich sofort in die Schenke, dachte er, und hole sie mir.

5

»Nein!«, schrie Lilith. »Nein, Mutter, nein, bitte nicht! Tu es bitte, bitte nicht!«

Yala stand drohend vor ihrer Tochter. »Oh, doch, du kleines Biest, und ob ich es tun werde.«

Lilith stürzte sich ihr zu Füßen und umklammerte ihre Beine.

»Nein, Mutter, das darfst du mir nicht antun!«

Es schüttelte sie vor Schluchzen. Voller Verzweiflung warf sie sich auf ihre Liege und schlug mit den Fäusten auf den Boden.

»Ich will nicht!« Ihre Stimme überschlug sich beinahe. »Niemals. Da sterbe ich lieber.«

Yala blickte ungerührt auf ihre Tochter.

»Du wirst mir nicht länger im Weg stehen«, sagte Yala kalt.

»Aber ich habe doch überhaupt nichts getan!«

»Du wirst verheiratet werden.«

Mit einem einzigen Satz hatte Yala die Träume und Hoffnungen ihrer Tochter zerstört.

»Du wirst verheiratet werden«, wiederholte sie nun noch einmal sehr bestimmt. »Und den Bräutigam habe ich schon ausgesucht.«

Das stimmte allerdings nicht, sie hatte noch gar keine Zeit gehabt, darüber nachzudenken, wer denn überhaupt infrage käme. Die Idee, sich der viel zu hübschen Tochter auf diese Weise zu entledigen, war ihr erst vor ein paar Stunden in den Sinn gekommen. Eine panische Angst, die ihre Vernunft lähmte, eine Bedrohung, die ihr den Atem nahm, hatten sich ihrer bemächtigt. Zitternd und blindwütig hatte sie darüber nachgebrütet, wie sie es verhindern könnte, dass Rahib sich von ihr abwendete und ihre Tochter seine Leidenschaft entflammte, so wie sie einst. Sie konnte diese Vorstellung nicht ertragen. Sie raste vor Eifersucht.

Sie würde Lilith verheiraten, die dann als Ehefrau und Mutter hinter den Mauern ihres neuen Zuhauses verschwinden würde und ihr den geliebten Mann nicht mehr wegstehlen könnte.

»Mutter«, flehte das Mädchen, »du hast mir doch immer gesagt, ich könne mir selbst einen Mann aussuchen. So wie du. Du hast Papa doch auch selber gewählt. Du hast mir versprochen, dass ich frei bin.«

»Daran erinnere ich mich nicht.«

»Aber was wird Papa sagen?« Sie heulte laut auf. »Er will doch nicht, dass ich unglücklich bin.«

»Auf den können wir nicht warten.« Sie zuckte mit den Achseln. »Der könnte sich sowieso zu nichts entschließen. Wie üblich.«

»Ich will ihn nicht.« Lilith war außer sich. »Ich will ihn nicht, wer immer es auch ist.« Sie hob ihren Blick und schaute ihrer Mutter ins Gesicht. »Ich werde nicht heiraten.«

»Das werden wir ja sehen.« Um Yalas Mund zuckte es leicht. »Du wirst den nehmen, den ich für dich ausgesucht habe. Und du wirst dann heiraten, wann ich es bestimme.«

»Aber ich bin doch noch viel zu jung«, wimmerte sie.

»Zu jung?«, höhnte Yala. »Zu jung, um dem General schöne Augen zu machen, bist du nicht, was?«

»Ich habe diesem abscheulichen Kerl keine schönen Augen gemacht!«

Wie konnte ihre Mutter sich nur so etwas einbilden. Yala schlug ihr ins Gesicht.

»Keine weitere Erörterung, die Angelegenheit ist erledigt.«

Lilith lag auf dem Boden, hielt sich die Backe und weinte und stöhnte.

»Mutter, Mutter!«

Yala rief nach einer der alten Dienerinnen. Die katzbuckelte die Treppe herauf.

»Herrin?«

»Du wirst ab sofort Lilith das Weben, Spinnen und Nähen beibringen.« Die Dienerin nickte erschrocken. »Hier in diesem Zimmer.«

»Aber, Mutter, du hast doch immer gesagt, ich soll eine Geschäftsfrau werden wie du. Wozu muss ich spinnen und weben?«

»Numarit eignet sich tausendmal besser fürs Geschäft als du«, sagte Yala. »Mit dir gibt es nur Scherereien.«

Sie wandte sich wieder der Dienerin zu.

»Ihr werdet von nun an den ganzen Tag zusammen sein. Du bringst ihr die Speisen hier in dieses Zimmer, arbeitest mit ihr, bringst sie zu Bett. Lilith wird nicht mehr unten in der Schenke auftauchen, sonst bekommst du Schwierigkeiten.«

Die Dienerin zuckte zusammen und nickte ängstlich.

»Einzig in unserem Hof kann Lilith sich noch aufhalten. Spaziergänge in die Stadt sind ab sofort untersagt. Verstanden?«

»Ja, Herrin.«

»Aber, Mutter«, Lilith versuchte es noch einmal. Ihre Stimme zitterte. »Wieso soll ich denn als Erste heiraten? Ich bin doch die Jüngste …«

Ein scharfer Blick Yalas ließ sie verstummen. Es hatte keinen Sinn. Ihre Mutter war entschlossen, sie grausam zu bestrafen. Zu bestrafen für etwas, was sie überhaupt nicht getan hatte.

»Geh und hol den Webstuhl und die anderen Dinge, die ihr braucht«, herrschte Yala die Dienerin an.

Plötzlich vernahmen sie unten im Lokal eine laute Stimme.

»Wo ist sie?«

Der das schrie, war er, Rahib, der General.

Er brüllte erneut.

»Wo ist sie?«

Sie hörten, wie er die Treppen hinaufstürmte. Mutter und Tochter starrten einander an. Dann begann Yala zu lächeln. Rahib stand nun auf dem Treppenabsatz.

»Wo ist sie?«

Sein Gesicht war rot angelaufen.

»Ich bin hier«, flüsterte Yala erregt.

Er schubste sie beiseite.

»Dich meine ich nicht.«

Yala erblasste und öffnete ungläubig den Mund.

»Deine Tochter will ich sehen. Die kleine, die hellhaarige.«

Schnell ließ Yala den Vorhang zu Liliths Zimmer herunter. Aber für einen Moment konnte Rahib sie sehen, wie sie auf dem Boden lag, nur leicht bekleidet und ihm erschrocken das Gesicht zuwandte. Sofort spürte er seine Gier. Er wollte sie haben.

Wer sollte ihn eigentlich hindern, das Zimmer zu betreten und sie zu nehmen. Jetzt. Sofort. Wer sollte ihn hindern? Er war einer der mächtigsten Männer des Staates, er hatte nichts zu befürchten, niemand würde ihn für diesen kleinen Ausrutscher belangen. Oder meinte etwa die Schankwirtin, die ihn so aufgebracht anstarrte, sie könnte ihn von irgendetwas abhalten. Yala hatte keinen Einfluss auf sein Tun, und ihres Körpers war er längst überdrüssig. Und wenn er das Mädchen vergewaltigen wollte, wäre sie die Letzte, die ihn daran hindern könnte.

Er schnaufte laut, stierte auf den geschlossenen Vorhang und versuchte, seine Gedanken in Ordnung zu bringen. Gewiss, seine Männlichkeit pochte unter seinem Rock heiß, aber so würde es ihm keine Freude machen. Er wollte das kleine widerspenstige Luder anders. Gekrochen sollte sie kommen und ihn bitten um seine Gunst, wimmern sollte sie und demütig ihre Hingabe anbieten, von selber ihren Rock heben sollte sie. Ja, so soll es sein, dachte er, und so wird es sein. Alles, was ich brauche, ist Geduld und einen Plan.

Er drehte sich um und packte Yala am Arm.

»Komm, du!«

Er zog sie in ihre Schlafkammer, warf sie auf die Liege, riss ihr die Schenkel auseinander und drang mit der Begierde, die ihrer Tochter galt, in sie ein. Sie schrie auf, er tat ihr weh, sein Glied war hart. Sie spürte es wie ein scharfes Messer. Unbarmherzig und roh befriedigte er sich an ihr, zog seinen Penis aus ihr heraus, wischte ihn an ihrem Laken ab, schob seinen Rock zurecht und verließ das Zimmer.

Yala presste ihre Schenkel zusammen. Wie Feuer brannte

ihre Scheide. Langsam drehte sie sich auf die Seite und starrte lange an die Wand.

Er hat mich gedemütigt, dachte sie, erniedrigt und entweiht. Sie winselte leise wie ein getretener Hund. Es wird vorübergehen, sprach sie auf sich ein und richtete sich langsam auf, es wird vorübergehen, und er wird mich wieder lieb haben, wird mich in seine kraftvollen Arme nehmen, so wie früher.

Sie saß nun aufrecht im Bett.

»Er muss sie vergessen«, wiederholte sie laut, »er wird Lilith vergessen.«

Dafür aber muss sie verschwinden, ein für allemal werde ich sie aus seinem Blickfeld reißen.

Yala atmete tief durch und stieg die Treppe hinunter in den Hof. Sie wusch sich, kleidete sich neu ein und verließ das Haus. Ihren Umhang tief über den Kopf gezogen, ging sie aus der Stadt hinaus hinüber zum Almaqah-Tempel.

»Oh, ihr Götter, helft mir«, murmelte sie.

Sie erreichte das Nordtor des gewaltigen Tempelkomplexes, der dem Hauptgott von Marib, dem Herrn von Bar'an, Almaqah, geweiht war.

Vor dem Eingang hatten Händler ihre Tücher ausgebreitet, auf denen sie ihre Erzeugnisse ausgelegt hatten. Gaben, die dem Gott im Tempel dargebracht wurden. Als Unterstützung der Bitten, die man an ihn richtete, oder als Dankeschön, wenn er den Bitten Gehör geschenkt hatte.

»Schöne Ware«, riefen die Händler.

Es war um die Mittagszeit, die Sonne brannte, und es gab wenig Menschen, die den Tempel besuchten. Alle Verkäufer stürzten sich auf Yala.

»Gute Ware. Große Auswahl. Nicht teuer.«

Sie riefen alle durcheinander und hielten Yala die Gegenstände vor das Gesicht. Kleine Statuetten aus Ton oder Alabaster, Räuchergefäße in allen Größen, winzige Altäre, kleine Steinböcke und Stiere, Keramiktöpfchen, kleine Kamele, Esel, bunte Inschriftentafeln, die den Gott priesen. In jeder Preisklasse konnte jeder Fromme Gaben für Almaqah kaufen.

Yala entschied sich für einen Steinbock und einen Stier, die Symbolfiguren des Gottes. Sie nahm solche der mittleren Preisklasse, feilschte ungeduldig mit dem Verkäufer, warf ihm nach einer Weile zwei winzige Silberbarren hin. Er maulte laut, wollte mehr, aber Yala hatte die Ware schon im Arm und schritt in den Tempel.

Gleich war sie umfangen von dem gepflasterten Hof mit der gedeckten Galerie, die ihn umgab, von den hohen, schmalen Pfeilern, ein jeder aus einem einzigen Stück geschlagen. In den Umgängen waren Bänke aus Alabaster, die mit Reliefs verziert waren, auf denen sich Antilopenköpfe und kniende Steinböcke tummelten.

Hier mussten die Besucher der niedrigen Klasse, also auch sie, ihre Gaben abgeben. Weiter durften sie nicht. Die Bänke waren voller Geschenke, die farbigen Inschriftentafeln lehnten an den Wänden. »Almaqah sei Dank«, »Almaqah hat uns gerettet«, »Die Sippe von Yagur dankt Almaqah«, »Dir Himmlischer sei Dank«. Dank für eine gute Ernte, für einen Sohn, für die Schlichtung in einem Streit, für eine gute Rückkehr von einer Reise.

Yalas Status als Wirtin und Bordellbesitzerin war keineswegs hoch, aber heute wollte sie in den heiligen, ihr eigentlich versperrten Bezirk. Sie hatte wichtige Dinge mit dem Gott zu besprechen. Also opferte sie eine Karneolkette für den Wächter, damit er sie einließ in das Innere des Tempels.

Sie stieg die Treppen hinauf, die zu dem Plateau führten, auf dem der riesige Tempel stand. Sie ging durch die Pfeiler hindurch, musste sich dafür ein wenig schlank machen, denn der Abstand zwischen den Pfeilern war eng.

Und dann stand sie im Haus des Gottes. Es drang kein Licht von außen in den Tempel, er war fest ummauert und somit gut geschützt vor Sand und Staub und Hitze.

»Oh, Attar, hilf«, betete Yala und legte ihre Gaben auf eine der Bänke, die sich entlang der Wände zogen.

Schlanke, hohe Pfeiler waren auch hier den Außenwänden vorgelagert. Der kleine Hauptraum des Tempels, die Cella, war abgeschlossen und durfte nur von den Hohenpriestern und der Fürstin betreten werden. Yala wusste nicht genau, was sich in der Cella befand. Das Bildnis Almaqahs vielleicht, den sie Attar nannte, so wie man den Herrscher über die Fruchtbarkeit und den Regen in ihrem Heimatdorf Shurwah nannte. In Marib nannten sie ihn Almaqah, aber Yala hatte sich nie daran gewöhnen können.

Sie stand im Dunkel des gewaltigen Bauwerks und hob die Hände, streckte sie weit in die Höhe.

»Attar, hilf«, flehte sie.

Wo sollte sie nach einem Bräutigam für Lilith suchen? Wer kam infrage? Sie hatte sich nie darüber Gedanken gemacht. Aber jetzt eilte es.

»Attar, hilf!«

In Gedanken ging sie die Familien in Marib durch, die sie kannte. Für ihren sozialen Status kam eine Verbindung nur mit Bäckern, Schustern, Bierbrauern, Töpfern und all den anderen Handwerkern infrage.

Noch vor ein paar Wochen hätte es sie geschüttelt bei dem Gedanken, sich mit solchen einfachen Menschen verwandtschaftlich zu verbinden. Der Bäcker nebenan hatte nur Töchter, der Sattler gegenüber hatte drei Söhne, aber die waren noch klein, mit dem Bierbrauer lag sie in ständigem Streit, weil er zu hohe Preise verlangte. Es fiel ihr niemand ein.

»Attar, hilf!«

Sie zermarterte sich das Hirn. Unter Nikomedes Freunden zu suchen, war nicht ratsam, denn es waren alle Kameltreiber, die ständig unterwegs waren und nicht auf ihre Frauen aufpassen konnten. Was sollte sie nur tun?

»Attar, hilf!«

Und plötzlich kam ihr die Eingebung. Natürlich! Sie musste nach Shurwah gehen, in ihr Heimatdorf, dort würde ihr die Familie helfen, den richtigen Mann auszusuchen. Dort wusste auch niemand von Liliths Liebreiz, niemand wusste, dass sie verwöhnt und in Haushaltsdingen völlig unerfahren war. Sie würde sie als einfaches, arbeitsames Ding hinstellen und rasch an den Mann bringen. Sie wäre dann auch weit genug weg von Marib, schön eingesperrt in einem finsteren

Lehmhaus und damit unschädlich gemacht. Das war's. Shurwah! Sie atmete auf.

»Attar, dir sei Dank!«

Rasch verließ sie den Tempel, eilte nach Hause, gab Anweisungen, wie das Haus für die nächsten zwei Tage zu führen sei, packte ihr Bündel und bestieg den Esel, der sie nach Shurwah brachte.

Als Begleitung diente ihr lediglich Yamur, ein junger Eselstreiber, der auch die Gartenanlagen in Yalas Haus betreute. Sie nahmen nicht den direkten Weg, der schien ihnen nicht sicher genug. Sie kannten die Seitenpfade. Es war ja nicht weit, einige Stunden nur. Allerdings machte ihnen die Nachmittagshitze sehr zu schaffen. Aber Yala hatte es eilig, sie wollte nicht bis zum nächsten, kühlen Morgengrauen warten. Yamur fluchte innerlich über den Starrsinn seiner Herrin.

»Nicht einmal eine Pause lässt sie uns machen«, dachte er, getraute sich aber nichts zu sagen.

So trotteten sie über die steinigen Pfade, die aus dem großen Tal von Marib hinausführten. Sie mussten einige Hügel überqueren, dann sahen sie Shurwah unten im Tal.

»Reite voraus, Yamur«, befahl die Herrin. »Und melde mich bei den meinen.«

Er schlug dem müden Esel die Fersen in die Flanken und trabte davon.

Yala war es nicht ganz wohl bei dem Gedanken, ihren Verwandten gegenüberzutreten. Aber das spielte jetzt keine Rolle. Sie überlegte, welcher ihrer Neffen als Ehemann für Lilith infrage käme. Doch sie konnte sich an keinen einzigen erinnern. Sehr lange war sie nicht mehr im Dorf gewesen.

Sie ritt über eine kleine Furt, schon sah sie die ärmlichen Felder von Shurwah. Zwiebeln, Lauch, Rettich. Sie sah Frauen, die Wasserkannen schleppten, um die Beete zu gießen. Sie haben immer noch kein Kanalsystem für ihre Bewässerung, dachte Yala, es ist alles so wie früher. Kümmerlich und rückständig.

Auch sie hatte als Kind Unkraut jäten, Wasser schleppen,

Getreide schlagen müssen. Sie hatte ihres Vaters stinkende Ziegen melken müssen, die Milch rühren, bis sie sich trennte, sie hatte den Kot, den die Menschen von Shurwah vor ihren Häusern sammelten und trocknen ließen, auf die Felder geschleppt, und sie hatte die Fladen der Kamele einsammeln müssen, die zum Heizen benutzt wurden.

Auf den schmutzigen Gassen Shurwahs waren verendete Tiere herumgelegen, um die wilde Hunde streiften, es stank nach Kloake und Kadavern. Zu essen hatte es nie genug gegeben, kaum je ein neues Gewand, keinen Schmuck, keine Freude.

Das Haus, in dem sie wohnten, ähnelte eher einem Viehunterstand. Es hatte nur einen Raum, in dem die Familie aß und des Nachts alle schliefen. Die Ziegen, Kamele und Esel wurden bei Dunkelheit in den Hof vor das Haus getrieben, wo sie schnarchend, furzend und wiederkäuend die Nacht verbrachten und mit ihrem elenden Gestank die Luft verpesteten.

Sie hatte ihr Leben in Shurwah gehasst, wollte nichts als weg von diesem dürftigen Leben, träumte von einem anderen Leben in Wohlstand und guten Gerüchen ohne den ranzigen Mief ihrer Heimat. Als ihr Nikomedes beim großen jährlichen Markt in Marib, den sie mit ihrer Familie besuchen durfte, über den Weg lief, hatte sie nicht gezögert. Sie war ihm sofort gefolgt, blieb in der Hauptstadt und vergaß Shurwah.

Außerhalb des Dorfes sah sie die Ziegelmacher in der prallen Sonne arbeiten. Sie stampften mit bloßen Füßen im Lehm, den sie mit Strohhäcksel und Wasser vermischten, bis er zu einer zähen Masse wurde, die sie mit den Händen in ein Holzmodell, das die Größe eines Ziegels hatte, pressten. Dann wurden die Ziegel in der Sonne getrocknet.

Yala sah die ausgemergelten Körper der Männer, die vor Schweiß glänzten. Ihre Füße und Arme waren mit einer dicken Lehmschicht überzogen, sie blickten kurz auf, als sie die Frau auf dem Esel heranreiten sahen. Ohne Gruß bückten sie sich wieder und wandten sich ihrer Arbeit zu.

»Was für eine Dreckarbeit«, dachte Yala.

Da sah sie Yamur winken. Er stand vor der Hütte ihrer Familie. Langsam stieg Yala vom Esel, klopfte sich den Sand und Staub von den Kleidern und betrat den Hof. Büschel von Tierfutter lagen herum, ein paar Tongefäße. Ansonsten war der Hof leer. Sie betrat das Haus. Auf einem verschlissenen Teppich saßen ihre Eltern, vor sich eine Platte mit Datteln und Rosinen.

»Du hast dich lange nicht sehen lassen.« Ihr Vater war alt geworden, klapprig und dürr sah er aus in seinem verschlissenen Gewand. »Weshalb bist du gekommen?«

»Es tut mir leid, Vater.« Yala setzte sich zu ihnen. »Ich hatte wenig Zeit die letzten Jahre.«

»Weshalb bist du gekommen?«

Yala blickte ihre Eltern an. Sie waren abgearbeitet und runzlig, altmodisch und dörflich. Einfache Bauern waren sie, Yala konnte ihnen nicht die wirklichen Beweggründe ihres Besuches sagen, sie musste ein wenig schwindeln.

»Ich suche einen Ehemann für meine Tochter Lilith.«

»Hier bei uns?«, fragte die alte Frau.

»Ja, Mutter. Ich dachte an einen der Söhne von Yarta oder Halik.« Sie konnte sich kaum der Namen ihrer Geschwister erinnern.

»Es ist keiner mehr im Dorf«, antwortete der Vater. »Yarta und Halik sind tot, ihre Töchter im Nebendorf verheiratet, und ihre Söhne sind weggegangen.« Er atmete tief. »Wir wissen nichts von ihnen.«

»Alle weg?« Yala schrie beinahe. »Das kann doch nicht sein!« Sie war außer sich. »Ich habe doch gerade die Ziegelmacher draußen vor dem Dorf gesehen. Da waren doch junge Männer dabei! Wer sind die denn?«

»Die Ziegel machen Telhunu und Rabb. Das sind verheiratete Männer«, antwortete ihr Vater ruhig. »Der einzige junge Mann ist Masma, der jüngste Sohn deines Bruders Halik.«

»Ja, und was spricht gegen ihn? Das wäre doch eine gute Sache, der Sohn meines Bruders.«

Ihr Vater zögerte. »Yala, er ist nicht der Hellste. Deswegen wohnt er auch bei uns. Er kann einer Frau nichts bieten. Er kann auch keinen Brautpreis bezahlen. Schlag ihn dir aus dem Kopf, Tochter.«

»Er braucht keinen Brautpreis zu bezahlen«, rief Yala ein wenig zu rasch.

»Was ist mit deiner Tochter?«, fragte ihr Vater argwöhnisch.

»Nichts. Gar nichts. Sie ist jung, gesund. Ich kann euch den Brautpreis erlassen, weil wir ihn nicht nötig haben. Das Geschäft läuft sehr gut.«

»Was ist mit deiner Tochter?«, wiederholte der Alte. »Ist sie schwanger?«

»Nein, sie ist jungfräulich wie ein Neugeborenes.«

»Was ist mit ihr?«

Yala ignorierte seinen Einwurf.

»Vater, ich schlage dir ein Geschäft vor«, sagte sie stattdessen. »Ich lasse euch hier ein anständiges Haus bauen, ich werde euch zwei Männer schicken, die bei der Feldarbeit helfen. Wenn Lilith erst hier bei euch eingezogen ist, wird sie Mutter zur Seite stehen und den Haushalt und die Ziegen versorgen.« Sie zog einen Beutel aus ihrem Umhang, den sie ihrem Vater reichte. »Schau hinein, alter Mann, es ist dein. Alles, was du tun musst, ist einschlagen, dann gilt das Geschäft, und der Inhalt des Säckchens gehört dir.«

Die beiden Alten wechselten einen raschen Blick miteinander. Der Vater streute den Inhalt des Beutels auf den lumpigen Teppich. Es waren viele Goldstücke.

»Du wirst deine Gründe haben, Tochter«, antwortete er, füllte das Gold wieder in den Beutel zurück und schob ihn schnell unter seinen Rock. »Soll ich ihn rufen, deinen neuen Schwiegersohn?«

»Nein, nein!« Yala wollte ihn gar nicht sehen. »Bereitet alles vor, in zwei Monden werde ich zurückkommen und euch meine Tochter bringen. Sie wird eine große Aussteuer erhalten, neue Töpfe, einen Webstuhl, Wolle, Truhen, Teppiche.«

»Soll die Hochzeit nicht in deinem Hause stattfinden, wie es üblich ist?«

»Nein, nein!« Sie hob abwehrend die Hand. »Wir erledigen das hier. Unter uns.«

»Und Nikomedes?«, fragte die Mutter.

»Nikomedes hat uns verstoßen«, log Yala. »Dieser griechische Lügner hat sich nicht mehr bei uns blicken lassen.«

»Suchst du für die anderen Mädchen auch Ehemänner?«

»Ja, Mutter, ich muss.«

Yala seufzte ganz leicht.

»Das ist nicht einfach für dich.«

Yala schüttelte den Kopf.

»Wir helfen dir gerne.«

Schweigend kauten sie die vertrockneten, harten Datteln und tranken Wasser. Yala schlief nach Jahren wieder auf dem blanken Boden. Die Knochen taten ihr weh, als sie am Morgen erwachte.

Sie trat hinaus in den jämmerlichen Hof, wusch sich rasch das Gesicht, reichte ihren Eltern die Hände, bestieg den Esel und ritt, so rasch sie konnte, aus dem elenden Dorf hinaus. Sie trabte an den Ziegelmachern vorbei, ohne sie eines Blickes zu würdigen.

Erst als das Dorf nicht mehr zu sehen war, verlangsamte sie das Tempo ein wenig. Gut, dachte sie, sehr gut. In zwei Monden bin ich sie los.

6

Wie ein zusammengerollter Wurm lag Lilith im Schoß der Dienerin, die ihr über das Haar strich. Ein kleines, verletztes Tier, das kaum noch Kraft hatte zu atmen.

»Ich verstehe Mutter nicht.« Ihre Stimme war beinahe nicht zu hören. »Ich verstehe sie nicht. Glaubst du wirklich, sie meint es ernst?«

»Ja, mein armes Kind, das glaube ich.«

Lilith hob den Kopf. Die blauen Augen waren gerötet vom Weinen.

»Aber wieso denn, Aya, wieso? Was habe ich ihr getan?«

»Du bist zu schön, mein Mädchen. Du bist einfach nur zu schön mit deinen blauen Augen, den hellen Haaren und deiner Haut wie Alabaster. Du bist schön und selten.« Sie schüttelte traurig den Kopf. »Und deine arme Mutter hat vollkommen den Verstand verloren, seit der General in ihr Leben trat. Zuerst vertreibt sie den guten Nikomedes. Und jetzt verrät sie dich.«

»Aber ich habe doch gar nichts getan.«

»Nein, du nicht, aber der General hat ein Auge auf dich geworfen, Lilith, das hast du ja wohl bemerkt.«

»Ja! Aber was will er denn von mir?«

»Er will das, was er bisher mit deiner Mutter machte. Er will seine Männlichkeit in dich hineingießen und sich dabei gut fühlen.«

»Aya!« Lilith schrie laut auf.

»Kind, du musst die Dinge so sehen, wie sie sind. Deine Mutter liebt den General, aber er kommt nur zu ihr, um sich zu befriedigen. Jetzt hat er genug von ihr, weil er dich haben möchte.«

»Aber ich will ihn nicht!«

»Wer fragt denn dich, mein Kind, wer fragt denn je eine Frau?« Ayas Stimme klang bitter. »Deine Mutter rast vor

Eifersucht, sie kann nicht mehr klar denken, sie glaubt, wenn sie dich aus dem Weg räumt, kehrt der General zu ihr zurück. Weißt du, Lilith, die Liebe kann Menschen vernichten, kann ganze Leben zerstören, und sie kann Unbeteiligte mit in den Abgrund reißen.«

Lilith schaute sie ungläubig an.

»Ich dachte immer, Liebe sei etwas Wunderschönes. Etwas, was die Menschen froh macht und strahlend ist wie der Sonnenschein.«

»In den wenigsten Fällen, Lilith. Meist tut sie weh.«

»Tut es denn auch weh?« Ihre Stimme klang ein wenig geniert. »Du weißt schon, Aya.«

»Wenn du es nicht auch möchtest, Lilith, mein Kind, ist der Schmerz so grauenhaft, als würde man dich vierteilen, als würde man dir ein Messer zwischen die Schenkel rammen.« Sie stützte den Kopf auf ihre Hand. »Und dein Inneres heilt nimmermehr.«

»Aya, was erzählst du mir da! Hör auf!« Lilith presste die Hände an ihre Schläfen. »Hör auf!«

Die alte Dienerin nahm Lilith in die Arme und wiegte sie sacht hin und her.

»Verzeih, mein Mädchen, verzeih.«

Sie wischte Liliths Tränen ab und schob ihr die Haare aus dem Gesicht.

»Du hast ja recht, mein Kind. Jetzt üben wir erst einmal ein wenig spinnen und weben. Das kann nie schaden«, sagte sie. »Komm, ich zeige es dir.«

Sie kniete sich an den Webstuhl.

»Schau, es gibt verschiedene Webarten, aber wir hier im Haus benutzen den lotrechten Webstuhl, weil wir nicht so viel Platz haben wie in den großen Webereien«, erklärte Aya und hantierte an den beiden Querbalken, die nicht miteinander verbunden waren, sodass auch bei begrenztem Platz beliebig große Stücke Stoff angefertigt werden konnten. »Reich mir das Leinengarn.«

Sie zeigte Lilith, wie sie die Balken halten, in welcher Geschwindigkeit sie die Fäden durchziehen und welche Farben sie benutzen sollte, um das gewünschte Muster zu bekommen.

»Wir machen dieses Mal einen Wandbehang in Zackenlinien«, meinte Aya. »In Braun und Grünlich. Was hältst du davon?«

Lilith nickte.

»Wenn er fertig ist, kannst du dann die Borten anfertigen und am unteren Ende drannähen.«

Das gleichmäßige Geräusch der beiden Weberbäume wirkte besänftigend auf die Frauen. Es brachte sie langsam zur Ruhe.

»Ich wollte immer so gerne Mutters Laden übernehmen.« Lilith zog ungeschickt an dem feinen Faden. »Und weißt du, was das Erste gewesen wäre, was ich getan hätte?«

Aya schüttelte den Kopf.

»Ich hätte sofort den ersten Stock geschlossen. Dann wären keine betrunkenen, lauten Männer mehr in die Schenke gekommen und die Treppen hinaufgepoltert. Ich hätte den Mädchen schöne Tuniken gekauft, damit sie nicht halbnackt herumlaufen müssen. Und ich hätte kein Bier mehr ausgeschenkt, keinen Arrak, keinen Wein.«

»Aber dann wäre es ja keine Schenke mehr.« Aya war froh, dass sie von etwas anderem sprachen.

»Da hast du recht.« Liliths Lächeln war auf ihr zartes Gesicht zurückgekehrt. »Ich wollte ja auch gar kein Wirtshaus. Ich hatte ganz andere Träume.«

»Na, welche denn?« Gut, dachte die Alte, dass sie sich so rasch ablenken lässt. »Na?«

»Weißt du, Aya, ich wollte ein Geschäft, wo man schöne Dinge aus den fernen Ländern kaufen kann. Du kennst doch die Sachen, die Papa mir mitgebracht hat aus Ägypten, aus Juda, aus Phönikien.« Sie zeigte auf die Tablare an der Wand. »So herrliche Sachen.« Ein kleines Lächeln huschte über ihr Gesicht. »Und denk an all die Geschenke, die Mutter aus Assyrien bekommen hat. Das würde den Menschen doch Freude machen.«

»Denen, die sich das leisten können, vielleicht.«

»Ja, sicher. Für die Armen wäre das nichts.«

»Und wo würdest du die Gegenstände herbekommen?«

»Ganz einfach, Aya, Vater würde sie mir mitbringen. Er ist doch immer unterwegs nach Norden. Er kann doch auch einmal etwas anderes als Gebrauchsware mitbringen. Was Schönes.« Sie war ganz in Gedanken versunken und lächelte verträumt.

Sie ist wirklich besonders reizvoll, dachte Aya traurig, und bald wird sie im Dunkel einer ungewollten Ehe verschwinden. Dafür würde Yala schon sorgen.

Die beiden waren mit dem Webstuhl beschäftigt, hin und her zogen sie die Weberbäume, sie plauderten beinahe vergnügt über all die Dinge, die Lilith in ihrem Geschäft verkaufen würde. Marmorköpfchen, bunte Keramik, Elfenbeinbildchen, Bronzeteller, Möbelzierrat, Tierfiguren, Schnabelkannen, Henkelkannen, Goldbecher, bemalte Kästchen, Anhänger, schöne Stoffe.

»Den Namen der Schenke behalte ich«, rief sie. »Zum fröhlichen Griechen, dann denke ich immer an Papa.«

Sie bemerkten nicht, dass der Vorhang des Zimmers zur Seite geschoben wurde.

Die Dienerin sah ihn zuerst. Sie sprang auf und streckte ihre Arme abwehrend in seine Richtung.

»Raus mit dir«, befahl Rahib.

»Aber, Herr, ich …«

Er ließ sie nicht ausreden, packte ihren alten, schwachen Körper und warf sie aus dem Zimmer.

»Ich darf sie nicht alleine lassen«, wimmerte sie.

»Hinaus!«

Seine Stimme duldete keinen Widerspruch. Er stand mitten im Raum. Lilith war ebenfalls aufgesprungen.

»Was macht denn das Fräulein da?«, fragte er spöttisch.

Sie antwortete nicht, starrte ihn nur an und dachte an Ayas Worte von dem Messer, dass er ihr zwischen die Schenkel rammen würde. Ihr Herz klopfte wie verrückt.

»Geh«, sagte sie viel zu laut.

»Ach! Die junge Dame will mir Befehle erteilen?«

Lilith hatte Todesangst, aber sie musste sich wehren, sie durfte diesem ekelhaften Vieh von einem Mann nicht zeigen, wie sehr sie sich vor ihm fürchtete.

»Das ist mein Zimmer.« Sie versuchte, ruhig zu sprechen. »Hier hast du nichts zu suchen.«

Er grinste verächtlich.

»Wo ich etwas zu suchen habe, bestimme ich selbst«, antwortete er und betrachtete sie von oben bis unten.

Unter der leichten Tunika konnte er die kleinen Knospen ihrer Brüste sehen. Er spürte seine Erregung. Wie sehr er dieses junge Fleisch begehrte.

Nachdem er Yala am frühen Mittag verlassen hatte, war er in den Torbogen des Hauses gegenüber getreten und hatte beobachtet, wie Yala nach einer Weile auf dem Esel in dem Gewirr der Gassen verschwand. Jetzt ist sie allein, hatte er gedacht, nur die alte Bediente war noch bei ihr geblieben. Er ritt eilig nach Hause, kramte in seiner Truhe, wusch sich und zog ein neues Gewand an. Dann galoppierte er zurück zu Yalas Haus. Jetzt würde er zum Ziel gelangen. Und keiner könnte ihn daran hindern.

Und nun stand sie ihm gegenüber, die Hände an die Wand gepresst, die hellen Locken fielen ihr wirr über die Schultern. Sie sah hilflos aus. Zart. Jung. Zerbrechlich. Duftend. Er sah, wie sie zitterte. Dennoch lag in ihrem Blick etwas Unbeugsames, Selbstbewusstes. Dieser Stolz in ihren Augen bremste seine Gier.

Ich werde deinen Hochmut schon noch brechen, dachte er, und dann breche ich dir den Rest. Er zog die Augenbrauen in die Höhe.

»Ich habe dir ein Geschenk gebracht, schöne Lilith.«

Er öffnete ein kleines Säckchen und holte ein Paar goldene Ohrringe heraus, lange, dünne Goldstäbe.

»Die wirst du tragen, wenn ich dein kleines Häutchen durchbohre«, sagte er lachend.

»Ich mag keinen Schmuck.« Sie hatte Angst vor dieser Bestie. Aber größer als die Furcht vor ihm war ihr Ekel. Sie würde lieber sterben, als sich von ihm berühren zu lassen.

Sie musterten sich. Nichts stand ihm im Wege, warum fiel er nicht über sie her. Er mochte es doch so, wenn die Weiber sich wehrten, wenn sie ihm die Nägel in den Rücken stießen, wenn sie brüllten und ihr Loch verteidigten. Aber die hier wollte er anders. Von dieser anmutigen Eidechse wollte er Zärtlichkeit, wollte er Hingabe, wollte er Liebkosungen.

»Lilith«, seine Stimme war rau. »Komm zu mir in den Palast. Ich werde dich verwöhnen und dir schöne Kleider kaufen. Du sollst die Herrin meines Hauses sein.«

Er hielt ihr noch immer die goldenen Schmuckstücke hin.

Sie keuchte verächtlich. Die Gedanken rasten in ihrem Kopf. Mutter hat einen Ehemann für mich, den ich nicht will und den ich nicht kenne, und dieser hier will nur das, was Aya beschrieb. Sie presste ihre Schenkel zusammen.

»Niemals!«, schrie sie erregt. »Ich will überhaupt keinen Mann. Dich nicht und auch sonst keinen.« Ihre Stimme überschlug sich.

»Noch bevor der Monat vorüber ist, werde ich dich in meinem Bett haben«, erwiderte er ruhig. »Bei Almaqah, so wird es sein.«

Er drehte sich um und verließ den Raum.

Wütend ritt er hinaus in Richtung Staumauer. Warum hatte er so gezögert, warum hatte er sie nicht genommen. Was war los mit ihm? Er peitschte auf das Pferd ein.

Sie muss einen anderen haben, dachte er, ja, das würde erklären, warum sie so abweisend ist. Wer konnte das sein? Er riss an den Zügeln, das Pferd bäumte sich auf. Es blieb jaulend stehen. Ich werde sie beobachten lassen, überlegte er, ja, genau das werde ich tun. Hayw kann ich vertrauen, er wird herausfinden, was mit ihr los ist.

Und ich muss mich mit dem Bierweib wieder gutstellen, damit ich weiterhin in der Schenke ein und aus gehen kann. Er wendete das Pferd und jagte zurück in den Palast, um sofort Hayw zu rufen und ihm seine neue Aufgabe zu erklären.

»Schnell, schnell!«, rief Aya. »Setz dich an den Webstuhl. Ich höre deine Mutter zurückkommen.«

Lilith lag auf der Matte. Er war tatsächlich gegangen, ohne ihr etwas anzutun. Aber ihr ganzer Körper zitterte noch vor Angst. Wie, wenn er wieder zurückkäme. Es war niemand da, niemand auf der Welt, der sie vor diesem Schänder bewahren würde.

»Ich fürchte mich so vor ihm, Aya.«

»Wisch rasch deine Tränen ab, sie darf nicht merken, dass er hier war.«

Lilith fuhr sich mit der flachen Hand über den Mund, wischte sich ihr tränennasses Gesicht ab und kniete neben dem Webstuhl nieder.

»Kein Wort!«, zischte die Alte. »Wir haben die ganze Zeit gearbeitet.«

»Bringt mir frisches Wasser in den Hof«, hörten sie Yala im Parterre anordnen. »Und das Weihrauchöl. Und den braunen Rock mit der gelben Tunika.«

Lilith und Aya lugten zum Fenster hinaus und beobachteten Yala im Hof. Sie warf ihre verstaubten Sachen auf den Boden, wusch sich mit einem Schwamm den Körper. Langsam tauchte sie den Schwamm immer wieder in den Bottich und fuhr sich über den nackten Körper. Sie wedelte mit den Armen, bis sie trocken war, dann nahm sie die Phiole mit dem Weihrauchöl und rieb sich sorgsam damit ein. Der Duft drang bis in Liliths Kammer.

»Sie ist so schön«, sagte Lilith leise. »Viel schöner als ich. Warum bleibt er denn nicht bei ihr, Aya? Warum quält er mich denn, wo sie so schön ist?«

»Sie ist nicht mehr jung.« Aya deutete auf die Nackte. »Schau ihre Knie an, voller Falten, oder ihren Busen, der fängt schon an zu hängen. Aber am besten sieht man ihr Alter an der Stelle über den Fersen. Siehst du die kleinen Furchen? Und jetzt schau mal auf deine und vergleiche.«

»Das ist doch Unsinn.« Lilith warf einen Blick auf ihre eigenen Fersen. »Ich finde Mutter viel schöner als mich.«

Nach einer Weile kam Yala die Treppen herauf und öffnete den Vorhang zu Liliths Zimmer.

»Und?«, fragte sie Aya. »Wie stellt sie sich an?«

»Gut, Herrin, recht gut«, sagte Aya unterwürfig.

Yala warf einen Blick auf den Webstuhl.

»Weit seid ihr aber nicht gekommen.«

»In ein paar Tagen wird es schon schneller gehen, Herrin. Sie hat es ja noch nie vorher gemacht. Gib uns ein wenig Zeit.«

»Nun ja«, meinte Yala. »Die Hochzeit ist in zwei Monden von heute an. Bis dahin müsst ihr fleißig sein.«

»Die Hochzeit?« Lilith schrie auf. »Mutter! Du hast das doch nicht ernst gemeint.« Sie warf sich ihrer Mutter zu Füßen. »Ich will nicht heiraten, Mutter, bitte, hab Erbarmen. Ich will nicht heiraten, ich habe solche Angst davor. Mutter, bitte.« Sie umklammerte Yalas Knie. »Ich möchte bei dir bleiben und bei Numarit und Hada. Ich will nicht heiraten!« Sie warf sich auf den Boden und schluchzte ungezügelt und hämmerte mit den Fäusten auf den Boden. »Ich will nicht heiraten!«, schrie sie.

»Du wirst Masma heiraten, den Sohn meines Bruders Halik. Von heute in zwei Monden. Du wirst mit ihm in Shurwah leben, im Haus meiner Eltern.« Yalas Augen glichen dünnen Schlitzen. »Und nun, Aya, ruf mir den Schreiber. Es gibt vieles zu erledigen.«

Sie verließ das Zimmer.

»Shurwah! Shurwah!« Lilith war außer sich. »Mutter hat immer so grässliche Sachen von ihrem Dorf erzählt. Es würde stinken dort, die Leute seien arm und stumpfsinnig. Nicht einmal richtige Häuser hätten sie. Und was soll ich dort tun? Ich kenne niemanden. Mit wem soll ich spielen?«

Sie schluchzte verzweifelt. Plötzlich hielt sie inne und starrte die Dienerin mit einem Blick an, aus dem jede kindliche Hoffnung verschwunden war.

»Masma«, flüsterte sie. »Masma.« Sie schlug sich die Hände vors Gesicht. »Lieber sterbe ich.«

Mitten in der Nacht hörte Lilith den schweren Schritt des Generals auf der Treppe. Sie fing an zu zittern und hielt ihr Laken ganz fest an die Brust gedrückt.

Aber er ging an ihrem Zimmer vorbei, den Gang hinunter. Er ging zu Yala. Irgendwann schlief Lilith trotz ihres Kummers und ihrer Furcht ein. Es war schon hell, als sie spürte, dass jemand in ihrem Zimmer stand. Sie schreckte auf. Es war der General.

Er hielt ihr einen Beutel hin. Aus rotem, mit Gold durchwirktem Stoff.

»Denk daran«, sagte er leise. »Bald gehörst du mir.«

Er strich ihr mit seiner Hand über den Hals, legte den Zeigefinger auf ihren Mund und spielte einen Moment mit ihren Lippen. Lilith saß wie versteinert.

Beinahe jede Nacht kam er nun zu ihrer Mutter und im Morgengrauen zu ihr. Er berührte sie jedes Mal an einer anderen Stelle. Einmal strich er über ihren Bauch, einmal küsste er ihre Finger, dann wieder spielte er mit ihrem Haar. Sie hasste seine Hände, sie hasste seine Lippen, seine Berührungen ekelten sie an.

»Denk daran«, sagte er dann, »bald gehörst du mir«, und legte ihr ein Schmuckstück in die Hand. Ohrringe, Halsketten, Ringe.

»Du kannst mich nicht kaufen«, flüsterte sie schwach.

»Das muss ich auch nicht.«

Er lachte leise.

Yala ging ihrer Tochter aus dem Weg. Sie blühte auf unter den neuerlichen Umarmungen des Generals, der ihr nie gehörte Liebesworte ins Ohr flüsterte, während er sie mit seinem gewaltigen Penis zum Höhepunkt trieb.

»Oh, Rahib«, stöhnte Yala und ahnte nicht, dass er nur und immer nur an Lilith dachte, wenn er mit ihr verschmolz.

Yala überlegte das eine oder andere Mal, ob sie nicht die Hochzeit ihrer Tochter mit dem dumpfen Schwachkopf Masma abblasen sollte. Jetzt, wo mit Rahib wieder alles im Lot war. Aber sie fand nicht den richtigen Zeitpunkt, und irgendwann waren dann die Vorbereitungen schon so weit gediehen, dass sie keinen Rückzieher mehr machen konnte.

Sie war sehr freundlich zu jedermann in diesen Tagen, nur ihrer Tochter schenkte sie keine Beachtung, ließ sie unter der unentwegten Aufsicht der alten Aya weben, nähen, spinnen. Besser, wenn sie aus dem Haus ist, beruhigte sich Yala, wer weiß, was die Zukunft bringt.

»Du musst die Schmuckstücke verstecken«, wisperte Aya, »deine Mutter darf sie nicht finden.«

»Ich will diese Sachen nicht«, sagte Lilith laut.

»Psch«, machte Aya. »Vorsicht!«

»Nimm du sie, Aya, ich will sie nicht.«

»Ich werde sie in den Schuppen bringen.« Sie strich Lilith über die Hand. »Du weißt schon, wo dein Vater seine Unterlagen aufbewahrt, in den Körben.«

Wie die selbstständigen Handelsunternehmer hatte auch Nikomedes, obwohl er nur ein Gehilfe, ein Beutelträger war, zur Sicherheit über alle Karawanen, die er geführt hatte, und alle Waren und Zahlmittel genau Buch geführt. Die Transportkontrakte, mit denen die Auftraggeber ihm die Mittel anvertrauten, mit denen er unterwegs und vor allem in den Städten am Mittelmeer Waren bezog, die Zölle und Abgaben. Alles hatte er genauestens auf Tafeln aus den Hüftknochen der Kamele dokumentiert und in den Körben im Schuppen gelagert, sollte irgendwann eine Rückfrage oder gar ein Vorwurf auftauchen. Er war ein Ausländer und musste vorsichtig sein.

»Ich will diese Sachen nicht«, wiederholte Lilith. »Du kannst damit machen, was du willst.«

»Irgendwann werden sie dir vielleicht von Nutzen sein, mein Mädchen. Ich bewahre sie für dich auf.«

Von Nutzen, dachte Lilith, ich werde sie nie tragen, und was für einen anderen Nutzen könnten sie haben?

Rahib saß in dem Lehmhaus nahe des Wasserdamms, das ihm als Schreibstube diente. Vor ihm lagen Tontäfelchen, Holzleisten und Beckenknochen von Kamelen, alle vollgekritzelt mit Daten, Zahlen, Auskünften, Abklärungen zur Dammanlage.

Er war damit beschäftigt, einen Bericht zum Stand des Damms zu verfassen. Sämtliche Angaben mussten überprüft und von ihm abgesegnet und dann in die gestelzte offizielle Sprachform des Staates übertragen werden.

Danach erst konnte er den Schreibern den Auftrag geben, sie akkurat auf dem Urkundenmaterial festzuhalten. Wenn alle Angaben bearbeitet waren, wurden sie ins Archiv im Palast gebracht und dort aufbewahrt. Rahib konnte diese Arbeit nicht ausstehen, sie war ihm zu pedantisch. Aber es war seine Aufgabe, darüber zu wachen, dass alle Regeln eingehalten wurden.

Die Kanäle, die Schleusen, die Wasserverteiler mussten laufend überprüft werden, nichts durfte dem Zufall überlassen werden. Es war bekannt, wann die Wasserfluten kamen, deren Menge jedoch nicht. Das Gefälle im auslaufenden Tal musste ständig gemessen werden, denn war es zu gering, floss zu wenig Wasser in die Felder, war es zu groß, erhöhte es das Risiko einer Zerstörung durch das zu wenig gezähmte Wasser.

Rahib stöhnte. Er konnte sich nicht konzentrieren.

»Wann kommt er denn endlich!«, rief er ungeduldig.

Er wartete auf Hayw, seinen Spion, der ihm täglich um die Mittagszeit Bericht erstatten musste, was er Neues über Lilith herausgefunden hatte.

»Es gibt nichts, was ich dir mitteilen kann, Herr.« Rahib blickte ihn wütend an. »Gar nichts?«

»Nein, sie geht nicht aus dem Haus«, sagte Hayw ängstlich. Er fürchtete die Zornesausbrüche seines Herrn. Er hätte ihm liebend gerne Ergebnisse gemeldet. Aber es gab keine. »Manchmal kommt ein alter Schreiber ins Haus. Sonst niemand.«

»Und in der Schenke?« Der General blickte ihn scharf an.

»Nichts.« Hayw zuckte mit den Achseln. »Die Treppe zum privaten Teil des Hauses wird überwacht. Da kommen keine Männer hinauf.«

Außer mir, dachte Rahib, aber das weiß dieser Esel natürlich nicht.

»Ich stehe nun schon fünf Tage im Wirtshaus herum, aber ich habe sie noch nicht zu Gesicht bekommen. Es wird erzählt, dass sie Hausarrest hat.«

»Hausarrest?« Rahib verstand nicht. »Wozu soll das gut sein?«

»Ich weiß es nicht, Herr.«

»Gibt es einen Hintereingang?«

»Nein, nur den einen einzigen über die Schenke.«

Rahib trommelte mit den Fingern auf die Tischplatte.

»Nur die Mutter ist laufend unterwegs. Sie geht viel in die Stadt und kauft Unmengen von Stoffen und Leinen.«

Hayw mochte diesen Auftrag nicht. Eigentlich war er der Schuldeneintreiber seines Herrn. Da konnte er ganz anders auftreten.

»Sie kauft viel ein.«

Merkwürdig, dachte Rahib, aber was sie treibt, interessiert mich nicht.

»Schon gut«, sagte er laut. »Weitermachen. Halte die Augen offen.«

Er winkte ihn hinaus. Ich verstehe es nicht, dachte er und blickte mit seinen dunklen, unruhigen Augen auf die Tabellen vor ihm.

Die beiden Oasen, die vom Damm flutbewässert waren, hatten hervorragende Zahlen aufzuweisen. In letzter Zeit hatte er sogar damit beginnen lassen, Doppelkulturen einzuführen, unten Getreide, oben Datteln. Das war auf eine Neuerung zurückzuführen, die sich Rahib ausgedacht hatte. Er hatte Brunnen bauen lassen, damit die ganzjährigen Pflanzen von dort aus während der Trockenheit versorgt werden konnten.

»Ich könnte zufrieden sein, bei Almaqah, ich könnte wirklich zufrieden sein.«

Er starrte auf die Wand und presste seine Lippen zusammen.

»Warum bin ich es denn nicht!«, schrie er und hämmerte mit beiden Fäusten auf den Tisch ein. »Bei allen verdammten Göttern, warum bin ich es denn nicht!«

7

»Nikomedes ist zurückgekommen!«

Aya konnte kaum die Stimme dämpfen, so aufgeregt war sie. »Lilith, stell dir vor, dein Vater ist zurück. Er ist draußen im Karawanenlager.«

»Oh, Papa, wie ich auf dich gewartet habe«, flüsterte Lilith. »Er wird sicher gleich kommen und mich hier wegholen.«

Oh, Papa, jetzt wird alles gut, dachte sie, er wird mich zu sich nehmen, er wird mich beschützen, er wird Mutter ausreden, dass ich heiraten muss. Er wird ein Machtwort sprechen. Sie war so erleichtert, dass sie zu weinen anfing. Die Pein der letzten Tage entlud sich und machte einem hemmungslosen Schluchzen Platz.

»Aya«, rief sie plötzlich. »Ich muss die Haare waschen und ein schönes Gewand anziehen. Ich will hübsch aussehen, wenn Papa heimkommt.«

Die alte Dienerin nickte.

»Ich hab die letzten Tage überhaupt nicht auf mich geachtet.« Lilith sah an sich herunter. »Bei Attar, ich sehe schmutzig aus.«

Sie gingen in den Hof hinunter.

»Ich brauche noch mehr Wasser, Aya.«

Bottich um Bottich schleppte die alte Dienerin herbei. Sie mischte dem Wasser ein wenig Öl bei, das sie aus den Nussschalen des Balsambaums gewonnen hatte. Es machte die Haut schmiegsam und roch frisch wie der Morgentau.

»Ach, Aya, ich habe ihn so lange nicht gesehen.«

Sie drehte sich im Kreis, ihre luftigen Haare glänzten in der Sonne. Sie zog einen rotgestreiften Wickelrock an, darüber eine weiße Tunika.

»Gefalle ich dir, Aya?«

Sie ging wieder hinauf, setzte sich an den Webstuhl und arbeitete mit langsamen, nun schon sicheren Bewegungen. Er wird bald kommen, dachte sie, bald, bald.

Aber Nikomedes kam nicht, nicht an diesem Tag und auch nicht am nächsten. Liliths schmales Gesicht wurde blasser und blasser vor Enttäuschung.

»Warum kommt er nicht, Aya?«

Sie sehnte sich nach ihrem Vater, seinem freundlichen Lächeln, seinen warmen Händen. Er konnte lustige Geschichten von seinen Reisen erzählen und den fernen Ländern, die er besuchte. Von Menschen, die andere Kleidung trugen als hier, die sich in anderen Sprachen unterhielten. Lilith konnte sich so vieles gar nicht vorstellen.

So sollte es weit oben im Norden einen unendlich großen See geben, dessen Ufer man nicht sehen konnte, so gewaltig war er. Papa nannte ihn Meer. Auf diesem Meer schwammen Boote mit großen Segeln und gingen nicht unter. Und das Wasser plätscherte in breiten Wellen an die sandigen Strände. Papa sagte immer plautscherte, sein Sabäisch war so drollig. Er hatte es nie richtig gelernt, machte viele, viele Fehler. Immer und immer wieder dieselben. Er hatte irgendwie gar keine Lust, die Sprache besser zu lernen. Lilith und ihre Schwestern nannten seine Sprache Nikosabisch. Sie kugelten sich vor Lachen, und Vater lachte mit. Er war so sanft und so gutmütig.

Warum kommt er denn nicht zu mir, dachte sie verzweifelt.

»Aya«, sagte sie am nächsten Morgen. »Ich werde zu ihm gehen.«

Die Alte schlug die Hände überm Kopf zusammen.

»Das kannst du nicht! Deine Mutter würde dir jedes Haar einzeln ausreißen.«

»Das ist mir egal. Ich muss es versuchen.« Sie ergriff Ayas Hand. »Bitte, bitte, hilf mir.«

Sie grübelten den ganzen Vormittag, wie sie ungesehen aus dem Haus kommen könnte.

»Ich setze mich in den großen Einkaufskorb!«, rief Lilith.
»Ich verkleide mich als Schreiber.«
»Du wickelst mich in einen Teppich.«
Sie verwarfen alle Ideen gleich wieder. Niemals hätten sie das ohne zusätzliche Hilfe geschafft. Sie konnten aber niemandem vertrauen.
»Ich hab's«, sagte Lilith auf einmal. »Du gibst mir deinen alten Umhang, ich binde mir die Haare zurück und verlasse das Haus, und jeder wird denken, das seiest du.«
»Das wird nicht gehen, Kind.«
Aber es ging. Sie beschmierten Liliths Gesicht und den Haaransatz mit dunkler Farbe, wickelten um Füße und Hände alte Lumpen wie bei den Aussätzigen. Aya gab ihr ein dunkelblaues, weites Kleid, über das sie den alten, zerschlissenen Umhang legte, den sie immer trug, wenn sie Besorgungen machen musste.
»Zieh ihn dir tief ins Gesicht.«
Aya zupfte und zerrte noch eine Weile an ihr herum.
»Du weißt, Lilith, was passiert, wenn deine Mutter das herausbekommt.«
»Ich werde wahrscheinlich gar nicht mehr zurückkommen«, rief sie zuversichtlich. »Ich bleibe bei Papa. Wenn er all das hört, was Mutter mir angetan hat, wird er mich nicht mehr herausgeben. Ganz sicher nicht.«
Und was wird Yala mit mir machen, dachte Aya angstvoll, sie wird nicht zimperlich sein mit ihrer Strafe.
»Möge Almaqah dich beschützen.«
Die Alte umarmte Lilith und klopfte ihr mit einem Büschel Kamelgras ein wenig Weihrauchsplitter auf die Schultern.
»Vertreibe alle Unbill«, murmelte sie dabei.
Lilith schlich vorsichtig die Treppe hinunter, das Lokal war leer. Um die Mittagszeit war nie viel los. Sie trat auf die Gasse, zog sich den Mantel noch weiter übers Gesicht und hastete durch die Stadt, hinaus zum Lagerplatz der Karawanen. Sie durften nicht in die Stadt, mussten am Ortsrand bleiben.

Lilith lief durch die Straßen, die menschenleer waren. Es war um diese Tageszeit viel zu heiß, um aus dem Haus zu gehen. Die Arbeit ruhte bis in die späten Nachmittagsstunden, wenn die Hitze erträglicher wurde.

Lilith war drückend warm in ihren Gewändern, der Schweiß lief ihr übers Gesicht. Sie wischte ihn mit den Lumpen, die sie um ihre Hände gewickelt hatte, ab. Er war ganz schwarz. »Ich färbe ab«, dachte sie voller Schrecken und rannte noch schneller.

Sie lief durch das nördliche Stadttor, außerhalb der Stadtmauern gab es kaum noch feste Häuser. Nur baufällige Hütten, Ziegengatter, struppige Akazien und beigefarbene Sandhügel. Sie konnte in der Ferne schon die Kamele sehen, und bald roch sie sie auch. Ein Geruch nach vermodertem Gras entströmte ihnen.

Das Karawanenlager von Marib lag ein wenig vor den Mauern der Stadt, in einem Außenbezirk nahe des Fernhandelsweges, der in Richtung der aufgehenden Sonne ins lange Tal von Masilah hinüberführte und nach vielen Tagesmärschen am Meer endete. Dort, wo die Schiffe nach Indien gingen und kamen.

Lilith wusste gut Bescheid. In die andere Richtung führte der Pfad hinauf in den Norden ans mittelländische Meer. Die Hafenstädte Gaza und Ashkalon lagen dort oben. Der Weg, der zwei bis drei Monde in Anspruch nahm, führte nicht durch die heiße Senke am rötlichen Meer, wo Mensch und Tier gemeinen Krankheiten ausgeliefert waren, aber auch nicht in den Höhen der Berge, die zu überwinden zu schroff und steil waren. Es gab eine Hochebene, die parallel zum rötlichen Meer lief, auf denen die Karawanen ihren mühevollen Weg zurücklegten.

Die Wegbeschreibungen, die es zwar gab und die sich nur mündlich herumsprachen, dienten nicht als Landkarten, sondern waren wichtig für die anschließenden Abrechnungen der zahlreichen, unterschiedlichen Kosten einer solchen Reise. Ein guter Karawanenführer suchte sich jeweils seine eigene Route. Je sicherer, schneller und billiger er den kräfteverzehrenden Marsch bewältigte, desto angesehener und hochgeschätzter galt er.

»Ich hab es geschafft, ich bin da«, freute Lilith sich und hielt Ausschau nach ihrem Vater. Sie konnte ihn nirgends sehen.

Das große Geviert war in verschiedene Bereiche eingeteilt. Jedes Karawanenunternehmen hatte ein Stück von dem sandigen Platz zur Verfügung. Es gab große Bottiche mit Wasser für die durstigen Lasttiere, die dort lagerten. Wenn eine Karawane ankam, entlud man rasch die Waren und brachte sie zur Sicherheit in Zwischenlager, die gut bewacht wurden. Keiner hätte auch nur im Traum daran gedacht, das kostbare Gut unbeaufsichtigt auf dem Platz herumliegen zu lassen.

Auf diesem Areal lungerten auch die zahlreichen Kameltreiber herum, die die Tiere nicht nur auf den langen, heißen Wegen durch die südliche und nördliche Wüste führten, sondern sie auch pflegen, füttern und be- und entladen mussten. Kameltreiber zu sein, war kein angesehener Beruf. Sie hatten einen schlechten Ruf und rangierten in der gesellschaftlichen Ordnung ganz unten.

Im Augenblick herrschte beinahe völlige Ruhe auf dem großen Platz. Es war zu heiß zum Arbeiten.

Lilith sah sich suchend um.

Die Kamele lagen wiederkäuend in der Hitze, schlugen mit dem Schweif hin und her, um die lästigen Fliegen zu vertreiben. Einige Tiere standen, die Vorderbeine zusammengebunden, damit sie nicht weglaufen konnten. Sie stießen grunzende Laute aus, so als seien sie aufgebracht und unwirsch. Dabei rissen sie ihre Mäuler weit auf. Sieht komisch aus, dachte Lilith, aber wo ist Vater?

Ein paar Männer schnürten Ballen aus geflochtenen Palmblättern. Darin wurde die Ware eingewickelt, damit sie beim Transport auf den Rücken der Kamele nicht zu Bruch ging. Mit Seilen vielfach verschnürt, lagen die Pakete dann zum Beladen bereit.

Eine Karawane bereitete sich gerade zum Aufbruch vor.

Lilith lief zu einem der Männer und fragte mit verstellter Stimme nach Nikomedes. Der junge Mann schaute sie erstaunt an, er hatte große, dunkle Augen.

»Er ist drüben hinter der Mauer in der Hütte«, sagte er freundlich. »Ist was mit dir?«, fügte er hinzu.

»Nein, nein«, rief sie schnell und machte sich auf den Weg.

Sie sah das windschiefe Häuschen, in dessen Türrahmen Nikomedes lehnte. Er wischte sich gerade den Schweiß von der Stirn.

»Papa!«, schrie Lilith. »Papa!« Und schon lag sie in seinen Armen.

»Lilith, meine kleine Lilith.«

»Warum bist du denn nicht gleich zu mir gekommen, Papa?«

»Es gab so viel zu tun«, sagte er ausweichend.

Sie weinte hemmungslos, der Vater wischte ihr sanft die Tränen von den schmutzverschmierten Wangen.

»Mutter will mich verheiraten. Mit ihrem Neffen Masma. Ich muss dann in Shurwah leben«, schluchzte sie.

»Ja, das macht man hier wohl so.« Er mied ihren Blick. »Die beste Verbindung ist die mit einem Cousin.«

»Aber Papa, ich will ihn nicht. Ich will überhaupt nicht heiraten.«

»Lilith, mein Mädchen, irgendwann musst du aber heiraten, es ist nun einmal die Aufgabe der Mädchen zu heiraten, früher oder später. Du wirst dich daran gewöhnen. Dieser Masma wird schon ein netter Kerl sein.«

»Aber ich möchte mir den Mann, den ich heirate, selbst aussuchen. So wie du und Mutter.«

»Schau, was daraus geworden ist, Kind.« Er litt sehr, das konnte sie sehen. »Das Ende einer Heirat aus Liebe.« Er atmete tief ein. »Deine Mutter weiß bestimmt am besten, was für dich das Richtige ist. Da bin ich sicher.«

»Papa!«

»Jetzt versuche doch einmal, die Angelegenheit ganz sachlich zu sehen, Lilith, das ist immer das Beste. Lass deine Gefühle für einmal weg. Schau die Sache von außen an. Jede

Mutter ist besorgt, dass ihre Tochter eine passende Ehe schließt. Deine Mutter hat dich doch so lieb.«

»Das hat sie nicht!« Sie sah ihn hilflos an. »Sie hasst mich.«

»Na, das weiß ich aber besser.« Er drehte den Kopf ein wenig zur Seite und versuchte, lustig zu klingen. »Ich war oft selbst eifersüchtig, weil Yala dich immer vorzog. Und erst Numarit und Hada. Wie fühlten die sich zurückgesetzt. Nein, nein, Lilith, da bildest du dir wieder einmal was ein.«

»Aber ich bin doch die Jüngste! Sie hat nichts davon gesagt, dass Numarit und Hada auch heiraten müssen.«

»Sie wird ihre Gründe haben, da bin ich sicher. Ihr wird genau der Passende für dich gerade über den Weg gelaufen sein. Deine Mutter ist eine sehr kluge Frau.«

Seine Stimme klang so hohl, als ginge ihn diese Sache nichts an.

»Aya sagt, sie will mich aus dem Weg räumen, weil der General sich in mich verliebt hat.«

»Aber, aber, Lilith, kleine Anemone.«

Jetzt klang sein Lachen echt. Und er nannte sie Anemone, das war eine kleine Blume aus seiner Heimat. Wenn sie sich ganz nahe gewesen waren, hatte er sie oft nach den Blumen Griechenlands genannt. Mohnblümchen, Wildes Röschen, Kornblume, Margerite.

»Du bist ein hübsches Ding, wahrhaftig, aber das mit dem General bildest du dir ganz sicher nur ein. Der General und in dich verliebt? Also, wirklich! Du hast zu viel Phantasie. Das hattest du schon immer«, sagte er vergnügt und nahm sie fest in den Arm. »Weißt du noch, als wir in den Höhlen hinten im Gebirge Verstecken gespielt haben und du immer behauptetest, da seien Knochen von Menschen drin.«

»Waren doch auch, Papa.«

Sie wusste genau, wovon er sprach. Tief hinten in den dunklen Höhlen waren viele weiße Knochen gelegen. Sie hatte sich immer so gefürchtet, aber niemand hatte ihr geglaubt. Lilith sieht wieder einmal Gespenster, sagten Vater, Mutter und die Schwestern und hatten sie ausgelacht.

»Und weißt du, Kind, die alte Aya ist inzwischen auch

nicht mehr die Jüngste. Sie verwechselt sicher die Tatsachen mit ihren Altweiberideen. Der musst du nun wirklich nicht glauben.«

»Du kommst doch nach Hause und sprichst mit Mutter?«

»Nun ... ich weiß nicht recht ...« Seine Stimme klang unentschlossen.

»Du kommst doch nach Hause und sprichst mit Mutter?«, wiederholte Lilith beharrlich.

»Das wird wenig Sinn haben, Lilith. Ich könnte da nichts ausrichten.«

»Aber du bist doch mein Vater!« Sie schrie beinahe vor Verzweiflung. »Du musst doch für mich kämpfen!«

»Kämpfen? Wofür soll ich kämpfen, Lilith?« Er schüttelte den Kopf. »Das Leben ist so, wie es ist. Manchmal bist du glücklich und manchmal bist du traurig. Auch wenn ich dafür sorge, dass du diesen Masma nicht heiraten musst, wer sagt mir, ob das dann das Richtige für dich ist. Du musst ein wenig Geduld haben, mein Mädchen, du wirst dich daran gewöhnen, da bin ich sicher. Und die Standpunkte deiner Mutter, die dir heute noch so unverständlich erscheinen, wirst du verstehen lernen.« Er nickte, als würde er sich selbst zustimmen. »Außerdem kann ich bei deiner Mutter nichts ausrichten.«

»Du kämpfst auch nicht um Mutter?«, fragte Lilith ungläubig.

»Nein, mein Kind, ich kämpfe nicht um deine Mutter. Sie ist damals aus freiem Willen zu mir gekommen, aus Liebe und Verlangen nach mir.« Seine Stimme war leise. »Dann hat sie aufgehört, mich zu lieben. Ein Kampf wäre sinnlos und entspräche nicht meiner Wesensart.«

»Hast du sie denn noch lieb?«

»Ich werde sie immer lieben. Deine Mutter, Lilith, ist die einzige Frau in meinem Leben, die ich geliebt habe.«

»Ich verstehe dich nicht, Papa!«

»Ach, weißt du, man muss sich selbst nicht immer so ernst nehmen. Unser persönliches Leben spielt keine solch große Rolle.«

War das wirklich ihr Vater, der so sprach? So unentschlossen, so gleichgültig, so ohne jede Bereitschaft, ihr beizustehen.

»Schau in den Himmel, Lilith, schau auf die vielen, vielen Sterne. Wir sind nur kleine, unbedeutende Sandkörnchen.«

»Aber du musst ihr doch deine Meinung sagen. Du musst dich doch äußern zu deinen Gefühlen.«

Er lächelte sie verlegen an.

»Sie hat dir doch wehgetan!«

»Was bringt es, darüber zu reden, wie sehr sie mir wehgetan hat? Wenn ich etwas weiß, Lilith, dann ist es die Tatsache, dass ich niemanden ändern kann, auch wenn ich noch so viel rede.«

Lilith starrte ihren Vater betroffen an.

»Bist du so gleichgültig, Papa?«

»Wenn es nach mir ginge, würden sich einfach alle Menschen verstehen«, antwortete er vage.

Er ist ein Feigling, fuhr es ihr durch den Kopf, mein Vater hat ein feiges Herz, getraut sich nicht zu kämpfen, deshalb nimmt er alles hin, ohne sich zu wehren.

Sie nahm noch einmal allen Mut zusammen.

»Dann nimmst du mich mit in den Norden. Bitte, Papa, nimm mich mit dir mit.«

»Das ist eine schöne Idee, Lilith. Wenn wir immer zusammen wären. Wie schön das wäre.« Er lächelte das sanfte Lächeln von einst. Lilith atmete auf. »Aber das geht nicht.«

»Warum denn nicht? Ich bin doch dein Kind!«, schrie sie voller Verzweiflung.

Was macht er mit mir? Warum hilft er mir nicht?

»Ich bin kein Sesshafter, Lilith. Ich habe kein Zuhause. Ich bin immer unterwegs. Was wäre das für ein Leben für dich.«

»Das stimmt nicht, Papa. Dein Zuhause ist bei uns. Du musst nur zurückkommen. Und dein Beruf ist keine Herumtreiberei. Du kannst ihn ja auch wechseln.«

»Ich bin ja nicht einmal ein Selbstständiger, Lilith, ich bin nur der Beutelträger, der Gehilfe des Unternehmers Sadiq. Ich muss die Karawanen führen, muss dafür sorgen, dass die Ware gut ankommt, muss die Löhne zahlen, das Verpflegungsgeld verwalten, muss dafür sorgen, dass die Esel und Kamele Futter und Schirrzeug haben.« Er stöhnte. »Ich bin für alles verantwortlich, aber nichts gehört mir. Alles gehört Sadiq.«

Er war gänzlich in sein eigenes Elend versunken.

»Ich muss die Wege kennen, die Abkürzungen, ich muss die Wegzölle aushandeln, muss die Wasserstellen finden und mich mit allen Stämmen der langen, langen Reise gutstellen, damit sie uns durchlassen«, jammerte er. »Und wenn irgendetwas schiefgeht, lastet man mir das an.«

»Vater!«, rief Lilith.

Nie hätte sie sich vorstellen können, dass ihr Vater schwach war. Sie hatte ihn immer für so stark gehalten wie seinen griechischen Landsmann Achilles.

»In zwei Wochen werde ich von hier wieder aufbrechen. Und ich werde nicht mehr zurückkommen. Das ist beschlossen. Ich werde nicht mehr nach Saba zurückkehren«, sagte er.

»Du wirst uns für immer verlassen?«

»Ja.«

»Du wirst nie wieder zu deiner Lilith zurückkommen?«

»Nein.«

»Du wärst gegangen, ohne dich von uns zu verabschieden?«

»Ich wollte euch nicht wehtun.«

»Wie kannst du so grausam sein, Papa, ich brauche dich doch!«

»Genauso wenig, wie ich mich in deine Entscheidungen einmischen darf, genauso wenig darfst du es in meine«, sagte er.

»Aber du bist doch mein Vater!« Ihre Stimme zitterte. »Du bist doch mein Vater! Du musst für mich da sein, wenn ich dich doch so brauche!«

»Das war einmal, Lilith.« Er hatte Tränen in den Augen. »Man muss die Vergangenheit ruhen lassen. Und du bist gut aufgehoben bei deiner Mutter.«

»Bin ich nicht!«, schrie sie verzweifelt. »Du musst mich mitnehmen. In den Norden. Dort fangen wir ein neues Leben an. Papa! Bitte! Nimm mich mit!«

Er schob sie ein wenig von sich.

»Das geht nicht, Lilith, schlag dir das aus dem Kopf.«

»Aber warum denn?«

»Dort oben ist es auch nicht anders, Lilith. Für dich würde sich nichts zum Besseren wenden. Glaub mir. Und hier bist du wenigstens zu Hause.«

»Du lässt mich also im Stich?«

»Wenn du es so siehst. Ich sehe es nicht so«, antwortete er. »Es ist besser für dich, wenn ich gehe. Es ist besser für euch alle. Glaub mir.«

»Du machst dich einfach aus dem Staub, Vater.«

Er antwortete nicht, ging in die Hütte und kam mit einer Kette zurück.

»Das ist Hacksilber, Lilith, du kannst dir viele schöne Sachen damit kaufen. Das ist mein Geschenk zu deiner Hochzeit.«

Sie betrachtete die Kette ungläubig. Es waren zerhackte Stücke aus Silber, die auf eine Schnur aufgezogen waren. Hacksilber, dachte sie erschrocken, er will sich loskaufen.

»Ich brauche kein Silber!« Ihre Stimme war ganz schrill. »Ich brauche deine Hilfe, Vater, deinen Schutz. Du sollst mich davor beschützen, dass Mutter mich an einen Mann verheiratet, den ich nicht will, den ich nicht einmal kenne. Ich verlange von dir, dass du nach Hause kommst und mit Mutter darüber redest. Dass du auf meiner Seite stehst.« Sie hielt erschöpft inne. »Dass du mich verstehst. Dass du mir hilfst. Dass du mir glaubst.«

»Ich kann nicht mehr für dich tun, mein Kind«, sagte er wehleidig. »Nimm meinen Segen, und nun geh brav nach Hause.«

Er küsste sie aufs Haar und schob sie weg.

Sie wankte über den Hof. Die Silberkette klimperte in ihrer Hand. Es war ihr schwindlig vor Schmerz und Enttäuschung. Sie blickte sich noch einmal um, aber Nikomedes war nicht mehr zu sehen.

8

Lilith schleppte sich über den Lagerplatz, gekrümmt vor Leid und zutiefst gedemütigt von der Gleichgültigkeit ihres Vaters. Sie schlich wie ein verwundetes Tier über den Sand, sie hatte kaum mehr die Kraft, ihre Füße voreinander zu setzen.

Was soll ich jetzt nur tun? Diese eine, einzige Frage tobte in ihrem Hirn hin und her. Was soll ich jetzt nur tun?

Am Rand des Lagers sah sie eine kümmerliche Akazie. Sie steuerte unbeholfen auf sie zu und ließ sich in ihrem Schatten einfach fallen. Es stank nach Kameldung und Ziegenkot, auf dem Boden lagen Unrat und Dornen der Akazien, die durch ihr Gewand stachen. Die Mittagssonne brannte erbarmungslos durch die dürren Äste des Baumes. Aber Lilith war so matt, dass sie sich nicht bewegen konnte, sie lag einfach reglos auf dem Boden.

Was soll ich jetzt nur tun?, wirbelte die Frage in einem fort. Heimgehen und Masma heiraten oder heimgehen und Rahib folgen? Mehr an Auswahl blieb ihr nicht. Sie war wie gelähmt bei diesen Vorstellungen.

So sehr hatte sie auf die Hilfe ihres Vaters gebaut, dass ihr erst jetzt ihre Lage voll zu Bewusstsein kam. Sie war hoffnungslos. Ging sie mit Masma als seine Ehefrau in sein Dorf, würde sie als Ziegenhirtin und Mutter seiner schmutzigen Kinder ihr Leben verbringen. Ginge sie mit Rahib in den Palast, bekäme sie ein weiches Lager und viele Geschenke. Aber sie musste sich ihm hingeben, wann immer er wollte, und er konnte sie wegschicken, wenn er genug von ihr hatte. Das konnte aber Masma auch.

Jeder Mann durfte seine Frau aus dem Haus werfen, wenn sie nicht gehorchte oder ihm sonst wie nicht passte. Am besten, dachte sie, ich bleibe hier liegen, bis ich tot bin, dann wird Vater es bereuen, dass er sich nicht um mich gekümmert hat, und Mutter wird weinen, weil sie mich so schlecht behandelt hat.

Sie lag da, still und schmächtig, ohne Regung, den Kopf mit dem Gesicht nach unten auf dem Sand, die alten Kleider der Dienerin umgaben sie wie ein Leichentuch. Was soll ich nur tun?, hämmerte es in ihrem Schädel.

Sie hörte die Schritte nicht, die sich leise näherten. Sie sah nicht den Mann, der langsam auf sie zukam, der sie mit neugierigen Blicken betrachtete, der sich niederkniete und ihr eine Hand auf die Schulter legte. Erst bei dieser Bewegung fuhr sie hoch.

»Was machst du da!«, schrie Lilith erschrocken. »Weg! Geh weg!«

»Ich wollte dich nicht erschrecken. Verzeih bitte. Aber du bist dagelegen wie eine Tote, deshalb habe ich dich angefasst, um zu sehen, ob du noch lebst.«

Die Stimme klang angenehm. Lilith drehte den Kopf ein wenig und sah dem Mann ins Gesicht. Er war jung, nicht viel älter als sie selber, seine Augen waren groß und sehr dunkel, die schwarzen Locken fielen ihm fast bis auf die Schultern. Es war der Mann, den sie vorhin nach Nikomedes gefragt hatte.

»Ach, du bist es.« Auch er hatte sie wiedererkannt. »Was ist mit deinem Gesicht? Du bist ja ganz verschmiert.«

Er nahm das Tuch, das er um den Hals trug und wischte ihr das Gesicht ab.

»Warte«, sagte er und lief zu einem der Bottiche mit Wasser und tunkte den Lappen hinein. »So ist es besser.«

Mit behutsamen Bewegungen wusch er ihr Gesicht, schälte sie aus den Lumpen, die sie an den Händen trug, nahm ihr den Umhang vom Haar.

»Du bist ja weiß wie der Mond«, sagte er lachend. »Und Haare hast du so hell wie ein Weizenfeld.« In seinem Blick lag großes Erstaunen. »So ein Mädchen wie dich habe ich noch nie gesehen. Weiß wie ein seltenes Kamel.«

»Nikomedes ist mein Vater«, antwortete sie leise.

»Ach so.« Er schaute sie forschend an. »Und warum liegst du hier im Dreck?«

Sie wollte den Mund öffnen, brachte aber kein Wort heraus.

»Warum liegst du hier im Dreck?«, wiederholte er besorgt.

»Er … ich … ach …«

Ihre Stimme war nur ein heiseres Schluchzen. Er nahm ihre Hände in seine.

»Was hat er dir denn getan?«

Seine Stimme war weich und mild. Sie hob ihren Blick und sah ihm in die Augen. Sie entzog ihm ihre Hände und schlug sie vors Gesicht, er legte seinen Arm um sie und wiegte sie leicht.

»Was hat er dir denn getan?«

Wie eine Sturzflut drang es aus ihr hervor, all die schrecklichen Dinge der letzten Wochen, alles wollte heraus aus ihr, ihre Traurigkeit, ihre Ängste, ihr Unverständnis, ihre Verzweiflung. Sie konnte nicht mehr aufhören, schluchzte, redete, weinte, verhaspelte sich, redete weiter, erzählte von Rahib, von der Schenke, von ihrer Mutter, von dem Cousin auf dem Land, den sie heiraten sollte, von der Enttäuschung mit dem Vater. Sie erzählte ihm alles. Sie ließ nichts aus, am Ende wusste der Fremde, dessen Namen sie nicht einmal kannte, alles über ihr Leben, über ihre Träume und über ihre zerstörten Hoffnungen.

»Das ist nicht gut«, sagte er traurig, als sie zu Ende war.

Liliths Gesicht war geschwollen vom vielen Weinen, die Augen gerötet, das Gesicht verdreckt. Von der glitzernden Libelle war nichts übriggeblieben, nur ein armseliges Häufchen Elend.

»Und wer bist du?«, fragte sie heiser.

»Ich bin der Gehilfe deines Vaters, einer seiner Kameltreiber.« Er lächelte ein bisschen verschämt, hob ganz leicht die Schultern, als wolle er sich entschuldigen. »Mehr bin ich nicht. Mein Name ist Sami.« Er sah sie ernst an. »Und du musst Lilith sein. Er hat viel von dir erzählt. Wie sehr …«

»Versprich mir, ihn nie mehr zu erwähnen. Mein Vater hat mich heute verstoßen, ich habe keinen Vater mehr.«

Er nickte traurig. »Versprochen.«

»Sami, du sprichst so eigenartig. Bist du nicht aus Saba?«

»Nein, ich komme von weit her, Lilith. Bei uns spricht man nicht Sabäisch.«

»Von wo denn?«

»Hat dein Vater … äh … hat er dir von seinen Karawanenzügen erzählt?«

Sie nickte.

»Wenn du zwei Monate in Richtung Norden unterwegs bist, endet langsam die Wüste, und du kommst in eine Gegend, wo es viele schöne Berge gibt. Von dort komme ich. Unser Land heißt Edom, und die Stadt, wo ich geboren bin, ist Eilath.«

»Eilath? Nie gehört. Ziehen da die Karawanen durch?«

»Nur wenige, Lilith, meine Stadt liegt am Meer. Am obersten Ende des rötlichen Meeres. Die Karawanen ziehen ein wenig nördlich an uns vorbei. Aber Eilath ist die schönste Stadt der Welt«, schwärmte er.

»Schöner als Marib?«

Lilith war überrascht. Sie dachte immer, es gäbe nichts Schöneres als Marib.

»Ja, viel schöner. Und weißt du, warum? Wir haben das Meer, das glitzernde, blaue, weite Meer. Und auf beiden Seiten hohe, rotfarbige Berge. Am Morgen, wenn du die Augen öffnest, kommt die Sonne auf der einen Seite in die Welt und taucht alles in ein goldenes Licht. Und am Abend, wenn es Zeit wird zum Schlafenlegen, verlischt die Sonne hinter den anderen Bergen, und alles glänzt in ihrem Schein.«

»Das möchte ich sehen!«, rief Lilith.

»Es ist sehr weit.« Samis Augen wurden traurig. »Ich war auch sehr lange nicht dort.«

»Warum bist du weg von deinen Eltern?«

»Meine Eltern sind sehr arm. Sie hatten nicht genügend Essen für alle Kinder. Vier von uns durften bleiben, die anderen fünf mussten weggehen.«

»Weggehen?«

»Ja. Mutter hat geweint, als ich ging. Vater auch. Aber es musste sein, wir wären sonst alle verhungert.«

»Wohin bist du denn gegangen?«

»Nach Gaza.«

»Davon hat Pa…, hat er oft erzählt. Diese große Hafenstadt am mittelländischen Meer.«

»Ja, dort gibt es viele Märkte, wo Handelsleute ihre Knechte, Diener, Treiber kaufen.« Er zögerte einen Augenblick. »Mein Vater hatte mir geraten, einen Kamelführer namens Nikomedes zu suchen und ihn zu bitten, mich zu übernehmen«, fügte er dann hinzu.

»Er hat dich gekauft?«

»Nein, ich bin ja ein Freier. Aber für die Zeit, in der ich für ihn arbeite, gehöre ich ihm schon irgendwie. Jeder Karawanenführer verlangt absoluten Gehorsam. Sonst bist du tot.«

»Aber, Sami, wie alt warst du denn, als du deine Familie verlassen musstest?«

»Zwölf.«

»Und wie alt bist du jetzt?«

»Es sind fünf Jahre vergangen.«

»Hast du sie wiedergesehen?«

»Nein.«

Sie schluckte. Nie hätte sie gedacht, dass es solche Lebenswege geben könnte. Ihr eigenes Leben war bis vor ein paar Tagen so geregelt und sorglos verlaufen. Plötzlich musste sie an Mutters Huren denken, so jung und von weit her. Die hatten auch alle irgendwo einmal Mutter und Vater gehabt, Geschwister und eine Heimat.

»Du bist seitdem ganz allein?«

Er nickte.

»Und deine anderen Geschwister, wo sind die denn?«

»Weißt du, Lilith, wir sind alle in verschiedene Richtungen gelaufen, als wir Eilath verließen. Wir dachten, somit größere Aussichten auf Arbeit zu haben.«

»Hast du sie denn irgendwann mal wiedergesehen?«

Sami schüttelte traurig den Kopf. »Nein. Die Karawanen ziehen zwar nur einen Tagesritt von Eilath entfernt vorbei, aber es war nie die Zeit, die Familie zu besuchen. Ich habe immer sehr viel Arbeit unterwegs.«

Lilith blickte an seiner verwaschenen Kleidung hoch, sah die Schwielen an seinen Händen. Er war kein gepflegter Mann mit Armbändern und Halsketten, er war ein einfacher Geselle mit einem ehrlichen Gesicht und einer sanften Stimme. Als sie in seine dunklen, leuchtenden Augen sah und seinen aufrichtigen Blick erkannte, schöpfte sie eine vage Hoffnung. Es war doch nicht alles so grau und trostlos um sie her. Es gab ja plötzlich diesen freundlichen Mann. Sie lächelte.

»Ich bin froh, dass ich dich getroffen habe, Lilith«, sagte er scheu.

Sie lehnte sich an seine Schulter. Es waren wunderbare Sekunden. Von nichts getrübt. Ihre Angst war wie nebensächlich, und ein zuversichtliches Gefühl breitete sich in Lilith aus. Sie lächelte ihn an.

»Sami«, sagte sie.

Er schob sie plötzlich von sich.

»Lilith, wir dürfen nicht so eng beieinander sitzen. Das ist gegen den Anstand.«

Er rückte ein wenig auf die Seite.

»Wen sollte das stören?« Sie lachte. »Keiner sieht uns. Kein Mensch auf dieser Welt interessiert sich für uns. Wir sind ganz allein.«

»Ich schon«, erwiderte er leise. »Aber du nicht.«

Sie wollte wieder in die Behaglichkeit seiner Schulter zurück. Aber Sami blieb vorsichtig.

»Besser nicht, Lilith. Ich will dir nicht schaden.«

Sie sah in den Himmel hinauf. Die Sonne stand schon ein wenig schräg.

»Du hast recht. Ich muss nach Hause, bei Attar, es ist schon spät. Ich muss mich beeilen.«

Plötzlich kehrte die Angst zurück. Was würde zu Hause auf sie warten? Bei allen Göttern, was würde dort auf sie warten? Sie stand schnell auf.

»Wenn es geht, komme ich morgen wieder, Sami. Um die gleiche Zeit. Ja? Wenn es geht, komme ich.«

»Ich warte auf dich, für immer«, sagte Sami sehr ernst.

Sie zog den dreckigen Umhang übers Gesicht und lief zurück in die Stadt.

Je näher sie an die Schenke kam, desto wilder klopfte ihr Herz. Was würde die Mutter mit ihr machen, wenn sie es bemerkt hatte, dass sie ohne ihre Erlaubnis aus dem Haus gegangen war. Lilith war übel vor Angst.

Bitte, ihr Götter, lasst sie es nicht bemerkt haben, flehte sie in Gedanken unaufhörlich, bitte, bitte. Schon sah sie von Weitem den Eingang zum Gasthaus. Sie schlich sich leise von der Seite heran und spähte hinein. Sie sah zwei der Mädchen am Tresen lehnen, am Boden saßen ein paar Männer und schlürften an ihren Strohhalmen aus den Bierbechern. Das taten die Männer meist, bevor sie mit den Nutten im ersten Stock verschwanden.

Von ihrer Mutter war nichts zu sehen. Vielleicht steht sie oben an der Treppe, dachte Lilith voller Furcht, und klopft ungeduldig mit den Fingern auf das Holzgeländer, ich werde gleich ihre Hand spüren, aber es nützt nichts, ich muss rein in die Schenke und hinauf in den ersten Stock, koste es, was es wolle.

Sie huschte durch das Lokal, nahm zwei Stufen auf einmal, sah nicht nach links, nicht nach rechts und stolperte hastig in ihr Zimmer. Es war nichts passiert. Sie ließ sich auf ihre Matratze fallen. Aya war erschrocken vom Webstuhl aufgesprungen.

»Endlich!«, rief sie aufgeregt.

»Hat sie was bemerkt?« Liliths Stimme zitterte.

»Nein«, zischte Aya. »Aber er! Er war schon zwei Mal da, schau, da hat er wieder Geschenke für dich gebracht.«

Lilith warf einen uninteressierten Blick auf die buntfarbigen Beute.

»Das ist mir egal«, rief sie.

»Egal! Wie kannst du so etwas sagen. Er war wütend, dass er dich nicht angetroffen hat, wollte wissen, wo du dich herumtreibst. Ich sagte ihm, du seiest im Tempel mit deinen Schwestern. Das hat ihn einigermaßen beruhigt. Jetzt ist er hinten bei deiner Mutter. Sie machen es. Man kann es bis hierher hören.« Aya kicherte bei dem Gedanken. »Komm, zieh dich rasch aus.«

Sie nahm Lilith die verschmutzten Kleider ab, sie gingen hinunter in den Hof, und Aya wusch sie von Kopf bis Fuß mit der duftenden Paste. Lilith summte vor sich hin.

»Was gibt es da zu trällern?«, fragte die Alte missmutig.

Lilith sah sie von der Seite an, gab aber keine Antwort.

Die Sonne ging schon unter, und Lilith war immer noch nicht mit ihrem Bericht über das Treffen mit dem Vater zu Ende gekommen. Aya lauschte mit offenem Mund.

»Was! Dein Vater! Das hätte ich nicht von ihm gedacht.«

Sie schüttelte ungläubig den Kopf, als sie hörte, dass Nikomedes sich einfach davonschleichen wollte, ohne Abschied, ohne seiner Tochter irgendeinen väterlichen Beistand zu leisten.

»Ach, ach«, seufzte sie, »in dem habe ich mich getäuscht.«

»Ich muss jetzt schlafen«, sagte Lilith. »Wasch den Umhang, Aya, ich brauch ihn morgen wieder.«

»Wie kannst du jetzt ans Schlafen denken mit all den Sorgen, mit all dem Unglück. Kind! Wie kannst du jetzt ans Schlafen denken.«

Lilith drehte sich auf die Seite.

»Vergiss nicht den Umhang zu waschen, Aya.«

Sie summte wieder das kleine Liedchen vom verloren gegangenen Lamm, das wie mit Zauberhand am nächsten Morgen unversehrt im Stall bei der Mutter lag.

»Was ist denn mit der los?«, brummte Aya und ging hinunter in den Hof, um das Gewand zu reinigen.

Lilith träumte von einem jungen Reiter, der im raschen Galopp auf sie zuritt, die dunklen Locken flogen im Wind. Er packte sie um die Taille und zog sie auf das Pferd. Sie schmiegte sich eng an ihn. Ihre blonde Mähne und seine pechschwarzen Haare vermischten sich.

»Ein schönes Paar«, sagte Nikomedes zu ihr im Traum und reichte ihr eine silberne Kette. »Komm mit uns in den Norden, mein Kind.«

Lilith lächelte im Schlaf. Yala tanzte um sie herum in einem roten Kleid, der Stoff war so fein, dass er beinahe durchsichtig war, goldene Fäden glänzten darin.

»Aber Lilith, mein Kindchen, das war doch alles nur ein Scherz«, lachte die Mutter und sah wunderschön aus.

Plötzlich spürte Lilith eine Berührung. Sie fuhr auf. Rahib leckte mit seiner Zunge an ihren Zehen. Das Zimmer war vom flackernden Licht einer Öllampe erhellt.

»Lass das, du Widerling!«, schrie sie. »Geh weg. Geh weg!«

»Ich will dich so sehr, Lilith.« Rahibs Stimme war rau. »Komm endlich zu mir.«

Er kniete vor ihr und suchte nach ihrer Hand. Rasch kroch sie unter die Decke.

»Hau ab! Du bist ekelhaft, nie werde ich zu dir kommen. Nie!«

Er packte sie am Handgelenk und zerrte sie hoch.

»Oh, doch, das wirst du!«

Er griff nach ihrem Hemd und riss es auseinander. Mit seinen feuchten Lippen sog er sich an ihrer Brust fest. Sie spürte, wie er mit seiner Zunge über ihre Brustwarzen glitt.

»Du tust mir weh!«, schrie sie und versuchte, ihn wegzustoßen.

Aber Rahib war ein kräftiger Mann. Gegen ihn hatte sie keine Chance.

»Rahib!«, hörten sie plötzlich Yalas Stimme. »Rahib! Bist du noch da? War das eben deine Stimme?« Sie wartete wohl draußen im Gang. »Ich vermisse dich jetzt schon, Rahib, mein Geliebter.«

Er ließ von Lilith ab, aus seinem Maul troff der Speichel.

»Psch!«, machte er. »Leise!«

Lilith hielt den Atem an. Aber die Mutter ging den Gang zurück zu ihrem Zimmer. Sie hatte keinen Verdacht geschöpft.

Der General wischte sich die Spucke ab, stand rasch auf und verließ den Raum.

Nachdem er gegangen war, lag Lilith lange mit offenen Augen auf ihrer Liegestatt und hielt sich ihre wehen Brüste. Dann drehte sie sich auf die Seite und schlief ein.

Als sie aufwachte, hörte sie im Erdgeschoss laute Stimmen. Sie schaute die Treppe hinunter und sah ihre Mutter auf einem Schemel sitzen, vor ihr knieten Numarit, Hada, die Huren, die Dienerinnen, die Laufburschen, die Köchin, auch Aya.

»Numarit führt in meiner Abwesenheit die Geschäfte.« Yalas Stimme war sehr bestimmt. »Ist das klar?« Alle nickten. »Ihr habt ihr genauso zu gehorchen wie mir.« Sie blickte in Richtung Hada. »Auch du, mein Goldschatz«, sagte sie spitz zu ihr. »Verstanden?«

Hada nickte verstimmt.

»Aber Mutter«, sagte sie. »Ich hätte auch gerne eine eigene Aufgabe.«

»So, hättest du?«, antwortete Yala. »Dann wirst du das Brotbacken übernehmen, meine Gazelle.«

Hada fuhr auf.

»Du bist gemein, Mutter!«, kreischte sie.

Kein Mensch konnte das Brotbacken leiden, es war eine unangenehm heiße und gefährliche Arbeit. Wie leicht konnte man sich die Hände verbrennen, wenn man in den brusthohen, bienenkorbförmigen Lehmbackofen hineinlangte. Am Boden schimmerte die glühende Holzkohle, die Wände waren brennend heiß. Der Brotteig, dünn ausgerollt, so groß wie ein Kuhfladen, wurde durch die Öffnung in den Ofen gesteckt und mit einem leichten Schlag an die Wand geklatscht, an der er haften blieb. Wenn man nicht aufpasste, verbrannte man sich die Finger. Auch beim Herausnehmen des fertigen, knusprigen Brotes musste höllisch aufgepasst werden.

»Ich bin doch keine Dienerin«, sagte Hada beleidigt.

»Du wolltest eine eigene Aufgabe, jetzt hast du sie«, erwiderte Yala und wandte sich den anderen zu. »Aya kümmert sich um die Wäsche, um den Essplan, um die Sauberkeit der Mädchen.« Sie hob die Augenbrauen ein wenig. »Und sie beaufsichtigt unsere Braut oben im ersten Stock«, fügte sie spöttisch hinzu.

Es ging noch eine Weile, bis Yala alle Aufträge verteilt hatte.

»Mutter unternimmt eine Reise?«, fragte Lilith aufgeregt, als Aya die Treppen heraufschlurfte.

»Mhm«, brummte sie.

»Wohin denn?«

»Numarit, dieses unreife Fohlen! Und der muss ich nun gehorchen. Noch schlimmer als ihre Mutter ist sie.«

»Aya, wohin geht Mutter?«

»Na, wohin schon! Sie braucht neue Nutten. Sie fährt hinüber nach Afrika. Gestern kam der Bote, dass viel gutes und frisches Fleisch zu haben sei auf dem diesjährigen Markt drüben. Aber deine Mutter winkte ab.«

»Ja, und dann?«

»Dann kam der General und erzählte ihr, dass er nach Shabwa müsse für ein oder zwei Wochen, weil die dort Probleme mit den Wasserverteilern hätten.« Aya wischte mit der Hand den Staub vom Fensterbrett. »Nimm mich mit, hat sie gefleht, ich kann nicht so lange ohne dich sein, nimm mich mit, Rahib, Liebster! Ein Geschrei war das, Lilith, diese Frau hat den Verstand verloren. Er wollte sie nicht mitnehmen. Deshalb geht sie jetzt nach Afrika.«

»Wie lange?«

»Es wird dauern, Kind, es wird dauern. Zweimal sieben Tage sicher.«

Liliths Herz zersprang beinahe vor Freude. Zweimal sieben Tage ohne Aufsicht, ohne Kontrolle, ohne Rahib, ohne Mutter! Sie strahlte über das ganze Gesicht.

»Oh, Aya, wie herrlich. Wie wunderbar.« Sie umarmte ihre alte Dienerin. »Hast du den Umhang schon bereit?«

Aya schaute sie misstrauisch an.

»Hol ihn mir. Ich brauche ihn. Sobald Mutter das Haus verlässt, muss ich auch weg.«

9

Vorsichtshalber zog Lilith wieder den alten Umhang ihrer Dienerin über den Kopf, als sie sich aufmachte, hinaus zum Karawanenlager zu gehen. Auch die Hände und Füße wickelte sie in die alten Lumpen ein.

Eigentlich wäre es ja nicht nötig gewesen, sich zu verkleiden, jetzt, wo ihre Mutter auf Reisen gegangen war und sie nicht kontrollieren konnte. Für vierzehn herrliche Tage war sie frei. Aber sie fürchtete doch die Stellvertreterin der Mutter, ihre Schwester Numarit, seit diese ihr mit einem schadenfrohen Grinsen zu der bevorstehenden Hochzeit mit Masma gratuliert hatte.

»Auf dem Acker da draußen in Mutters Dorf wirst du bald aussehen wie ein aufgeplatzter Pfirsich mit deiner weißen Haut und so rasch runzeln wie eine Dattel im Keller.«

Dabei war Numarit in schallendes Gelächter ausgebrochen. Lilith war sehr erschrocken über die Häme der eigenen Schwester.

Für ihren Spaziergang hinaus zur Akazie, wo Sami auf sie wartete, hatte sie sich hübsch gemacht. Unter Ayas Umhang trug sie eine rotbraune Tunika und einen Wickelrock in ähnlichen Tönen. Die dunklen Stoffe ließen ihre Haut noch heller schimmern, und ihr weizenfarbenes Haar hob sich auffällig davon ab.

»Wie sehe ich aus, Aya?« Sie drehte sich im Kreis.

Die Alte schüttelte verständnislos den Kopf. »Hast du eine kranke Schafsleber gegessen?«

Lilith lachte. »Ich bin einfach guter Laune«, rief sie. »Warum stört dich das, Aya?«

»Weil du, in Almaqahs Namen, keinen Grund dazu hast!«

Lilith hörte nicht auf die Unkenrufe der Alten und machte sich unbeschwert auf den Weg.

Zuerst schlurfte sie wie ein altes Weib durch die Schenke,

um bei Numarit, die hinter dem Tresen den Betrieb beaufsichtigte, kein Misstrauen zu erregen. Numarit unterhielt sich gerade mit Hayw, einem neuen Stammkunden, der tagein tagaus Gast im Lokal war und ihr ein wenig den Hof machte. Numarit schäkerte mit dem gutaussehenden und spendablen Mann.

Hayw verbrachte viel Zeit in der Schenke, aber er konnte seinem Herrn Rahib nie etwas Interessantes berichten. Und alles, was er aus Numarit über Lilith herauskitzeln konnte, waren unwesentliche Dinge. Von der bevorstehenden Heirat ihrer Schwester erzählte Numarit nichts. Sie ärgerte sich, dass für sie noch kein Freier vorgesprochen hatte. Immer kam ihr Lilith zuvor, auch wenn deren Bräutigam nur ein Bauerntölpel war. Es wäre ihr Vorrecht gewesen, als Erste einem Ehemann anzugehören.

Kaum war Lilith auf der Straße, huschte sie nicht länger ängstlich durch die Gassen, sondern ging aufrecht zum Stadttor hinaus, grüßte den Wächter, der in seinem Häuschen neben dem Tor auf dem Fußboden saß und vor sich hindöste. Er erwiderte verschlafen ihren Gruß.

Als sie zur Akazie kam, sah sie, dass Sami schon auf sie wartete. Sie winkte ihm zu. Er stand rasch auf und lief ihr entgegen.

»Sami!«

»Lilith!«

Sie schauten sich beide an und lächelten.

»Sami«, wiederholte sie.

»Lilith«, sagte auch er.

Verlegen nestelte er an seiner ledernen Tasche herum, die er um die Taille gebunden hatte. Er trug einen kurzen Wickelrock aus grobem Ziegenhaar, ansonsten war er nackt. Sein schöner, junger Körper war dunkelbraun gebrannt, man sah ihm die schwere Arbeit an, sehnig und athletisch stand er vor ihr.

»Das habe ich für dich gemacht, Lilith«, sagte er zögernd und reichte ihr ein kleines Päckchen.

»Oh!« Vorsichtig öffnete Lilith das Geschenk, das in ein

Palmblatt gewickelt war. Es war eine Sandalette. »Oh«, wiederholte sie.

»Ich … äh … ich …«, stotterte er.

»Die ist wunderschön, Sami! Danke! Ich muss sie sofort anziehen.« Sie band die kleine, lederne Sandale an ihren nackten Fuß. »Das ist hübsch«, rief sie. »Ich weiß gar nicht, ob die Königin so schöne Schuhe besitzt. Wir gehen doch alle immer nur barfuß.«

»Wenn sie passt, bekommst du morgen die zweite dazu.« Sami lächelte befangen.

»Du musst dich nicht genieren, Sami. Ich freue mich sehr über dein Geschenk.«

»Aber du bekommst sonst sicher wertvollere Gaben«, sagte er vorsichtig. »Das ist das Einzige, was ich dir geben kann. Ich bin kein reicher Mann.«

»Du kannst mir Tausende von Sandalen basteln, Sami. Und du könntest mir deine Freundschaft schenken. Etwas Schöneres gäbe es nicht für mich.«

Sie setzten sich unter den Baum. Sami hatte Trauben mitgebracht und Schafskäse, der an der Luft getrocknet worden war. Dazu tranken sie Wasser aus einem ledernen Ziegenbalg.

Sie plauderten und kicherten, Lilith erzählte ihm von ihren beiden Schwestern, die abergläubisch waren und in ständiger Furcht vor dem bösen Blick und dem bösen Finger lebten. Auch ihre Mutter glaubte an Dämonen.

Sie holte einmal im Monat einen Beschwörungspriester aus dem Almaqah-Tempel ins Haus, der das Haus und die Bewohner mit Wasser besprengte, Feuer in einem Räucherbecken anzündete und heilige Formeln sprach. »Hol ihn heraus, den eingeschlossenen, barmherziger Almaqah, säubere dies Haus.« Lilith äffte die Stimme des Priesters nach.

»Manchmal hält er dabei einen Totenschädel in der Hand«, erzählte sie. »Stell dir vor, Sami, einmal hat Mutter sogar den Priester geholt, weil eine unserer Ziegen nicht aufhören wollte zu meckern. Mutter hatte Angst, dass ein Dämon in dem Tier steckte.«

»Und dann?«

»Der Beschwörungspriester hat den Mist der Ziege genommen und ihn ihr ins linke Ohr gestopft, damit sie tot umfalle und der Dämon mit ihr stürbe.«

Die beiden lachten vergnügt über diese altmodischen Sitten.

»Auch wenn Mutter krank ist, lässt sie einen Priester kommen. Er bringt kleine Figuren aus Ton, Gips oder Holz mit, stellt sie aufs Dach in die Sonne und bittet mit ausgebreiteten Armen den Sonnengott um Heilung. Danach muss sich Mutter zu den Figuren aufs Dach legen, der Priester hat ihnen vorher bunte Bänder umgelegt. Dann holt der Priester einen Ziegenbock, dem das Unheil oder die Krankheit der Mutter aufgebürdet wird.«

Die beiden lachten lauthals.

»Ich hab gehört, Sami, dass der Ziegenbock nachher sogar geschlachtet wird. Aber selber gesehen hab ich das nie. Ich glaube, sie nennen das dann Übelbock.« Sie steckte sich eine Traube in den Mund. »Wenn es Mutter dann besser geht, darf sie zurück in ihr Zimmer. Die Tonfiguren mit den bunten Bändern werden an die Tür und ans Fenster gestellt, damit neues Übel draußen bleibt.« Sie holte Atem. »Am Haupt des Bettes steht eine männliche Figur aus Blei, die den Tod darstellt, seine Augen sind mit gelber Paste eingeschmiert, die man erst entfernt, wenn alle Beschwörungen erledigt sind und die Kranke wieder gesund ist. Das Zimmer wird gereinigt, mit Rauch und Wasser, danach werden alle Figuren zusammengepackt und draußen beim Tempel verscharrt.«

Sie schüttelten ihre jungen Köpfe und konnten gar nicht glauben, dass die alten Leute solche merkwürdigen Handlungen vollführten.

»Weißt du, Sami, meine Mutter hat auch Angst vor ihren Träumen. Einmal habe ich gehört, wie sie unserer alten Dienerin Aya erzählte, dass sie geträumt habe, sie sei im Traum in den Himmel aufgestiegen. Aya erschrak fürchterlich und rief etwas wie schlechtes Vorzeichen, Herrin, schlechtes Vorzeichen. Mutter sandte sofort nach dem Priester.«

Lilith berührte Sami leicht am Arm.

»Und weißt du, was der gesagt hat? Wenn ein Mensch im Traum in den Himmel auffährt, wird sein Leben kurz sein. Wenn er in die Unterwelt hinabsteigt, wird sein Leben lang sein.« Sie schüttelte den Kopf. »Mutter hat sofort ein Lamm opfern lassen. Der Priester hatte ihr geraten, durch Gebete, Opfer und Magie die Götter umzustimmen und ihr doch ein langes Leben zu gönnen. Er riet ihr auch dazu, sexuell weniger Aktivität zu zeigen, weil das einer Frau Unglück brächte.«

Wieder mussten beide sehr lachen.

»Aber eins musst du zugeben, gewirkt hat der Zauber, weil Mutter wirklich nun schon eine alte Frau geworden ist.«

»Und was macht ihr bei dir zu Hause bei Zahnweh?«, fragte Sami und griff sich an die Backe.

Lilith grinste. »Zuerst musst du natürlich Beschwörungsformeln flüstern: Wurm, Wurm im Zahn, packe den Fuß des Schmerzes, die Götter sollen dich schlagen mit ihrer starken Hand. Und dann holt unsere alte Aya einen Krug Mischbier, einen Brocken Malz und Öl, vermischt alles, du rufst noch drei Mal die Beschwörung und legst die Mischung auf den Zahn.«

»Ich habe aber gar keine Zahnschmerzen«, sagte er fröhlich und holte eine kleine Flöte aus seiner ledernen Tasche. Er spielte eine einfache Melodie, sie klang sanft und fast ein wenig wehmütig.

»Wie stellst du dir dein Leben vor?«, fragte sie leise.

»Ich möchte ein kleines Haus, ein paar Äcker, eine Frau und Kinder«, antwortete er, ohne lange nachzudenken.

»Ja«, sagte sie, »das möchte ich auch, und am liebsten mit dir.«

Sie wurde rot und senkte verlegen den Kopf.

»Ja, das wäre schön, Lilith.«

Sie malten sich ihr Leben aus, einfach würde es sein, weil sie ja so arm waren. Sie würden zusammenhalten und immer viel zu lachen haben und sich endlos Geschichten erzählen. Ihren Kindern würden sie lustige Namen geben wie

Teelhunu, Sumhuali und Dhamarali. Und alle hätten viele, viele Sandaletten. In allen Farben, mit bunten Bändern und kleinen Perlen und Muscheln.

So vergingen die Nachmittage, an denen Lilith immer wieder unter die Akazie kam. Sie besaß nun schon vier Paar Sandalen. Eines davon war sogar gefärbt, dunkelrot. Sie hielt die Schuhe unter ihrem Umhang verborgen, wenn sie das Haus verließ oder zurückkehrte, nur für Sami zog sie sie an. Und er freute sich und brachte am nächsten Tag schon wieder ein neues Paar.

»Kind«, sagte eines Nachmittags, als sie nach Hause kam, die alte Aya leise zu ihr. »Kind, sei ein bisschen vorsichtiger. Hier haben die Wände Ohren.«

»Was willst du, was meinst du?«, antwortete Lilith ungestüm.

»Ich weiß zwar nicht, wer er ist, aber dass du verliebt bist, sieht man dir auf zehn Meter an«, brummte Aya. »Sei einfach nur ein bisschen vorsichtiger.«

Lilith lachte. Aber Aya wurde ärgerlich.

»Ach, Aya, lass mich doch.« Sie stürzte der Amme in die Arme. »Vergönn mir doch das bisschen Glück.«

»Psch, psch«, machte Aya. »Ich gönne dir doch alles Glück dieser Erde, meine Gazelle.« Sie hob Lilith am Kinn. »Wer ist er denn?«

Lilith erzählte ihr von Sami.

»Was macht er?«, rief sie erschreckt. »Der Gehilfe deines Vaters? Ein einfacher Kameltreiber? Das kann doch nicht sein!« Sie packte Lilith an den Schultern. »Ohne Haus, ohne Bleibe, ohne Vermögen, ohne Familie! Da wärst du ja mit Masma noch besser dran!« Sie schüttelte Lilith heftig. »Lilith, dich hat ein Dämon erfasst, du hast Fieber und bist krank. Wie kannst du dir ein Leben mit ihm vorstellen? Willst du mitziehen auf den mörderischen Karawanenwegen? Hier in Marib kannst du dich jedenfalls mit so einem nicht blicken lassen. Und noch dazu ein Ausländer! Bedenke doch, wer du bist!«

Lilith stieß sie weg.

»Du malst immer alles schwarz, Aya. Du bist böse und ungerecht, kennst ihn gar nicht und urteilst über ihn. Du bist genauso gemein wie Mutter.« Lilith weinte heftig. »Ihr Erwachsenen seid alle niederträchtig und neidisch.«

»Und was meinst du, passiert, wenn deine Mutter zurückkommt?«

»Gar nichts. Ich werde ihr sagen, dass ich Sami heiraten will.«

»Bist du verrückt?«

»Aya, es wird ihr völlig egal sein, glaub mir, alles, was Mutter will, ist, mich loszuwerden. Und wenn ich Sami zum Mann nehme, ist sie mich los. Ein für allemal.« Sie presste die Lippen aufeinander. »Ich tu ihr einen großen Gefallen damit.«

Aya antwortete nicht. Lässt man einen Esel einen Beutel Silber tragen, dachte sie, das einfältige Kind meint doch wirklich, sein Leben selbst bestimmen zu können.

»Ich muss ihr einen Trank zubereiten«, brummelte sie vor sich hin. »Da hilft nichts anderes. Safransamen, Schlangenhaut, Hundezungensamen, Stinkgurken zermahlen, Koloquintenkörner, Röstgetreide. Ich muss ihr die Haare rasieren und sie mit der Paste einreiben. Oh je, oh je, sie rennt in ihr Unglück«, jammerte sie und stieg hinunter in Yalas Kräuterschuppen.

Auf dem Weg versuchte sie sich an die entsprechenden Vorsichtsmaßnahmen und Beschwörungsformeln zu erinnern.

»Bei Sichtbarwerden des Mondes muss es auf jeden Fall sein.« Sie holte den steinernen Mörser hervor. »Großer Herr, gib mir eine klare Antwort auf mein Bitten«, betete sie. »Vertreibe den Unterstützer des Bösen. Du bist wütend, du bist furchtbar. Vertreibe das Böse ... Almaqah, der die Erde beherrscht, Herr im Himmel, der du alles siehst ... Oh leih den Schutz mir deiner hohen Hand!«

Während sie die Zutaten mischte, fiel ihr ein, dass sie Lilith vorher noch mit einer Mischung aus Schwefelpulver, Gips, Ton und Mischbier waschen musste, sonst würde die Paste nicht wirken. Sie dachte mit Schaudern daran, dass sie erst vor Kurzem hier gestanden und für Yala eine Rezeptur zusammengebraut hatte.

Yala wollte unbedingt von Rahib schwanger werden, sie wollte ihm ein Kind schenken und ihn damit fest an sich binden.

»Aber du bist zu alt, Yala, du bist schon beinahe fünfunddreißig. Das ist das Alter, um Großmutter zu sein, aber nicht Mutter«, hatte Aya unbedacht gerufen, und schon hatte sie die Faust der Herrin im Gesicht gespürt.

»Mach!«, hatte Yala gebieterisch gerufen, und die Alte hatte sich ans Werk gemacht.

Sie musste sich zuerst eine Röhrichtmaus besorgen, sie aufschneiden und mit Mudar, den jungen, bitteren Blättern der lilablühenden Pflanze füllen. Die gefüllte Maus wurde dann unter einem Baum im Schatten getrocknet, zermalmt und mit Schafsfett vermischt. Dieses übelriechende Mixtum musste Aya dann in die Vagina ihrer Herrin füllen, und sie würde fruchtbar wie die Röhrichtmaus werden.

Während die Alte ihren magischen Arbeiten nachging, schlich sich Lilith aus dem Haus, lief zu Sami, um ihm von Ayas Unkenrufen zu erzählen. Er hatte ihr aus Palmblättern einen kleinen Sonnenschirm gebastelt.

»Deine Haut ist so hell«, sagte er. »Der Schirm soll dich schützen.«

Sofort war Liliths Kummer verflogen, sie wusste, dass ein Leben mit Sami schön sein würde, vielleicht nicht verschwenderisch, aber voller Vertrauen und Zuneigung. Sie lächelte ihn dankbar an.

»Morgen ist das große Regenfest. Wollen wir zusammen hingehen?«, fragte sie.

»Ja, dann können wir eurem höchsten Himmelsgott ein Opfer darbringen und ihn um Beistand und Schutz bitten«, erwiderte er. »Wir bitten ihn, dass wir für immer zusammenbleiben dürfen. Ja?«

Sie nickte und zog ein Rollsiegel, das sie an einer Lederschnur um den Hals trug, aus ihrer Bluse.

»Schau, das hat mir Pa…, das hat er mir mal mitgebracht, ich glaube aus Babylon. Da ist ein Gebet draufgeschrieben, das mich schützen soll.« Sie zog es über den Kopf. »Ich schenke es jetzt dir. Möge der erhabene Schöpfer der Weltordnung auch dich immer vor Unheil bewahren.«

Lilith streifte Sami das Lederband über den Kopf. Zum ersten Mal spürte sie seine Haut. Glatt und straff. Sie lächelte ihn an.

»Jetzt gehören wir zusammen, Sami, jetzt sind wir eins.«

Sie verabredeten sich für den nächsten Nachmittag, an dem das Regenfest begann.

»Aber, Lilith«, sagte er zum Abschied. »Zieh die alten Sachen an. Es darf dich keiner erkennen.«

»Ich möchte aber mein neues Gewand anziehen und die Haarbänder. Wieso soll ich nicht schön sein dürfen? Ich will mich nicht verstecken.«

»Nein, noch nicht. Wir müssen vorsichtig sein. Du weißt das.«

Sie gab nach und versprach, als alte Vogelscheuche mit ihm zum Regenfest zu gehen.

Als Lilith am nächsten Tag gegen späten Nachmittag aus dem Haus ging, schien die ganze Stadt auf den Beinen zu sein. Ein Stimmengewirr lärmte durch die Gassen, wie ein fleißiges Bienenvolk summte und schwirrte das Volk von ganz Saba. Die Menschen sahen gewaschen aus, hatten ihre besten Kleidungsstücke angezogen, die Frauen trugen ihre Feiertagstücher über das Haupt gelegt, die Männer hatten ihre Körper und Haare frisch geölt, und in den Händen hielten sie ihre Gaben für Almaqah.

Die meisten der einfachen Bauern aus dem Umland und die Handwerker hatten ein irdenes Gefäß in der Hand mit einem Breigericht als Opfergabe für Almaqah. Nur die reichsten Bewohner konnten es sich leisten, ein Rind in den Tempel zu bringen. Man sah nicht viele davon. Die wenigen Opfertiere waren rotbraun bemalt mit Beschwörungssprüchen und trugen bunte Bänder im Gehörn. Die störrischen Tiere, die muhten und blökten, wurden durch die Menge gezerrt, bis hinaus zum Tempel, der irdischen Wohnung des Gottes.

Die Gassen waren mit nassem Stroh bestreut, das den Staub und die Kuhfladen aufsaugen sollte. Es war ein heißer Frühlingsnachmittag, und in der Luft lag ein Dunst von Schweiß, Kuhfurzen, gebratenem Fisch, Rauch und ausgelassenem Schafsfett. Draußen am Tempel wurde dieses Geruchsgemisch überhöht mit unzähligen Kräuterdüften und Harzen, die in großen Schalen auf den Zinnen und auf dem Dach des Gotteshauses abgebrannt wurden. Die Rauchschwaden zogen himmelwärts.

Lilith sah sich nach Sami um, sie hatten sich am äußeren Stadttor verabredet. Sie sah ihn schon von Weitem. Er lehnte an einer Holzsäule, die zu einer der vielen Buden gehörte, in denen für den heutigen Tag Unmengen von Devotionalien verkauft wurden.

Er trug wie alle einfachen Männer nur ein kurzes Röckchen aus hellem Stoff, um den Hals das Rollsiegel, den jungen, schlanken Körper eingeölt, seine Muskeln waren wie modelliert und glänzten in der nachmittäglichen Sonne. Die langen, schwarzen Locken fielen ihm auf die Schultern, im Haar hatte er einen Reif mit einem kleinen, silbernen Stern.

Als Lilith ihn da stehen sah, fing ihr Herz an zu klopfen, sie hielt den Atem an, so schön fand sie ihn.

»Sami«, sagte sie leise.

Er drehte sich nach ihr um und blickte sie mit seinen dunklen Augen an. Er nahm ihre Hand in die seine. Sie schlossen sich der Menge an, hielten sich fest und wanderten wie auf einer luftigen Wolke des Verlangens, erregt, sehnsüchtig, ahnend.

Als das Volk am Tempel angekommen war, verstummte es allmählich. Es war einer der wenigen Festtage des Jahres, an dem auch der einfache Fromme in den Tempel gehen durfte. Die Menschen waren von Ehrfurcht ergriffen. Vor dem riesigen Komplex des Gotteshauses mussten sie sich einreihen, um in geordneten Zweierreihen die heiligen Hallen zu betreten.

»Los, stellt euch an!«, schrien die Soldaten, die am Eingang postiert waren. Sie hielten blitzende Lanzen in den Händen und hatten Dolche um den Bauch gegürtet. Auf dem Kopf trugen sie lederne Kappen.

»Ho, ho, du da!« Einer der Soldaten zeigte auf einen Mann, der ein geschmücktes Rind mit sich führte. »Mit den Opfertieren da hinten reingehen.« Er deutete auf einen anderen Eingang.

»Weitergehen, reiht euch ein, weitergehen!«

Die Menschen folgten wortlos und untertänig dem Geschrei der Soldaten.

Sami hielt seinen Topf mit Brei im linken Arm, Lilith hatte von ihrem Tablar zu Hause eine kleine kupferne Schlange, das Symbol der Liebe des Gottes Wadd, mitgebracht, die sie Almaqah darbringen wollte.

Die Menschenmenge betete murmelnd vor sich hin, während sie sich langsam in den Vorhof des gewaltigen Tempels schob.

»Almaqah, Herr von Bar'an, du Abendstern, Gott der Fruchtbarkeit und des Regens ... Attar Shariqan, du Aufgehender, Spender alles Lebens, oh Erhabener, Schicksalsbestimmer ... Hüter des Reichs ... Deine Hilfe suchen wir ... Preis sei dir für deine Gaben ... Lass die dunklen Nächte wieder morgenhell werden ...«

Einer nach dem anderen legte seine Gabe auf die Alabasterbänke, die die Wände des Innenhofs schmückten. Körbe mit frischen Früchten gefüllt, Trankopfer in Terrakottagefäßen, Räucherwerk, einheimische aromatische Pflanzen und Harze, Statuetten von Stieren und Steinböcken lagen dicht aneinandergereiht. Auch Samis und Liliths Weihabgaben fanden ihren Platz dort.

»Schau!«, flüsterte Lilith und zeigte auf die Statue des Gottes, die im Eingang des Allerheiligsten aufgestellt war. »Mutter hat erzählt, dass es früher nur ein riesiger Stein war, den die Menschen als Almaqah angebetet haben. Aber jetzt ...«

Sie war, wie alle anderen Frommen auch, stumm vor Staunen über die Pracht der Gottesfigur.

Alamaqah saß auf einem Thron, überlebensgroß, mit einem langen Bart, in der rechten Hand hielt er ein Zepter oder eine Keule, so genau konnte Lilith den Gegenstand nicht erkennen. Die Figur war aus Stein gehauen und mit Gold belegt, auf dem Kopf trug Almaqah eine Hornkrone, ähnlich denen der Götter Assyriens.

Er war vor dem Fest des Regens, wie vor allen Zeremonien, bei denen er aus der Dunkelheit des Allerheiligsten herausgeholt wurde, gewaschen worden, frisch gesalbt und geschmückt. Das war die Aufgabe der Reinigungspriester.

Um die Schultern hatte er einen neuen Umhang bekommen, gewebt von den begabtesten unter den Frauen Maribs. Sie hatten Goldfäden eingewoben in den feinen Stoff aus China und Sterne, das älteste Zeichen für die hohen Götter.

Lilith hatte gehört, dass es in den Tempeln auch so etwas wie Huren gab, nur heiliger waren sie als die in der Schenke der Mutter. Diese kultischen Nutten mussten die Tempelräume pflegen, die Gewänder waschen und sich überhaupt um alles kümmern wie Hausfrauen. Die Priester besuchten die Frauen oft zum heiligen Beischlaf, mit dem sie um Fruchtbarkeit für die Oase Marib bei den Göttern warben. Die Liegestatt dazu war direkt hinter dem Allerheiligsten im Tempel, damit der Gott zugegen sein konnte. Eigentlich war der Priester ja nur so etwas wie der Stellvertreter des Gottes. Aber Kinder sollten die heiligen Frauen davon keine bekommen.

Aya oder ihre Mutter hätten sicher auch dafür ein Rezept, dachte Lilith, sie verstand diese eigenartigen Sitten nicht.

Natürlich bekam Almaqah auch zu essen, das leibliche Wohl des Gottes war sehr wichtig, denn er war der Garant der göttlichen Präsenz unter den Menschen. Es wurden ihm die besten Früchte und das knusprigste Fleisch, der köstlichste Wein und das reinste Bier dargeboten. Gegen Abend holten dann die Priester die Gaben aus dem Allerheiligsten und verschlangen sie selber, ging Lilith durch den Kopf. Das wusste das gemeine Volk natürlich nicht.

Plötzlich erklangen Trommelklänge, Pauken, Becken, Rasseln und Schellen. Das war das Zeichen zum Aufbruch der Prozession. Die Menschen wurden hinausgedrängt aus dem Tempel, sie mussten draußen an der Straße auf den heiligen Zug warten, der die Statue hinausgeleitete zum Wasserbassin, wo die Vermählung Almaqahs mit der Fürstin stattfinden sollte.

Voran gingen die bunt gekleideten Musikanten mit mannshohen Trommeln, Doppelflöten, Trompeten und Hörnern. Zu dieser Musik traten Tänzer und Tänzerinnen mit Schellen und Tamburinen in den Händen auf. Sie sprangen in die Luft, klatschten in die Hände, gingen in die Knie und sangen lauthals Lobpreisungen auf den Gott.

»Oh, du Herrlicher, ich schüttete dir nächtlich reines Opfer, ich goss das beste süße Bier dir aus …«

Der Gesang ging unter im Geplärr der nachfolgenden Akrobaten, Possenreißer und Spaßmacher. Einer war als Affe verkleidet und spielte auf einer Flöte. Das Publikum grölte vor Vergnügen, klatschte und stampfte.

Danach schritt langsam, bedächtig und allein ein rot bekleideter Mann und schlug auf seine Pauke. Es wurde augenblicklich still im Getümmel der Zuschauer, denn dies war das Zeichen zum Beginn der wirklichen, der heiligen Prozession.

Hinter dem Paukenschläger kamen ruhigen Schrittes die Priester, ganze Heerscharen. Die Beschwörer, die Seher, die Wahrsager, die Ekstatiker, die Klagepriester und als niedrigste Klasse die Reinigungspriester. Wunderschön gekleidet, mit hohen Kopfbedeckungen, reichem Schmuck an den Armen, Ohren, Füßen und um den Hals. Das Gold glänzte in der Sonne. Ihre langen Gewänder waren aus edelsten, symbolverzierten Stoffen, sie trugen Sandalen und allerlei Gerätschaft in den Händen. Wassergefäße, Stäbe, Waffen, Sonnenscheiben, Tierfiguren. Mit hoch erhobenen Köpfen, die Schädel mit lockigen Perücken bedeckt und mit geringelten Bärten, die an den Ohren festgemacht waren, schritten die Wächter des Glaubens und des kultischen Handelns einher.

Am Ende des langen Zuges kam die große Trage, von vierundzwanzig athletischen Männern geschultert, mit der Statue des Gottes Almaqah.

»Schau mal, Sami, wie die Statue wackelt, hoffentlich fällt sie nicht herunter«, wisperte Lilith.

Die beiden mussten lachen und ernteten dafür missbilligende Blicke der Menschen, die um sie herum standen.

Die Figur Almaqahs auf der Trage sah wirklich aus wie ein König, strahlend, mächtig, stolz. Und ein König war er ja auch, der Himmlische, und die Menschen waren seine dienenden Untertanen, er war ihr Schirmherr, und sie mussten ihm prachtvolle Tempel bauen und viele Kulte und Rituale feierlich begehen. Sie durften dem Gott Spenden bringen und damit ihren Beitrag zu seinem irdischen Wohl und seinem höfischen Glanz leisten.

Das Ende des Festzuges bildete eine Hundertschaft von prächtig geschmückten Pferden und Kamelen. Geführt wurden die Tiere von hohen Offizieren. Lilith stupste Sami.

»Der General ist nicht dabei«, flüsterte sie erleichtert. »Da muss schon was ganz Schlimmes in Shabwa passiert sein, dass er hier fehlen darf.«

Erst hinter der Tierparade durfte sich das Volk anschließen. Alles drängelte und schubste, um bei den Ersten zu sein, die draußen am künstlichen See ankamen. Da würde es etwas zu sehen geben! Und dafür brauchte man einen guten Platz.

Sami und Lilith ließen sich mittreiben. Sie hielten sich ganz fest an den Händen, blickten sich von Zeit zu Zeit mit strahlenden Augen an. Sie blieben auf einer kleinen Böschung stehen, von der aus sie einen guten Blick auf das Bassin hatten. Feierliche Musik von Trompeten, Hörnern und Pauken erscholl. In unzähligen Schalen wurde der duftende Weihrauch abgebrannt.

Der Hohepriester trat vor, gewandet in kostbarem Purpur mit einer hohen Mütze und einer goldenen Peitsche in der Hand. Er hob feierlich die Hände.

»Oh Almaqah, dessen Kraft ist ohnegleichen und dessen Ratschluss niemand noch erkennt. Da bin ich, knie vor dir, such dich stets, sprich guten, lautren Segen über uns …«

Während er noch sprach, ging ein Raunen durch die Menge. Die Fürstin erschien, sie schritt den Gang herunter, der zum Bassin führte.

Bilqis, die Königin von Saba.

Sie trug einen hauchfeinen Umhang aus leichter, ägyptischer Baumwolle, der ihren dunklen, schweren Körper durchschimmern ließ. Auf ihrem Haupt schwebte eine Kronenkappe aus zarten, goldenen Blüten, die mit unterschiedlich farbigen Edelsteinen besetzt war, von denen Lapislazulisteine in Traubenform herunterbaumelten. An den Armen trug sie, bis hinauf zum Ellenbogen, breite goldene Armbänder mit großen Karneol-, Lapislazuli- und Türkiseinlagen, die Ohrringe sahen aus wie goldene kleine Schiffchen, die hin und her schaukelten. An den Knöchelgelenken bimmelten Glöckchenreifen aus Gold, und an den Füßen hatte sie goldene Schuhe mit hohen Absätzen.

Majestätisch schritt Bilqis auf das Bassin zu. Allein. Schön war sie, die Königin. Das Volk war ergriffen und begeistert von ihrer prunkvollen Erscheinung. Am liebsten hätten die Menschen losgebrüllt und ihrem Überschwang Luft gemacht, aber es war mucksmäuschenstill. Alle starrten gebannt auf die juwelenübersäte Königin.

Das schönste Geschmeide an ihr war das Halsband. Es war eine Kette aus hauchdünnen Goldblättern, die bis tief in ihr Dekolleté reichte. Die feinen Blättchen wurden gehalten von Lapislazuliperlen und goldenen, reliefierten Dreiecken, die sich mit der Schwingung des Halses mitbewegten. Es war wahrhaft das Werk eines Meisters der Goldschmiedekunst.

König Tiglatpileser von Assyrien hatte es Bilqis verehrt, wie all den Schmuck, den sie trug. Arbeiten aus dem fernen Babylon, die ihr der getreue Rahib als Präsente des Großkönigs mitgebracht hatte. Tiglatpileser wusste von der Schönheit der Königin von Saba und ihrer Freude an teurem Geschmeide, hatte aber zugleich wirtschaftliches Kalkül im Sinn. Immerhin war sie die Besitzerin der größten Weihrauchgebiete Südarabiens und somit eine wertvolle, nicht zu vernachlässigende Partnerin, und das, obwohl sie seine Vasallin war.

Bilqis stand nun am Rand des Bassins. Sie blickte zum Himmel, hob die Hände, die Armbänder klirrten. Sie öffnete ihr Gewand, es fiel zu Boden, für einen Augenblick sah ihr Volk ihre üppige Nacktheit. Dann ließ sie sich in das Wasser gleiten.

Die Musik ertönte, die Priester beteten laut und flehend. Die Königin vereinte sich in diesem Moment mit dem Himmelsherrn und Regenspender Almaqah. Durch ihre Hingabe an den Herrn des Himmels sicherte sie ihrem Volk und ihrem Land den lebensspendenden Regen.

»Was macht sie da eigentlich?«, fragte Sami, dem die Sitten hier nicht so geläufig waren.

»Sie muss mit Almaqah schlafen, damit wir genügend Regen bekommen. Aber mit einer Statue geht das nicht. Deswegen steigt sie ins Wasser, weil er doch der Gott des Wassers und des Regens ist, den wir so dringlich brauchen.« Lilith holte Atem. »Siehst du, die Statue von Almaqah steht jetzt am Beckenrand und nimmt ihre sinnbildliche Hingabe an.«

Seltsam, dachte Sami.

Bilqis stieg aus dem Wasser, der Umhang wurde ihr um die Schultern gelegt, und sie schritt hinter der Trage mit dem Bildnis des Gottes her, die nun wieder zurück in den Tempel gebracht wurde.

Nach der erhabenen Vereinigung des Gottes mit der Königin durfte nun das Volk feiern. Die Menschen strömten zurück in die Gassen der Stadt, tanzten, sangen, aßen und tranken bis zur Besinnungslosigkeit. Unterstützt von Gauklern, Musikern, Tänzern und Spaßmachern. Es war eine rauschende Nacht. Viele taten es der Königin gleich und vereinigten sich in den dunklen Ecken der Stadt mit jedem und jeder und ganz und gar nicht sinnbildlich.

Lilith und Sami saßen auf einem kleinen Mäuerchen in der Nähe des großen Hauptplatzes. Sie hatte immer noch den zerlumpten Umhang über ihre blonden Haare gelegt. Und beiden war bang.

»Morgen Nacht zieht meine Karawane los«, sagte Sami leise.

»Ich weiß.«

»Wirst du auf mich warten, Lilith?«

»Ja, für immer.«

Er nahm ihr Hand und strich sanft über ihre Finger.

»Es wird viele Monde dauern, bis ich wieder da bin, Lilith.«

»Das macht nichts, Sami, ich warte auf dich.«

Sie sahen sich lächelnd an.

»Bis morgen«, sagte er.

»Bis morgen, Sami.«

Lilith sprang von dem Mäuerchen und drängte sich durch die grölende Menge zurück nach Hause.

10

Schon von fern hörte Lilith die unverkennbaren Geräusche des Aufbruchs einer Karawane.

Grunzende und geifernde Kamele, die sich aufführten, als würde man sie abschlachten. Dazwischen brüllende Schreie, die weit über den Lagerplatz dröhnten. Sie konnten es nicht leiden, wenn sie berührt wurden, und beladen zu werden, war ihnen geradezu verhasst. Sie wehrten sich, schlugen mit ihren breiten Hufen aus, bissen die Treiber, schleuderten ihren schleimigen Speichel aus dem Maul, fletschten die riesigen Zähne, ließen ihre langen, schmutzigen Schweife durch die Luft sausen, sie stöhnten, sie keuchten.

Aber es nützte ihnen nichts, sie mussten sich die schweren Pakete aus Palmwedeln, in die die kostbare Fracht eingepackt war, aufbinden lassen. Auf der rechten Seite drei Ballen, auf der linken drei, vollgefüllt mit Weihrauch- und Myrrheklumpen. Jeder Sack wog so schwer wie eine junge Ziege.

Die Stadt Marib lag nicht im Gebiet der Weihrauchbäume. Das kostbare Harz wuchs in einer Gegend, die Dufar hieß und weit weg lag, wie Lilith wusste.

Zuerst musste man das große Masila-Tal hinunter bis fast zum Meer ziehen, immer in die Richtung, in der die Sonne aufging. Viele, viele mühsame Tagesmärsche galt es zurückzulegen. Dort unten auf bergigen Höhen war die Heimat des Weihrauchbaumes. Er gedieh nur dort, ließ sich nicht verpflanzen. Er mochte die Höhe, die kalten Nächte, die trockene, sandige Erde, den Wind.

Liliths Vater hatte ihr davon erzählt. Eigentlich war es kein Wald, eher eine Ansammlung über eine riesige Fläche von weit auseinander stehenden einzelnen gebüschartigen Bäumen. Die winzigen Triebe der hellgrünen Blätter galten als Leckerbissen für Ziegen und Kamele, die die Bäume kahl fraßen, wenn nicht aufgepasst wurde. Die Besitzer der Weihrauchlandschaften ließen deshalb bewaffnete Spähtrupps patrouillieren.

Der Weihrauch selber sammelte sich im Baumstamm und in den dickeren Ästen unterhalb der Rindenhaut. Besonders aufregend fand Lilith, wie man das Harz gewann. Ganz vorsichtig ritzt der routinierte Meister einmal im Jahr mit einer Klinge fachmännisch kleine Wunden in den Stamm. Dann lässt er die Bäume eine Weile weinen, wie das genannt wird. Das flüssige Harz tropft aus den Einschnittstellen heraus. Nach ein paar Wochen kommt der Fachmann noch einmal und wiederholt den Prozess. Und erst beim dritten Einritzen ist es die Qualität, die es zu ernten gilt. Das edle Harz träufelt dickflüssig aus den Schnittstellen. Fast sieht es aus wie große, weiße Tränen. »Weißt du«, hatte ihr Vater erzählt, »die teuren Harzklümpchen werden von Dufar aus in alle Welt transportiert. Die Ägypter sind geradezu versessen auf Weihrauch und auch auf Myrrhe, einem sehr ähnlichen, ein bisschen dunkleren, öligerem Harz. Sie zahlen horrende Preise dafür.«

Lilith kam aus dem Staunen nicht mehr heraus. Eine große Männerhand voll bestem Weihrauch kostete so viel, wie eine vierköpfige Familie in zwei Monaten an Lebensmitteln brauchte. Die Ägypter brannten, wie auch die anderen wichtigen und weniger wichtigen Reiche, Weihrauch zuhauf in ihren Tempeln ab, um die Götter gnädig zu stimmen, um ihnen mit den kostspieligen Düften wohlwollendes Gebaren abzuluchsen.

Aber auch in den privaten Häusern war Weihrauch höchst begehrt. Als Parfum, sowohl als Stimulans vor geschlechtlichem Geschehen als auch als Mittel gegen Bauchdrücken, Knochenschmerzen und Übelkeit. Es konnte abgebrannt oder mit ein bisschen Öl zerstampft zu einer Salbe verrieben werden.

»Bleib stehen, du schwachsinniger Auswurf eines Hundes, bleib stehen«, hörte Lilith die Treiber fluchen, die sich mit den speienden und spuckenden Kamelen herumschlugen.

»Warte, du elendes Stück Eseldreck, dir werd ich es geben!«

Es war heiß, die Luft vibrierte, und überall roch es nach Schweiß und Ausdünstungen, nach Ziegen und getrocknetem Fisch. Die Männer waren ebenso unwirsch und mürrisch wie die Tiere. Viele der Kamele waren noch unbeladen, die Ballen mit der Ware lagen zu Hunderten auf dem sandigen Platz, der von staubigen, verdorrten Grasbüscheln übersät war.

Lilith stand eine Weile an einer der Seitenmauern und sah dem Geschehen zu.

»Weißt du, Kind«, hatte ihr Vater immer erzählt. »Zu groß dürfen die Karawanen nicht sein. Das ist nicht zweckmäßig und stellt zu hohe Ansprüche an Treiber, Futter, Tränke.«

Zu den Tieren, die mit Ware beladen waren, kamen unzählige hinzu, die die Vorräte schleppen mussten, Ersatz für Schirrzeuge, Ausbesserungsmaterial, Werkzeuge und Wasser. Es gab keine Flüsse zwischen Marib und dem Mittleren Meer, die Karawanen waren auf Brunnen angewiesen. Der Karawanenführer musste die intakten Wasserstellen auf dem langen Weg kennen, er musste ein gutes Verhältnis zu dem jeweiligen Besitzerclan haben, um die Quellen auch benutzen zu dürfen. Und er musste viel dafür bezahlen. Hacksilber, Naturalien, Öle, getrocknete Aprikosen, Edelsteine und natürlich Weihrauch.

»Es ist schwierig, die beste Anzahl Tiere und Menschen zu bestimmen. Viel hängt von den Möglichkeiten der Wasseraufnahme unterwegs ab«, hatte Nikomedes ihr erklärt. »Weißt du, wenn es zu wenige sind, ist man leichte Beute für Überfälle. Ich achte immer darauf, dass es nicht mehr und nicht weniger als hundertfünfzig Tiere sind.«

Zu essen gab es nicht viel auf den langen Märschen. Einige Datteln am Tag, und, wenn es hoch kam, ein paar getrocknete Rosinen, dazu ein, zwei Schluck Wasser. Das musste genügen. Kameltreiber zu sein, war ein harter Beruf, und der Verdienst war gering. Nur der Besitzer der Karawane wurde reich bei diesen Geschäften, der aber ging in den seltensten

Fällen mit auf den Karawanenzug, sondern wartete in seinem Kontor auf die Rückkehr. Die ganze Verantwortung der Reise lastete auf den Schultern des Beutelträgers.

Aber den größten Gewinn des Weihrauchgeschäftes machte Bilqis, die Fürstin. Ihr Hof kontrollierte die Straßen im gesamten sabäischen Reich, das zwar nicht groß war, aber durch das sämtliche Karawanen ziehen mussten.

Bilqis kassierte kräftig ab, erhob Zölle bis zu einem Großteil des Handelswertes, verlangte Abgaben an die Tempel, nahm hohe Beträge für die Bezahlung der Unterkünfte, Lagerplätze, Wasserabgabe, Schutzgebühren für die Sicherheit, Futter und Nahrungsmittel. Wenn auch nicht alle Unternehmen in ihrer Hand waren, so war sie doch an allen maßgeblich beteiligt.

Sami sah Lilith an der Wand lehnen und lief sofort auf sie zu.

»Lilith«, sagte er leise und zog sie hinter die Mauer zu ihrem Akazienbaum.

»Ach, Sami, ich würde so gerne mitkommen. Ich würde so gerne immer an deiner Seite sein.« Die Tränen liefen ihr die Wangen hinab. »Ich ...«

»Wir müssen vernünftig sein, Lilith«, unterbrach er sie sanft. »Sobald ich zurück bin, frage ich bei deiner Mutter um Erlaubnis zu unserer Heirat. Nur wenn wir Mann und Frau sind, können wir wirklich zusammen sein. Das weißt du doch.« Er strich ihr mit seiner staubigen Hand übers Haar. »Wir müssen ein wenig Geduld haben. Bitte, Lilith, sei tapfer.«

Sie nickte verzweifelt.

»Ich werde stark sein, Sami, ich verspreche es dir.« Ihre Stimme klang heiser. Die Tränen wollten nicht aufhören zu fließen.

»Ich muss gehen, Lilith, es gibt noch so viel zu tun, und wir brechen auf, sobald es kühler wird.«

Er drückte ihr ein Päckchen aus Palmwedelstreifen in die Hand.

»Mein letztes Geschenk, Lilith. Für jetzt.«

Wehmütig blickte er sie an, seine Augen füllten sich mit Tränen.

»Ich liebe dich, Lilith – für immer«, flüsterte er kaum hörbar. »Für immer. Ich werde alles sparen, was ich unterwegs verdiene. Das wird für ein kleines Haus und ein bisschen Land reichen. Für uns beide.«

Er lächelte befangen.

»Sami …«, Liliths Herz klopfte schneller.

Ja, sie würden Mann und Frau sein. Zusammen für immer. Etwas Schöneres konnte sie sich nicht vorstellen. Sie öffnete ihre Arme und legte sie um seinen Hals. Das kleine Päckchen fiel zu Boden. Ihre Lippen fanden sich zu einem ersten Kuss, warm und weich und verheißungsvoll erahnten sie die Schönheit der Liebe.

»Sami! Verdammt, wo steckt er? Sami! Wo steckt dieser faule Hurensohn?«, hörten sie eine ärgerliche Stimme hinter der Mauer schreien.

Sie stoben auseinander.

»Es wird Zeit.« Sami streichelte eilig ihre Wange. »Ich muss gehen.«

»Ich warte auf dich.«

Lilith spürte noch immer seine Lippen auf den ihren, es war ein so neues, ein so schönes und aufregendes Gefühl. Es wurde ihr plötzlich ganz munter zumute. Das Leben mit Sami wird wunderbar, dachte sie, wenn er zurück ist, werden wir nie mehr aufhören mit dem Küssen. Sie lächelte froh und winkte ihm nach.

Aya hat nicht recht, dachte sie, wenn sie sagt, dass die Liebe immer Leid bringt, nein, nein, sie hat nicht recht.

Sie drehte sich um und hob das Päckchen auf. Als sie sich wieder aufrichtete, begegnete sie dem Blick eines Mannes, der ein paar Meter weiter an der Mauer lehnte. Er starrte sie einen kurzen Moment an, drehte sich dann rasch um und lief in Richtung Stadt. Es war Hayw, der Spion des Generals.

Jetzt endlich, jubilierte es in Hayw, endlich kann ich dem Herrn etwas berichten, was ihn befriedigen wird. Hat es sich doch gelohnt, dass ich dieser Vogelscheuche nachgelaufen bin, kam mir doch komisch vor heute in der Schenke, dass unter dem dreckigen Umhang, der da die Treppe herunterlief, zarte, weiße Füßchen mit faltenfreien Fersen hervorschauten.

Er machte sich eilig auf in den Palast, wo Rahib jeden Augenblick von seinem Ritt aus Schabwah zurückkehren sollte.

Lilith tänzelte nach Hause, sie hatte keine Angst mehr, ihr Herz war leicht wie das eines jungen Vögelchens, ihre Zukunft lag klar und sonnig vor ihr. Der Gedanke an ein Zusammensein mit Sami verursachte ein kleines Kribbeln in ihrem Bauch und ein Stückchen weiter unten. Sie kicherte.

Als sie in ihrem Zimmer ankam, öffnete sie das Päckchen. Es waren gelbe Sandaletten.

»Gelb!«, rief sie. »Schau, Aya, er hat mir gelbe Sandalen geschenkt!«

Aya konnte sich nicht mit dem Mädchen freuen. Sie hatte unten in der Schenke sagen hören, dass der General zurückgekommen sei.

»Was das wohl wieder mit sich bringt?«, brummte sie voller Furcht.

Lilith lag auf ihrer Matte und träumte vor sich hin. So viele Gedanken stürmten durch ihren Sinn. Ist doch gut, dass ich spinnen und weben gelernt habe, dachte sie, Aya kann mir sicher noch viel mehr beibringen, was ich gebrauchen kann, wenn ich Samis Frau sein werde, wie man Speisen zubereitet oder Getreide drischt. Und wie ich Säuglinge aufziehe.

In Gedanken redete sie mit ihrer Mutter und machte ihr klar, dass sie statt Masma nun Sami heiraten würde. Sie würde ihr Leben schon meistern, das war ihr sonnenklar, sie wusste nun genau, was sie wollte, und würde alles tun, um es zu erreichen.

»Aya, du musst mir zeigen, wie man Ziegen melkt.«

Sie zwitscherte unbekümmert drauflos, in Gedanken lebte sie schon in der kleinen Hütte mit Sami, sie würde waschen, kochen, aufräumen, das Gemüse ernten. Alles würde sie machen.

»Ach, Aya, das wird so schön«, seufzte sie glücklich.

»Wie wäre es mit ein wenig Schlaf?«, raunzte die alte Dienerin.

»Du gönnst mir einfach mein Glück nicht, du bist böse, Aya, du alte Miesmacherin.«

Lilith drehte sich auf die Seite, in ihren verträumten Vorstellungen sah sie Sami schon des Abends vom Feld heimkommen, lachend und die Arme weit ausgebreitet. Er bastelte ihr kleine Holzfiguren, spielte auf der Flöte für sie, lobte sie für die wunderbaren Speisen, die sie ihm zubereitet hatte. Sie lächelte zufrieden und glitt bald von ihren unschuldigen Jungmädchenträumen hinüber in tiefen Schlaf.

Aya saß an ihrer Seite und wackelte mit dem Kopf hin und her.

»Wenn das nur gut geht«, murmelte sie angstvoll. »Wenn das nur gut geht.«

Kaum war die Sonne am nächsten Morgen aufgegangen, wurde Lilith von lautem Gepolter geweckt. Sie fuhr aus dem Schlaf. Was geht da unten in der Schenke vor, dachte sie verschlafen.

»Nein, hier kommst du nicht durch!«, hörte sie Ayas zittrige Stimme. »Das ist nur für die Familie!«

»Geh auf die Seite, du alte Vogelscheuche«, rief ein Mann wütend.

»Kein Fremder darf hinauf zu den Mädchen.« Das war wieder Aya. Sie klang schrill und angstvoll.

»Ich komme im Auftrag des Generals«, schrie der Mann.

Bei allen Göttern, dachte Lilith erschrocken, der Aufruhr gilt mir.

»Lass mich vorbei, du Ziegengerippe, ich muss dem Jungfernbraten etwas ausrichten.«

»Nein!«

»Hier, das ist für dich!«, brüllte die Männerstimme, und Lilith hörte, wie Aya aufschrie.

Der Mann hatte sie zu Boden geworfen. Er stürmte die Treppe hinauf. Lilith griff rasch nach einem Umhang und trat hinaus ins Treppenhaus.

»Was willst du?«

Sie musste ihren ganzen Mut zusammennehmen, trotzdem zitterte auch ihr die Stimme. Sie hatte Angst. Dieser Mann kam von Rahib. Das jagte ihr panischen Schrecken ein. Was wollte er noch von ihr, dieser abscheuliche General, sie war jetzt Braut, sie war vergeben. Er hatte kein Recht, sie länger in Angst und Schrecken zu versetzen.

Vor allem aber konnte nicht einmal er die Sitten so außer Acht lassen, dass er ein versprochenes Mädchen, ihre Ehre und die ihres zukünftigen Gemahls mit Füßen trat. Sie versuchte, einen klaren Gedanken zu fassen. Was konnte er von ihr wollen? Was nur, was? Ah, die Schmuckstücke, fiel ihr plötzlich ein, vielleicht wollte er nur die vielen Schmuckstücke zurückhaben. Ja, das wird es sein.

»Was willst du?«, wiederholte sie ein wenig ruhiger.

»Der General befiehlt dir, in den Palast zu kommen. Eine Stunde bevor die Sonne hoch steht.«

Lilith lachte auf. Was bildete der sich ein!

»Nie und nimmer werde ich zu ihm in den Palast gehen. Richte ihm das aus, deinem General«, antwortete sie und vermied es, den Kerl anzuschauen.

»Wenn du nicht kommst, wird es deinem Liebhaber an den Kragen gehen.«

»Was?«, erschrocken schrie sie auf. »Was?«

Sie fasste sich an den Hals und starrte den Mann an. Ihr stockte der Atem. »Woher weiß er …?«

Jetzt erkannte sie ihn plötzlich wieder. Es war der Mann, den sie gestern am Karawanenlager gesehen hatte. Ihre Gedanken jagten hin und her, was hatte das zu bedeuten? Auf einmal wurde es ihr klar. Rahib hatte sie beobachten lassen, hatte diesen dreckigen Halunken auf sie angesetzt.

»Was will der General von mir?«

Ihr graute vor einem Wiedersehen mit dem verhassten Koloss. Und zugleich hatte sie sofort unbändige Angst, dass er Sami etwas antun würde. Sie musste Sami schützen. Unter allen Umständen musste sie ihren Liebsten schützen.

»Du sollst in den Palast kommen. Mehr weiß ich nicht.«

»Dann sag deinem Herrn, dass ich da sein werde«, antwortete sie matt.

Sie musste nachgeben, sie hatte keine andere Wahl. Niedergeschlagen schlich sie zurück in ihr Zimmer und warf sich auf die Matte. Er darf Sami nichts tun, er darf Sami nichts tun, sie war zu keinem anderen Gedanken fähig.

Aya humpelte in den Raum.

»Er hat mir beinahe die Knochen gebrochen«, flüsterte sie und hielt ihren Arm. »Oh Lilith, Lilith, mein armes Kind, mein armes, bedauernswertes Kind.«

»Er darf Sami nichts zuleide tun, Aya. Er darf ihm nichts antun.« Sie richtete sich auf. »Ich werde zu Rahib gehen, ich muss es tun.«

»Ach, Lilith.« Aya kniete neben ihr nieder. »Es ist niemand da, der dich beschützt. Kein Vater, keine Mutter, kein Ehemann. Und ich bin zu schwach.«

Sie weinte.

»Mach dir keine Sorgen, Aya, du Gute, mir wird schon nichts passieren. Hauptsache, er lässt Sami in Ruhe.«

Gegen die Mittagszeit machte sich Lilith auf den Weg. Sie hatte es abgelehnt, dass Aya mitginge, aber die Alte ließ sich nicht davon abbringen. Sie humpelte zwei Schritt hinter Lilith her und trug das Säckchen mit dem Goldschmuck.

Am Eingang zum Palast stand Hayw. Er gab dem Soldaten ein Zeichen, Lilith durchzulassen.

»Du bleibst draußen«, zischte er Aya an.

»Aber sie ist meine Dienerin. Ich kann nicht ohne sie hineingehen.«

»Sie bleibt draußen.«

Er stellte sich breitbeinig vor Aya auf. Sie hatte Angst vor ihm, ihre Hüfte tat ihr noch immer weh von dem morgendlichen Sturz.

»Ich warte hier«, sagte sie kleinlaut.

»Ja, ja, warte nur.« Seine Stimme war voller Hohn. »Warte nur. Und du, komm.«

Er bedeutete Lilith mit einer herrischen Kopfbewegung,

ihm zu folgen. Sie schritten durch die Höfe. Lilith war noch nie im Palast gewesen, aber sie hatte kein Auge für die Pracht. Sie ging mit gesenktem Kopf hinter Hayw her.

Er blieb vor Rahibs Haus stehen und rief laut.

»Wir sind da, Herr!«

»Schick sie rein!«

Lilith zuckte zusammen, als sie Rahibs Stimme hörte. Sie atmete tief durch, reckte den Hals und betrat das Haus des Generals.

Er stand am Fenster. Als sie eingetreten war, drehte er sich langsam um und musterte sie von oben bis unten.

»War mehr als dieser Kuss zwischen euch?«, herrschte er sie an.

»Mehr? Ich verstehe nicht. Wir …«

»Du verstehst mich genau.« Seine Stimme war eiskalt. »Ich wiederhole, war mehr als dieser Kuss?«

»Dieser Kuss war ein Versprechen«, antwortete sie leise.

»Also, mehr oder nicht mehr?«

Sie schüttelte ganz leicht den Kopf.

»Das werden wir ja bald sehen.«

Seine dunklen Augen glitten an ihr hinab. Er war herausgeputzt wie zu einer Parade, trug goldene Ohrringe und dicke Ketten um den Hals. Lilith aber sah nur seinen feisten Bauch und das harte Gesicht. Für sie war er ein abstoßender, alter Mann, roh und niederträchtig. Es grauste ihr vor ihm.

»Was willst du von mir?«, fragte sie kaum hörbar.

»Dein Kameltreiber ist gestern Nacht losgeritten Richtung Norden, stimmt's?«

Sie nickte.

»Möchtest du, dass ihm etwas zustößt?«

»Nein, bei allen Göttern, nein, das will ich nicht! Was hast du vor?«, schrie sie atemlos. »Tu ihm nichts! Bitte, tu ihm nichts!«

»Nun, du kannst wählen, Lilith.«

»Was verlangst du von mir?«

»Komm endlich zu mir, teile mein Lager mit mir oder …«

»Oder?«

»Oder er wird den morgigen Tag nicht überleben. Ganz einfach.«

Sie war bleich geworden, jetzt hatte sie begriffen. Er wollte nicht den Schmuck zurück, er wollte sie. Wie bloßgestellt sie sich vorkam.

»Du meinst, du lässt ihn umbringen, wenn ich nicht ...?«

»Ja, so ist es. Du hast die Wahl, schönes Kind.«

»Ich werde ihm nachreiten und ihn warnen.«

Er lachte auf.

»Du wirst zu spät kommen. Meine Männer folgen ihm schon seit gestern. Sie warten nur noch auf mein Kommando. Draußen steht ein gesatteltes Pferd bereit. Ich kann diesen oder jenen Befehl geben.«

Er sah sie mit zusammengekniffenen Augen an. So viel Aufwand für ein Weib, dachte er mit einem Mal zornig, wieso tu ich das? Für ein blondes, mageres, unerfahrenes Ding. Er wurde noch wütender.

»Fleh mich an, ihn zu schonen«, schrie er. »Das ist, was ich von dir will. Fleh mich an, ihn zu schonen, und fleh mich an, dir meine Gnade zu beweisen, indem du dein Röckchen hebst und mich hineinbittest.«

Er atmete laut. Sie hörte seinen stoßenden Atem.

»Los!«, befahl er.

Liliths Gedanken rasten. Sie stand mit dem Rücken zur Wand und beobachtete Rahib, wie er mit offenem Maul auf ihre Antwort wartete. In ihr machte sich ein Gefühl breit, das sie bislang nicht kannte. Hass. Sie hasste diesen Mann abgrundtief. Sie verabscheute ihn, es ekelte sie vor ihm, sie wollte nicht von ihm berührt werden, geschweige denn ... Aber sie war ihm ausgeliefert.

»Ich flehe dich an, Sami zu schonen, und ich flehe dich an, in mich einzudringen«, ergänzte sie hastig.

Ohne den Blick von ihr zu wenden, rief er nach Hayw.

»Schick den Reiter los. Dem Kameltreiber hat nichts zu geschehen.«

Sie sah, wie der Schweiß von seinen Achseln heruntertropfte. Ihr Widerwille ließ sie ganz starr werden. Ich muss alles tun, dass er Sami nicht schadet, dachte sie und versuchte verzweifelt, an nichts anderes zu denken.

»Komm, Lilith, mein jungfräuliches Geschenk. Ich erhöre dein Flehen.«

Er packte sie am Arm und lachte laut.

Wie eine Figur aus Holz lag sie steif auf seinem Bett. Sie atmete kaum, es war ihr eiskalt vor Angst.

Wenn du es nicht willst, hörte sie Aya in der Erinnerung sagen, schmerzt es dich wie ein Messerstich in deinen Unterleib. Sie erwartete den Schmerz, sie wartete auf sein brutales Eindringen, auf sein Gewicht, mit dem er sich rücksichtslos auf sie legte, auf seinen dünstigen Atem. Sie hielt ganz still, aber tief innen bebte sie vor Angst und Abscheu, sie versuchte an Sami zu denken, an seinen sanften Blick und seine weichen Lippen, aber sie konnte sein Bild nicht abrufen. Sie presste die Augen zu, damit sie den widerlichen Kerl nicht auch noch anschauen musste, und wartete hilflos und alleinegelassen auf seine Misshandlung.

Rahib riss seinen Rock auf, warf seine goldenen Ketten auf den Boden. Lilith hörte ihn laut schnaufen. Sie roch seinen Schweiß. Er beugte sich über sie und zog ihr die Tunika über den Kopf, öffnete ihren Wickelrock.

»Schau mich an, kleine Prinzessin«, verlangte er.

Sie öffnete die Augen und sah ihn in seiner fleischigen Nacktheit. Das Entsetzen packte sie. Er tastete sich an ihrem Körper entlang, bis hinunter zu ihrer haarigen Öffnung. Wenn er doch nur aufhören würde, dachte sie verzweifelt, ich will nicht, dass er da reinkommt. Sie presste fest die Lippen zusammen, damit kein Schluchzen herausdringen konnte. Sie wartete auf das messerscharfe Weh, das er ihr nun antun würde.

Aber Rahib tat ihr nicht weh. Seine übliche Rohheit, seine gewissenlose Gewalttätigkeit hatten sich verflüchtigt. Er verstand es selbst nicht, aber er wollte ihr plötzlich gar nicht mehr wehtun, er wollte ihr keinen peinigenden Denkzettel verpassen, sondern verspürte auf einmal den Wunsch, ihr ein mildes erstes Mal zu schenken, sie sanft in die Geschlechtlichkeit einzuführen.

Er nahm eine Handvoll wohlriechenden Öls und rieb es leicht und vorsichtig in ihre Scheide. Als er sein Glied hineinschob, spürte sie ein glitschiges Gleiten, einen kleinen Stich, als er ihr Hymen durchriss, aber nichts, was einem zustoßenden Dolch glich.

Dennoch war es grauenhaft, wie er sein Glied in ihr Intimstes gleiten ließ, es war fremd und abstoßend. Ich will es nicht, schrie alles in ihr, es ekelt mich vor dir. Aber weh tat es nicht. Behutsam bewegte er seinen Penis hin und her.

»Schön!«, flüsterte er wie in Trance. »Ah, ist das schön!«

Es dauerte nicht lange, da ging sein heftiger Atem über in Stöhnen. Er röchelte vor Lust, stieß keuchende Laute aus.

Ich hasse ihn, ich hasse ihn so, schrie es in Lilith, er nimmt mir das, was ich Sami schenken wollte, als Erstem, als Einzigem.

Sie fühlte plötzlich, wie Rahib sich aufbäumte, einen Moment ganz starr wurde, als sei er vom Blitz getroffen, und dann von ihr abließ. Er zog sein Glied aus ihr heraus und drehte sich auf die Seite.

»Lilith! Oh, Lilith.«

Seine Stimme war kaum mehr als ein heiseres Flüstern, ein wehes Wispern. Es klang wie das Weinen eines sehr traurigen, einsamen Menschen.

11

»Bringt sie hinauf!«, rief Aya aufgeregt. »Rasch, rasch, tragt sie vorsichtig hinauf!«

Das wimmernde Bündel, das man auf eine eilig gezimmerte Trage gelegt hatte, wurde von den Dienern in den ersten Stock getragen. Die Frau war in Tücher gewickelt, die voller Dreck und Blut waren, sie stöhnte vor Schmerz, es klang, als wolle sie aufschreien, aber nicht mehr die Kraft dazu hatte. Ihr Körper verkrampfte sich, sie bäumte sich auf und fiel kraftlos wieder auf die Bahre.

Aya bettete sie auf die Matte in ihrem Zimmer, löste sorgsam die verkrusteten Tücher, eine Schicht nach der anderen, ganz vorsichtig, aber die Kranke schrie dabei auf, als würde sie ihr die Eingeweide herausreißen. Als der Körper nackt vor ihr lag, erstarrte Aya vor Entsetzen. Yalas Leib, der Leib ihrer Herrin, war aufgequollen wie ein Ballon, und da, wo einmal ihr hübscher, sinnlicher Venushügel zu den rosigen Schamlippen ihres Geschlechts führte, quoll eine übelriechende Geschwulst hervor, die aussah wie ein blutiger, rissiger Schwamm. Sie stank nach Eiter, eingetrocknetem Blut, nach Urin und Kot.

Yala atmete schwer.

»Helft mir«, wimmerte sie, »Helft mir. Es tut so weh.«

Ihre Stimme war kaum zu hören, es war nur ein leises Röcheln.

»Bringt schnell sauberes Wasser und Tücher«, rief Aya und schluckte ihren Abscheu vor diesem räudigen Auswuchs hinunter. Umsichtig tupfte Aya mit dem nassen Schwamm die Verletzung ab, entfernte Stofffetzen, die sich mit der offenen Wunde verklebt hatten. Die Kranke schrie bei jeder Berührung auf. Nun erkannte die Dienerin die enorme Größe des vereiterten Geschwürs.

»Ganz ruhig, Yala, ruhig, ruhig«, wisperte sie und stand

auf, um im Schuppen eine Salbe zu holen, mit der sie die Entzündung ein wenig lindern konnte. Vor allem aber wollte sie Yalas Schmerzen erleichtern.

»Holt den Beschwörungspriester«, rief sie im Hinunterlaufen. »Er soll sofort kommen, Yala liegt im Sterben.« Sie überlegte einen Moment. »Ich brauche Bier, bringt eine Kanne voll hinauf.«

Sie eilte in den Schuppen, öffnete die kleinen Dosen, nahm hier und dort eine Prise heraus, warf sie in einen Mörser, gab Schlangenhautpulver, Thymian, Belladonna und Weihrauch dazu. Sie vermischte die Zutaten mit Öl, bis es eine cremige Salbe ergab. Sie nahm die Schale und lief schnell wieder hinauf in den ersten Stock. Jetzt roch schon der Gang nach Fäulnis. Der Geruch des Todes.

»Zündet Weihrauch an!«, schrie sie den verschreckten Dienern zu, die im Flur standen. »Viel Weihrauch!«

Sie kniete neben Yala nieder. Hoffentlich schafft es der Priester, rechtzeitig zu kommen, dachte sie flehentlich. Sie befühlte Yalas heiße Stirn. Die Kranke öffnete für einen Moment die glasigen Augen und fixierte Aya.

»Du …«, hauchte sie, »du hast … mich getötet.«

Ihre Worte waren fast nicht verständlich, aber Aya erschrak bis aufs Mark.

»Ich?«, fragte sie fassungslos. »Ich bin doch deine Aya, deine Dienerin. Nie würde ich dir etwas zuleide tun.«

»Die Mäu…« Yalas Atem stockte. Sie konnte kaum sprechen. »Die Paste …«, presste sie hervor. »Die Mäusefüllung … zum … Schwangerwerden.«

»Bei Almaqah!«, schrie Aya auf. »Das ist es, oh Götter, das schreckliche Mäusemixtum, das ich der Herrin neulich in die Scheide habe streichen müssen. Wenn dem so ist, muss ihre ganze Bauchhöhle voll Eiter sein.«

Sie strich mit der Hand vorsichtig über den hochgewölbten Bauch der Kranken. Yala brüllte vor Schmerz. Da war nichts mehr zu machen, das wusste Aya, wenn der Eiter sich im Bauch verbreitet hatte, nützte nichts mehr, sie konnte sich den Aufwand sparen, nach dem einzigen Arzt in Marib, dem

Leibarzt der Königin, zu senden. Yala würde bei Sonnenuntergang nicht mehr am Leben sein.

Aya rief nach den Burschen, die Yala auf der Reise nach Afrika begleitet hatten. Sie ging hinaus in den Flur, weil sie nicht wollte, dass die Diener ihre Herrin so entstellt sehen würden.

»Wann hat das mit den Schmerzen angefangen?«, fragte sie.

»Heute Nacht war es«, antwortete einer der dunklen Kerle. »Ja, heute Nacht, da rief die Herrin nach Wasser. Als ich es ihr brachte, schrie sie, wir sollten sofort aufbrechen, sie habe Schmerzen und müsse sofort nach Hause.« Noch bei der Erinnerung daran wurde er blass vor Schrecken. »Ich habe sie noch nie so gesehen. Ihr Gesicht war ganz aufgedunsen, sie schrie in einem fort.« Er schluckte. »Wir haben sie in Tücher gepackt und auf eine Trage gelegt und sind sofort aufgebrochen.« Er schaute Aya ängstlich an. »Ich habe doch nichts verkehrt gemacht?« Seine Stimme zitterte. »Wir sind so schnell gelaufen, wie wir konnten. Und sie hat die ganze Zeit geschrieen, gebrüllt wie ein verletzter Stier.«

»Schon gut. Geh!«, sagte Aya barsch.

Sie flößte der Kranken Bier ein, das starke, ungemischte, das Yalas Schmerzen ein wenig betäuben würde. Mehr konnte sie nicht tun, es gab nichts gegen Schmerzen, nichts. Sie sah Numarit und Hada in der Ecke hocken, die Gesichter verzerrt und voller Angst.

»Stirbt Mutter?«, flüsterte Hada.

»Ja«, antwortete Aya.

Sie stirbt, weil sich die verdammte Mäuserezeptur entzündet hat. Sie wollte unbedingt schwanger werden, und jetzt wird sie den Abend nicht erleben. Und mir gibt sie die Schuld dafür. Aya vergrub das Gesicht in ihren mageren Händen.

»Was muss ich noch alles auf mich nehmen?«, murmelte sie erzürnt.

Für einen Moment war sie schwach und voller Selbstmitleid. Dann fiel ihr plötzlich Lilith ein. Ich muss sie herholen, sie muss bei ihrer Mutter sein, wenn die Götter sie holen. Schwerfällig stand sie auf.

»Flößt ihr Bier ein, so viel ihr könnt! Ich laufe und hole Lilith.«

»Ich kann das nicht!«, schrie Numarit. »Ich kann sie nicht anfassen.«

»Ich auch nicht«, rief auch Hada. »Sie riecht so fürchterlich. Aya, geh nicht weg!«

»Ihr werdet tun, was ich sage. Bier einflößen, nach und nach.« Die Alte war zornig. »Ich bin bald wieder zurück.«

Sie machte sich auf in den Palast. Erst vor ein paar Tagen war sie den Weg umgekehrt gegangen. Mit hängenden Schultern war sie die Gassen entlanggeschlurft, die Tränen waren ihr übers Gesicht gelaufen. Sie hatte ihrem Liebling, ihrer kleinen Lilith, nicht helfen können. Dieses Biest von Rahib, dieser Schakal, dieser Unglücksbringer hatte ihr geliebtes Mädchen entheiligt.

Lange war sie vor dem Palast gestanden, bis in die Nacht hinein, aber Lilith war nicht wieder herausgekommen. Und hineingelassen wurde Aya nicht. Sie hatte sich in eine schattige Ecke neben dem Portal auf den staubigen Boden gehockt und gewartet. Aber umsonst. Rahib hatte sein Ziel erreicht, er gab Lilith nicht mehr heraus. Langsam hatte Aya das begriffen und sich auf den Weg zurück in die Schenke gemacht.

Und jetzt war sie wieder unterwegs dorthin, sie musste Lilith die Todesbotschaft bringen.

Sie sprach den wachhabenden Soldaten an und erklärte ihm, wie es um Liliths Mutter stand. Er nickte mit dem Kopf und schickte einen Kollegen hinein in den Palast. Der junge Soldat ging gemächlich hinüber zu dem Haus des Generals. Lahaythat, Rahibs alte Amme, sah ihn durchs Küchenfenster kommen und trat vor die Tür.

»Der Herr ist nicht da«, sagte sie.

»Es ist ...«, stotterte er, »das Mädchen ...«

»Was ist mit dem Mädchen?«, fragte Lahaythat unfreundlich.

Sie mochte Lilith nicht. Seit sie im Haus war, war alles

anders geworden. Rahib hatte die alte Frau zu ihrer Dienerin gemacht, zur Dienerin einer kindlichen Hure, einem blassen Weißling, der aussah, als fehle ihm Farbstoff. Was fand Rahib nur an dieser Kindfrau? Lahaythat verstand ihn nicht.

Den ganzen Tag saß diese Lilith in einer Ecke ihres Zimmers und starrte vor sich hin. Sie redete nicht, sie aß kaum. Teilnahmslos ließ sie sich von Lahaythat waschen, die Haare bürsten, die Kleider anziehen. Den schönsten Schmuck suchte die Alte aus, um ihn dem Mädchen anzulegen. Aber Lilith reagierte gar nicht. Hohlwangig saß sie in der Ecke und hob kaum die Augen, wenn die Dienerin den Raum betrat. Diese magere Ratte würde ihren geliebten Herrn nicht glücklich machen, das wusste Lahaythat, sie würde ihm kein menschliches Lächeln ins Gesicht zaubern. Sie atmete tief durch.

»Was ist los?«, wiederholte sie.

»Ihre Mutter liegt im Sterben. Draußen steht die Dienerin und bittet darum, sie ans Totenbett der Mutter bringen zu dürfen.« Er war außer Atem von solch einem schwierigen Zusammenhang.

Lahaythat erschrak. Natürlich musste das Kind an das Totenlager der Mutter, aber konnte sie, die einfache Amme, dies genehmigen? Der Herr war nicht da, er war draußen an der Staumauer. Was tun?

»Gut, warte hier.«

Sie rief nach Hayw, der seit Liliths Eintreffen auf Befehl des Generals im Haus herumlungerte, um sie am Fliehen zu hindern.

»Begleite du sie«, sagte Lahaythat. »Pass gut auf, und bring sie zurück. Sonst bringt er uns beide um.«

Hayw nickte. Er kannte seinen Herrn.

Lahaythat ging hinauf in das Schlafgemach. Schön hatte Rahib es herrichten lassen. Die Wände waren mit Malereien verziert. Tagelang waren die Handwerker der Königin damit beschäftigt gewesen, farbenfrohe Bilder an die Wand zu zaubern. Zuerst hatten sie die Wände braunrot grundiert und dann wundersame Dinge darauf gemalt. Blumengirlanden, die aus Vasen entsprangen und sich über das Mauerwerk schlängelten, gekrönte Wassergöttinnen hielten Gefäße in der Hand, aus denen sich wellenförmige Wasserlinien wanden. Die Göttinnen waren schlank und trugen durchscheinende Gewänder.

Im Lande Saba kannte man solche Malereien nicht, aber da Königin Bilqis für alles Ausländische schwärmte, hatte sie sich assyrische Künstler kommen lassen, die seit ihrer Ankunft die Wände des königlichen Palastes in ein farbiges Meer tauchten, auf denen sich seltsame Tiere tummelten, fremdartig bekleidete Menschen und Götter.

Auf Rahibs Bitten hin lieh Bilqis ihm für ein paar Tage ihre Meister. Lahaythat gefielen diese bunten Bilder sehr, aber Lilith würdigte sie keines Blickes. Sie saß stumpf und vor sich hin brütend auf ihrer Liege oder kauerte in einer Ecke, wehrte sich gegen nichts, ließ alles mit sich geschehen. Teilnahmslos, regungslos.

Die Böden hatte Rahib mit dicken Teppichen belegen lassen, die er lange Jahre unbenutzt in seinem Lager aufbewahrt hatte. Lahaythat hatte sie regelmäßig ausgerollt, in die Sonne gelegt und ausgeklopft, damit sie nicht moderten und immer gut rochen.

Rahib holte aus seinem Lager feinziselierte Truhen, Tischchen und Stühle aus libanesischem Zedernholz mit Einlegearbeiten aus Elfenbein. Er kümmerte sich selbst darum, wie die Möbel in den Zimmern des ersten Stocks platziert wurden. Er hastete von Raum zu Raum, rückte hier einen Stuhl zurecht, dort ein Bronzegefäß. Jeden Nachmittag, wenn er heimkam, verschwitzt vom schnellen Ritt, lief er die Treppen hinauf zu Lilith, bevor er sich ein erfrischendes Bad erlaubte. Er steckte den Kopf durch den Vorhang.

»Lilith«, sagte er dann leise.

Aber der Blick, den er erntete, war abweisend und apathisch. Sie sah ihn mit ausdruckslosen Augen an und erwiderte seinen Gruß nicht. Manchmal geriet er darüber so in Zorn, dass er sie auf der Stelle nahm, ihr grob und gewalttätig sein monströs großes Glied in den mädchenhaften Unterleib rammte. Sie piepste dann wie ein verletztes Vögelchen. Aber sie wehrte sich nicht.

Er verlangte die abwegigsten Dinge von ihr, ließ sie sein Glied ablecken, krankhaft suchte er nach immer neuen Demütigungen, bestieg sie von hinten, zwang sie, sich selbst zu befriedigen. Sie tat alles, was er verlangte, manchmal lag ein erschrockener Ausdruck in ihrem Gesicht, aber sie wehrte sich nicht. Rahib trug keinen Lustgewinn aus diesen quälerischen Grausamkeiten, die er ihr antat, er fühlte sich leer und kläglich.

Welche wunderbaren wollüstigen Vorstellungen hatte er all die Wochen gehabt, seit er Lilith zum ersten Mal gesehen hatte. Es waren orgiastische Szenerien gewesen, von denen er Tag und Nacht heimgesucht worden war. Und nun konnte er sie benutzen, so viel er wollte, sein heißes Blut übertrug sich nicht auf sie, er spürte nur ihre Angst und ihre wortlose Verachtung. Kein Fünkchen Zuneigung konnte er ihr abringen. Er wusste, sie tat das alles, nur um ihren Kameltreiber zu schützen.

Er brachte Geschenke mit, granulierte Goldketten, Ohrringe, Edelsteine, hübsche Bronzefiguren, weiche Stoffe, aber Lilith legte alles beiseite, ohne es anzusehen. Sie bat um nichts, ließ sich auf kein Gespräch mit ihm ein, saß wie ein mutterloses Küken fröstelnd auf der Erde.

Einmal war er nach einem enttäuschenden Beischlaf so außer sich gewesen, dass er Lahaythat an die Gurgel ging. Er hatte ihr befohlen, ein Bad vorzubereiten, in das er schlecht gelaunt stieg. Die Dienerin hatte seinen versteiften Nacken massiert und dabei geflüstert: »Herr, deine Gesundheit leidet. Dieses Mädchen ist nichts für dich, sie bringt dir kein Glück.«

Wie ein Rasender war er aus der Wanne gesprungen und hatte Lahaythat einen Stoß versetzt, der so heftig war, dass die alte Frau fiel und quer über den Fußboden rutschte.

»Halt dein dummes, altes Maul, du Unwissende«, hatte er gebrüllt, »halt dein freches Maul, sonst werfe ich dich in die Abfallgrube.«

Seither war Lahaythat vorsichtig geworden, denn sie wäre nicht die Erste unter den Dienern gewesen, die Rahib lebendigen Leibes in die Tiefe der Müllhalden draußen bei den Tempeln werfen ließ, wo sie eines langsamen, qualvollen Todes, angenagt von Ratten und Hyänen, starben. Lahaythat schmückte und pflegte von nun an die verhasste Geliebte des Herrn sorgfältig und verlor nie wieder ein Wort über sie.

Nun stand sie im Türrahmen und sah Lilith auf der Liege vor sich hin dösen.

»Mädchen, steh auf«, sagte Lahaythat. »Du musst nach Hause gehen, deine Mutter ist sehr krank.«

Lilith fuhr hoch.

»Was hat sie? Was ist passiert?«

Sie presste die Hände vor den Mund und starrte die Dienerin angstvoll an.

»Das weiß ich nicht«, antwortete Lahaythat. »Eure Dienerin steht vorne am Tor und bringt dich in die Schenke.«

Sie warf ihr einen Umhang zu, Lilith stand auf, wickelte den Mantel um ihre Schultern und lief die Treppen hinunter.

»Hayw geht mit«, rief die Dienerin ihr hinterher.

Seit Lilith in Rahibs Haus wohnte, war sie nicht mehr im Freien gewesen, die Hitze traf sie wie ein Fausthieb, und die helle Sonne blendete sie. Sie lief eilig hinüber zum Tor und sah Aya. Sie flog in ihre Arme. All die qualvollen Tage der letzten Wochen lösten sich auf in ein Meer von Tränen und Schluchzen. Die alte Dienerin hielt sie fest im Arm.

»Wein nur, mein armes Kind, wein dich aus.«

»Aya«, Lilith zitterte. »Ach, Aya, es ist so fürchterlich.«

»Das glaub ich dir, mein Fohlen.« Aya tätschelte ihre Wangen. »Komm, wir müssen uns beeilen, deine Mutter stirbt.«

Aya wäre lieber an Ort und Stelle sitzengeblieben und hätte Lilith reden lassen, von ihrer Pein, ihrem Schmerz und ihrer Verlassenheit. Aber es galt jetzt dringlichere Dinge zu tun. Reden konnten sie später.

»Wir müssen bei der Anrufung der Götter dabei sein. Das ist deine Pflicht als Tochter.«

Die Alte stöhnte, kein Mann, kein Sohn, der für die Bestattung und die Opferdienste sorgen würde, nur drei Töchter, unverheiratet und auf das Leben nicht vorbereitet. Ob die Götter trotzdem ein Einsehen haben würden und Yala den Weg in die Ewigkeit nicht versperrten? Die Alte überlegte fieberhaft, welche Beigaben sie Yala in die Erde mitgeben würde, was für ihre Reise ins Jenseits günstig und nützlich wäre.

Numarit und Hada, verhätschelt wie sie waren, würden nur jammern und wehklagen, aber eine Hilfe würde von ihnen nicht kommen. Und Lilith war krank vor Unglück, ihr konnte sie nichts aufbürden.

»Ja, ja, alles wird an mir hängen bleiben«, brummte sie.

Sie hasteten durch die Gassen. Im Haus herrschte große Aufregung. Yala war ins Delirium gefallen, ihr Bewusstsein war getrübt, sie war verwirrt und stieß ächzende Schreie aus, sie presste Worte hervor, die niemand verstand, unverständlich und ohne Zusammenhang. Nur ein Wort verstanden alle und zuckten jedes Mal zusammen, wenn sie es herausjaulte.

»Rahib! Rahib!« Immer wieder.

»Wo ist er denn?«, fragte Aya leise.

Lilith zuckte mit den Schultern. Sie wandte sich an Hayw.

»Er ist draußen bei der Staumauer«, antwortete er.

»Reite hinaus und bitte ihn her. Mögen die Götter es geben, dass er der Sterbenden diesen letzten Gefallen tun wird.«

»Aber ich muss doch hier …«

Hayw hatte überhaupt keine Lust, mit dieser Bitte vor seinen gewalttätigen Herrn zu treten.

»Ich darf nicht von hier weg …«, versuchte er es noch einmal. Aber die listige Alte ließ sich nicht beirren.

»Los, hau ab«, schrie sie. »Lilith wird hier doch nicht davonlaufen.«

Normalerweise würde er einem Weib, das sich einen solchen Ton mit ihm erlaubt, einen Hieb mit der Peitsche versetzen. Aber diese krumme Aya zeigte eine solch kraftvolle Entschlossenheit, dass er nachgab. Er ritt hinaus zu Rahib.

Der Beschwörungspriester war schon anwesend, er war gerade dabei, seine Gerätschaften im Zimmer zu verteilen.

»Deine Hilfe suchen wir, oh Gott«, zischelte er seine Beschwörungsformeln. »Du hast das Leben uns gespendet.«

Er stellte Opferschalen auf, füllte sie mit Gewürzen und Weihrauch, ließ sie anzünden und murmelte in einem fort seine Sprüche, mit denen er die bösen Dämonen vertrieb, die sich in Yalas Leib eingenistet hatten. Jede Krankheit ist das Werk böser Geister.

»Schlimmes, böses Wesen, dich vertreiben wir.«

In die Fensternischen hatte er kleine Männerstatuetten gestellt, Bilder freundlicher Geister, die dem verderblichen Treiben der bösen Mächte Einhalt gebieten sollten. Vogelkrallen, Stiergehörn, Amulette und Talismane waren im Zimmer verteilt. Der Priester rezitierte seine magischen Formeln und goss reinigende Flüssigkeit von einer Schale in eine andere.

»Fort! Fort!«, betete er. »Zieh böse Unreinheit ab. Hinweg! Du bist mein breiter Schirm!«

Es war stickig und eng in dem Zimmer. Und es roch grauenvoll. Yala, die winselnd auf der Liege lag, konnte längst ihren Leib nicht mehr kontrollieren. Der Kot floss ungehindert aus ihr heraus, vermischte sich mit dem stinkenden Eiter und dem zähfließenden Urin. Ihr einst so schöner Körper war der Verwesung anheimgegeben. Nur schwach war noch Leben in ihr. Sie rang nach Atem, versuchte ihre Hand auszustrecken.

»Rahib«, drang es erneut zittrig aus ihrer ausgedorrten Kehle. »Rahib.«

Sie rief nicht nach ihren Töchtern, nicht nach Mutter und Vater, nicht nach Nikomedes. Nur Rahib war ihr im Gedächtnis eingekerbt geblieben, Rahib, den sie geliebt hatte und dem sie verfallen war. Noch in der Stunde ihres Todes.

Lilith tupfte ihrer Mutter den kalten Schweiß von der Stirn.

»Wo bleibt er denn?«

Sie blickte unsicher zur Tür. Die beiden Schwestern kauerten weinend am Boden und hielten sich weihrauchgetränkte Tücher vors Gesicht.

»Herr des Unteren, höre!«

Der Priester ging im Zimmer auf und ab. Er hatte eine brennende Öllampe in der Hand, die er hin und her schwenkte.

»Ich erhebe die Fackel, ich verbrenne die Figuren des Totengeistes.« Er neigte sie über die Sterbende. »Ich verbrenne die Figuren des Nachtmännchens und alles Bösen, was die Menschen packt.« Jetzt erhob er seine Stimme. »Zertropft, zerrinnt und zerfließt! Euer Rauch steige zum Himmel empor! Eure Aschenglut lösche die Sonne!«

Yala regte sich ganz leicht. Sie röchelte. Ihre Lippen formten unablässig Rahibs Namen.

Nach schier endloser Zeit kam Hayw zurück.

»Nun?«, fragten Lilith und Aya gleichzeitig.

»Der Herr kommt nicht.« Er räusperte sich verlegen.

»Warum nicht?«

»Er will mit diesem faulenden Kadaver nichts zu tun haben.« Er blickte zu Boden. »Es tut … es tut mir leid«, fügte er leise hinzu. »Aber das waren seine Worte.«

Er drehte sich um und wollte zur Tür hinausgehen.

»Halt!«, schrie da Aya und packte ihn am Arm. Sie zog ihn zu Yalas Lager. Er stemmte sich dagegen.

»Nein!«, rief er. »Sie riecht nach Tod!«

Aya aber schleppte ihn zum Bett.

»Yala«, flüsterte sie. »Er ist hier. Rahib ist hier.«

Sie nahm Hayws Hand und legte sie der Sterbenden auf die Stirn.

Yala öffnete für einen Augenblick die Augen. Sie konnte nichts mehr sehen, aber ihr Gesicht fing an zu glühen vor Glück.

»Rahib«, flüsterte sie leise. »Mein Rahib.«

Dann fiel sie zurück auf ihr Lager. Die Todesgötter hatten sie geholt.

Es wurde ganz still im Zimmer.

12

»Hat sie einen Bestattungsplatz gekauft?«, fragte Aya die drei Töchter.

Sie saßen in Liliths Zimmer auf dem Fußboden. Die Leiche Yalas hatte man hinunter in die Schenke gebracht, weil es dort am wenigsten heiß war. Gäste wurden nicht mehr hereingelassen. Die Schenke blieb geschlossen.

Die tote Herrin wurde von den jüngeren Dienerinnen gesäubert, sie reinigten den Körper für den Eintritt in die Ewigkeit mit Schwämmen, die zusätzlich zu Ayas Seifenpaste in Weihrauchöl getunkt waren, damit der fürchterliche Gestank ein wenig getilgt wurde. Um sie herum standen die älteren Dienerinnen und sangen routiniert die Klagelieder, mit denen die Ankunft der verehrten Verstorbenen lauthals dem Totenreich angekündigt wurde. Das Wehgeschrei der Weiber hallte durchs ganze Haus. Mit ihrem Weinen und den klagenden Lauten unterstützten sie die Trauer der Familie, ihr Gesang hatte aber auch eine reinigende Wirkung, sodass der Verstorbene trotz körperlicher Verseuchtheit und Verwüstung im Jenseits gesäubert ankam.

Der Gesang und die Reinigung der Leiche nahmen die Stunden, die noch bis zum beginnenden Sonnenuntergang blieben, in Anspruch.

»Hat sie einen Bestattungsplatz gekauft?«, wiederholte Aya ihre Frage.

Hada und Numarit schüttelten den Kopf.

»Sie sprach nie über so etwas«, sagte Hada. »Mutter dachte doch, sie würde ewig leben.« Sie fing an zu weinen. »Was soll nur jetzt aus uns werden, wo sie uns einfach verlassen hat?«

»Hör auf zu jammern wie ein fiebriges Huhn«, warf Lilith aufgebracht dazwischen. »Du tust ja so, als hätte uns Mutter absichtlich im Stich gelassen.«

Dann wandte sie sich an Aya.

»Ich weiß genau, dass sie einen Platz gekauft hat, weil sie immer sagte, sie wolle niemals in dem dreckigen Dorf ihrer Eltern beerdigt werden.«

»Draußen am großen Friedhof beim Tempel?«

Lilith nickte.

Sie erinnerte sich, dass ihre Mutter ihr einmal den Platz gezeigt hatte. Es war keines der großen, herrschaftlichen Hausgräber, sondern nur ein bescheidenes Erdgrab. So wie es sich für eine Schankwirtin ziemte. Lilith dachte wehmütig an den Spaziergang zurück.

»Schau, Lilith, meine Gazelle, das wird unser Grab sein. Nicht sehr groß, aber es wird Platz genug geben für Nikomedes, für mich und für euch drei Hübschen.« Yala hatte gelacht. »Wenn es denn einmal so weit sein wird.« Sie hatte Nikomedes verliebt angeschaut. »Es wird ganz schön eng werden, wenn wir alle da drinliegen. Aber wir werden für ewig vereint sein.«

Vergnügt waren sie auf dem Friedhof herumspaziert und danach noch zum Tempel hinübergegangen. Yala wollte unbedingt die Sterne befragen lassen. Es war ihr zu Ohren gekommen, dass in letzter Zeit vermehrt Heuschrecken, Schlangen und Skorpione in Erscheinung getreten waren. Sie war sehr abergläubisch, wie die meisten Menschen in Saba, und so wollte sie wissen, ob die vielen Tiere ein gutes oder schlechtes Omen waren, da sie größere Geschäfte vorhatte, aber kein Risiko eingehen wollte. Zur Aufklärung brauchte sie den Rat und das Wissen der Zeichendeuter. Nikomedes lachte sie aus. »Ich glaube nicht an solchen Unfug, Yala, Liebste, aber wenn du meinst.«

Im Tempel brachte man sie zuerst in eine Amtsstube, wo sie zur Kasse gebeten wurden.

»Ausdeutungen über geschäftliche Vorhaben wünschst du?«, fragte der dicke Schreiber.

Yala nickte.

»Tagwählerei inklusive?«

»Ja, natürlich«, antwortete Yala.

Lilith erinnerte sich nicht daran, wie viel genau Yala bezahlen musste, aber das Bild, wie ihre Mutter zwei Hände voller Silber auf den Tisch legte, war ihr im Gedächtnis geblieben.

Sie wurden in einen Seitentrakt des Tempels geführt, finster war es in dem Raum, und es roch eigenartig. Wie nach verbranntem Öl. Ein Priester, in dunkles Leder gekleidet, trat auf sie zu, verneigte sich schweigend und führte sie zu zwei großen bronzenen Schalen, unter denen Feuer loderten.

»Wer ist erschienen, um die Vorzeichen zu befragen?« Seine Stimme war tief und ernst.

»Ich, Yala, Tochter des Yanuf aus Shurwah.«

»In welchen Angelegenheiten?«

»Ich möchte meine Wirtsstube erweitern und erbitte um Auskunft, ob die Sterne günstig stehen für ein derartig kostspieliges Vorhaben.«

Yalas Stimme war ganz hoch vor Aufregung. Sie hatte großen Respekt vor den Priestern und ihrem Tun.

»Darf ich den ehrenwerten Priester auch darum bitten, einen für mein Geschäft günstigen Tag zu benennen.«

Es zischte laut. Der Priester hatte Wasser in eine der großen Schalen geschüttet, die von unten befeuert wurden. Er beobachtete genau die Figuren des aufsteigenden Rauches. Dabei fuhr er sich mehrmals über die Stirn.

Danach goss er Öl in eine andere Schale. Es roch schrecklich ranzig und unangenehm, als das Öl in dem heißen Gefäß verbrannte. Auch hier betrachtete der Priester eingehend die Formen, die sich in dem aufsteigenden Rauch entwickelten.

»Du kannst unbesorgt sein, Weib«, raunte der Priester nach einer Weile. »Die Zeichen stehen gut.«

Yala atmete erleichtert auf.

»Wirst du nun, verehrter Priester, eine Leberschau durchführen?«, getraute sich Yala leise zu fragen.

Leberschauen waren sehr beliebt. Vor allem die Schafsleber galt als Sinnbild aller Lebensbereiche. Jeder Teil des Organs hatte einen Namen, war in Zonen aufgegliedert und wurde sogar in Tonmodellen nachgebildet. Diese Geheimwissenschaft wurde von Experten ausgeführt, die sich in Lehrbüchern über die Ausdeutungsmöglichkeiten informieren konnten. Selten wurden große Entscheidungen getroffen, ohne vorher einen Leberschaupriester bemüht zu haben. Dies galt für Könige genauso wie für einfache Menschen. Die Auslegungsspannen blieben das streng gehütete und geheime Wissen der Priesterschaft.

»Das wird nicht notwendig sein«, antwortete der Priester hoheitsvoll. »Unsere Fixsternschauer beobachten die Himmelswege seit vielen Jahren in jeder klaren Nacht, sie haben die Schrift des Himmels genauestens studiert, die strahlenden Gestirne der orientalischen Nacht, in der sich die Götter als Sterne hoch über uns in all ihrer Majestät zeigen.«

Für einen Moment hielt er in seiner pathetischen Rede inne.

»Nun sind unsere Schauer auf eine äußerst seltene Konstellation gestoßen«, fuhr er dramatisch fort. »Jeweils nach Mitternacht in den heißen Monaten unseres Sommers bis hin zum Ende der Erntezeit, also bis heute, stehen die Göttersterne Jupiter, Mars und Saturn, die die großen Herrschaftsbereiche unserer göttlichen Trias repräsentieren, in Opposition zueinander.«

Er senkte die Stimme, als warte er auf eine euphorische Reaktion der Befragenden. Aber Yala und ihre Familie verstanden nicht, was der Priester ihnen erzählt hatte.

»Was soll das heißen?«, flüsterte fragend Yala.

Ihre Stimme war kaum hörbar vor Verlegenheit. Wie dumm sie und ihre Familie doch waren, und wie hochgebildet die Priesterschar.

»Nun«, hob der Geistliche an. »Es ist auch nicht so einfach«, sagte er gönnerhaft. »Diese drei großen Sterne bewegen sich normalerweise immer weit voneinander entfernt über die Himmelswege. Wir wissen das von den Sternlisten, die seit alters her aufgezeichnet wurden. Nun aber ist in diesem Jahr der Lauf von Jupiter und Mars und Saturn so, dass sie während der Monate des Sommers und des Herbstes ganz nah nebeneinander laufen, so wie auf einer Linie.«

Die letzten Worte hatte er mit erhobener, beinahe bebender Stimme gesprochen. Es musste sich also um etwas Außerordentliches handeln, etwas, das wichtig war, aber von einfachen Menschen wie Yala und ihrer Familie nicht begriffen werden konnte.

Yala hatte sich als Erste wieder in der Gewalt.

»Und was heißt das für mich und meine Geschäfte?«, fragte sie aufgeregt.

»Gutes!«, rief der fromme Mann. »Nur Gutes! Wähle dir einen Siebenertag noch in diesem Mond, und deine Geschäfte werden gelingen. Sei unbesorgt!«

Er klatschte in die Hände. Ein Diener stürzte herbei und löschte das Feuer unter den Kesseln. Der Priester verließ grußlos den Raum. Die Sitzung war vorbei.

»Gut, dann muss die Urkunde über den Kauf des Grabes ja auch im Tempelarchiv verwahrt sein.« Aya hatte recht gehabt, es blieb alles an ihr hängen. »Ich schicke Yasmi und Ghayn hinaus, dass sie alles herrichten, damit wir die Herrin noch vor Dunkelheit ins Grab legen können.« Sie dachte einen Moment nach. »Ich lasse sie auch gleich kleine Weihrauchbrenner und Opferplatten kaufen, die wir ihr mit in die Erde legen können.«

Es war so Sitte, dass die Beerdigung noch am selben Tag des Todes begangen wurde, damit die Leiche unter der Erde war, bevor sie in der Hitze anfing zu verwesen.

Aya hatte schon einen Boten ausgesandt, der auf den Plätzen der Stadt verkünden sollte, dass die Herrin gestorben sei. Bald würden die ersten Trauerbesucher kommen.

»Hada, Numarit«, sagte die Alte bestimmt. »Ihr geht hinunter und schaut, ob genügend Baumwolltücher bereitgelegt sind, damit die Leiche nach der Reinigung eingewickelt werden kann.« Sie überlegte einen Moment. »Und richtet die Getränke für die Gäste her.«

»Wir sind doch nicht deine Dienerinnen«, maulten die beiden.

»Nein, nein, ihr seid die neuen Herrinnen«, antwortete Aya sachlich. »Und nun geht schon!«

Sie wollte mit Lilith alleine sein. Wenigstens ein paar Minuten. Später würden sie keine Gelegenheit mehr dazu haben. Die Prozession zum Friedhof würde beginnen, und nach der Bestattung müsste Lilith wieder in die Klauen Rahibs zurückkehren.

Aya wunderte sich, dass er noch nicht aufgetaucht war. Aber wahrscheinlich war sein Ekel vor der Toten noch größer als seine Unersättlichkeit nach dem Kind.

»Er macht so schreckliche Sachen mit mir«, sagte Lilith leise, als die beiden alleine waren.

»Tut er dir weh?« Auch Ayas Stimme war nur ein Flüstern.

Lilith nickte.

»Er sagt, er würde mich so lange stoßen, bis ich endlich sage, dass ich ihn liebe.« Sie bedeckte ihr Gesicht mit den Händen und schluchzte. »Aya, er steckt seine dicke Zunge in mich rein und schmatzt und schleckt in mir drinnen wie mit einer pelzigen Kamelzunge.« Sie schluckte. »Und dann muss ich sein Glied in den Mund nehmen und lutschen.« Sie weinte leise vor sich hin. »Und wenn ich es nicht sofort tun will, schlägt er mich und schreit, dass er den Kameltreiber schon aus mir hinausbumsen wird.«

Sie schaute Aya mit weit aufgerissenen Augen an.

»Ich hasse ihn so sehr.«

»Hast du ihm das gesagt?«

Lilith schüttelte den Kopf.

»Ich spreche fast gar nichts mit ihm.«

»Oh, Kind.«

»Er will immer mit mir reden, aber wie kann ich mit einem Menschen sprechen, den ich so sehr hasse.« Hilflos sah sie Aya an. »Und so sehr fürchte.«

Sie fing zu zittern an, Aya nahm sie schnell in die Arme und wiegte sie hin und her.

»Wenn du mit ihm sprichst, wird er dir vielleicht nicht mehr so wehtun, Kind.« Sie überlegte fieberhaft. »Versuch doch, ihn zu begrüßen, ihm das Essen zu reichen, ihm ein wenig schönzutun. Sein Zorn wird dann nachlassen.« Sie fuhr sich mit der Hand übers Gesicht. »Männer sind wie wilde Tiere. Man darf sie nicht reizen.« Sanft berührte sie Liliths helles, langes Haar. »Weshalb bist du denn bei ihm geblieben?«

»Ich musste doch!«, schrie Lilith heftig. »Er hat mich gezwungen. Wenn ich nicht bliebe, würde er Sami töten, sagte er.«

»Aber Sami ist doch schon weit weg von Marib.«

Lilith erzählte ihr von Rahibs perfidem Plan.

»Das hättest du nicht tun sollen, Lilith. Jetzt, wo du Rahibs Geliebte bist, wird dich Sami nie im Leben mehr anrühren wollen. Dein Opfer war umsonst.«

»Ich weiß«, schluchzte das Mädchen. »Aber ich wollte nicht schuld sein an seinem Tod.« Sie sah Aya mit einem todtraurigen Blick an. »Ich hab ihn doch so lieb!«

»Dieser Schakal wird dich bald fallen lassen, Lilith. Bald schon wird er genug von dir haben und dich wegschicken.« Die Alte lächelte Lilith aufmunternd zu. »Du musst ein bisschen klüger handeln, Kind. Tu so, als freutest du dich über all die Geschenke, das Gold, die Ohrringe, die Stoffe und all den Plunder, den er anschleppt. Kleide dich mit den Dingen, und du wirst sehen, er bringt immer mehr. Solange er so wild auf dich ist, wird er nicht nachlassen, dich zu verwöhnen.«

Lilith schüttelte den Kopf.

»Das kann ich nicht.«

»Dann wirst du es eben lernen! Sammle alles, was er dir gibt, und schmuggle es bei jeder Gelegenheit aus dem Haus. Bring es mir, ich werde es für dich im Schuppen verstecken.« Sie griff Lilith an den Schultern. »Du wirst die Sachen noch dringend nötig haben, wenn er dich auf die Straße setzt. Sei gescheit, Kind!«

»Aber wenn er mich hinauswirft, komme ich zu euch zurück!«, rief Lilith.

»Darauf würde ich mich nicht verlassen. Deine Schwestern sind habgierige Ungeheuer. Sie werden die Schenke und das Bordell unter sich aufteilen und wollen sicher nicht mit dir teilen. Außerdem, vergiss nicht, sie waren immer neidisch auf dich, fühlten sich immer zurückgesetzt, weil deine

Eltern dich vorzogen. Vor allem, weil du schön und hell bist.«

Lilith fing wieder an zu weinen.

»Dann habe ich also alles verloren?«

»Es sieht so aus.«

Die Alte packte sie an den Schultern.

»Deswegen musst du nun klug handeln, musst deinen Stolz vergessen und zusehen, dass du Vorteile aus deiner Situation ziehst.«

»Ich will es versuchen«, sagte sie zaghaft.

Sie vergrub ihren Kopf in den Händen und weinte leise vor sich hin.

»Du musst, Lilith, du musst«, beharrte Aya.

Lilith wischte sich über die nassen Augen und blickte Aya lange an.

»Warum strafen mich die Götter so sehr? Aya, was habe ich getan?«

»Ach, die Götter, vergiss sie, Lilith. Ich bin eine alte Frau und habe mein ganzes Leben an die Gunst der Götter geglaubt. Aber in letzter Zeit scheint es mir, als hätten die Götter gar kein Interesse an uns Menschen.« Sie hob die Schultern. »Verlass dich nicht auf die Götter, Kind, verlass dich lieber nur auf dich selber.«

»Wirst du mir helfen, Aya?«

»Ich werde dir helfen, Lilith, das verspreche ich.«

Hada streckte den Kopf durch die Tür.

»Ach, ihr sitzt hier rum, und wir dürfen die Arbeit erledigen«, rief sie schnippisch. »Kommt jetzt runter, es geht los.«

Bevor Numarit, Hada, Lilith und Aya hinuntergingen, berieten sie rasch, was sie der Mutter außer den gekauften Weihrauchbrennern und Opferplatten noch ins Grab legen sollten. Fläschchen, Schminkgefäße, Alabasterfigürchen, ihre Lieblingsamulette, schöne Kleidungsstücke.

»Am besten, wir ziehen ihr ihren Lieblingsschmuck an«, schlug Lilith vor. »Dann sehen die Götter gleich, dass sie etwas Besonderes war.«

»Nein!«, rief Hada sofort. »Den Schmuck behalten wir. Da unten in der Erde nützt er ihr gar nichts, und irgendetwas müssen wir doch schließlich auch erben.«

»Was meinst du, Aya?«, fragte Lilith.

»Was meinst du, Aya, was meinst du?«, äffte Numarit ihre Schwester nach. »Darf ich dich erinnern, dass Aya hier gar nichts zu sagen hat. Sie ist nicht einmal eine Verwandte. Sie ist nur unsere Dienerin.«

»Es wird schon noch genügend für euch beide übrig bleiben«, sagte Lilith und reichte Aya ein paar Goldketten, Ringe und Ohrgehänge aus Yalas Schatulle.

»Reicht das nun?«, fauchte Hada.

Sie beschlossen, einige Metallgefäße und Tonkrüge mit Weizen, Fleisch und anderen Nahrungsmitteln zu füllen und sie Yala mit auf die Reise ins Jenseits zu geben. Und natürlich Schöpfkellen, Wasser und Bier, denn der Durst der Toten war allseits bekannt.

Die drei Töchter legten sich Umhänge um, zogen sie über den Kopf und schritten die Treppe hinunter.

Die vielen Menschen in der Schenke rauften sich die Haare und stießen schrille Schreie als Zeichen ihrer Trauer aus. Als die Mädchen herunterkamen, verstummten sie. Die männlichen Diener betteten den verhüllten Leichnam auf eine Trage, und der Leichenzug setzte sich in Bewegung.

Es war nicht üblich, dass Frauen den Toten zum Friedhof begleiteten, aber nachdem es unglücklicherweise kein männliches Familienmitglied gab, durften Numarit, Hada und Lilith den Zug anführen. Vor ihnen gingen die drei Priester, die man in aller Eile hergeholt hatte. Auf Musik musste verzichtet werden, weil die Zeit zu knapp gewesen war und Yalas Tod so überraschend gekommen war. Üblicherweise wurden Musikanten bestellt, die den Zug begleiteten. Mit Flöten und Tamburinen. Und bei älteren oder kranken Menschen wurde die Zeremonie natürlich gut vorbereitet.

Alle Grabbeigaben waren längst vorher bestimmt worden und lagen bereit. Das Grab wurde rechtzeitig ausgehoben und mit Brettern, manchmal sogar mit Steinplatten ausgelegt.

In diesem Fall war gar nichts geplant worden. Yala hatte als kräftig und schön gegolten, wer hätte gedacht, dass sie so früh sterben musste.

Die Huren durften nicht mitgehen. Sie waren auch im Trauerraum nicht erwünscht gewesen. Man hatte sie in ihre Stuben gesperrt, wo sie ängstlich warteten, was mit ihnen nach Yalas Tod geschehen würde.

»Kein Wunder, dass sie so früh sterben musste«, hatte der Beschwörungspriester Aya zugeflüstert, als Yalas Leichnam in der Schenke aufgebahrt wurde. »Sie hatte eine Anomalie an den Ohren!« Er räusperte sich. »Du weißt, was das bedeutet?«

Die Dienerin zuckte mit den Achseln.

»Dass sie eine Missgeburt war! Und das ist auch der Grund, warum sie keinen Sohn geboren hat«, raunte er ihr zu.

Aya warf dem Priester einen argwöhnischen Blick zu. War es nicht einfach so, dass die Götter unberechenbar waren und ihr Walten dem Menschengeist nicht begreiflich? Die schöne Yala, ihre Herrin, war sicherlich keine Missgeburt gewesen. Ach, diese Priester, dachte sie abschätzig.

Die Sonne stand schon tief, als der Zug die Mauer der Totenstadt erreichte. Am westlichen Ende, ganz nahe beim Awam-Tempel, lagen die Totenhäuser der Hochgestellten. Ein kleines Gewirr von Gassen und Straßen verband die Gräber. Es sah aus wie eine kleine Dorfgemeinschaft. Die Herrscher, hohen Beamten und Priester hatten schöne, aus Quadern gebaute Häuser. Villen, in denen sie nach dem irdischen Dasein weiterleben konnten. An den zugemauerten Außenwänden waren die Totenmasken eingeritzt und die Namen der Verstorbenen.

Ganze Familien hatten in diesen monumentalen Gräbern Platz. Wenn ein weiteres Familienmitglied verstarb, wurde die Tür an der kurzen Hausseite geöffnet, der Tote zu den anderen gelegt und die Tür wieder sorgfältig versiegelt und die Fugen mit Gips verschmiert, damit der Verwesungsgestank nicht nach draußen dringen konnte. Wenn sich alle Familienmitglieder dereinst im Grab einfanden, wurde die Tür gänzlich entfernt und die Wand vollständig zugemauert.

Weiter südlich reihten sich die Gräber der Bürger aus der Mittelschicht. Es waren hübsche Steingräber, aber einfacher und kleiner gehalten als die der Führungselite.

»Da hinten ist Mutters Grab.«

Lilith deutete auf den abgelegensten Teil des Friedhofs. Es war ein sandiges Feld ohne elegante Grabbauten. Vereinzelt war auf den ein wenig erhöhten Grabhügeln eine Stele in den Boden gerammt worden. Ansonsten war das Gräberfeld ungeschmückt. Ganz weit hinten sah Lilith die Hausdiener Yasmi und Ghayn vor einer ausgehobenen Grube stehen.

Dort steuerte der kleine Trauerzug hin.

In das Loch waren einige Schafsfelle und Lederhäute gelegt worden, damit Yala nicht auf der nackten Erde die Reise ins Jenseits antreten musste.

Der Priester warf einen kritischen Blick auf das Leichenbündel.

»Habt ihr sie zusammengedrückt?«

Aya, die Töchter, die Diener zuckten zusammen und hielten sich vor Schreck die Hände vors Gesicht.

»Nein«, flüsterte Aya betreten. Sie war wachsweiß vor Scham. »Das wurde übersehen.«

In der Aufregung und der Hektik nach Yalas überraschendem Tod hatte niemand im Haus daran gedacht, den Leichnam sofort nach Eintreten des Todes in die Hockstellung zu biegen, wie es der Brauch war, damit er in die kleine Grabgrube passte. Solange der Körper des Toten noch geschmeidig und weich war, konnte dieses Ritual problemlos durchgeführt werden. Jetzt allerdings mussten die Männer mehrmals fest drücken, die Knochen und Gelenke knackten. Alle starrten fassungslos auf das grausame Geschehen.

»Oh, Mutter«, hauchte Lilith verzweifelt.

Schließlich hatten sie es geschafft, der zusammengedrückte Körper Yalas lag nun in Hockstellung wie ein Fötus auf der Totenbahre. Die Diener zupften das helle Leichentuch zurecht, und dann wurde Yala auf ihre linke Seite in die Grube gelegt.

»Oh, Mutter.«

Hada und Numarit heulten nun ihrerseits laut und vernehmlich, rauften sich die Haare, während Lilith still und in sich gekehrt dem Geschehen zusah. Ich wollte, ich läge da drin, und du wärst an Rahibs Seite, dachte sie traurig.

Die Töchter legten die Grabbeigaben in das erdige Loch. Yasmi und Ghayn schaufelten die sandige Erde auf den Körper.

Die Zeremonie war vorbei.

Lilith zuckte zusammen, Hayw hatte sie am Arm gepackt.

»Dein Ausflug ist beendet«, sagte er höhnisch. »Jetzt geht es wieder nach Hause.«

Unsanft stieß Lilith Hayw zur Seite.

»Du hast mir gar nichts …«, begann sie.

Da fing sie einen eindringlichen Blick von Aya auf. Die Alte schüttelte beinahe unmerklich mit dem Kopf. Rasch hielt Lilith inne.

»Ach, Hayw, lass mich doch noch ein wenig bei meinen Schwestern«, versuchte sie es in einem völlig anderen Ton. »Es ist ein so trauriger Tag für uns, da müssen wir zusammen sein.«

Sie blickte bittend mit ihren blauen Augen zu ihm auf.

Hayw war verwirrt und schielte sie unter halb geschlossenen Lidern an. Wie hübsch sie ist, dachte er.

»Das … äh … leider …«, stotterte er.

»Bitte, Hayw, nur ein paar Minuten noch.« Sie gab ihrer Stimme einen flehentlichen Klang. »Bitte!«

»Aber wirklich nur ein paar Minuten«, gab er nach. »Der Herr … du weißt.«

Es funktioniert, dachte Lilith überrascht, es funktioniert, Aya hat recht.

Lächelnd ging sie auf ihre Schwester Numarit zu und wollte sie umarmen.

»Ich würde so gerne mit euch in die Schenke zurückkehren«, sagte sie traurig. »Aber …«

»Aber was?«, schrie Numarit auf und schlug ihr mit der Hand auf die ausgestreckten Arme. »Möchtest du uns etwa weismachen, dass du lieber mit uns in das ärmliche Wirtshaus gehen möchtest als in den herrlichen Palast?« Sie schnaubte erbost. »Bei Attar, Lilith, du bist eine schreckliche Heuchlerin! Zuerst spannst du Mutter den Geliebten aus, und dann beschwerst du dich noch, weil du im Palast wohnen musst.«

»Aber, Schwester …«, begann Lilith fassungslos. Sie kam nicht weit.

»Du bekommst jeden Tag Geschenke, goldene Ketten, Parfum, musst nichts arbeiten, hast Diener. Und du …« Numarits Stimme überschlug sich. »Und du wagst es, dich auch noch zu beklagen!«

»Numarit hat recht«, keifte nun auch Hada. »Wir haben nicht dein unverschämtes Glück! Wir müssen in der Schenke schuften, das Geld zusammenhalten, uns mit den betrunkenen Männern herumschlagen.« Hada starrte Lilith an. »Und jetzt will sich unser helles Gazellchen auch noch beschweren! Dass ich nicht lache, Lilith, deine Schauspielerei glaubt dir hier keiner mehr. Vater und Mutter sind immer auf dich hereingefallen«, zischte sie. »Lilith hin, Lilith her, das hübsche Ding, das helle Vögelchen, Augen wie der ewige Himmel über Marib.« Sie holte Luft. »Aber bei uns hast du damit kein Glück. Wir haben dich längst durchschaut.« Sie fletschte die Zähne wie eine Ratte. »Mit deinem unschuldigen Getue hast du dir den tollsten Kerl von ganz Marib geangelt, Rahib, den mächtigen, den mutigen und bestaussehendsten Mann weit und breit. Und da möchte sich unser Schwesterchen noch beschweren!« Ihre Stimme gellte böse über den ganzen Friedhof.

»Ich habe mir das nicht ausgesucht«, flüsterte Lilith. »Ich …«

Ich hasse ihn aus ganzem Herzen, wollte sie sagen, jedes Dreckloch wäre mir lieber als in seinem Haus leben zu müssen, er demütigt mich Tag und Nacht, benutzt mich wie ein Tier, und außerdem liebe ich einen anderen. Aber sie schwieg. Ihre beiden Schwestern waren zerfressen von Neid und Missgunst, sie würden nichts verstehen. Die beiden sahen nur den Glanz und den Reichtum, in den sie, die blasse kleine Schwester, unversehens hineinkatapultiert worden war. Nur die Oberfläche sahen sie.

»Kommt mich doch besuchen«, sagte sie zaghaft. »Das wäre schön.«

»Ach!«, brauste Hada auf. »Die armseligen Verwandten aus der stinkigen Schenke sollen die Pracht bewundern, in denen unsere Anemone lebt. Nein, danke, Schwester, diese Schmach brauchen wir nicht auch noch.«

»Hada, Numarit, es ist gar nicht so prachtvoll, wie ihr meint«, versuchte Lilith zu erklären. »Im Fröhlichen Griechen ist es doch auch schön.« Sie presste die Lippen zusammen. »Viel schöner, glaubt mir.«

»Ja, dann komm doch zurück!«, rief Hada aufgebracht. »Komm und putz die Stube, komm und schlaf wieder auf der nackten Erde, komm und schleppe Weinkrüge und lege Zwiebeln und Knoblauch ein!«

»Aber, Schwestern, versteht doch«, Liliths Stimme war kaum hörbar. »Er lässt mich nicht gehen.«

»Dass ich nicht lache! Drehst dir die Dinge so zurecht, wie es dir am besten passt. Das hast du schon immer sehr gut gekonnt.« Numarits Augen glühten. »Du bist hinterlistiger als eine Viper, Lilith. Suchst dir die saftigsten Brocken raus, und dann beschwerst du dich auch noch.« Sie zuckte mit den Achseln. »Komm, Hada, lassen wir die Prinzessin zu ihrem schweren Los zurückkehren.« Die beiden dunklen Mädchen lachten schrill auf. »Wie wir dich bemitleiden, arme, arme Schwester.«

Lilith streckte die Arme aus, aber die beiden Schwestern hatten sich schon umgedreht und sie einfach mitten auf dem staubigen Friedhofsfeld stehen lassen.

Sie mögen mich nicht, dachte Lilith voller Verzweiflung, vielleicht haben sie mich nie gemocht, nur habe ich es nicht verstanden, weil meine Gefühle für sie so stark waren. Sie wischte sich die Tränen aus den Augen. Jetzt habe ich wirklich alles verloren, dachte sie, Vater, Mutter, Sami, die Schwestern, mein Zuhause. Sie wollte laut aufheulen, aber da fing sie den Blick ihrer alten Aya auf, die sie mit hochgezogenen Augenbrauen starr anblickte.

»Geh, Kind, und denk daran, was ich dir gesagt habe.«

Lilith nickte.

Hayw lehnte an einer der Grabstelen und betrachtete den wolkenlosen Himmel.

»Lass uns gehen«, sagte Lilith zu ihm. »Bring mich zurück.«

13

Es war schon beinahe dunkel, als sie Rahibs Haus erreichten. Wütend stand er am Eingangstor.

»Warum kommt ihr erst jetzt?«, brüllte er und schlug Hayw mit der Faust ins Gesicht. »Befolgst du so meine Befehle?«

»Herr …«, begann Hayw. Er hielt die Hand an die Nase, aus der das Blut rann.

»Er kann nichts dafür«, sagte Lilith und versuchte, ihrer Stimme einen warmen Ton zu geben.

Dabei sah sie Rahib fest in die Augen. Rahib starrte sie an, es war das erste Mal, dass sie ihn mit ihren blauen Augen direkt ansah. Immer war sie seinem Blick ausgewichen, jetzt ließ sie ihn zum allerersten Mal in die Tiefe ihrer meerblau glitzernden Augen schauen.

»Lilith«, stammelte er unbeholfen.

»Verzeih, Rahib, mein Gebieter«, flüsterte sie. »Es gab so viel zu besprechen mit den Schwestern. Es ist meine Schuld, dass wir so spät kommen. Schlage nicht ihn, sondern strafe mich, oh Herr.«

Er nahm Liliths Arm und zog sie ins Haus.

»Lass uns speisen«, sagte er.

Sie griff nach den Schüsseln und reichte sie ihm. Rahib sah sie überrascht an.

»Danke«, murmelte er.

»Wünschst du Bier?«, fragte sie lächelnd.

Er nickte.

»Setz dich zu mir, Lilith.«

Sie rückte ihm die Teller zurecht, schenkte ihm Bier in den Becher.

»Nimm nun selbst«, forderte er sie auf.

Lilith war übel, der Tag war so schrecklich gewesen, ihr war nicht nach Essen zumute, aber sie wollte Ayas Rat befolgen und ausprobieren, ob Rahib so leicht zu hintergehen war, wie die alte Dienerin es behauptet hatte.

»Ja, Herr, gerne.«

Sie legte sich Brot auf den Teller und ein wenig von dem gebratenen Gemüse. Rahib sah ihr nachdenklich beim Essen zu. Er hatte die Hand aufs Kinn gestützt.

»So habe ich mir das immer gewünscht, Lilith«, sagte er leise. »Du und ich an einem Tisch, wie Mann und Frau. Eine kleine Familie.« Er nahm ihre Hand. »Ich würde alles für dich tun, Lilith, wenn du mir nur deine Liebe schenken würdest, deine Zuneigung, deine Aufmerksamkeit.«

Er lächelte sie an. Sein hartes Gesicht war plötzlich ganz weich und verletzlich.

Und dann begann er von seiner Arbeit draußen an der Staumauer zu erzählen, wie wenig ihn das fordere, immerzu müsse er sich mit technischen Problemen herumschlagen, Berechnungen anstellen, Kontrollen ausführen. Er, der doch ein Soldat war, ein Mann der Tat. Er redete und redete, berichtete von Schlachten, die er geführt hatte, von fremden Städten und Landschaften, von toten Kameraden und langen Wegen durch die Weiten der Wüsten.

»Warum bist du denn kein Soldat mehr?«, fragte Lilith und tat so, als würde sie das interessieren. Sie war so müde nach diesem Tag, sie fühlte sich unendlich leer und wie erschlagen, aber diese Stimme tief in ihr drinnen befahl ihr, ihm schönzutun. Du musst, du musst! Es ist deine einzige Chance!

»Bilqis führt keine Kriege mehr. Unsere Nachbarstaaten sind befriedet, sie sind zu schwach, um gegen uns etwas zu unternehmen. Unser Heer ist klein, die Fürstin hat die meisten Soldaten zurück auf die Felder geschickt. Und für die paar Berufskämpfer braucht sie keinen General wie mich.«

»Möchtest du denn in den Krieg ziehen, Rahib?«, fragte sie ungläubig.

»Ach«, er wandte den Blick von ihr ab. »Ich … ja … nein … du weißt nicht …« Abrupt erhob er sich. »Komm, Lilith, lass uns nach oben gehen.«

Sie zuckte zusammen. Gerade war es erträglich friedvoll zwischen ihnen gewesen, jetzt würde er sich wieder wie ein geiler Stier auf sie stürzen, ihr Schmerzen zufügen, sie innerlich und äußerlich aufreißen. Sie biss sich auf die Lippen. Ich muss es ertragen, dachte sie, und ihre Gedanken schweiften zurück zu dem erschütternden Geschehen auf dem Friedhof, ich muss ihn dulden, ich habe keine andere Wahl mehr. Sie ging langsam die Treppen hinauf, in ihr war alles voller Abneigung gegen diese hässlichen Spiele, die er mit ihr trieb. Sie wollte kein männliches Glied in den Mund nehmen, sie wollte nicht daran lutschen müssen, bis der ekelhafte Saft herausspritzte. Sie verschluckte sich bei dem Gedanken und musste husten.

»Komm, Lilith, komm, mein Kind«, sagte Rahib unerwartet sanft.

Er bettete sie auf das Lager, sie lag steif wie ein Brett neben ihm. Er löste ihr den Rock, streifte ihr die Bluse über den Kopf. Ihr weißer, schmaler Körper war nun nackt. Sie spürte, wie sich Angstschweiß unter ihren Achseln sammelte. Sie fürchtete diesen Mann so sehr, sie hasste und verabscheute ihn so sehr. Aber sie war ihm gänzlich und unwiderruflich ausgeliefert. Sei lieb zu ihm, hörte sie Aya wie von ganz weit weg ihr zurufen, sei lieb, es ist deine einzige Chance zu überleben.

Sie legte vorsichtig ihren Kopf an seine Schultern, nahm seine linke Hand und bedeckte sie mit kleinen Küssen.

Sie spürte, wie der große Körper des Generals, wie seine verhärteten Muskeln, seine angespannten Hände, sein steifer Nacken sich ganz langsam unter ihrer winzigen Liebkosung lösten. Er drehte sich auf den Rücken, und sie führte ihre Hand zögernd über seine Brust, ihre federleichte Berührung entriss ihm stöhnende Laute der Lust.

»Lilith«, murmelte er leise. »Lilith.«

Er vergrub sein Gesicht in ihren Haaren, sie spürte seinen heißen Atem an ihrem Hals. Er umfasste sie, umarmte sie, sie lagen dicht nebeneinander, verschlungen, seine Beine rieben schmeichlerisch an ihre. Aber er tat ihr nichts, er riss ihr nicht die Schenkel auseinander, biss sich nicht in ihren Schamlippen fest, sog nicht an ihren kleinen, empfindlichen Brüsten. Er lag still, als genösse er diesen milden Moment, als wollte er ihn festhalten und nicht mit seinem Zorn und seiner Rohheit zerstören. Sie schliefen ein. Zum ersten Mal, ohne einander verletzt und gedemütigt zu haben. Ganz ruhig ging ihrer beider Atem.

Mitten in der Nacht erwachte Rahib. Er lächelte, als er Lilith an seiner Seite liegen sah. Sie hatte sich auf die Seite gedreht, die Hände wie eine kleine Pharaonin vor der Brust gekreuzt.

Es war eine helle Mondnacht, und der silbrige Glanz fiel in schrägen Streifen in das Zimmer.

»Vielleicht wird doch noch alles gut«, flüsterte er heiser. Er betrachtete seine kindliche Geliebte lange. Das schmale Gesicht mit der durchscheinend hellen Haut, den zarten Nacken, den leicht geöffneten Mund. Er erhob sich und ging hinunter in den Hof, setzte sich auf eine der Steinmauern und blickte hinauf zum Mond.

»Almaqah, gib, dass alles gut wird«, flehte er. »Ich liebe sie so sehr.«

14

Er strich Lilith sanft übers Haar, während seine Gedanken zurückschweiften und ihn in eine Zeit seines Lebens trugen, wo er diese Worte schon einmal gesagt hatte. »Muqabita, ich liebe dich so sehr.« Wie oft hatte er das gesagt, wie oft hatte sie ihn daraufhin angelächelt und erwidert: »Ich dich auch, Rahib, ich dich auch.«

Rahib war vor gut zwanzig Jahren als blutjunger Offizier an den Hof von Babylon gesandt worden.

Er sah blendend aus, der Körper gestählt, die Haare fielen ihm in langen, schwarzen Locken auf die Schultern. Selbst in Babylon, wo es nur so wimmelte von gut aussehenden Menschen, fiel er auf. Er war ein wenig dunkler als die Assyrer, seine Augen schillerten in dem markanten Gesicht mit der scharfen Nase. Er trug die Tracht seiner Heimat, verströmte den Reiz des Fremden und genoss es, angestarrt zu werden. Lächelnd ging er durch die Straßen, selbstbewusst und lässig besuchte er die Empfänge der wichtigsten babylonischen Familien, war beeindruckt von deren immensem Luxus, tat aber so, als sei die Pracht für ihn selbstverständlich und nebensächlich.

Sein Assyrisch klang aufreizend fremdartig, die Frauen himmelten ihn an.

Rahib war nur ein junger Soldat eines Vasallenstaates, aber auf den Festen war er stets umgeben von den raffiniertesten Frauen der Stadt, die sich in ihrer eintönig wohlhabenden Welt langweilten und sich ein wenig Exotik von diesem muskulösen Fremdling erhofften.

Rahib flirtete mal mit dieser, mal mit jener Frau, fand sich manch einen Morgen auf der Lagerstatt einer duftenden Frau wieder, deren Gemahl gerade im Feld stand oder unterwegs war. Es war ihm nach nichts wirklich zumute. Bald nahm auch er die gepflegte Langeweile der reichen Babylonier an und lebte in den Tag hinein, ohne nach irgendeinem Zweck seines Daseins zu fragen.

Sein Beruf bestand darin, bei den Empfängen am Hof anwesend zu sein. Nicht in der vordersten Reihe, eher weiter hinten, zwischen den Beamten mittleren Ranges. Hin und wieder musste er Korrespondenzen prüfen. Er war der Einzige in seiner Gesandtschaft, außer den Schreibern natürlich, der lesen und schreiben konnte. Nicht einmal der General der sabäischen Delegation war dessen mächtig. Der aber vertraute Rahib, ließ ihn den gesamten Schriftwechsel kontrollieren, der in assyrischen Schriftzeichen geführt wurde und für den Hof in Marib speziell ins Sabäische übertragen wurde. Seine Kontrollen brachten nichts Ernstliches ans Licht, infolgedessen gab es wenig zu tun für Rahib.

Er verbrachte seine Tage und Nächte mit süßem Nichtstun. Oft, wenn er sich abends einölte, Ohrringe in die Ohrläppchen hängte, seine hauchfeinen Röcke anlegte, überkam ihn Tristesse.

»Ach«, murmelte er dann verdrossen, »ich weiß jetzt schon, wie der Abend laufen wird. Immer dasselbe. Ich könnte genauso gut zu Hause bleiben.«

Aber er ging natürlich aus, inmitten seiner Clique schlenderte er von Einladung zu Einladung, bis er endlich so betrunken war, dass die Diener ihn heimtragen mussten. Oder er schlief geistesabwesend mit einer der geilen Frauen, die ihm mit ihrem Gestöhne und unnatürlichem Gehabe auf die Nerven gingen. Rahib war ein verwöhnter, unbefriedigter Nichtsnutz.

An einem schwülen Sommermorgen, es war ein hoher babylonischer Feiertag, betrat er das Haus des Karawanenhändlers Tiglat, mit dessen Sohn Nabu Rahib viele seiner ausschweifenden Abende verbrachte.

»Die allerhöchsten Götter seien dir wohlgesonnen und mögen deine Tage begleiten«, begrüßte ihn Nabu grinsend.

Rahib verneigte sich förmlich, beide lachten aus vollem Halse. Sie hielten nichts von den Göttern, und von Förmlichkeiten hielten sie erst recht nichts. Sie rebellierten gegen die Regeln der Älteren, machten sich über alles lustig, entzogen sich jeglicher Verantwortung.

»Ich möchte dir heute meine Schwester vorstellen, Rahib, mein Freund«, sagte Nabu.

»Nun«, antwortete Rahib höflich, aber nicht sehr interessiert.

Er sah Tiglat in die Augen und grinste. Die gestrige Nacht hatten sie zusammen verbracht. Manchmal waren ihnen Frauen einfach lästig und viel zu unterwürfig. Dann trieben sie beide es miteinander. Hart, brutal, rücksichtslos. So lange, bis einer vor Schmerzen und Atemlosigkeit um Gnade bat. Es war nicht schön, das wussten sie beide, aber sie spürten so viel Trieb in sich, so viel ungezügelte Kraft, dass sie ihren Begierden freien Lauf ließen und sich durch das Band ihrer vertrauten Freundschaft zueinander beschützt wussten.

Rahib ließ seinen Blick über die schöne Gestalt des Freundes wandern. Da, wo er das Geschlecht des Freundes wusste, hielt er inne.

»Etwas anderes wäre mir lieber«, sagte er und spürte eine Welle heißen Verlangens in sich aufwallen.

Er hob den Kopf, und seine erhitzten Augen trafen auf ein Mädchen, das in der Tür stand und ihn anstarrte. Ein einziger Augenschlag genügte, um in den beiden eine Leidenschaft zu entfachen, die sie unmittelbar aneinanderkettete.

Das Mädchen verschlang ihn mit dunklen Augen, funkelnd und gefährlich. Er hatte noch nie eine schönere Frau gesehen. Alles an ihr glühte. Der stolze Kopf, die schwarzen, langen Haare, die weichen Schultern, ihr Körper, der sich unter der weißen, hauchdünnen Tunika wand und zu tänzeln schien. Dieses Weib war ein einziges Versprechen, ein lebender Rausch, eine feurige Spirale, die Rahibs Blut kochen ließ.

»Das ist meine Schwester Muqabita«, sagte Nabu anzüglich und musterte seinen Freund. Es schien ihn zu amüsieren, aber nicht zu überraschen, dass Rahib wie ein brünstiger Stier auf seine Schwester starrte.

»Du gefällst mir, Rahib«, sagte Muqabita ohne jede Scheu, nachdem sie ihn eingehend gemustert hatte. »Du gefällst mir sehr.«

Sie schob beim Sprechen die Oberlippe ein wenig nach vorne, Rahib fand, das sah aus wie die Schamlippen der vielen Weiber, die er schon geleckt hatte. Er zitterte vor Erregung. Er musste diese Frau haben, noch nie zuvor war ihm das widerfahren. Wie weggeblasen waren Eintönigkeit und Melancholie, sein Geschlecht erstarkte wie nie, er fühlte sich lebendig und monströs zeugungswillig, er erkannte jetzt endlich sein Ziel, erkannte den Sinn seines Daseins, den Zweck seiner Existenz: diese Frau zu besitzen.

Ein kurzer Blickwechsel mit Nabu, der grinsend nickte, bestätigte Rahib in seinem Vorhaben. Er nahm Muqabita bei der Hand, führte sie in eines der Zimmer, hob ihr Gewand und stieß mit der Ungeduld der Jugend sein Glied in sie hinein. Sie war nass vor Begierde, sog sein Glied in sich hinein wie in einen heißen Schlund, wie in eine Feuersbrunst, wie in das gewaltige Urmeer der ewigen Weiblichkeit. Er keuchte unbeherrscht, kam viel zu schnell, sein Glied zuckte und vibrierte wie nie zuvor. Er wusste, dass er von dieser Frau nie genug bekommen würde.

»Du kannst es besser«, flüsterte Muqabita in sein Ohr. »Du bist doch kein Kaninchen.« Sie kicherte leise und schleckte seine Ohrmuschel. »Mach, Rahib!«, sagte sie. »Mach, du sabäischer Bulle.«

Muqabitas Vater war entsetzt, als er von seiner Tochter erfuhr, dass sie diesen fremden Habenichts heiraten wollte.

»Alle Männer Babylons liegen dir zu Füßen, Muqabita, Kind, die großartigsten Partien könntest du machen! Ein Leben in Saus und Braus liegt vor dir. Vertreib dir die Zeit mit diesem Kerl, aber heirate einen anderen, einen, der dir eine sichere Zukunft bietet. Diese Leute da unten in Saba sind Wilde, haben keine Kultur, sie sind Barbaren, Tiere sind sie. Und dein Rahib ist nicht anders. Es gehört sich nicht, dass eine Babylonierin einen Vasallen heiratet! Hast du gänzlich vergessen, wer du bist?«, schrie Tiglat zornig und verständnislos.

Muqabita aber reagierte nicht auf Drohungen, nicht auf Bitten, nicht auf des Vaters Tränen. Sie war hingerissen von Rahib, verzaubert, elektrisiert, ein Blick von ihm genügte, und in ihr wirbelte, sprudelte, kochte die Lust auf. Sie lachte ihren besorgten Vater aus.

»Du bist alt und hast keine Ahnung von Leidenschaft, Vater, du weißt überhaupt nichts. Ich liebe ihn, und ich werde ihn heiraten.«

So gab Tiglat klein bei, und die Hochzeit wurde gefeiert. Die meisten der Ehrenplätze blieben leer, die babylonische Gesellschaft hatte wenig Verständnis für eine Verbindung zwischen Herr und Knecht. Babylon und Marib waren zwei verschiedene Paar Schuhe. Der Herrscherstaat und der kleine Untergebene.

Den beiden Verliebten war das alles vollkommen egal. Sie verbrachten ihre Tage und Nächte in einem trunkenen Schweißtaumel ihrer Körper. Die kleine Spalte zwischen Muqabitas Schenkeln war für Rahib die Rutschbahn ins Himmelreich. Er war glücklich.

»Muqabita, ich liebe dich so sehr«, flüsterte er ein ums andere Mal.

»Ich dich auch, Rahib, ich dich auch«, antwortete sie.

Tausende Male fuhr sein heißes Glied in ihren Schoß, immer und immer wieder. Die beiden bekamen nicht genug voneinander, sie bestanden nur aus Gier, hatten nicht Auge noch Ohr für ihre Umgebung, ihre Welt bestand nur aus seinem Schwanz, seiner Zunge, ihrem engen, feuchten Löchlein und was man damit alles anstellen konnte.

Dann wurde Muqabita schwanger. Ihr Bauch wölbte sich. Rahib strich ihr sanft über den kleinen Hügel.

»Da wächst unser Kind.«

Rahib war verzaubert von dieser Vorstellung.

»Ach«, schrie sie ungeduldig. »Lass das blöde Streicheln, komm rein zu mir, komm, tief, zerreiß mich, bring mich um mit deinem Schwanz!«

Es war ein wunderschöner, kleiner Knabe, den Muqabita nach neun Monaten aus sich herauspresste, ein schwarzes Knäuel, zu dem Rahib sofort in unendlich großer Zuneigung entflammte.

»Mein Sohn, mein süßer, kleiner Sohn!«

Er hielt ihn im Arm, trug ihn im Haus herum, streichelte ihn, liebkoste ihn. Rahib war glücklich. Sie nannten den kleinen Mann nach Muqabitas Vater Tiglat.

In Rahib wuchs eine einzigartige Liebe zu diesem kleinen wuscheligen Knaben, die er mit seinem Schwiegervater teilte. Der alte Tiglat versöhnte sich mit seinem Schwiegersohn, denn er sah, wie herzensgut er zu diesem Säugling war.

Muqabita nörgelte viel in dieser Zeit, sorgte sich um ihre Figur, überließ das Kind oft der Amme, dem Vater und dem Großvater. Die beiden kümmerten sich nicht um die Launen der jungen Mutter, sie waren vollauf mit dem Neugeborenen beschäftigt.

Wenn Rahib sie des Nachts liebte, schrie sie immer nur: »Mehr! Du Memme! Mehr! Tiefer!« Rahib liebte sie und tat, was er konnte, aber er war nicht immer ganz bei der Sache.

Als der Knabe drei Jahre alt war, wurde Rahib zurück nach Marib berufen. Die kleine Familie machte sich mit großem Gefolge auf den beschwerlichen Weg von Babylon nach Marib. Zuerst hinunter ins Delta von Euphrat und Tigris, dann die Küste entlang, um das Horn herum, bis sie in heimische Gefilde kamen. Es war eine entbehrungsreiche, schwülheiße, gefährliche Reise. Sie trafen erst nach drei Monaten in Marib ein, da sie wegen des Kindes und wegen Muqabita längere Zwischenhalte einlegen mussten.

Rahib wurde zum obersten ausbildenden Offizier des sabäischen Heeres ernannt, bald danach zum General. Er war tagelang unterwegs. Wenn er abends verschwitzt und müde nach Hause kam, hatte er nur noch Kraft, mit dem kleinen Tiglat zu spielen. Er tollte mit ihm auf dem Boden, sang ihm Lieder vor, zeigte ihn aller Welt voller Stolz. Er kaufte ihm einen kleinen Kinderdolch, ließ ihm lederne Schuhe machen, bestellte sinnlos viel Spielzeug. Alles für den geliebten Knaben. Rahib lachte oft in dieser Zeit.

»Schau, Muqabita, meine Geliebte, wie schön unser Kind ist. So schön wie du!«

Er kaufte seiner Frau herrlichen Schmuck, ließ eigens Möbel aus Assyrien kommen, damit sie sich heimisch fühlen konnte und auf keinen Luxus verzichten musste. Er hielt sie oft in den Armen und flüsterte: »Ich liebe dich so sehr, Muqabita.« Rahib war glücklich und zufrieden, voller Vertrauen und Großmut. Des Öfteren ging er in den Tempel und dankte Almaqah mit aufwendigen Gaben für sein gelungenes Schicksal.

Das Heerlager lag etwas außerhalb von Marib, am Fuß eines Berges, von dem ein Bach die Soldaten mit frischem Wasser versorgte. Rahib ließ den Bach mit einer kleinen Mauer aufstauen, gleichwohl aber ließ er das Wasser nicht stehen, sondern stetig abfließen. So gab es immer reichlich Frischwasser zum Waschen, ohne dass die Gefahr bestand, dass Stechmücken vom stehenden Wasser angezogen wurden.

Bei einer soldatischen Übung verletzte sich Rahib am Bein, es blutete und schmerzte so stark, dass er beschloss, in den Palast zurückzukehren, damit Lahaythat, die gute, treue Dienerin, ihn versorgen konnte.

Im Palast angekommen, stieg er die Treppen hinauf, von denen aus er hinüber zu seinem eigenen Haus gehen konnte. Oben blickte er kurz hinunter in den Hof, der zu den Unterkünften der wachhabenden Soldaten des Palastes gehörte.

Da sah er eine Frau, die mit gespreizten Beinen auf einer Matte lag.

»Jetzt du!«, rief sie und deutete auf einen der Soldaten, die im Kreis um sie standen.

Der junge Kerl kniete nieder, hob seinen Rock und stieß ihr sein Glied in den Schoß.

Rahib grinste. Diese Kerle, dachte er amüsiert. Im Weitergehen blickte er noch einmal hinunter auf die viehische Szenerie. Da durchriss ihn ein plötzlicher Schmerz, als zöge man ihm die Haut vom Leib. Die Frau da unten, diese Frau, die sich wie ein brünstiges Tier hin und her wand, war Muqabita, seine eigene Frau.

»Ja, ja!«, schrie sie. »Du hast Kraft von zwei. Das ist schön!« Sie jaulte vor Vergnügen. »Mehr! Mehr!«, verlangte sie. »Komm, gib es mir!«

Die anderen Soldaten brüllten vor Vergnügen, rieben sich ihre Schwänze und warteten geifernd darauf, die Frau des Generals zu nehmen.

Rahib stand wie angewurzelt, wie von einem giftigen Pfeil zu Tode getroffen. Er spürte, wie sich eine eiskalte Hand um sein Herz legte. Sein Glück war ihm in Sekundenschnelle aus der Hand geglitten. Die Frau, die er so liebte, seine Ehefrau, war eine Hure, ein viehisches Stück Weib, das sich in aller Öffentlichkeit wahllos irgendwelchen Burschen hingab. Rahib drehte sich zu dem Soldaten um, der auf der Balustrade Wache schob.

»Wie lange geht das schon?«

»Herr ... verzeiht ... ich ...«

»Wie lange schon?«, herrschte Rahib ihn an.

»Seit Ihr zurück seid.«

»Was?«, schrie Rahib.

Sie trieb es mit den Kerlen schon ein halbes Jahr. Seit sie von Babylon zurückgekommen waren!

»Du auch?« Rahibs Nacken schwoll an.

Der Soldat antwortete nicht, er zitterte am ganzen Leib.

Rahib packte ihn und warf ihn über das Geländer hinunter in den Hof. Er prallte auf dem Steinboden auf und regte sich nicht mehr. Mit einem Schlag war die hemmungslose Orgie im Hof vorbei. Die Soldaten blickten voller Entsetzen hinauf zum Balkon und sahen Rahib.

»Es ist der General!«, schrien sie entgeistert. »Er steht da oben!«

Sie suchten Deckung in der Dämmrigkeit der Säulengänge. Muqabita verstand die Szenerie als Letzte. Sie hatte sich langsam aufgesetzt und folgte mit einem amüsierten Lächeln den

Blicken der Soldaten. Da erst erkannte sie Rahib, der oben auf dem Treppengeländer stand und sie ansah.

»Bei Marduk!«, rief sie erschrocken, strich ihr Gewand herunter und stand rasch auf. »Rahib!« Sie streckte unbeholfen die Hände zu ihm hinauf. »Rahib! Lass dir erklären!«

»Dafür gibt es keine Erklärung«, sagte er kalt. »Scher dich ins Haus.«

Muqabita ging mit gesenktem Kopf über den Hof hinüber zu ihrem Zuhause. Sie wusste genau, was ihr bevorstand. Er würde sie töten, eine andere Lösung gab es nicht. Niemand würde ihr beistehen, niemand würde Rahib davon abhalten, sie aus dem Weg zu räumen. Der Tod war die Strafe für eine Ehebrecherin, Verzeihung gab es nicht. Sie hatte ihr Schicksal herausgefordert. So war es bei ihr zu Hause in Babylon, so war es hier in Saba. Eine Frau durfte ihren Gemahl nicht hintergehen.

Rahib hatte ihr die babylonische Dienerin ins Zimmer geschickt mit der Botschaft, dass sie ihre Dinge in Ordnung bringen sollte, da sie den nächsten Tag nicht überleben würde. Muqabita weinte, als die Dienerin ins Zimmer trat. Sie klopfte auf die Liege.

»Komm, Nassara, setz dich zu mir, ich muss dich um einen letzten Gefallen bitten.«

Sie sprach eindringlich auf die Dienerin ein, die sie entgeistert anstarrte, aber nach einer Weile mit einem kleinen Nicken des Kopfes ihr Einverständnis bekundete, ihre Herrin umarmte und das Zimmer rasch verließ.

Der General ging in ein nahe gelegenes Wirtshaus und betrank sich bis zur Bewusstlosigkeit.

»Muqabita«, lallte er unaufhörlich. »Muqabita.«

Die ganze Nacht goss er Unmengen von Bier und Wein in sich hinein. Der Morgen graute schon, als er endlich einschlief und der Wirt und sein Geselle ihn hinüber in sein Haus tragen konnten.

Als Rahib aus seinem Rausch erwachte, war es Mittag, und er war sofort hellwach. Er griff nach seinem Dolch, ging hinaus in den Gang.

»Bringt meinen Sohn hierher!«, brüllte er und betrat Muqabitas Zimmer.

Sie stand am Fenster. Er griff nach ihrem Arm, und mit einer raschen Bewegung stieß er ihr den Dolch in die Kehle. Sie gab keinen Laut von sich, sah ihn nur mit einem seltsam verwirrten Blick an. Das Blut quoll aus der Wunde. Sie fiel zu Boden.

»Und nun der Junge!«, schrie Rahib.

Die Diener rannten von Zimmer zu Zimmer.

»Herr, der Kleine ist nirgends zu finden!«

Sie suchten Tiglat im Hof, im Palast, in den Straßen, bei bekannten Familien. Aber er war nicht aufzufinden. Rahib verhörte persönlich Muqabitas Dienerinnen, er ließ sie auspeitschen, sperrte sie ins Verlies des Palastes, verhörte sie noch einmal und noch einmal. Es nützte nichts, Tiglat war wie vom Erdboden verschwunden.

Monatelang hoffte Rahib noch, seinen Sohn wiederzufinden. Aber dann musste er sich damit abfinden, dass Muqabita ihn hatte wegschicken oder verstecken lassen, bevor er sich an ihm hätte vergreifen können.

»Hat sie wirklich gedacht, ich würde ihn töten, Lahaythat?«, fragte er seine Dienerin unaufhörlich. »Mein eigenes Kind, meinen einzigen Sohn?«

»Du hättest ihn auch getötet, Rahib, Herr, und du weißt es. Niemals hättest du das Kind einer Ehebrecherin geschont.« Lahaythat seufzte schwer. »Da hat sie es lieber selber getan.« Sie zögerte. »Oder sie hat jemanden damit beauftragt, ihn zu töten. Wer soll das wissen, Herr?«

»Aber wo ist er? Wohin hat sie seine Leiche gebracht? Wo hat sie ihn verscharren lassen?«

»Herr, das werden wir nie erfahren.« Lahaythat sah ihn an. »Du hättest dich in dieser Nacht nicht betrinken sollen, dann …«

Er hieb ihr mit der Faust ins Gesicht, Lahaythat fiel zu Boden.

»Du …! Dass du es wagst!«, brüllte er und rannte aus dem Haus.

Rahib war in diesen Tagen ein anderer geworden. Der Hass verzerrte seinen Blick auf die Welt. In seiner Seele herrschte Nacht, ein dumpfes Gefühl der Zerstörung zersetzte sein Wesen. Er hasste sich, er hasste alles um sich herum, und er ließ es jedermann spüren.

15

Lilith hockte in einer Ecke des Zimmers und versuchte, eine Decke zu weben. Immer wieder glitt ihr das Schiffchen aus der Hand. Wo Sami wohl gerade ist, dachte sie voller Sehnsucht. Und wie geht es ihm?

Sie würde ihn nie wiedersehen, das wusste sie, nie wieder berühren, nie wieder ein Wort mit ihm sprechen. Sie stöhnte laut auf. Wie glücklich war sie diese wenigen Tage mit Sami gewesen, und wie sehr hatte sie ihrer Zukunft vertraut. Sie hatte sich schon als seine Frau gesehen, gemeinsam hatten sie von einem kleinen Haus geträumt, von einem Leben, das sie beide miteinander teilen wollten.

Aber diese Bestie von Rahib hatte ihr Glück zerstört, ihr Leben ruiniert, er hatte ihre Seele zermalmt und ihren Körper beschädigt. Lilith besaß keine Würde mehr, keine Selbstachtung und auch keine Hoffnung mehr darauf, dass Sami sie eines Tages aus diesem schrecklichen Dasein herausholen würde.

Dafür hasste sie Rahib von Tag zu Tag mehr. Mit jedem geheuchelten Lächeln, das sie ihm schenkte, grub sich der Hass tiefer in ihr Wesen. Sie fühlte sich krank und verzagt. Nur wenn sie an Sami dachte und leise in Gedanken mit ihm flüsterte, überkam sie eine flüchtige Ruhe.

Aber kaum, dass sie Rahib heimkommen hörte, begann sie zitternd zu frösteln. Er hatte sich angewöhnt, immer früher nach Hause zu kommen, manchmal schon am Mittag. Schnell lief er dann die Treppen hinauf, steckte den Kopf durch die Tür.

»Lilith, mein Goldhaar«, rief er. »Wie geht es meiner Prinzessin heute? Schau, was ich dir mitgebracht habe!«

Es verging kaum ein Tag, an dem er nicht ein Geschenk dabeihatte. Haarspangen aus ziseliertem Gold, Ringe, Tücher, Schminkgefäße aus Alabaster und Muscheln. Wunderschöne Tücher aus feinem Stoff, kleine Bronzefiguren, Kandelaber, Weihrauchgefäße. Mit einer beinahe kindlichen Freude überreichte er ihr übereifrig seine Gaben, sie musste sofort alles anprobieren, benutzen, bewundern. Er erzählte lang und breit, woher die Dinge stammten, wo er sie erstanden hatte.

»Schau, Lilith, das habe ich bei einem Händler aus Ägypten gekauft«, sagte er und hielt ein Schmuckstück in die Höhe.

Überhaupt redete er sehr viel. Unaufhörlich plauderte er, redete über sein Leben, seine Arbeit, seine Kindheit. Sie musste nur hin und wieder ein interessiertes »Ach« oder »Oh« ausrufen, und er berichtete begeistert weiter.

Der General hatte sich sehr verändert, lange hatte sie ihn nicht mehr brutal und unkontrolliert erlebt, er behandelte sie behutsam und höflich, beinahe fürsorglich. Er rieb sie mit duftenden Ölen ein, bürstete ihr Haar, strich ihr fürsorglich übers Gesicht.

Sie verabscheute jede seiner Gesten, am liebsten hätte sie ihn angespuckt und ihm ihren Hass ins Gesicht gebrüllt. Aber Lilith hatte verstanden, dass sie eine Gefangene war, dass Ehrlichkeit ihr nur Schaden bringen würde. Nur mit ihren gekünstelten Schmeicheleien erreichte sie, ihn von Gewalttätigkeiten abzuhalten, und so lächelte sie ihn an und ermunterte ihn zu Liebkosungen und Aufmerksamkeiten.

Ihr wurde jedes Mal übel, wenn er sich ihr näherte, aber sein Hunger auf ihren Körper war ungebremst.

»Mach mit«, flehte er, wenn er sich stöhnend auf ihr wand.

Sie hob und senkte ein paar Mal ihre Hüften, ahmte seine wollüstig klingenden Laute nach und trieb Rahib damit zu ungezügelten Höhepunkten. Er schien zu platzen vor Gier.

»Lilith!«, rief er dann. »Meine Lilith!«

Sie hätte alles gegeben, Samis Haut zu spüren und seine Zunge an den verborgensten Stellen ihres Körpers, sie hätte mitschwingen und mitjauchzen können. Aber Rahibs haariger Körper, sein Geruch, die widerwärtigen Geräusche, die er beim Verkehr ausstieß, waren ihr eine Marter, jeden seiner Stöße empfand sie als Qual.

»Ich möchte, dass du meine Frau wirst«, sagte er eines Tages unvermittelt. »Ich liebe dich.«

Lilith erschrak. Ihr Herz blieb beinahe stehen. Seine Frau? Bei Attar, niemals!

Es war schon schlimm genug, seine wehrlose Hure spielen zu müssen, aber die Idee, dieses schmutzige, ekelhafte, erniedrigende Leben durch eine Ehe ehrbar zu machen, wirkte auf Lilith wie ein neuer Fluch.

»Rahib«, flüsterte sie beinahe unhörbar.

Er lachte sie an.

»Ja, Lilith, du hast recht gehört, ich will dich zu meiner Frau machen. Vor der Königin, vor dem Hof, vor aller Welt.«

Er hob sie hoch und drehte sich mit ihr im Kreis.

»Meine Frau wirst du sein, meine süße, meine keusche kleine Lilith. Und niemals wird dich ein anderer anfassen können. Nur ich.« Er stellte sie wieder auf den Boden. »Mein bist du, mein Besitz, mein Schatz, die Herrscherin der Rosen und der Garten meiner Lust.«

Er lachte laut und bleckte seine Zähne.

»Komm, wir wollen das sofort besiegeln.«

Er presste sie an die Wand, zog ihre Beine nach oben, riss ihr das Gewand herunter und drang rasch in sie ein.

»Meine Lilith, meine Lilith!«, schrie er mit hochrotem Kopf, der Schweiß tropfte ihm übers Gesicht. Er hatte die Beherrschung verloren. »Mein bist du, nur mein!«

»Rahib, oh Rahib.«

»Du musst mir nicht danken, Lilith«, keuchte er. »Das Einzige, was ich von dir verlange, ist Treue.« Er presste seine Hand um ihren Hals. »Du musst mir treu sein. Sonst bringe ich dich eigenhändig um! Keinen anderen Mann sollst du anschauen oder von ihm träumen. Nur ich allein beherrsche dich!«

Er legte sie auf die Matte und streichelte über ihren Bauch.

»Hörst du? Nur ich bin dein Herr!«

Seine Hand lag auf ihrem Schenkel.

»Nur ich!«, rief er. »Versprich mir das!«

»Ja, Rahib, natürlich«, flüsterte sie benommen.

Er nickte zufrieden.

»Gut, gut. Und Kinder will ich von dir haben. Viele Söhne sollst du mir gebären.«

Er drehte sich auf die Seite und schlief sofort ein.

Lilith löste sich vorsichtig aus seiner Umarmung und trat ans Fenster. Sie starrte lange hinaus, konnte keinen klaren Gedanken fassen. Wie soll ich die Kinder lieben, zu denen er mich zwingt, dachte sie verzweifelt. Wie könnte ich je ein Kind von ihm lieben, wo ich ihn so sehr hasse? Was kann ich tun, fragte sie sich entmutigt, ich habe nicht einmal jemanden, mit dem ich sprechen kann.

Am Abend reichte sie ihm das frische, duftende Fleisch.

»Was wünscht sich mein silberner Stern zur Hochzeit?«, fragte er lächelnd.

»Ich möchte, dass Aya mit uns wohnt«, antwortete sie ganz schnell.

Er schlug mit der Faust auf den Tisch.

»Noch so ein altes Weib im Haus!«, schrie er. »Kommt nicht infrage. Lahaythat steht dir zu Diensten. Eine andere brauchst du nicht!«

»Aber, Rahib, Herr! Ich bin so dünn und schwach, wenn ich Kinder bekomme, brauche ich Ayas Hilfe.« Sie sah ihn flehentlich an. »Aya ist eine so gute Kinderfrau. Sie hat mich aufgezogen, genährt und bewacht, sie kennt sich mit allen Krankheiten aus, kennt viele Heilmittel. Sie ist treu und zuverlässig.« Sie tätschelte seinen Arm. »Bitte, Rahib, es ist mein einziger Wunsch.«

Er brütete eine Weile vor sich hin.

»Mir ist das nicht recht«, sagte er dann übellaunig. »Aber wenn es für dich so wichtig ist, dann geh morgen mit Hayw in die Schenke und hol sie her.«

Sie fiel ihm um den Hals.

»Dank dir, Rahib! Wie glücklich du mich damit machst.«

»Ich hätte dir lieber ein schönes Schmuckstück geschenkt, als diese alte Vettel im Haus aufzunehmen.« Er lachte laut. »Wehe, die beiden alten Weiber streiten und keifen die ganze Zeit. Dann werf ich deine Aya sofort wieder hinaus!«

»Sorge dich nicht, Rahib, es wird friedlich bei uns sein. Das verspreche ich dir.«

Kaum war Rahib am nächsten Morgen hinausgeritten zur Staumauer, rief Lilith nach Hayw, und die beiden machten sich auf den Weg zur Schenke.

»Ich möchte nicht durch die Stadt laufen«, sagte Lilith. »Lass uns über das Karawanenlager gehen, da sind nicht so viele Menschen.«

Hayw schüttelte verständnislos den Kopf.

»Das ist doch viel weiter! Aber wenn du meinst.«

Sie verließen die belebten Straßen und gingen stadtauswärts. In Liliths Herz keimte eine winzige Hoffnung. Vielleicht ist Sami zurückgekommen, huschte es durch ihren Kopf, vielleicht gerade heute. Sie spähte über den Lagerplatz der Karawanen, aber er war leer. Es war nichts zu sehen, keine Karawane war angekommen oder machte sich zur Abreise bereit. Verwaist und staubig lag der Platz in der heißen Sonne.

Wie dumm ich bin, dachte sie verzweifelt, er wird nie wieder hierher zurückkommen. Er wird es machen wie Vater und im Norden bleiben.

Niedergeschlagen erreichte sie den Fröhlichen Griechen. Das war einmal mein Zuhause, dachte sie, der Ort, den ich in so schöner Erinnerung habe. Sie ließ ihre Augen über das Haus streifen, unten die Schenke mit ihrem geselligen Treiben, oben die Wohnung der Familie. Lilith seufzte. Vater ist weggegangen, Mutter ist tot, ich bin in den Palast verbannt.

Es war kein Laut zu hören, keine kichernden Mädchenstimmen, die die Männer zum Trinken animierten. Sie hörte kein Geklapper von Geschirr, es war merkwürdig ruhig. Es ist ja noch früh, dachte sie, und trat durch die Tür, die in den Schankraum hineinführte. Wo waren ihre Schwestern?

»Hada!«, rief sie. »Numarit!«

Sie blickte um sich. Es war dunkel im Gastraum, unaufgeräumt und stickig. Trinkbecher und Öllämpchen lagen verstreut auf dem Boden. Lilith sah keinen einzigen Gast, keines der Mädchen und auch ihre Schwestern nicht.

»Hada!«, rief sie noch einmal. »Numarit! Wo steckt ihr denn?«

Sie hörte ein Geräusch im ersten Stock und blickte hinauf. Hada kam aus einem der Zimmer geschlurft. Mit zotteligen Haaren und nur mit einer zerknitterten Tunika bekleidet.

»Was ist denn?« Ihre Stimme klang ärgerlich. »Wer ruft denn hier?«

Sie schaute die Treppe hinunter und erkannte Lilith.

»Was willst du hier?«, fragte sie scharf.

»Ich …«, begann Lilith. »Aber sag mir doch zuerst, warum hier alles so finster ist. Wo sind denn die Gäste? Und wo sind die Mädchen?«

»Was geht dich das an?«, keifte Hada. »Ich frage dich, was dich das angeht. Die Schenke gehört Numarit und mir. Du lebst im Palast und hast hier nichts zu suchen!«

»Aber … ich …«, erwiderte Lilith erschrocken.

»Der Fröhliche Grieche ist pleite!«, schrie Hada. »Seit Mutters Tod läuft hier gar nichts mehr.« Sie stieg langsam die Treppe hinab. »Wenn du es genau wissen willst, du vornehmes Fräulein. Mutter hat uns nie ein Wörtchen darüber verraten, wie sie die Geschäfte geführt hat. Nichts. Gar nichts. Numarit und ich hatten von nichts eine Ahnung.« Sie starrte ihre Schwester zornig an. »Wen sollten wir fragen? Vater ist nicht mehr da, du bist bei deinem General! Niemand da, der uns helfen konnte.«

»Aber … aber ihr hättet mir doch Bescheid geben können«, rief Lilith. »Rahib hätte euch sicher Beistand geleistet.«

»Darauf können wir verzichten, Goldköpfchen. Deine Hilfe brauchen wir bestimmt nicht, du Hure!«, schrie Hada. »Und nun hau ab. Wir brauchen deine Hilfe nicht und dein Mitleid schon gar nicht.«

»Ich bin gekommen, Aya zu mir zu holen.« Liliths Stimme war leise, aber sehr bestimmt. »Wo ist sie?«

»Ha! Das hätte ich mir denken können. Sie, die Mutter auf dem Gewissen hat, und du, die du Mutter betrogen und ihr den Geliebten ausgespannt hast. Ein feines Paar!«

»Wo ist sie?«

»Das werde ich dir nicht verraten! So einfach geht das nicht mit dem Herumbefehlen, verehrte Schwester!« Hadas Stimme überschlug sich. »Kommt hierher und dirigiert mich herum. Das könnte dir so passen. Nicht mit mir!«

»Sag mir einfach, wo sie ist, Hada!«

»Nein!«

»Sag es mir!«

»Niemals!«

»Hayw!«, rief Lilith. »Wir müssen meine Schwester zur Vernunft bringen.«

»Ja, Herrin.« Hayw zog seine Peitsche aus dem Gurt und schwang sie durch die Luft. »Mit Vergnügen.«

»Das würdest du machen?«, kreischte Hada. »Deine eigene Schwester lässt du auspeitschen?«

»Ja.« Liliths Stimme war rau. »Zum letzten Mal, Hada, wo ist Aya?«

Hada starrte auf ihre Schwester, dann auf Hayw, der breitbeinig dastand, die Peitsche schlagbereit.

»Hinten im Schuppen«, sagte Hada matt. »Sie ist die Mörderin unserer Mutter. Sie hat nichts Besseres verdient.«

»Komm, Hayw!«, rief Lilith und durchquerte die Stube, lief hinaus in den kleinen Garten, hinüber zum Schuppen, wo Yala ihre Kräuter und Salben aufbewahrt hatte. Sie rüttelte an der Tür.

»Aya!«, rief sie. »Aya, wo steckst du?«

Hayw musste die Tür aufbrechen, sie war mit dicken Holzbalken versperrt. Drinnen war es dunkel und roch zum Erbrechen übel. Nach Kot, Urin, Schweiß, verdorbenem Essen. Ganz hinten an der Wand sah Lilith ein kleines Häufchen Kleider, das sich fast unmerklich bewegte.

»Aya!«

Lilith ging in die Knie und nahm das zitternde Lumpenpaket in die Arme.

»Aya! Was haben sie mit dir gemacht?«

Aya war nur noch Haut und Knochen, ausgedorrt und abgemagert, aschfahl im Gesicht, die Kleider verschmutzt, die Haare verfilzt. Sie konnte nicht sprechen. Ihre Augen irrten hin und her.

»Bei Almaqah!«, stammelte Hayw.

»Bring Wasser!«, rief Lilith. »Und einen Schwamm. Und ein wenig Milch.«

Sie schälte Aya aus den stinkenden Lumpen.

»Psch, psch, Aya, wir werden dich wieder gesund machen.« Sie wiegte die alte Amme in ihren Armen wie einen Säugling. »Ich nehme dich mit in den Palast. Dort wirst du wieder zu Kräften kommen«, wisperte Lilith. »Ich werde dich nie wieder verlassen, Aya, Liebste, das verspreche ich dir. Nie wieder.«

Aya atmete kaum noch.

»Halte durch, Aya«, rief Lilith verzweifelt. »Halte durch. Du darfst nicht sterben, ich brauch dich doch. Du bist doch der einzige Mensch auf der Welt, den ich noch habe.« Sie wiegte sie hin und her. »Halte durch, Aya, halte durch. Ich bin ja da.«

Lilith fing an zu zittern. Nicht auch das noch, ihr Götter, bitte, nicht auch das noch. Sie konnte sich nicht mehr zusammennehmen, ihr ganzer Körper schien zu beben, ihre Arme, ihre Beine zuckten, sie fing hemmungslos an zu schluchzen.

16

Die beiden Alten saßen wie üblich in der Ecke der Küche auf dem Fußboden und tuschelten. Lahaythat und Aya verstanden sich prachtvoll. Beinahe zahnlos, dürr und mit schütterem grauem Haar sahen sie aus wie Schwestern. Und so viel wie Geschwister hatten sie sich auch zu erzählen. Seit Aya im Haus war, erledigten die beiden alle Arbeit gemeinsam. Sie kochten, buken Brot, wuschen, putzten, nähten und plauderten lauthals miteinander.

Rahib beobachtete sie kopfschüttelnd. Das hatte er nun nicht erwartet. Als Hayw die ausgehungerte, übel riechende alte Frau ins Haus getragen hatte, war sie alles andere als freudig von Lahaythat begrüßt worden.

»Was will die hier?«, hatte sie entrüstet gerufen. »Mache ich meine Arbeit nicht gut genug, dass wir jetzt noch eine zweite Dienerin brauchen?«

»Du sorgst mir dafür, dass die Alte wieder auf die Beine kommt. Hörst du?«

Missmutig war Lahaythat den Anweisungen Rahibs gefolgt.

Ein Raum im Erdgeschoss wurde für Aya freigeräumt, Lahaythat musste die zum Skelett abgemagerte Alte waschen und salben. Lilith träufelte ihr warme Brühe ein.

»Iss, Aya, iss, meine Gute.«

Lilith wiegte ihre Amme im Arm.

»Aya, Aya, was haben sie mit dir gemacht!«

»Sie wollten mich in die Abfallgrube werfen lassen.« Ayas Stimme war kraftlos. »Aber keiner der anderen Diener war bereit, mich hinauszubringen.« Aya schaute Lilith mit müden Augen an. »Deine Schwestern waren nicht wiederzuerkennen, sie waren so böse geworden, so unberechenbar.« Die Alte schüttelte traurig den Kopf. »Ich habe einst Hada gesäugt und euch Schwestern aufgezogen, habe euch umsorgt und geliebt, als wärt ihr meine eigenen Kinder. Ich habe nie einen Säugelohn verlangt, obwohl ich mit eurer Mutter einen ordentlichen Vertrag hatte. Zwei Jahre sollte ich bei euch bleiben, aber deine Mutter bat mich danach, weiter für euch zu sorgen, weil sie so wenig Zeit hatte.« Matt lächelte sie Lilith an. »Ich hatte euch inzwischen so lieb, dass ich mir gar nicht vorstellen konnte, wegzugehen. Also blieb ich. Ein ganzes Leben lang.«

»Ich weiß, Aya, ich weiß das nur zu gut.« Lilith konnte kaum sprechen. »Was ist nur in meine Schwestern gefahren?«

»Sie haben mir die Schuld am Tod eurer Mutter gegeben. Du hast sie getötet, haben sie unentwegt gebrüllt und mich geschüttelt. Du hast ihr diese schreckliche Paste in die Vagina gestopft! Du bist schuld! Lilith, ich bin nicht schuldig, deine Mutter wollte unbedingt, dass ich das tue. Sie wollte ein Kind von Rahib, damit er bei ihr bliebe.« Aya stöhnte. »Sie hätte ruhig liegen müssen, nachdem ich mit der Behandlung fertig war, stattdessen ist sie in das schmutzige Afrika gereist. Auf der Reise muss sie sich angesteckt haben.« Sie richtete sich mühsam auf und griff nach Liliths Arm. »Ich wollte sie nicht töten, ich kann wirklich nichts dafür!«

Sie fiel zurück auf die Matte.

»Das weiß ich doch, Aya.« Lilith versuchte, die Alte zu beruhigen. »Jeder weiß das.«

»Nachdem keiner mich zusammenbinden und zur Abfallgrube schleppen wollte, sperrten mich deine Schwestern in den Schuppen. Sie verschlossen die Tür von außen mit Querbalken. Dann verrecke eben hier, sagten sie. Manchmal getraute sich eine der Huren oder der anderen Diener, mir ein wenig Wasser zu bringen oder ein Stückchen Brot. Aber nachdem das Wirtshaus nach dem Tod deiner Mutter nicht mehr lief, schickten Hada und Numarit die Nutten weg. Auch die Hausdiener mussten gehen.« Ängstlich blickte sie Lilith an. »Ich hab die Ratten und Mäuse totgebissen, die im Schuppen rumliefen, hab ihr Blut getrunken und ihr rohes

Fleisch gegessen.« Sie griff mit ihrer ausgemergelten Hand nach Liliths Gesicht. »Lilith, mein Silberstreifen, du bist gerade noch rechtzeitig gekommen. Ich war schon so schwach, Lilith, ich hatte aufgehört zu kämpfen.« Ein kleines Lächeln huschte über ihr verbrauchtes Gesicht. »Du hast mir das Leben gerettet. Das werde ich niemals vergessen.«

Müde sank sie zurück auf das Lager und schlief ein.

»Ich danke dir, Rahib, dass du mir gestattest hast, Aya zu mir zu holen.«

Lilith servierte ihm das Essen. Es war sein Lieblingsgericht. Langsam in Ziegenfett gedünstetes Gemüse: Lattich, Kürbisse, Zwiebeln, Linsen, Bohnen, Erbsen. Und ein Stück Ziegenfleisch von der Hüfte mit einer zarten Essigsauce. Im Gegensatz zu den meisten Männern widerstand Rahib Knoblauch. Er konnte den Geschmack und den Geruch nicht leiden und vertrug ihn nicht. Auf dem Tisch stand ein Schälchen mit getrocknetem Bocksklee. Lilith streute ein wenig davon auf das Gemüse und das Fleisch.

»Es schmeckt wundervoll«, sagte er lächelnd und tätschelte ihre Hand. »Gefällt dir mein Geschenk?«

Er hatte ihr eine kleine Schale zum Anrühren von Schminke mitgebracht. Sie war aus hellem Stein zu einer Muschel geformt, der Griff mit einem silbernen Aufsatz verziert.

»Sie ist aus Phönikien«, sagte er stolz.

Lilith gefiel sie nicht. Kein Einziges seiner Geschenke fand sie schön. Sie musste sich zwingen, ihm freundlich zu danken. Was soll ich mit einem Schminktöpfchen, wo ich mich doch gar nicht schminke, dachte sie, dieser Grobian hat keine Ahnung.

»Ja, sie ist zauberhaft. Ich danke dir.«

Sie setzte ihr falsches Lächeln auf, das ihm so gefiel.

»So zauberhaft wie du«, sagte er und fuhr ihr mit der Hand durchs Haar.

»Sobald der Schreiber drüben im Palastarchiv mit den Arbeiten für die Königin fertig ist, werde ich die Heiratsurkunde aufsetzen lassen, Lilith.« Seine dunklen Augen glänzten. »Dann werden wir Mann und Frau sein.«

»Ich muss rasch noch einmal nach Aya sehen«, rief Lilith und löste sich aus seiner Umarmung.

Wie kann ich das verhindern, dachte sie fieberhaft, ich will ihn nicht heiraten. Ich will frei sein, falls Sami zurückkommt, ich will nicht mit dem Mann verheiratet sein, den ich so sehr hasse.

Sie stürmte in das Zimmer, in dem Aya lag. Aber die Alte schlief tief, ihr Mund war geöffnet, sie schnarchte. Lilith brachte es nicht übers Herz, sie zu wecken. Leise schlich sie die Treppen wieder hinauf, ging ins Schlafzimmer, er lag schon auf der Matte.

»Komm«, sagte er, und sie bog sich machtlos unter dem Joch von Rahibs unersättlichem Hunger auf ihren Körper. Während er, gesättigt, ruhig röchelnd schlief, starrte Lilith noch lange an die dunkle Decke. Wie kann ich diese Ehe verhindern, grübelte sie die ganze schlaflose Nacht über.

»Aya, ich muss mit dir sprechen.«

Drei Tage waren vergangen, Ayas Augen blickten wieder klarer, sie behielt die Nahrung, die ihr eingeflößt wurde. Lilith führte sie im Hof des Hauses spazieren. Sie setzten sich unter einen Feigenbaum, dessen große Blätter angenehmen Schatten spendeten. Rahib hatte ein kleines Wasserbecken bauen lassen, dessen sprudelndes Wasser erfrischende Kühle verbreitete.

»Aya, ich muss mit dir sprechen.«

»Schön hast du es hier, Kind«, sagte die Alte und blickte um sich. »Gut hast du es getroffen.«

»Was sagst du da?«, rief Lilith.

»Ich meine, du hast ein wunderbares Zuhause, schöne Möbel, kein Ungeziefer, du hast Diener, Schmuck, viele Kleider. Und du hast einen Herrn, der dir jeden Wunsch von den Augen abliest.«

»Was?« Liliths Stimme klang schrill und unbeherrscht.

Aya schaute sie überrascht an.

»Was ist los mit dir, Lilith? Sag deiner alter Aya, was los ist!«

»Ich hasse ihn, Aya, das weißt du doch, ich verabscheue ihn, jede seiner Berührungen ist für mich wie eine Feuersbrunst.«

Sie fing an zu weinen, bedeckte ihr Gesicht mit beiden Händen und erzählte Aya von ihrer Schmach, von ihrer Schande. Sie erzählte von Rahibs Unersättlichkeit, von seinen entarteten Wünschen. Sie zitterte beim Sprechen, ihr Atem ging hastig. Sie war sehr erregt.

»Und jetzt will er mich auch noch heiraten!«, rief sie aufgebracht.

»Was will er?«

»Er will, dass wir Mann und Frau werden!«, flüsterte sie. »Wirklich, Aya, er will, dass wir heiraten!«

Aya nahm das Mädchen in ihre dürren Arme und wiegte sie sanft hin und her.

»Beruhige dich, Lilith, mein Lämmlein«, sagte sie. »Und dann lass uns ganz ruhig darüber reden. Ja? Beruhige dich, mein zartes Sternlein, beruhige dich.«

Liliths Schluchzen ließ langsam nach. Aya wartete, bis Lilith zur Ruhe gekommen war, dann packte sie sie an den Schultern.

»Und jetzt höre deiner Aya zu. Hör gut zu.« Die Stimme der Alten war ernst. »Dein Vater, dieser unselige Grieche, hat deinen Sinn für Wirklichkeit von Anfang an verwirrt. Seine Erziehung war sehr farbig, träumerisch und fernab jeder Sachlichkeit. Er hat dir weisgemacht, dass du die Herrin deines Lebens bist, dass du selbst bestimmen wirst, was mit dir geschieht.« Sie atmete erregt. »Wo er doch unsere Gesellschaft hier unten ganz genau kannte. Keine Frau, nicht einmal die Fürstin, ist so frei, dass sie ihr Leben eigenständig ...«

»Und Mutter?«, rief Lilith aufgebracht.

»Deine dumme Mutter! Wie hat sie ihre Eigenmächtigkeit bereuen müssen. Mit einem anderen Mann, mit einem, den ihr die Familie ausgesucht hätte, wäre sie, bei Almaqah, besser dran gewesen.«

»Du lügst! Aya! Du lügst! Meine Eltern waren sehr glücklich miteinander. Erst als diese Bestie auftauchte, dieses Untier von einem Mann, dieser grausame Schinder …« Lilith fing an zu schluchzen.

»Nimm dich zusammen, Lilith!«, rief Aya. »Du musst lernen, den Dingen ins Auge zu sehen. Hätte deine Mutter deinen Vater wirklich geliebt, hätte sie ihn geachtet und nicht nur den interessanten Fremdling mit der hellen Haut und den hellen Locken in ihm gesehen, hätte dieser General nicht den Hauch einer Chance bei ihr gehabt!«

Lilith starrte die Amme mit groß aufgerissenen Augen an.

»Ja, so ist es mit der Liebe, glaub mir, du liebes, argloses Lamm. Verliebtheit, der Reiz des Neuen, des Fremden kann einem schon den Kopf verdrehen. Für kurze Zeit!« Aya war sehr bewegt. »Aber eine solche Liebelei hält den Alltag meist nicht aus. Schau, Lilith, dein Vater war ein Schwächling, ein Zauderer, ein hübscher Kerl aus einem fremden Land. Deine Mutter war sehr verliebt in ihn. Vorübergehend. Aber sie hätte einen richtigen Mann gebraucht, einen, der Kraft hat, Männlichkeit und ein bestimmendes Wesen. Das hatte dieser blasse Grieche nicht.«

»Du bist so gemein!«, schrie Lilith empört. »Woher willst du denn das alles wissen? Du bist ja nie verheiratet gewesen, hast nie eine Familie gehabt. Du bist eine alte Jungfer!«

»Ach, bin ich das?« Ayas Stimme klang erschüttert. »Du weißt gar nichts von mir, Lilith. Du bist wie alle Kinder, interessierst dich nur für dich selber.«

»Aber …«

»Woher, meinst du, hatte ich die Milch, um deine Schwester zu säugen?«, unterbrach sie Lilith leise. »Auch ich hatte einmal ein eigenes Leben, einen Mann, den ich abgöttisch liebte, der mich aber verließ, als ich schwanger wurde. Ich musste das Kind verscharren, Lilith. Ich musste mein Fleisch und Blut töten und in der Erde vergraben. So wie viele andere Frauen dies auch mussten, denen kein Schutz gewährt wurde.« Ihre Stimme brach beinahe. Sie starrte vor sich hin. »Und meine Milch bekam dann Hada.«

»Aber, Aya, das wusste ich doch nicht, bitte verzeih. Erzähl weiter.«

»Lass gut sein, Kind, das alles ist längst vorbei.«

»Es tut mir leid, Aya, wirklich.«

»Was viel wichtiger als das Vergangene ist, Lilith, ist deine Zukunft. Du musst klar denken lernen, du musst dich einrichten in der Wirklichkeit.«

»Und wie soll ich das tun? Aya! Ich möchte mit Sami leben, ihn liebe ich, nicht dieses Tier. Auf ihn will ich warten!«

»Er wird nicht zurückkommen! Schlag dir diesen Unsinn aus dem Kopf. Dein Kameltreiber mit dem Dreck zwischen den Zehen wird nicht zurückkommen. Er ist längst auf und davon.« Aya war erbost. »Und wie stellst du dir ein Leben mit diesem armen Schlucker vor? Wie soll er dich denn beschützen, dieser Habenichts? Oder soll er dich auch ewig allein hierlassen wie dein Herr Vater, der ab und zu vorbeischaute, ein neues Kind zeugte, sich um nichts kümmerte, sich um nichts scherte, Nikomedes, dieser Leichtfuß. Die gute Yala war völlig auf sich gestellt. Willst du das, du hirnlose Gans?«

»Sami würde nie ...«

»Wieso ist er denn dann weggelaufen, der Feigling? Warum ist er nicht hiergeblieben und hat um dich gekämpft? sag mir, warum!«

»Er wusste doch gar nichts!«

»Wollte er denn etwas wissen?«

»Hör auf mich zu quälen, Aya!«

»Dann hör du auf, so dumm zu sein!«

»Was verlangst du von mir, Aya?«

»Das Beste, was dir widerfahren konnte, ist, dass Rahib dich wirklich mag. Er hat dir ein sicheres Zuhause gegeben, du kannst ein verwöhntes Dasein führen. Und nun will er dich auch noch heiraten. Und du einfältiges Ding verstehst das nicht einmal. Eine Heirat, Lilith, sichert dich ab. Du bist dann nicht mehr irgendeine, sondern seine Frau, seine amtliche, seine förmliche Frau.« Sie nahm ihre Hand und zählte an den Fingern die Vorteile ab. »Du bist erbberechtigt, deine Kinder auch, du kannst kaufen, verkaufen, du kannst mieten, pachten, schenken, du kannst Darlehen gewähren, du kannst als Klägerin auftreten, als Zeugin. Mit anderen Worten, du hast die volle Rechts- und Geschäftsfähigkeit.« Sie atmete tief durch. »Was willst du denn eigentlich noch mehr?«

Lilith war verblüfft über Ayas Kenntnisse.

»Woher willst du das alles wissen, Aya?«

»Ich war damals dabei, als deine Mutter diesen Vertrag mit deinem Vater ausgehandelt hat. Es gab dann eine versiegelte Urkunde vor Zeugen mit Datum und Unterschrift des Amtsschreibers.«

Vielleicht hat sie ja recht, dachte Lilith.

»Ich will darüber nachdenken.«

»Du sollst nicht darüber nachdenken, sondern du sollst Rahib sagen, dass du einverstanden bist.« Sie schüttelte verständnislos den Kopf. »Bevor er es sich anders überlegt. Du bist nicht die einzige hübsche Frau auf dieser Welt, Lilith.«

Am nächsten Morgen ging Rahib zum Büro des Hofschreibers. Er trug festliche Kleidung und einen Reif im Haar. Seit Lilith bei ihm wohnte, hatte er sich das Haar wachsen lassen. Sie fand, er sah so einem Raubtier noch ähnlicher.

»Als ehrenhafter Mann muss ich nicht länger mit einem kahlrasierten Schädel herumlaufen«, hatte er gesagt. »Ich bin, bei Almaqah, kein Sklave.«

Er hatte ihr erklärt, dass er mit dem Schreiber alle Formalitäten klären würde, eine ausgedehnte Vorbesprechung sei nötig. Er würde ihm unter anderem erklären müssen, weshalb ihr Vater nicht anwesend sei, um den Ehevertrag mitzubestimmen, auch, dass kein Brautgeld, keine Mitgift vorhanden war. Nicht einmal ein männlicher Verwandter ihrer Seite konnte herangezogen werden. Es gab minutiöse Bestimmungen, vielerlei Formeln und Rituale, die beachtet werden mussten.

All das wollte Rahib vorab klären und sie dann erst mitnehmen, damit sie den Ehevertrag beschwören könne.

»Es wird bald sein, Lilith«, sagte er verheißungsvoll. »Du wirst etwas Hübsches anziehen, schönen Schmuck anlegen und dir die Haare hochstecken lassen. Als verheiratete Frau kannst du nicht mehr mit offenen Haaren herumlaufen.«

Ich bin doch sowieso immer nur im Haus, dachte sie, nickte aber, so wie sie zu allem nickte. Geld und Vermögen waren ihr vollkommen gleichgültig, aber Aya hatte so lange auf sie eingeredet, bis sie nachgegeben und der Alten versprochen hatte, nur noch das zu tun, was ihr und ihren zukünftigen Kindern zum Vorteil gereichen würde. Ich will weder Vorteile noch will ich Kinder von ihm, dachte sie und nickte noch einmal.

Als er spät am Nachmittag zurückkam, hatte er mehrere vollgekritzelte Tafeln bei sich.

»Ich kann nicht lesen«, sagte Lilith.

»Natürlich nicht, mein heller Mond«, erwiderte er freundlich. »Ich werde dir alles erklären.«

Es war genau so, wie Aya vorausgesagt hatte. Rahib machte Lilith mit dieser Ehe zu einer Person mit allen Rechten, sobald sie Rahib einen männlichen Nachkommen geboren hätte.

»Sollte mir etwas passieren, kannst du alles für die Söhne in meinem Sinne weiterführen«, sagte er. »Bugasch, der Schreiber, wird dir dabei helfen.«

Kinder, Söhne, dachte Lilith fröstelnd, was denn für Söhne?

»Und welche Pflichten habe ich?«, fragte sie ein wenig misstrauisch.

Er warf einen Blick auf die vollgeschriebenen Tafeln.

»Zuallererst musst du die Treuepflicht einhalten«, sagte er beiläufig. »Das wird schriftlich beurkundet. Wenn du mir je untreu sein wirst, kann ich die Strafe unseren Gesetzen zufolge selbst festlegen«, er lachte. »Ich kann dich wahlweise pfählen oder vierteilen lassen, ich kann dir die Nase und die

Ohren abschneiden, die Lippen, die Finger oder irgendeinen Teil deines Gesichtes oder Körpers entstellen«, er lachte noch immer. »Natürlich kann ich dir auch einfach mit dem Dolch den Tod geben.«

»Noch etwas?«, fragte sie leise.

»Ich kann dich töten, wenn du mir den Beischlaf verweigerst«, antwortete er kalt.

»Und das alles muss ich beschwören?« Ihre Stimme war kaum zu hören.

»Ja, morgen«, er lachte. »Ist doch kein schlechtes Geschäft für eine kleine, mittellose Schankwirtstochter.«

Um Liliths Augen zuckte es unmerklich. Sie wusste, er würde mit unerbittlicher Härte diesen Teil der schriftlichen Abmachungen einhalten. Er würde sie, ohne mit der Wimper zu zucken, verstümmeln, zerschneiden, entstellen, töten, wenn sie auch nur ein Schrittchen von den Abmachungen abweichen würde.

»Ja«, antwortete sie und schenkte ihm ihr mädchenhaftes Lächeln. »Ich danke dir.«

Die Zeremonie der Beeidigung des Ehekontraktes im Büro des Schreibers Bugasch war kurz. Bugasch las die einzelnen Passagen laut vor. Sie waren angereichert mit vielerlei formelhaften Anrufen an die Götter: Leih, mein Herr, den Schutz uns deiner hohen Hand! Bist du nicht da, wandelt nicht recht der Mensch. Sprich guten, lautren Segen über uns!

Aya hatte Lilith Blumen ins Haar gesteckt. Sie trug ein helles Gewand und sah aus wie eine zerbrechliche, bleiche Puppe. Rahib strahlte über das ganze Gesicht, während sie schweigsam, in sich gekehrt und teilnahmslos vor dem Schreiber stand. Sie hatte sich ihr Leben anders vorgestellt. Aber jetzt war sie die Frau des Generals Rahib, und er würde ihr ohne Gnade all das antun, was ihm von Gesetzes wegen zustand, sollte sie auch nur einen Fußbreit von ihrer ehelichen Pflicht abweichen. Sie musste den Wortlaut des Ehevertrages beeiden, die Tontafeln wurden im Archiv des Palastes aufbewahrt.

Danach gingen Rahib und sie hinaus zum Tempel des allmächtigen Mondgottes. Rahib schritt hinein und brachte ein Rauchopfer dar. Lilith musste draußen auf den Stufen warten, bis ihr Ehemann diese Zeremonie erledigt hatte. Noch galt sie nichts, denn sie hatte noch nicht den gewünschten, männlichen Nachfolger zur Welt gebracht.

»Komm«, sagte Rahib und nahm sie bei der Hand. »Ich führe dich heim.«

Er strotzte vor Kraft und Selbstvertrauen. Gerne hätte er ein großes Hochzeitsfest veranstaltet, mit allem Pomp, um dem Hof seine junge, helle Frau vorzuführen. Aber Lilith war es gelungen, ihm das auszureden. Sie dürfe so kurz nach dem Tod der Mutter noch kein rauschendes Fest feiern, sagte sie. Er fand ihre Trauer sehr übertrieben, willigte aber schließlich ein. Lilith atmete auf. Sie fühlte sich schwach und elend. Lieber wollte sie sich im Haus verkriechen, umgeben von Aya und Lahaythat, als sich von aller Welt anstarren zu lassen und so zu tun, als sei sie eine dankbare Braut.

Sie saßen am Tisch und nahmen das Essen ein. Zur Feier des Tages gab es schon mittags Wein und ein Fleischgericht, zu dem Aya und Lahaythat sich zum ersten Mal zusammengetan hatten. Sie hatten das Hüftfleisch einer jungen Antilope mit einer Mischung aus Koriander-, Wacholderbeeren- und Kümmelpaste eingerieben und es auf dem Holzkohlenofen langsam gebraten. Dazu gab es Datteln, Feigen und frisch gebackenes Brot. Stolz trugen die beiden alten Frauen das Festmahl herein und stellten es lächelnd auf den Tisch.

Rahib griff nach dem Becher mit dem Wein und prostete Lilith aufmunternd zu.

»Jetzt werde ich den Sohn bekommen, den ich mir so lange schon wünsche«, sagte er und nahm einen Schluck. »Einen Sohn, der seinen Vater ehren wird, der seine Pflichten kennt. Er wird mir tapfer zur Seite stehen, wird meinem Rat folgen, wird alle Beleidigungen abwehren, wird mich in den Tempel begleiten. Und dereinst wird er mein Alter versüßen, mein Hab und Gut vermehren. Und er wird die Gebete für mich sprechen, damit die Götter mir im Jenseits wohlgefällig sind, wenn ich ins Reich der Toten eingegangen sein werde.«

Er aß mit großem Appetit.

Lilith sprach kaum ein Wort. Auch dann sagte sie nichts, als Rahib ihr nach dem Essen zuflüsterte, dass er nun bereit sei, den Samen für diesen Sohn in ihren Schoß zu gießen.

17

»Ich möchte kein Kind von ihm, Aya, du musst mir helfen.« Lilith war außer sich. »Ich weiß, dass du mir helfen kannst! Du hast Mutters Huren auch immer etwas gegeben, damit sie nicht schwanger wurden.«

Sie lag in Ayas Armen und weinte hemmungslos.

»Bitte, hilf mir, Aya, hilf mir«, schluchzte sie.

»Aber es wäre so viel besser für dich, wenn du ganz bald einen Sohn bekämst, Kind. Du hättest ein wenig Ruhe vor ihm und einen viel, viel besseren Stand innerhalb des Hauses.«

Seit ihrer überstürzten Vermählung verfolgte Rahib seine junge Frau unablässig mit seiner Gier nach einem Sohn. Seine Freundlichkeit, seine Behutsamkeit waren verschwunden, er war von der Idee besessen, einen Sohn zu zeugen, mit ihm das Vergangene vergessen zu machen, Muqabita und den kleinen, sanften Tiglat aus seiner Erinnerung zu löschen, ein neues Leben zu beginnen, den grausamen Träumen, die ihn verfolgten, ein Ende zu setzen.

Das würde ihm aber nur mit einem Sohn gelingen. Und den musste ihm Lilith gebären. Haltlos stürzte er sich auf sie und schändete sie mehrmals am Tag und in der Nacht. Sie war schmal geworden, noch zarter, zerbrechlicher und durchsichtiger. Ihr Unterleib schmerzte sie, sie zitterte, wenn sie ihn das Haus betreten hörte.

»Bist du endlich schwanger?«, fragte er tagein und tagaus.

Wenn sie verneinend den Kopf schüttelte, packte er sie am Arm und zerrte sie hinauf ins Schlafzimmer.

»Es wäre wirklich einfacher für dich!«, wiederholte nun Aya.

»Ich will kein Kind von ihm!«, schrie Lilith verzweifelt. »Wenn Sami zurückkommt, und ich bin schwanger von Rahib, ist es für immer aus.«

»Lilith, was schwätzt du für dummes Zeug! Sami kommt nicht zurück!«

»Erst wenn ich ganz sicher bin, wenn ich ganz, ganz sicher bin, dass er nicht zurückkommt und mich hier herausholt, erst dann kann Rahib seine Söhne von mir haben.«

Ihre Stimme war matt, aber es war ihr ganz ernst mit dem, was sie sagte.

»Und wann wirst du sicher sein?«, rief die Alte. »Wann wird es auch in deinem Kinderhirn endlich ankommen, dass dich dieser Kameltreiber längst vergessen hat?«

Lilith schlug auf Aya ein.

»Er hat mich nicht vergessen!«, schrie sie mit sich überschlagender Stimme. »Wieso behauptest du solche gemeinen Sachen?« Ihre Augen blickten Aya ganz starr an. »Er liebt mich so, wie ich ihn liebe. Das weiß ich ganz genau!«

»Und ich weiß nicht, was in dir vorgeht, Lilith, ich sehe nur, dass du dir selbst schadest, dass du dich unnötig quälst. Anstatt auszunutzen, dass Rahib verrückt nach dir ist und du ihn mit einem Sohn zu einem gefügigen Ehemann machen könntest, lässt du dich auf Hirngespinste ein, auf Träumereien.«

»Das sind keine Träumereien, Aya, du wirst es noch sehen.«

Aya griff nach einem elfenbeinernen Kamm und strich Lilith durch die hellen Haare.

»Du bist schön und jung, Kind, nutze die Zeit!«

Lilith umarmte die alte Amme.

»Ich hasse ihn, Aya, er tut mir so weh«, flüsterte sie weinend. »Bitte hilf mir.«

Mit ihrer alten, schwieligen Hand streichelte Aya ihrem Liebling über den Rücken.

»Schon gut, Lilith, schon gut.« Sie fasste Lilith an den Schultern und sah ihr ins Gesicht. »Aber sag mir eines, Kind, er kommt doch nun schon seit Monaten zu dir. Hunderte Mal ist er in dich eingedrungen, hat seinen Samen vergossen. Wie gibt es das, dass du noch nicht schwanger bist? Ich kann mir das nicht erklären. Du bist doch ein gesundes Mädchen.«

»Aya, ich blute erst seit vier Wochen.«

»Was?«

»Ja, ich war noch gar keine Frau all die Monate, in denen er mich zur Liebe zwang.«

»Bei allen Göttern«, schrie die Alte aufgebracht. »Was für eine Bestie ist doch dieser Mann!«

Sie blickte ungläubig auf ihre kleine Herrin, auf ihre kindlichen Füße, auf den schmalen Körper, in ihr mädchenhaftes Gesicht und begann nun selber leise zu weinen.

»Ich werde dir helfen, Lilith«, sagte sie unter Tränen. »Ich schwöre dir, mein Mädchen, ich werde dir helfen.«

Sie tätschelte Liliths Arm, erhob sich und begann, im Haus umherzuwandern. Sie fiel in einen Zustand höchster Anspannung, murmelte vor sich hin, griff sich an den Kopf, zermarterte sich das Hirn, wie sie dem geliebten Kind helfen könnte. Ohne ihr dabei zu schaden. Sie befand sich auf gefährlichem Terrain, Rahib war ja nicht dumm.

Es wollte ihr nichts einfallen.

Sie lief im Haus umher, ging im Garten auf und ab, spazierte zerstreut in der Stadt herum. Im Geiste ging sie alle Kräuter durch, die sie kannte, überdachte deren Wirkung. Alles, was ihr an Mixturen in den Sinn kam, zerpflückte sie im Kopf, versuchte, sich an die vielen Dinge, die sie gesehen und gelernt hatte, als sie Magd der Priesterinnen im Großen Tempel war, zu erinnern.

Damals hatte sie viel über die Wirkung von Kräutern erfahren, von Mineralien, Säften, Metallen. Es hatte sie brennend interessiert. Und sie hatte die Ohren gespitzt und genau zugehört, wenn die gerissenen Tempelpriesterinnen sich darüber unterhielten, wie sie diese und jene Malaise beseitigen könnten. Mithilfe ihrer geheimen Kenntnisse. Ungewünschte Schwangerschaften zu verhindern, war nur eine Lappalie, Mischungen, die verführerischen Frauen dazu dienten, ihre Reize noch zu erhöhen, ebenso. Erfolgreiche Penisversteifungen, Mittelchen zum Gefügigmachen unwilliger Jungfrauen, Salben gegen Krätze und Juckreiz. All dies waren Nebensächlichkeiten gewesen. Sie hatte so vieles dort gesehen, erfahren und abgeschaut, wovon sie vorher nie gehört hatte. Vieles hatte damit zu tun, sich missliebiger Personen zu entledigen. Und es waren nicht immer nur Kräuter gewesen, die verwendet wurden. Davon hatte sie das meiste vergessen.

Nur das, was sie später, wenn auch nicht sehr oft, in Yalas Hurenhaus angewandt hatte, war ihr im Gedächtnis geblieben. Tinkturen zum Abtreiben, Kosmetik, Geruchshemmer. Sie kannte Kniffe und Tricks dieser Art, aber wie konnte sie Lilith helfen? Wie konnte sie ihr den brutalen Mann vom Hals halten, ohne dass es jemand mitbekam?

Eine Kräutertinktur gegen eine unerwünschte Schwangerschaft schien ihr geradezu lächerlich wenig. Sie musste sich etwas ganz anderes ausdenken. Stundenlang saß sie grübelnd auf der nackten Erde an der Ausfallstraße in Richtung Osten. Dort stand eine schäbige, staubige Palme, in deren Schatten sich die magere Alte niedergelassen hatte. Sie blickte hinaus in die Weite der Dünen und versuchte, sich zu konzentrieren.

Während Aya mit dünnen Lippen und zusammengekniffenen Augen das Alphabet ihrer Kenntnisse hinauf- und hinunterbuchstabierte, zerfetzte Rahib in seiner ungezügelten Ungeduld den Unterleib seiner kindlichen Frau wieder und wieder.

»Es muss doch endlich so weit sein!«, schrie er. »Oder bist du unfruchtbar, du elendiges, blasses Weib!«

»Rahib, bitte nicht noch einmal!«, flehte Lilith heiser. »Bitte, ich bitte dich!«

»Es ist deine Pflicht!«, brüllte er außer sich. »Du weißt es. Du hast es beeidet!«

Er riss ihr die Beine auseinander. In dem Augenblick, da er in sie eindrang, schoss ihm ein Blutstrahl entgegen. Dickes, dunkelrotes Blut. Es rann zähflüssig und träge über ihre Beine, auf das Laken.

Er wich zurück.

»Verdammte Hure!«, schrie er. »Was soll das?«

Rahib wandte sich ab, wischte sich mit dem feinen Baumwolllaken die Schenkel ab, stand auf und verließ das Zimmer.

Lilith blieb erschöpft auf dem Bett liegen. Sie rührte sich nicht. Sie war nur froh, dass er weggegangen war, dass er sie in Ruhe ließ. Wenigstens für diese Nacht.

Am Morgen saß Aya noch immer im dreckigen Sand. Sie hatte nicht bemerkt, dass es Abend wurde, sie hatte die feuchte Kühle der Nacht nicht gespürt, sie hatte den Sternenhimmel nicht gesehen, sie hatte immerzu nur gedacht: Wie kann ich ihr helfen? Hilflos starrte sie nun in das Morgenlicht. Wie kann ich ihr unter die Augen treten, dachte sie ängstlich.

Sie beschloss, ihren Cousin zu besuchen, den Sohn ihres einzigen, früh verstorbenen Onkels. Sie hatte ihn nie besonders leiden können, er war ein plumper Bursche gewesen, jahrelang hatte sie ihn nicht gesehen. Soviel sie wusste, arbeitete er in einer der Minen ein paar Stunden außerhalb von Marib. Dort wurde Kupfer geschmolzen. Sie würde bei ihm anklopfen, vielleicht war er zu Hause, und sie hätte ein paar Stunden Zeit gewonnen. Ja, sie würde Bugasch besuchen.

Aya schleppte sich durch die Stadt, ihr Cousin wohnte ein wenig außerhalb, in einem der einfachen Viertel, wo die armen Leute hausten. Sie musste einige Male nach seiner Hütte fragen, denn sie erkannte die Gegend nicht wieder. Zu viel Zeit war vergangen, seit sie zum letzten Mal hiergewesen war. Die schiefen Buden, in denen die Menschen hier wohnten, sahen aber auch alle gleich aus. Wackelige Baumstämme trugen Dächer aus Palmwedeln. Es war ganz anders als im Palast mit seinen gemauerten Häusern.

»Wo ist das Haus von Bugasch?«

Die zahnlosen, zerlumpten Menschen deuteten immer weiter stadtauswärts.

Schließlich stand Aya vor der letzten Hütte.

»Bugasch?«, rief sie. Niemand antwortete. »Bei Attar, Bugasch, ich bin es, deine Cousine.«

Ein heruntergekommener, alter Mann trat aus dem Verschlag.

»Ist Bugasch nicht da?«, fragte Aya.

»Doch«, antwortete der faltige Alte. »Komm nur herein.«

Aya betrat den einfachen Raum und sah in der Ecke einen Mann kauern, es sah so aus, als könne er sich nicht aufrecht halten. Er wackelte unsicher und starrte sie mit einem bitteren Blick an, bohrend, aber er schien sie nicht zu erkennen.

»Bugasch?«, rief Aya verstört. »Das soll Bugasch sein?«

»Ja, das ist er«, antwortete der Alte bitter. »Oder das, was von ihm noch übrig ist.«

Bugasch kratzte unaufhörlich seine Hände, seine Arme, die mit vereiterten, verkrusteten Wunden übersät waren. Er glotzte auf die Frau, die im Zimmer stand, lallte etwas Unverständliches, sackte auf die Seite und fing an, laut zu jammern.

»Was ist denn mit ihm passiert?«, wollte Aya wissen.

»Er hat zu lange draußen in den Kupferminen gearbeitet«, sagte der Alte. »Giftiges Zeug. Zuerst hatte er Kopfschmerzen, dann kam Bauchweh, Durchfall, sein Haar fiel ihm aus, er wurde immer verwirrter und war immer müde und lustlos.«

Aya starrte den Cousin an.

»Kupferstaub hat ihn krank gemacht?«, fragte sie neugierig.

»Ja, irgendwie.«

»Aha«, sie nickte. »Und wo hat er genau gearbeitet?«

»Draußen in der Mine, wenn du Richtung Osten gehst, so drei bis vier Stunden.«

»Gibt es die Mine noch?«

»Ja, ja, klar. Ich arbeite auch dort.«

»Woher willst du wissen, dass er von der Arbeit in der Mine krank geworden ist?«

»Er ist nicht der Einzige, viele sind krank«, sagte der Alte wichtigtuerisch. »Der Ägypter, der die Mine leitet, hat uns erzählt, dass man in Ägypten schon lange weiß, dass die

Kupferarbeiter langsam zugrunde gehen. Alle haben die gleichen Beschwerden, alle krepieren langsam, aber sicher auf die gleiche Weise.«

Er deutete auf Bugasch. Aya starrte ihn an.

»Kann man das sehen?«, fragte sie gedehnt.

»Was sehen?«

»Ich meine, ich möchte ... ich kann mir das nicht vorstellen.« Sie hielt kurz inne. »Ist das wie ein Pulver?«

»Ich glaub schon«, antwortete er. »Jedenfalls müssen wir die Öfen reinigen, seit der Ägypter das Sagen hat.« Er fuhr sich durch das dreckige Haar. »Ist mühsam das. Nach jedem Schmelzvorgang schaben wir stundenlang das Zeug von den Ofenwänden weg. Der Ägypter verlangt auch noch, dass wir ein Tuch vor die Nase binden. Bei dieser Hitze! Und ob es was nützt, weiß ich gar nicht.«

»Du musst das abkratzen?«, fragte Aya lauernd.

»Ja, ich, und die anderen auch.«

»Wie schaut das aus?«

»So wie schwarzes Pulver. Ungefähr.«

Aya hörte ihm atemlos zu.

»Und dann?«

»Dann müssen wir das mehlige Zeug vergraben, weil der Ägypter es so will. Er sagt, jeder, der den Staub einatmet oder runterschluckt, wird krank.«

Ayas Herz klopfte rasend schnell. Sie schnappte nach Luft.

»Ich komme morgen wieder«, sagte sie dann rasch. »Ich bringe Salben und Nahrung für Bugasch. Und ein wenig Silber für dich, Alter.«

»Wo willst denn ausgerechnet du das herhaben, du armselige Vogelscheuche?«, fragte er misstrauisch.

»Das lass nur meine Sorge sein!«

»Na, mir soll es recht sein, Alte, gebrauchen könnten wir es schon!«

Aya wandte sich zur Tür.

»Stirbt man an diesem Zeug?«, fragte sie noch schnell.

»Er stirbt auf jeden Fall. Liegt ja schon ein Jahr hier so herum. Am Anfang war es nicht schlimm, einfach ein bisschen schlapp war er. Schlimm geworden ist es erst seit so sechs Monden.«

»Und der Ägypter sagt, das kommt bestimmt von den Ablagerungen?«

»Ja, sagt er.« Er sah sie mürrisch an.

»Bis morgen«, sagte Aya knapp und verließ eilig die Hütte.

Sie sah nicht rechts noch links, lief hastig zurück nach Hause. Es war inzwischen Mittag geworden.

Sie erschrak, als sie Rahib im Hauseingang stehen sah. Was macht der denn am helllichten Tag hier, dachte sie.

»Wieso bist du nicht im Haus?«, brüllte er sie an.

»Herr …«, begann sie.

»Rasch, schau nach ihr. Sie blutet«, befahl er.

Aya flog die Treppen hinauf. Lilith lag bleich und ermattet auf der Liege.

»Kind, Kind!«, rief Aya besorgt. »Was ist mit dir?«

Sie ging rasch zum Bett, sah das flockige Rot, das längst aufgehört hatte zu fließen.

»Der Hund, lässt dich hier einfach liegen!«, flüsterte Aya entsetzt und beäugte das geronnene Blut. »Kann sein, dass das sein Sohn hätte werden können«, murmelte sie und stocherte in den blutigen Klumpen herum. »Aber diese Bestie zerstört alles.«

Sie half Lilith, sich aufzurichten.

»Keine Sorge, mein Mädchen, daran stirbst du nicht.« Sie zog Lilith das verschmutzte Hemd aus. »Ich werde dich waschen, dann bekommst du eine feine Taubenbrühe. Und später bringe ich dir frischgebackenes Brot, bestrichen mit dem Fett der Steißziege. Das wird dich wieder kräftigen.«

Sie rieb Lilith mit lauwarmem Wasser ab, in das sie ein paar Tropfen duftende Essenz geschüttet hatte. Zwischen ihre Beine strich sie vorsichtig eine Salbe. Lilith stöhnte auf.

»Oh, das tut so weh.«

»Es wird alles gut werden, du wirst sehen, Lilith, meine Gazelle.« Aya war in guter Stimmung. »Und jetzt schlaf schön, Prinzessin.« Sie deckte Lilith mit einem frischen Leintuch zu. »Aber sag mir noch rasch, wieso ist denn Rahib um die Mittagszeit zu Hause? Sollte der nicht draußen an der Staumauer sein?«

»An manchen Tagen geht er überhaupt nicht hin«, wisperte Lilith erschöpft. »Und manchmal reitet er morgens los, kommt aber am Mittag schon wieder zurück.« Sie richtete sich auf. »Verstehst du, Aya, er hat nur noch diesen Sohn im Kopf, den er haben will. Er will mich zwingen, ihm dieses Kind zu gebären. Mit Gewalt. Verstehst du mich, Aya, verstehst du endlich?«

Sie fing an zu weinen.

»Ganz ruhig, mein Kleines«, flüsterte die Amme. »Es wird nicht mehr lange so weitergehen. Ich verspreche es dir.« Sie bettete Lilith auf das Lager. »Und nun schlaf, meine Anemone, schlaf.«

Sie ging langsam die Treppe hinunter. Rahib wartete schon auf sie.

»Was ist mit ihr?«

»Du musst sie ein paar Tage in Ruhe lassen, Herr, sonst stirbt sie dir weg.« Sie beäugte ihn argwöhnisch. »Und das willst du doch nicht, oder? Du willst doch einen Sohn, oder?«

Er nickte.

»Was ist denn los?«

»Du warst ein wenig zu heftig. Das verträgt so ein Kind nicht. Halte dich ein paar Tage zurück, bis sie wieder intakt ist.«

Er nickte noch einmal.

»Bring mir was zu essen, Alte«, befahl er dann. »Aber nicht den Fraß von Lahaythat, sondern etwas, was du gekocht hast.«

Er winkte sie mit einer herrischen Bewegung aus dem Zimmer.

»Jawohl, Herr«, antwortete sie. »Jawohl.«

Am nächsten Morgen, bevor jemand im Haus erwachte, packte Aya einen der Esel voll mit Säcken von Feigen, Datteln, Zwiebeln, Knoblauch, gebratenen Taubenschenkeln, Brot, frischer Ziegenmilch, getrocknetem Fisch und zwei

Tonkrügen mit Bier. In die Tiefen ihres Umhangs steckte sie eine Kette mit Hacksilber, ihren Lohn des letzten Jahres. Eilig machte sie sich auf den Weg zur Hütte ihres Cousins Bugasch.

Die Sonne ging gerade auf, als sie an die morsche Tür klopfte.

Der Alte staunte nicht schlecht, als er die ungewohnte Gabe sah.

»Wo … wie …«, fragte er ungläubig.

»Das Silber ist für dich«, sagte Aya und drückte ihm die Kette in die Hand.

»Was verlangst du dafür?«, fragte er argwöhnisch.

Sie zog ihn in eine Ecke des schäbigen Raumes und redete leise auf ihn ein.

»Gold bekommst du, viel Gold, wenn du mir von dem Pulver etwas bringst. Ich brauche es rasch«, zischte sie. »Aber kein Wort zu irgendjemandem. Sonst überlebst du den Tag nicht.«

Beinahe hätte er laut gelacht. Gold, dachte er, für so einen verfluchten Dreck wollte sie ihm Gold geben. In diese Alte waren wohl die bösen Geister gefahren.

»Gut«, sagte er schlau. »Ich besorg dir das Zeug. Aber zuerst will ich das Gold sehen.«

»In zwei Tagen bin ich wieder da.« Sie zog eine Holzdose aus ihrem Umhang. »Randvoll muss sie sein.« Sie drohte ihm mit der Hand. »Und betrüge mich nicht. Sonst verhexe ich dich.«

Er zuckte zusammen und nickte.

»Ich muss in den Schuppen hinter der Schenke«, erklärte Aya Lilith, die gerade ihre Suppe löffelte. »Das Gold und der Schmuck liegen dort noch versteckt. Ich brauche jetzt etwas davon«, sagte sie verschwörerisch.

Lilith hob leicht die Augenbrauen.

»Frag besser nicht, Lilith«, antwortete Aya. »Aber gib mir Hayw mit, damit deine Schwestern mir nichts tun.«

Sie mussten die Türe des Schuppens gewaltsam öffnen,

weder in der Schenke noch im Haus war ein Mensch anzutreffen. Ayas Hände zitterten, als sie die zugeschnürten Körbe aufriss. Bei allen Göttern, betete sie flehentlich, lass die Sachen noch da sein!

Keiner hatte das Versteck berührt, die zwei Körbe waren gefüllt mit goldenen Spangen, Ketten, Ringen, Halsketten, Ohrgehängen. Rahibs Geschenke an Lilith, wundervoll gearbeiteter Schmuck. So etwas gibt es doch in Marib gar nicht, dachte Aya, wo er die wohl herhatte? Rasch verschloss sie die Behälter wieder.

»Bring sie in unser Haus«, befahl sie Hayw. »Stell sie in meine Kammer.«

Sie lief hinter Hayw her, der die beiden Körbe auf einen Esel geladen hatte. In ihrem Kopf arbeitete es fieberhaft. Ich riskiere viel, ich riskiere alles, dachte sie voller Angst, aber das bin ich dem Kind schuldig, ich muss es einfach tun, sie hat mir das Leben gerettet, jetzt rette ich das ihre.

»Mach mit den Sachen, was du willst, Aya«, sagte Lilith. Sie lag auf dem Bett und blickte mit leeren, müden Augen auf die goldglitzernden Schmuckstücke. »Mich interessiert nichts davon.«

Sie drehte sich zur Seite.

»Das Einzige, was ich will, ist, dass er mich in Ruhe lässt«, flüsterte sie. Sie war wie ausgelöscht, in ihrem Inneren war alles tot, sie spürte nur den Schmerz in ihrem Unterleib und den Hass auf den Mann, der ihn ihr zugefügt hatte.

»Psch, psch«, machte Aya. »Beruhige dich, Lilith, wir sind auf dem besten Weg. Aber du musst noch ein wenig Geduld haben.«

»Was hast du vor?«

»Wenn es so weit ist, werde ich dir alles erklären, meine Gazelle, aber bis dahin ist es besser, du weißt von nichts.«

Sie presste die Lippen aufeinander. Zu gern hätte sie von ihren Plänen erzählt. Aber sie musste sehr vorsichtig sein.

»Eines ist aber klar, wenn deine Wunden verheilt sind, musst du mit ihm schlafen und ihm schöntun.«

Lilith schrie auf.

»Nein, Aya, bitte nicht.« Sie richtete sich im Bett auf und fing an zu zittern. »Da ramme ich mir lieber selbst ein Messer zwischen die Beine, dass ich verblute. Aber nie wieder soll er mich anrühren, nie wieder mir wehtun. Er hat mich aufgerissen wie ein Schlächter. Nicht noch einmal, bitte, Aya, bitte.«

Ihr Stimme klang schrill und unbeherrscht, sie hatte vollkommen ihre Fassung verloren.

»Ganz ruhig, Lilith, es wird nicht morgen sein. Dafür sorge ich. Aber wenn es so weit sein wird, muss mein Mädchen tapfer und klug sein. Das gehört zu meinem Plan.«

Lilith drehte sich wieder auf die Seite und winselte wie ein verletztes Tier, ihre Schultern zuckten.

Aya nahm eine der goldenen Ketten aus einem der Körbe, wickelte sie in einen alten Stofffetzen und stopfte das Päckchen in ihre Tasche. Sie machte sich auf in die Küche, wo Lahaythat sie schon erwartete.

»Er will nur noch Mahlzeiten, die du zubereitet hast«, lachte Lahaythat verschmitzt, schöpfte mit einer hölzernen Kelle das Gemüse aus einem großen Topf. Sie hatte es gerade zubereitet und verteilte es nun auf einem Teller, legte einen gebratenen Hühnerschenkel drauf.

»So, große Köchin«, grinste sie. »Jetzt kommt dein Teil!«

Aya streute getrocknetes Kräuterpulver darüber. Bocksklee, Koriander, Anis. Das war ihre Spezialmischung.

»Schönen Gruß von der Meisterköchin!«, rief sie und trug den Teller ins Esszimmer.

»Hast du es gekocht?«, brummte Rahib.

»Aber sicher, Herr, alles von mir zubereitet.«

»Dann ist es ja gut.« Er nahm den Löffel in die Hand. »Wie lange muss ich warten, bis Lilith wieder so weit ist?«

»Sie sieht schlimm aus, Herr«, flüsterte Aya verschwörerisch. »Aber ich bekomme sie schon wieder hin. Ich denke, in zwei Wochen kannst du wieder … wenn der Frühling kommt …«

»Was geht denn mich der Frühling an?«, brüllte er auf. »So lange will ich nicht warten. Ich lass dich auspeitschen, du Kröte. Willst mich wohl foppen?«

»Nein, Rahib, Herr, aber es ist alles aufgerissen. Das muss heilen.« Sie stemmte sich mit den Händen auf den Tisch. »Du willst doch ein gesundes Kind zeugen, oder? Vielleicht solltest du besser einen richtigen Arzt holen?«

»Nein!« Er hieb mit der Faust auf den Tisch. »Das will ich natürlich nicht.«

In demutsvoller Haltung schlich Aya aus dem Zimmer.

Die zwei Tage waren vergangen. Sie machte sich erneut auf den Weg hinaus zum Haus ihres Cousins.

Der Alte erwartete sie schon. Sie hatte nicht nach seinem Namen gefragt, noch sie den ihren genannt. Sie würden ihr Geschäft miteinander abwickeln und sich danach nie wieder unter die Augen kommen.

»Na?«, fragte sie.

»Komm rein, alles bereit.«

Aya betrat die staubige, übelriechende Stube, Bugasch lag auf dem Boden und röchelte leise vor sich hin. Der Alte reichte ihr die Holzdose. Er öffnete sie. Sie war gefüllt mit schwarzem, körnigem Pulver.

»Damit kannst du eine ganze Familie ausrotten.« Seine Worte klangen spöttisch. »Eine Prise am Tag, die Wirkung beginnt ungefähr nach vier Wochen.«

»Woher weißt du das so genau?«

»Der Ägypter ist geschwätzig, wie alle seine Landsleute.«

Aya griff nach der Dose.

»Zuerst das Gold, alte Krähe!«, rief er.

Sie reichte ihm die Goldkette. Er betrachtete sie mit weit aufgerissenem Mund.

»Das … äh …«

»Halt das Maul, Alter«, fauchte Aya ihn an. »Ich weiß, es ist viel mehr als ausgemacht.« Sie blickte ihn drohend an. »Dafür hältst du aber auch den Mund. Für immer. Sonst …«

»Kein Wort wird je einer von mir hören, sei unbesorgt.«

Gierig steckte er die Goldkette weg.

Als sie nach Hause kam, hörte sie schon von weitem Rahibs aufbrausende Stimme.

»Kannst du Idiot denn das nicht ohne mich erledigen?«

»Herr …«

Das war die zaghafte Stimme des Vorarbeiters des Staudammes. Er kam in letzter Zeit des Öfteren vorbei, um mit dem General lange Debatten zu führen.

»Herr! Herr!«, wiederholte Rahib schneidend. »Ich muss doch nicht wegen jedem Mäusedreck den langen Weg hinausreiten. Ich habe hier genug zu tun. Und wofür habe ich dich denn?«

»Ich kann das nicht entscheiden«, sagte der Vorarbeiter zögernd. »Die Verantwortung trägst doch du …«

Es krachte laut. Rahib hatte wohl wieder einmal ein Möbelstück nach dem Vorarbeiter geworfen. Schimpfend und fluchend trat Rahib aus dem Haus.

»Zum Abendessen bin ich wieder da«, schrie er in die Richtung der Küche.

Er lief über den Hof, der Vorarbeiter hielt sich am Kopf und versuchte, ihn einzuholen. Dann hörte Aya Pferdegetrappel.

»Ja, ja, zum Abendessen«, feixte die Alte.

»Heute kochen wir etwas Feines für unseren Herrn, Lahaythat«, sagte sie, als sie die Küche betrat. »Und ab sofort werde nur noch ich ihm das Essen servieren.«

Lahaythat freute sich darüber. Nichts war ihr verhasster, als Rahib die Teller vorzulegen. Sie wollte nur Gemüse schneiden, Kräuter hacken, anbraten, mischen, salzen, wenden, dünsten. Und ihre Küche am liebsten nicht verlassen.

Aya schaute nach Lilith. Sie schlief. Bevor sie sich selber ein wenig aufs Ohr legte, zermahlte sie aufmerksam das körnige Gemisch zu feinem Pulver. Danach verwahrte sie die Holzdose unter dem Bett in ihrer Kammer.

Als Rahib am späten Nachmittag zurückkam, war er schlecht gelaunt, mürrisch und verschwitzt. Lahaythat und Aya bereiteten ein Bad für ihren Herrn, rubbelten ihm den

Rücken, massierten ihm die Schultern, trockneten ihn ab, ölten ihn ein und halfen ihm in saubere, frische Wäsche.

»Hunger«, knurrte er.

»Lass es dir schmecken, Herr«, sagte Aya bescheiden, als sie den Teller mit duftendem Gemüse und gehackter Ziegenniere vor ihm auf den Tisch stellte. Sie hatte zu ihrer Mischung aus Koriander, Anis und Bocksklee noch eine Prise aus der braunen Holzdose hinzugefügt. »Lass es dir schmecken.«

18

»Dass du mir auf keinen Fall sein Essen anrührst!« Ayas Stimme war nachdrücklich. »Es ist ausschließlich für ihn zubereitet.«

»Bei Attar, Aya, keine Sorge, ich nehme deinem hohen Herrn schon nichts weg!«

»Nicht einen Happen greifst du dir davon, verstanden?«

»Ist ja schon gut!«

»Wenn er etwas übrig lässt, wirfst du es nicht den Hunden vor!«

Lilith schüttelte verständnislos den Kopf.

»Was soll das denn, Aya? Ist einer der Geister des Dunklen in dich gefahren?«

Lilith lachte. Es ging ihr besser. Die fetten Suppen hatten ihr gut getan, ihre Wangen waren rosig. Seit vierzehn Tagen hatte Rahib sie nicht aufgesucht. Sie war so gelöst wie lange nicht. Sie blieb den ganzen Tag in ihrem Zimmer, Aya salbte sie, bürstete ihr die hellen Haare. Die beiden redeten von früher, kicherten und tratschten.

»Weißt du noch, als deine Mutter immer die alberne Maske auftrug, damit sie eine Glashaut bekam so wie die Fürstin? Oh, wie die stank!«

»Ja, und wie ich plötzlich weben lernen musste und spinnen, weil Mutter mich mit dem Dummkopf von Masma verheiraten wollte!«

»Und wie ich mit deinem alten Umhang und dem rußbeschmierten Gesicht hinaus zum Kamellager gelaufen bin!«

»Und die erste Sandalette, die mir Sami schenkte!«

»Und der Beschwörungspriester, der den Mist der Ziege in ihr Ohr stopfte, damit der Dämon aus ihr führe!«

Sie lachten fröhlich und ausgelassen, waren einander sehr nah und tief verbunden. Aya freute sich, dass in Lilith wieder der frühere Lebensmut erwacht war. Sie war so hübsch und hellhäutig, kein Wunder, dass ihr Vater sie immer Gazellchen genannt hatte.

»So, meine Taube«, begann Aya bedächtig. »Jetzt wird es langsam Zeit, dass du dich mit dem Gedanken befreundest, dass dein Gemahl dich wieder besuchen wird.«

Lilith schlug die Hände vors Gesicht.

»Nein, Aya, bitte, nein!«, schrie sie entsetzt.

Sie senkte den Kopf und begann leise zu weinen. Nein, dachte sie, nein, er darf mir nicht mehr so wehtun.

»Lilith, du bist kein dummes Ding mehr, du bist eine verheiratete Frau, die Pflichten hat. Es nützt alles nichts, du musst den Tatsachen ins Auge sehen.« Ihre Stimme klang warmherzig, aber sehr bestimmt. »Ich habe Rahib zwei Wochen lang von dir fernhalten können, aber es geht jetzt nicht mehr.« Sie hielt einen Augenblick inne. »Außerdem, Kind, außerdem gehört das alles zu meinem Plan.«

»Was für ein Plan, Aya?«

»Ich habe einen Weg gefunden, dir deinen Mann langfristig vom Hals zu halten.«

Liliths Kopf schnellte nach oben.

»Wie?«

»Er bekommt von mir zu jeder Mahlzeit eine Prise eines ganz besonderen Pulvers. Das wird ihn auf lange Sicht zwar nicht töten, aber es wird ihn schwächen. Er wird müde werden, antriebsschwach, er wird viel Kopfweh haben und Bauchschmerzen, seine Verdauung wird ihn belasten. Und ich denke, er wird auch nicht mehr so viel Wert auf den Beischlaf legen.«

Liliths starrte sie mit aufgerissenen Augen an.

»Wann? Wann wird er müde werden?«

»In etwa vier Wochen werden wir beobachten können, wie es beginnt. Ganz langsam.«

»Deshalb soll ich nichts von seinem Teller essen. Jetzt verstehe ich.«

»Ja, Kind, und damit er keinen Verdacht schöpft, musst du dich ihm mit Zärtlichkeit hingeben, sobald er dieser Tage wieder hier in deinem Schlafgemach auftaucht.«

»Versprichst du mir, dass es klappen wird, Aya? Und dass er mich in Ruhe lassen wird? Versprichst du mir das?«

»Ja!«

»Dann musst du mich lehren, wie ich diesem Scheusal mit Zärtlichkeit begegnen soll, diesem Ungeheuer, diesem Rohling, den ich so verabscheue.«

»Nimm deinen Hass und verwende ihn zu deinen Gunsten, Lilith. Bislang warst du dumm und kindisch, jetzt musst du überlegt handeln und auf lange Sicht planen, was für dich am besten ist. Du darfst nicht mehr das verwöhnte Kind spielen, sondern musst so handeln wie erwachsene Frauen in unserer Welt: dem Unvermeidlichen ins Auge sehen und das Beste daraus machen. Deine Waffen sind die Jugend und deine helle Schönheit. Die wirst du einsetzen. Und ich helfe dir dabei.«

Lilith nickte und hörte ihrer Dienerin aufmerksam zu.

»Du kannst sie wieder benutzen«, sagte Aya am nächsten Mittag zu ihrem Herrn. »Die Wunden sind verheilt.«

Ohne sein Essen anzurühren, stürmte Rahib sofort die Treppen hinauf. Seine Gier, Lilith wieder berühren zu können, trieb ihm die Hitze durch den Körper, er spürte, wie sein Glied sich aufstellte. Die Tage der hämmernden Ungeduld waren zu Ende, endlich konnte er wieder ihr festes, kindliches Fleisch berühren, konnte in ihr winziges Loch hineinstoßen, so oft und so lange er wollte, konnte ihr zeigen, wer ihr Herr war.

Er würde nicht mehr auf ihr Gejammer achten, er würde sie einfach auf den Bauch herumwerfen und sie von hinten nehmen, dann könnte sie klagen und zittern, solange sie wollte, er würde sie gar nicht hören. Der Schweiß stand ihm auf der Stirn, sein Lendentuch hatte er heruntergerissen, er stand nackt und mit hochaufgerichtetem Penis vor ihrem Bett.

»Rahib«, sagte sie leise und sah ihn mit hellem Blick an.

»Rahib, mein Gemahl, endlich kommst du.«

Sie trug einen durchsichtigen Umhang, ihre schlanken Beine hatte sie übereinandergeschlagen und öffnete sie nun leicht. Er konnte die Dunkelheit ihres Schoßes ahnen.

»Lilith«, stöhnte er erstaunt. Sein Atem ging laut.

»Komm!«, sie hob ihre Hand und winkte ihn zu sich. »Ich warte schon so lange auf dich.«

Er bog ihre Beine auseinander, starrte einen Augenblick auf ihr rosiges Geschlecht und fuhr dann mit seiner Zunge ungestüm hinein. Er wühlte wie ein gefräßiges Tier, schleckte an ihren Schamlippen und lutschte in ihrer dunklen Höhle.

»Lilith, Lilith«, ächzte er, richtete sich auf und stieß mit seinem messerscharfen Glied in sie hinein.

Lilith beobachtete ihn mit gesenktem Blick. Sie spürte kaum etwas. Aya hatte ihr eine ölige Brühe in die Scheide gerieben, die sie unempfindlich machte. Sie wand ihren Körper hin und her, wie die Dienerin es ihr gezeigt hatte, seufzte und stöhnte gehorsam.

In ihrem Kopf aber dröhnte der Hass, vervielfältigte sich und stob in wilden Wellen durch ihr Denken. Sie krallte sich am Leintuch fest, versuchte, die Bewegungen ihres Gemahls mitzumachen, flehte zu den Göttern, ihn verstummen zu lassen, ihn mit dem Donnerblitz ihrer Allmacht zu vernichten, ihm die schlechten Geister zu senden, die ihn blenden, lähmen, bersten ließen.

Aber es geschah nichts, sie musste seine Stöße ertragen. Endlich, endlich bäumte er sich auf, grunzte wie ein unreines Tier und ließ sich erschöpft neben ihr auf die Liege fallen.

»Oh, Lilith, Lilith«, hauchte er und legte seine Hand auf ihren zitternden Bauch. »Komm, leg deine kleine weiße Hand auf deines Herrn Meister.«

Gehorsam berührte Lilith sein klebriges Glied. In ihrem Hals würgte es, sie musste tief durchatmen, um den Brechreiz zurückzuhalten.

Er seufzte voller Wollust, lachte laut auf, drehte sich grunzend zur Seite und schlief endlich, endlich ein.

»Sami, Sami«, flüsterte sie mit zitternden Lippen. »Bitte komm zurück, lange halte ich das nicht aus.«

Ganz leise weinte sie vor sich hin, die Tränen liefen über ihr zartes Gesicht. Sie wusste, dass sie an diesem Leben nichts ändern konnte, sie war ihrem Schicksal ausgeliefert, musste sich erniedrigen und verletzen lassen.

»Oh, Sami«, schluchzte sie leise. »Oh, Papa, Mutter. Wo seid ihr denn?«

Sie blickte zum Fenster. Draußen dämmerte es schon, die Hitze des heißen Frühsommertages würde bald nachlassen. Ein leichter Wind durchzog das Zimmer.

»Ich will so nicht mehr leben!«

Erschrocken über ihre eigenen Worte, starrte Lilith zum Fenster hinaus in den allmählich dunkler werdenden Himmel.

Er kam nun wieder täglich zu ihr. Ihre Schonzeit war zu Ende, sie konnte sich gegen ihre ehelichen Pflichten nicht auflehnen. Ihre rosige Haut wurde zunehmend fahler, ihr Blick trüb und finster. Aya rieb ihr rote Farbe auf die Wangen und Lippen.

»Reiß dich zusammen«, flüsterte sie dabei. »Es kann nicht mehr allzu lange dauern, bis das Pulver wirkt.«

Lilith nickte.

Aber Aya war ein wenig verunsichert. Schon drei Wochen gab sie das Pulver dreimal täglich in Rahibs Essen, aber sie konnte keinerlei Veränderungen an seinem Gesundheitszustand feststellen. Er klagte nicht über Kopfweh oder Mattigkeit, er sah blendend aus, kraftstrotzend und gesund. Sie hatte seinen Stuhlgang untersucht, hatte dafür extra vorgegeben, dass der Wasserlauf unter seinem Klosett leider defekt sei und er sich in einen Kübel entleeren musste.

»Verzeiht mir, Gebieter, aber wenn das Wasser nicht läuft, riecht es sehr übel, das könnte dir missfallen.«

»Du brave Alte«, hatte er gesagt. »Du sorgst wirklich gut für das Wohlbefinden deines Herrn.«

Er war gerade auf dem Weg zu Lilith im oberen Stock, trug ein Säckchen mit Geschenken in der Hand. Er griff hinein und zog eine fein ziselierte goldene Kette heraus.

»Da, nimm«, sagte er gönnerisch zu Aya. »Ich bin sehr zufrieden mit dir.« Er deutete auf Liliths Zimmer. »Langsam wird sie gefügig.« Seine Stimme hatte einen eitlen Klang. »Ich habe den Eindruck, als fände sie großen Gefallen«, er deutete auf seinen Schwanz, »an ihm.«

Er lachte grölend auf, klopfte Aya auf die Schulter und stieg die Treppen hinauf.

In ihrem Zimmer angekommen, legte er zwei goldene Armreifen auf Liliths nackte Brüste. Die Karneolsteine und Lapislazuli, die darin eingearbeitet waren, leuchteten warm in dem matten Licht der Öllampen, die überall im Zimmer verteilt standen.

»Für dich, meine helle Taube«, sagte er. »Du kannst dir gar nicht vorstellen, wie viel Schmuck die Königin aus Babylon bestellt. Fast jeden zweiten Mond trifft eine Sendung ein.« Er lachte. »Offiziell sind es Briefe, die mit einer Eskorte von mindestens fünf Wagen hier eintreffen. Aber in Wahrheit werden nicht die Briefe geschützt, sondern der goldene Tand aus den assyrischen Werkstätten, den die Fürstin so liebt.«

Er drehte die Reifen und berührte dabei ihre kleinen Brustwarzen.

»Es fällt keinem auf, wenn ich bei jeder Lieferung ein paar hübsche Stücke für meine duftende Rose abzweige.« Er lachte wieder mit diesem überheblichen, schmutzigen Klang. »Ich bin nämlich derjenige, der die Kisten in Empfang nehmen muss.« Er öffnete und schloss seine Hände. »Und bevor ich den Empfang quittiere, entnehme ich dies und das und noch ein bisschen mehr.«

Lilith hatte keine Freude an dem Schmuck, er war ihr zu schwer und massiv. Außerdem fand sie die Idee, dass Rahib die Juwelen seiner Herrin, der Fürstin von Saba, einfach stahl, widerwärtig. Sie legte seine Geschenke beiseite, wenn er gegangen war, übergab sie Aya, die alles treu verwahrte.

»Eines Tages wirst du froh sein darüber, Kind«, sagte sie dann jeweils und stopfte die goldenen Sachen in die Bastkörbe.

»Mein silberner Stern«, flüsterte Rahib ihr mit feuchtem Mund ins Ohr. »Mein rauschender Quell, meine honigsüße Dattelfrucht. Wie glücklich du mich machst.«

Er war sehr gesprächig geworden, erzählte ihr von seinen Sorgen draußen an der Staumauer.

»Die Rationslisten stimmen nie«, beanstandete er. »Immer schreiben diese Kerle von Vorabeitern zu viel auf und meinen, ich merke das nicht. Rüben, Kürbisse, Sesamöl. Alles muss ich nachkontrollieren, wie ein Gemüsehändler auf dem Basar«, sagte er grimmig. »Ich bin doch ein General und kein Buchhalter!«

Er stützte sich mit der Hand auf und sah sie herausfordernd an.

»Ich habe große Schlachten geplant, Lilith, ich bin ein erfahrener Soldat. Und jetzt das! Sogar die Bauziegel muss ich nachzählen, die als Tauschware mit den Zwischenhändlern ausgegeben werden. Alles hinterhältige Verbrecher!«

Er war ehrlich entrüstet. Er schwatzte und schwafelte weiter.

Bei Attar, was für ein elendes Klatschweib, dachte Lilith, macht die anderen schlecht, wo er doch der größte Gauner von allen ist. Dabei lächelte sie ihn an und hob ganz leicht die Augenbrauen. Ihre Grübchen vertieften sich, und jedermann hätte mit Sicherheit geglaubt, dass sie diesem Mann von Herzen zugetan sei.

Er lächelte begeistert zurück.

»Ach, mein weiches Fohlen, wie schön dagegen ist es bei dir. Am liebsten würde ich überhaupt nicht mehr hinausreiten zu dem Staudamm.« Er stöhnte. »Aber der Damm ist zu wichtig für uns, er ist die Lebensgrundlage unseres Landes. Ich muss mich wohl darum kümmern, so wie die Fürstin es wünscht.«

Er ging zum Fenster und schaute in die Dünen hinaus, die die Stadt umgaben. Es war ein heißes, ausgetrocknetes Land, es gab nur ein paar Sträucher, die wild wuchsen, ansonsten blühte und gedieh die Oase nur aufgrund der Wasserspeicherung und der sorgfältigen Verteilung des kostbaren Nasses draußen am Staudamm.

»Tja, ohne diesen Damm wären wir ein Haufen bettelarmer Habenichtse«, sagte er. »Ich muss mich wohl weiter darum kümmern.« Er drehte sich um. »Aber nicht gerade jetzt, Lilith, nicht gerade jetzt.«

Nachdem er sich an ihr befriedigt hatte, lehnte er bequem in den bestickten Kissen.

»Übrigens, Lilith.« Er kräuselte ihr blondes Haar zwischen seinen Fingern. »Die Fürstin gibt ein großes Fest. Dazu sind wir alle geladen. Auch die Ehefrauen.«

Lilith sah ihn fragend an.

»Weißt du«, fuhr er fort. »Sie hat Besuch von weit her, aus dem Norden, man munkelt, es sei ein König, der einzig und allein den langen Weg hierher gemacht hat, weil er von der sagenhaften Schönheit der Fürstin gehört habe.« Rahib lachte laut auf. »Der wird sich wundern, wenn er die fette Matrone sieht. Da hätte er sich schon früher auf den Weg machen müssen!«

Er wandte sich an Lilith.

»Ich möchte, dass du dich schön machst, Lilith. Meine Frau soll die Schönste sein.«

»Wann ist das Fest denn?«

»In fünf Tagen«, antwortete er. »Du hast fünf Tage Zeit, aus dir eine fürstliche Schönheit zu machen, enttäusche mich nicht«, fügte er drohend hinzu, zurrte seinen Lendenschurz zurecht und verließ das Haus, um hinauszureiten zu der großen Staumauer von Marib.

»Aya«, schrie Lilith sofort und hetzte zur Tür. »Aya, komm, du musst mir helfen. Ich habe nichts anzuziehen. Was soll ich nur anziehen? Ich habe nur diese alten, hässlichen, geflickten Umhängekleider.« Sie war aus dem Häuschen vor Aufregung. »Aya, ich muss ihn begleiten zu einem glänzenden Fest drüben im Palast. Die Fürstin hat Besuch von einem König aus dem Norden. Und ich habe nichts anzuziehen.« Sie schlug sich an die Stirn. »Bei Attar, was mache ich nur! Aya, was soll ich bloß machen!«

Sie lief zu ihrer Kommode und riss ihre Kleider heraus. Bald lagen sie auf dem Fußboden verstreut. Hellblaue, dunkelblaue, weiße Wickelröckchen, gestreifte, einfarbige Tuniken, Umhänge mit Kapuze für den Aufenthalt außer Haus, ein paar Nachthemden. Das war alles. Sie hatte nicht ein einziges schönes Gewand.

»Ich geh nicht hin!«, rief sie außer sich. »Ich geh einfach nicht mit!«

»Jetzt beruhige dich doch, Kind.« Aya sammelte die Kleidungsstücke wieder vom Boden auf, faltete sie zusammen und legte sie zurück in die Kiste. »Uns wird schon was einfallen.«

Sie hockte sich auf den Fußboden, stützte die Hände auf und dachte nach. Aber es fiel ihr nichts ein. Es war kein Stoff im Haus, der für ein festliches Gewand geeignet gewesen wäre, auf dem Basar gab es nur alltägliche Ware, kostbare Stoffe mussten monatelang vorher bestellt werden. Sie kamen von weit her. Von Indien, von China. Was also tun?

»Ich gehe ein wenig vor die Tore der Stadt«, sagte sie schließlich. »In der menschenleeren Weite kann ich am besten nachdenken.« Sie sah Lilith an. »Und du kannst inzwischen die Paste anrühren für die Gesichtsmaske. Wir müssen die Tage ausnutzen, um dich strahlend schön herauszuputzen.«

Sie tätschelte Liliths Hand.

»Das wird schon, mach dir keine Sorgen, mir wird schon etwas einfallen.«

Lilith lief in den Hof, hinüber zu dem Schuppen, wo Aya ihre geheimen Kräuter aufbewahrte. Sie fand einen Mörser, sie fand die getrockneten Blüten, das Öl, die parfümierten Salben, den Honig. Oft hatte sie für ihre Mutter diese Maske vorbereiten müssen. Sie erinnerte sich genau daran. Langsam gab sie die Zutaten in den Mörser und stampfte vorsichtig alles zu einem dickflüssigen Brei.

Aya schlug sich ein Tuch über den Kopf und stapfte durch die Gassen hinaus vor die Tore der Stadt, wo die Wüste begann. Sandig braun erhoben sich die Dünen und das Gebirge hinter der Stadt. Einsam war es hier, unbewohnt und unwirtlich. Sie setzte sich in den Sand und spürte, wie die Hitze langsam nachließ. Ein leichter Wind hob an.

Wie einfach alles einmal gewesen war, dachte die Alte, die Tage waren im Gleichschritt dahingegangen, ein jeder ähnelte dem vorangegangenen. Nun ist alles unsicher geworden, die Launen ihres jetzigen Herrn, sein Wankelmut und seine Zornesausbrüche überschatteten das Dasein aller im Haus. Die kleine Lilith wurde nicht länger geschont und verhätschelt, sie war zu einem Gebrauchsgegenstand für diesen Mann geworden, der mit ihr tun und lassen konnte, was er wollte. Aya stiegen die Tränen in die Augen. Was für eine andere Zukunft hatten sie doch alle für das Kind erhofft. Nikomedes, Yala, sie selber.

Ach, Yala, seufzte Aya, die schöne Yala, die herrische, wundervolle Yala. Wie sehr hatte sie einst Nikomedes geliebt, hatte nur ihm gefallen wollen, nur ihn hatte sie im Sinn. Bis dieser General auftauchte und ihrer aller Leben durcheinanderwirbelte. Zum Schlechteren, nur zum Schlechteren.

Sie wischte sich die Tränen ab.

»Hat ja keinen Sinn«, murmelte sie. »Hat alles keinen Sinn.«

Sie erinnerte sich an Yala, wie sie in einem wunderschönen Gewand auf den heimkehrenden Nikomedes gewartet hatte. Weiß war es gewesen, aus feinstem Stoff, unter der Brust gebunden mit einem goldenen Band. Es fiel in leichtem, lockerem Fall, hatte einen tiefen Ausschnitt und keine Ärmel. Man konnte ihren schönen Körper darunter erahnen.

Was war das bloß für ein Gewand gewesen, grübelte Aya. Es hatte so fremdländisch ausgesehen, so sonnendurchflutet und ebenmäßig. Sie stützte die Hände auf die Knie und kramte in ihrer Erinnerung. Sie sah Yala genau vor sich. Die dunkle, schimmernde Haut ihrer Herrin, die sich so vom Weiß des Gewandes abhob.

Da fiel es ihr wieder ein.

Nikomedes hatte es für sie anfertigen lassen. »Wie eine Göttin meiner Heimat siehst du darin aus, Yala, meine Geliebte, wie eine griechische Statue. Hell, rein, göttlich.«

»Nur, dass ich braungebrannt bin wie eine Dattel!«, hatte Yala gerufen und sich in die Arme ihres Gemahls gestürzt.

Wo mag das Gewand sein, fragte sich Yala, es muss noch irgendwo sein. Auch all die anderen glänzenden Kleider Yalas mussten doch noch irgendwo lagern. Wahrscheinlich in der Schenke, dachte Yala. Ich muss sofort hin. Ich werde Lilith in einem der schillernden Gewänder ihrer Mutter auf das Fest schicken. Dann wird Rahib seinen Erfolg haben und ganz sicherlich die auffallendste Dame an seiner Seite führen.

Sie kicherte erleichtert, zog ihr Tuch fester und ging zurück in die Stadt. Vorsichtshalber holte sie Hayw zu ihrer Begleitung. Man konnte ja nie wissen, vielleicht waren die Schwestern noch im Haus und würden Übles mit ihr anrichten.

»Bei der Hitze«, brummte Hayw. »Muss das sein?«

Sie zog ihn hinter sich her, sie durchquerten die Stadt und ihren quirligen Lärm und Gestank, wichen Ziegenkot aus und den Eimern mit Wasser, die aus den oberen Stockwerken auf die Straße gekippt wurden. Die meckernden Ziegen liefen kreuz und quer durch die Straßen, lagen an den Hauseingängen und verbreiteten ihren beißenden Geruch.

Vor den Häusern der Stadt hatten die Menschen kleine Auffangbecken gebaut, in die sie den Kot der Tiere und ihren eigenen füllten, ihn trocknen ließen, um ihn danach als Dung auf die Felder zu karren.

»Ach, ihr Götter alle«, seufzte Aya. »Ist das ein Dreck!«

Schließlich erreichten sie die Schenke. Heruntergekommen war sie, leer, die Türrahmen eingefallen, der Lehm der Wände bröckelte schon ab. Kein Teppich lag mehr auf dem Boden, Hunde und Ziegen kauerten im Stroh. Es sah fürchterlich aus und roch wie auf einem Misthaufen.

Aya eilte die Treppen hinauf. Beinahe wäre sie gestürzt, die Stufen waren brüchig geworden und eingesackt. Sie hetzte in Yalas Gemächer. Es war nichts mehr da. Kein Bett, kein Teppich, kein Schemel, keine Schatullen. Nichts. Das Zimmer war nackt und leer. Nur ein zerfranster Wandbehang hing noch an der alten Stelle.

Dahinter hatte Yala einen kleinen Raum bauen lassen, wo sie ihre Kleider, Bänder, Schuhe aufbewahrte.

»Diese Diebe werden das doch nicht übersehen haben!«

Ayas Stimme überschlug sich. Sie rannte zu dem Vorhang, öffnete ihn so heftig, dass er herunterfiel. Und in der Tat, in dem kleinen Zimmer standen die zwei Truhen, die Yalas Kleiderschätze bargen.

»Wenn die jetzt noch unversehrt sind, bin ich gerettet!«, rief Yala aufgeregt.

Sie öffnete die Kästen. Rote, goldene, grüne, weiße Kleider quollen ihr entgegen.

»Mitnehmen!«, befahl sie Hayw überschwänglich.

»Das kann ich doch nicht alles alleine tragen!«, maulte er.

»Dann hol dir jemanden zur Hilfe!«

Die Alte war begeistert. Jetzt würde sie aus der kleinen Lilith die Schönheit machen können, die Rahib sich vorstellte. Eine wahre Göttin würde auf ihn warten.

»Vielleicht schenkt er mir ja dann wieder was«, murmelte sie. »Könnte ich gut gebrauchen, wenn er mal nicht mehr da sein wird.«

Sie kicherte und machte sich auf den Heimweg.

Lilith lag auf ihrer Matratze, sie war eingeschlafen, nachdem sie die Maske aufgetragen hatte, die inzwischen hart wie Gips geworden war.

»Aufstehen, junge Dame!«, rief Aya. »Kleiderprobe.«

Lilith schnellte hoch, dabei fiel ihr die Maske in vielen Splittern vom Gesicht.

Hayw und ein anderer Hausdiener schleppten die Kisten herbei, und die beiden Frauen stürzten sich darauf und zogen lachend und kreischend vor Vergnügen die bunten Gewänder heraus.

»Ist das schön!«, rief Lilith begeistert, als sie Yalas rotes Kleid sah, das mit feinen, goldenen Fäden durchzogen war.

»Dafür bist du zu jung«, entschied Yala.

»Oder das hier! Schau mal, Aya.« Lilith hielt ein schwarzes Kleid in der Hand, von dem rote Bänder lose herabfielen.

»Das ist zu durchsichtig, Kind.« Aya lachte vergnügt. »Jeder könnte deine Schenkel und deinen Busen sehen!«

»Das würde ihm sicher nicht passen. Da hast du recht. Meine Schenkel, mein Busen gehören nur ihm. Dem großen General. Dem stinkigsten, ekligsten, widerlichsten Mann von ganz Marib.«

»Psch, psch, Vorsicht.« Aya legte den Finger sacht auf ihren Mund. »Hier haben die Wände Ohren!«

Liliths ungeteilte Begeisterung fand ein Kleid, das in bunten Streifen hauchdünnen Materials wie ein langer Schlauch gearbeitet war. Es wurde von einem Gürtel in Gold zusammengehalten. Die passenden Schuhe hatten sie auch in der Truhe gefunden. Sandalen mit geflochtenen Bändern in den gleichen Tönen wie das Gewand.

»Das werde ich anziehen!«, bestimmte Lilith.

»Da siehst du alt und mager drin aus.« Aya war nicht begeistert. »Wir müssen etwas anderes finden.«

Sie wühlten weiter in den Kisten.

Lilith probierte jedes Kleid, Yala hatte an jedem etwas auszusetzen.

»Ich bin halt nicht so schön wie Mutter«, sagte Lilith schließlich betrübt. »Sie hatte eine herrliche Figur, einen viel größeren Busen als ich, nicht so lange und dünne Beine. Ach, und überhaupt, ich will gar nicht auf dieses Fest gehen.«

Sie warf das letzte Gewand, das sie angezogen hatte, wieder zurück auf den Boden. Es war aus hauchfeiner gelber Baumwolle mit einer langen Schleppe, die eine Schulter war frei, über die andere schlang sich ein geflochtener Träger.

»Wie schön sie darin ausgesehen hat und wie schrecklich ich. Wie eine Heuschrecke, wie ein räudiger Schakal.«

»Jetzt übertreib nicht!« Aya führte Lilith zum Bett. »Jetzt ruh dich erst einmal aus. Er wird gleich nach Hause kommen. Morgen schauen wir uns die Sachen noch einmal genauer an.«

Folgsam ging Lilith zum Bett, die Alte wusch ihr das Gesicht ab, an dem noch Reste der Schönheitsmaske klebten.

»Schnell, Aya, reib mir die Paste zwischen die Beine. Ich höre schon sein Pferd.«

19

Auf einen Schlag wurde es still in dem großen Empfangsraum. Alle Blicke richteten sich auf das Paar, das soeben in den Eintrittsbogen trat. Ein erstauntes Raunen ging durch den Saal.

Der Mann, dunkel und hochgewachsen, stand herrisch und breitbeinig im Türrahmen. Er trug einen golddurchwirkten, gefältelten Rock, der knapp über die Knie reichte. Sein muskulöser Oberkörper glänzte ölig und war lediglich mit einem hauchfeinen, ärmellosen Bolero bedeckt.

Er drehte sich ein wenig und blickte gebieterisch in die Runde.

Dabei leuchteten seine breiten Armreifen, die er um die Muskeln des Oberarms trug, golden auf. Die schweren Goldketten um seinen Hals schimmerten. Sein Blick aus tiefliegenden, dunklen Augen war hochmütig und hart.

Auf dem schwarzen Haar, das in mit Öl gebändigten Locken bis auf die Schultern fiel, lag ein glänzender Reif, von dem goldene Bänder in die Schwärze der Haare geflochten waren. Die Ohren schmückten große, perlenförmige Goldtropfen, die in den Ohrläppchen mit goldenen Ringen befestigt waren. Das Gesicht zierte ein nach unten spitz zulaufender pechschwarzer Ritualbart aus feinen kleinen Löckchen, in die Edelsteine eingeknüpft waren. Der Bart war an zwei unsichtbaren Bändern am Hinterkopf festgezurrt.

Rahib sah wahrhaft königlich aus. Er wandte sich leicht nach links und reichte Lilith den Arm. Ein kleines, amüsiertes Lächeln trat auf sein Gesicht, wusste er doch, dass das erstaunte Flüstern im Saal nicht ihm galt. So wie er waren die meisten Männer des Hofes herausgeputzt, das gehörte zum öffentlichen Auftritt vor der Königin. Geschminkte Augen, gleißender Schmuck, edelsteinbesetzte Sandalen, eine kleine Handpeitsche mit goldenen Fransen. Wenn die Fürstin die wichtigen Leute ihres Landes zu einem Fest rief, wurde aller Prunk hervorgekehrt.

Nein, nein, Rahib wusste, dass die neugierigen Augen auf Lilith gerichtet waren, die Frau an seiner Seite, auf sein Eheweib. Stolz blickte er sie an.

Lilith verzog keine Miene, mit erhobenem Haupt und dem eingeübten Lächeln stand sie da und spürte die Vielzahl der Augen, die sie anstarrten. Sie hatte es kommen sehen, sie hatte es befürchtet, dass sie Aufsehen erregen würde, aber Aya war nicht davon abzubringen gewesen, sie derart außergewöhnlich und fremdartig auf das Fest zu schicken.

»Du musst alle andere Frauen ausstechen, Lilith, dann wird dein Gemahl zufrieden sein, und du hast leichteres Spiel mit ihm«, hatte sie geflüstert.

Und so stand Lilith nun in der weißen Robe ihrer Mutter wie die Göttin Athena leibhaftig auf der Schwelle des Audienzsaales am Hof der Königin Bilqis von Saba zu Marib. Die vielen dunkelhäutigen Gäste, Frauen wie Männer, Diener und nicht zuletzt die Herrscherin und ihr ehrenwerter Gast aus dem Norden, der weit hinten im Saal auf dem Thronpodest mit ihr saß, blickten mit offenem Mund auf die weiße Lichtgestalt.

Rahib war absichtlich spät von zu Hause losgegangen, damit alle schon anwesend waren, wenn er sein junges Weib, die schillernde, weißhäutige Libelle, vorführen würde. Nun stand er da und genoss seinen Triumph. Er hatte die schönste, die jüngste, die außergewöhnlichste Frau und die einzige hellhäutige, blonde, blauäugige.

Die Dienerinnen hatten das Kleid vorsichtig waschen müssen, es in der Sonne bleichen lassen, dann wurde es neu gefältelt. Viereckige Steine waren in die Glut geworfen worden, bis sie rot aufglühten, dann rasch abgespritzt und in weiße Baumwolltücher gewickelt. Das Fälteln hatte Aya selbst übernommen. Falte für Falte. Die Alte hatte konzentriert Stein für Stein auf den Stoff gedrückt, bis alle Falten ebenmäßig und locker geplättet waren.

Das blendend weiße Kleid hatte keine Ärmel, einen tiefen Ausschnitt und war unter der Brust mit einem goldenen Band geschnürt, dessen Enden weich herabfielen. Mehr war an dieser Robe nicht. Es war ein schlichtes Gewand, in dem Lilith mit ihrem schlanken, weißen Körper, den langen Beinen und dem mädchenhaften Hals aussah wie eine himmlische Erscheinung. Wie eine unberührbare, überirdische Gottheit.

Sie hatte sich geweigert, Schmuck zu tragen, nichts glitzerte an ihr, nichts lenkte ab von diesem reinen Mädchenbild.

»Außerdem«, hatte sie gesagt, »besitze ich nur Schmuck, den Rahib der Fürstin gestohlen hat. Wie das wohl ankäme?«

Lilith und die alte Dienerin waren stundenlang vor dem blankpolierten Silberspiegel gesessen und hatten Frisuren probiert. Nie hatten sie eine griechische Gottheit gesehen, sie wussten nicht, welche Haartracht sie trugen. Sie hatten nur den Ausspruch von Nikomedes in Erinnerung, der seiner Gattin Yala begeistert zugerufen hatte, sie sähe aus wie eine griechische Göttin.

»Offenes Haar?«, fragte Lilith. »Was meinst du?«

»Nein, sieht nicht gut aus. Zu wenig göttlich«, meinte Aya.

Sie flochten Liliths helles Haar zu Zöpfen und wickelten sie um ihren Kopf.

Lilith schüttelte ablehnend den Kopf.

Sie banden Bänder, Federn, Perlenstränge hinein.

Es gefiel ihnen nichts.

»Das fällt sofort zu Boden, wenn ich mich bewege«, befürchtete Lilith. »Außerdem möchte ich mich nicht so verkleiden wie der General. Er sieht aus wie die Huren in Mutters Schenke.«

Schließlich einigten sich die beiden darauf, das Haar streng aus dem Gesicht zu bürsten, es einzuschlingen und am Hinterkopf die Locken lose hängen zu lassen. Sie befestigten die Strähnen mit ein paar Nadeln.

»Das sieht wahrhaft göttlich aus.«

Und so stand Lilith nun an der Schwelle ihres ersten

großen Festes und schritt mit Rahib, ihrem Gemahl, die aufgereihte Menschenmenge ab.

Der Saal war mit Fackeln beleuchtet, die ihr vibrierendes Licht auf die glitzernde Gästeschar warfen. Die Männer waren drahtige Krieger mit scharfen Profilen und stolzem Gebaren, jedoch keiner übertraf Rahib mit seinem markanten Aussehen und seinem herrischen Auftreten. Die Hofbeamten hingegen, Schreiber und Buchhalter, Archivare und Rechtsgelehrte, waren beleibte Herren, denen die vornehmen Gewänder um die Bäuche spannten.

Die sabäische Damengesellschaft war durchaus anziehend und hübsch, braune Körper, braune Augen, schwarze Haare mit dichten Kräusellöckchen. Die Gemahlinnen der Oberschicht steckten in rotbraunen, grünen oder gestreiften Gewändern, die sie wie Stoffbahnen um sich gewickelt hatten. Das wirkte plump und wenig elegant. Als Lilith in ihrem Götterkleid an den Frauen vorbeischritt, erntete sie manch einen missgünstigen Blick.

Der Audienzsaal war nach assyrischem Vorbild ein langgestreckter Raum, den man an einer Seite betrat, den langen Gang abschreiten musste, um am anderen Ende auf den Thron zu stoßen. Es bedurfte an die hundert Schritte. Die Wände waren mit Fresken bemalt, auf denen Schlachtszenen, Opferrituale und Wassergottheiten abgebildet waren. Durch die Fülle der Anwesenden und die Fackeln und Öllampen, die den Raum erhellten, herrschte eine drückende Hitze. Vor allem die Damen in ihren schweren Gewändern wischten sich verstohlen den Schweiß von der Stirn.

Rahib und Lilith gingen ganz langsam durch den Saal. Er kostete jeden Schritt an der Seite seiner anmutigen Frau aus.

Sie erreichten den Thron der Fürstin, der flankiert war von Dienern, die der Herrin und ihrem hohen Gast aus dem Norden frische Luft zufächelten. Sie trugen rot gefärbte Palmwedel in der Hand, die wie zu einem Strauß gebunden in einem goldenen Griff endeten. Ihre Gewänder waren einfacher als die der Gäste, graublaue Tuniken mit Fransen am unteren Saum. Ihre schwarzgeölten Haare wurden von roten Stirnbändern gehalten. Sie hielten die Köpfe gesenkt, den Blick auf den Boden gerichtet.

Niemand durfte der Königin bei einem offiziellen Anlass in die Augen blicken. Keiner durfte höher als sie selbst stehen. Deshalb stand ihr Thron auf einem Podest, sie selbst saß würdevoll und steif auf dem gedrechselten Holzthron, der mit kostbaren Achatsteinen verziert und von Emaille eingefasst war.

Lilith starrte fasziniert auf die Königin. Sie hatte sie noch nie gesehen.

»Kopf runter«, zischte Rahib leise. »Augen auf den Boden richten.«

Lilith folgte erschrocken seiner Anweisung.

Der üppige Körper der Fürstin war in ein lilafarbenes Gewand gehüllt. Eine aufsehenerregende Farbe, die im Königreich noch nie einer gesehen hatte. Der Stoff war ein Geschenk des Gastes aus dem Norden. Sie hatte ihn rasch in ein Kleid schneidern lassen, das mit roten Fransen eingesäumt war. Um die Schultern trug sie ein golddurchwirktes Tuch. Und auf ihrem Haupt schwankte und zitterte die berühmte Kronenhaube mit hauchdünnen, goldenen Blättern, aus denen hohe Stängel hervorwuchsen, an deren Ende goldene Margeritenblüten steckten. Sie war ein Geschenk des assyrischen Königs Tiglatpileser, und die Königin trug diese Gabe mit erhabenem Stolz und Grazie.

An ihren Füßen, die auf einem kunstvoll verzierten Schemel ruhten, trug sie goldene, hochsohlige Sandalen. Die Fußknöchel, Armgelenke, Ohren, der Hals waren mit schweren Reifen, Ringen, Armbändern geschmückt. Die Königin glänzte im Schein der Lampen und in der Pracht ihres vielen Schmuckes wie ein goldener Schrein.

Sie nickte Rahib unmerklich zu und warf einen neugierigen Blick auf die Frau an seiner Seite.

»Die Königin heißt dich willkommen«, meldete der Zeremonienmeister und veranlasste die beiden mit einer lässigen Handbewegung, weiterzugehen.

Sie gingen durch eine hohe Tür hinaus in den äußeren Hof, wo das Fest stattfinden würde.

Der Hof war stimmungsvoll geschmückt. In großen Schalen, die auf Steinsäulen platziert waren, loderten Flammen, die den riesigen Garten beleuchteten. In die Palmenkronen waren Streifen aus glänzendem Silber gehängt. Über den ganzen Hof waren Sofas verteilt, mit Matratzen und dicken Kissen, von denen goldglänzende Quasten herunterbaumelten. Hübsche, gedrechselte Holztischchen und Stühle mit Lehnen und Armstützen standen in Gruppen beieinander.

Diener, die Getränke verteilten, eilten von Gast zu Gast. Es gab frische Säfte aus Granatäpfeln und Dattelextrakt, Bier und Wein. Das Bier war aus Gerste, Weizen und Dinkel gebraut, mit Honig gesüßt. Auch der Wein war mit Honig versetzt.

Andere Bedienstete trugen große Platten, auf denen mundgerechte Leckereien aus den königlichen Küchen angeboten wurden. In Minze eingelegte Gemüse, getrockneter Fisch in Honigkruste, pralle, frische Datteln, salzige oder süße Kichererbsen, geröstete Gazellenkeulen, Vögelchen am Spieß, zerstampfte Heuschrecken, Hasenbraten in Kräutersauce. Es duftete herrlich. Die Gäste plauderten vergnügt und knabberten an den Delikatessen.

Auf einer kleinen Bühne saßen Musiker und zupften ihre Leiern, Harfen, Lauten, schlugen auf ihre Pauken, Trommeln und Becken. Glocken, Rasseln, Schellen ertönten über den Hof, aber am schönsten klang die Flöte. Sanft wie die Abendbrise trällerte der heitere Klang und verbreitete eine angenehme Stimmung.

Als die Königin das Defilee der Gäste beendet hatte, betrat auch sie den Garten. Sie hatte die unbequemen Zeremonienschuhe gewechselt, trug nunmehr leichte Sandalen und unterhielt sich mit den Geladenen. Neben ihr schritt der königliche Gast aus dem Norden, ein freundlicher, älterer Mann. Er trug eine einfache naturfarbene Tunika, hatte nur noch wenig Haare und einen dicken Bauch.

Bilqis war heiter, lachte viel und warf ihrem Gast aus dem

Norden herzliche Blicke zu. Unterhalten konnten die beiden sich nicht, er sprach mit einer in Saba unbekannten Zunge. Deshalb wurden die Königin und ihr Gast von einem Übersetzer begleitet, der mit raschen Kopfbewegungen ihre Gespräche übertrug. Während er sprach, lächelten die beiden und blickten sich tief in die Augen.

Rahib stupste Lilith mit der Schulter.

»Schau, die Königin ist verliebt.«

Die Königin steuerte auf Rahib zu. Der viele Goldschmuck, den sie am Körper trug, klirrte.

»Herr«, sagte sie und wand sich ihrem Gast aus dem Norden zu. »Darf ich dir meinen wichtigsten Diener vorstellen.« Sie deutete auf Rahib. »Er ist mein Auge und mein Ohr hier in Saba, außerdem bewacht er unser höchstes Gut, den Staudamm.«

»Ein interessantes Projekt«, antwortete er beiläufig und nickte freundlich. »Und die junge Frau?« Er betrachtete Lilith forschend und begann mit ihr in einer fremden Sprache zu reden.

»Es tut mir leid«, sagte sie leise. »Aber ich verstehe dich nicht, Herr.«

»Der König von Juda ist der Ansicht, dass du Griechin bist, weshalb er dich in dieser Sprache angeredet hat«, erklärte der Übersetzer.

»Oh, nein«, Lilith war rot geworden.

Der König sah sie neugierig an.

»Er möchte gerne wissen, weshalb du so hell bist und ein griechisches Gewand trägst«, fragte der Dolmetscher an seiner Statt.

»Es ist das Kleid meiner verstorbenen Mutter.« Lilith war dieses Gespräch sehr unangenehm. Was ging diesen König von Juda ihre Familiengeschichte an. »Mein Vater ist Grieche. Aus Pilion.« Sie zögerte einen Augenblick. »Aber ich bin Sabäerin. Ich war noch nie weg von hier, ich kenne nur meine Heimatstadt Marib.«

Der König nickte leicht.

»Sehr interessant«, sagte er.

»Komm, Schlomo, ich will dir noch andere Gäste vorstellen«, sagte die Königin und zog ihren Gast weiter.

In diesem Moment sprangen die Possenreißer, Akrobaten, Spaßmacher und Sportler in den Hof. Die Musik wurde rascher, die bunt gekleideten Tänzer und Tänzerinnen klatschten in die Hände, wanden ihre Körper, gingen in die Knie und streckten ihre Beine zum Rhythmus der Musik. Sie jonglierten mit Bällen, drehten sich im Kreis, sprangen in die Luft. Die Gäste feuerten sie begeistert an, klatschten und riefen laut.

Dann traten zwei Ringkämpfer in die Mitte, sie trugen lediglich einen Lendenschurz, ansonsten waren die muskulösen Körper nackt. Sie packten sich an den Gürteln und versuchten, einander von den Füßen zu heben. Das Geschrei der Gäste nahm zu. Die Ringer zogen sich an den Haaren, brüllten und grunzten dabei. Schließlich fiel einer der beiden Ringer zu Boden. Der Sieger wurde heftig beklatscht.

Es war ein schönes Fest. Am Himmel leuchteten die Sterne, ein lauer Wind durchzog den Festhof. Die Gäste amüsierten sich.

Lilith hielt sich ein wenig abseits und betrachtete das bunte Treiben.

Rahib stand mit anderen Männern um einen Tisch, auf dem ein Brettspiel im Gange war. Zwei Männer saßen einander gegenüber, ein jeder hatte sieben Spielsteine vor sich liegen. Das Brett war kunstvoll mit Mosaikbildern aus Muscheln, Knochen, Lapislazuli, roter Paste und Kalkstein verarbeitet. Liliths Blick schweifte weiter. Sie war vertieft in den Anblick der prächtig gekleideten Menschen, die sich laut unterhielten und dabei aus ihren Bechern tranken. Sie lächelte und fühlte sich leicht und entspannt.

Da spürte sie, wie sie am Arm gefasst wurde.

»Mein schönes Kind.« Es war Bilqis, die Fürstin selbst, die sie ansprach.

»Endlich, endlich ist er wieder der Alte«, sagte sie und blickte hinüber zu Rahib, der aufrecht und selbstbewusst den Spielern zusah. »Ich habe es schon seit einiger Zeit beobachtet, dass ihn die peinigende Vergangenheit nicht mehr gar so sehr quält.« Sie blickte Lilith warm lächelnd an. »Wie schön, dass du ihn so glücklich machst, dass er seinen grauenhaften Erinnerungen entfliehen kann.« Bilqis tätschelte ihr den Arm.

Welche Erinnerungen, dachte Lilith aufgebracht, welche Pein? Sie blickte der Fürstin fragend ins Gesicht.

»Ich weiß sehr wenig von ihm«, sagte Lilith leise.

»Er hat dir nichts erzählt?«

Lilith schüttelte den Kopf. Die Fürstin zog sie zu einem der Sofas, rückte die schweren Kissen zurecht und begann zu erzählen.

Sie berichtete Lilith von Rahibs Aufenthalt am assyrischen Hof, der großartigen Karriere, die vor ihm gelegen war, von seiner unerschütterlich heftigen Liebe zu Muqabita, dem feurigen Mädchen, das ihn so hintergehen würde. Sie erzählte von seiner fürchterlichen Wut, als er entdeckte, wie sie ihn auf das Schändlichste betrogen hatte. Mit einer Unzahl von einfachen Soldaten in aller Öffentlichkeit inmitten des Hofs im Palast. Von seinem Jähzorn, seiner blinden Rache, sie berichtete davon, wie Rahib seine Frau tötete, von der verzweifelten Suche nach dem geliebten Sohn Tiglat, den er nie wiedergefunden hatte, dessen Bildnis ihm die Jahre danach vergällten, ihn in Trübsinn, Hass und wahnsinnsvolle Sucht nach Vergeltung trieben.

Lilith saß wie versteinert, als sie hörte, dass dieser Mann, den sie so hasste und den sie nur als triebhaftes Tier kannte, von dem sie nur wusste, dass er das Leben ihrer Mutter zerstört hatte und nunmehr ihres, dass dieser Mann einmal ein anderer gewesen sein sollte, ein liebender, fürsorglicher, warmherziger Mann und Vater. Sie konnte es nicht glauben.

»Nein, nein!«, rief sie voller Verzweiflung. »Das kann nicht sein.«

Sie hatte nie einen Funken Wärme bei ihm verspürt, nur Macht und Wildheit, sie zitterte bei dem Gedanken an sein Glied, das er mit gewaltiger Brutalität in sie hineinstieß.

Sie schlug die Hände vors Gesicht.

»Nein, Fürstin, nein.«

»Doch, mein Kind, so war es. Und den Göttern sei Dank, dass er dich gefunden hat. Du liebst ihn, das kann jeder sehen, und er kann endlich selbst wieder Liebe empfinden.« Sie sah zu ihm hinüber und nickte mit dem Kopf. »Ja, dafür, Lilith, du lichte Schönheit, dafür danke ich dir. Du hast ihm das Leben zurückgegeben.«

Lilith liefen die Tränen übers Gesicht.

»Schenk ihm nun noch einen Sohn, mein schönes Kind, dann darf er endgültig die Vergangenheit begraben und sich an einem neuen Glück, einem vollkommenen, erfreuen.« Bilqis lächelte Lilith an. »Versprichst du mir das?«

Lilith zitterte am ganzen Körper. Sie wollte kein Kind von dieser Bestie. Sie wollte lieber sterben, als ihr Leben mit ihm verbringen. Sie dachte unentwegt nur an Sami und daran, dass er sie aus diesem unwürdigen Dasein befreien würde. Und nun bat ihre Fürstin sie darum, Rahib einen Sohn zu gebären. Es klang nicht nur nach einem Wunsch, sondern eher nach einer dringenden Aufforderung, einem Befehl ihrer Herrin.

Lilith nickte automatisch. Niemals, dachte sie aber dabei heftig, niemals werde ich ihm ein Kind schenken. Er hat mir meine Familie genommen, meine Mutter, meinen Vater, mein Zuhause, meine Zukunft. Wieso soll ausgerechnet ich ihn erretten?

»Versprichst du mir es? Mir, deiner Fürstin?«, wiederholte Bilqis eindringlich. »Er ist es wert.«

»Ja«, wisperte Lilith. »Ja.«

Die Fürstin erhob sich und mischte sich wieder unter die Gäste. Lilith blieb alleine auf dem fürstlichen Sofa zurück.

Rahib kam lächelnd auf sie zu.

»So alleine?«, fragte er gut gelaunt und setzte sich zu ihr. »Weißt du, Lilith, dass dieser König unsere Fürstin heiraten will?« Er lachte laut auf. »Er will sie mitnehmen in sein Reich dort oben am großen Meer. Aber unsere Herrin ist klug, sie wird uns nicht verlassen wegen so eines dicklichen unwichtigen Königs. Noch dazu soll er an einen Gott glauben, den wir gar nicht kennen.«

Rahib schüttelte den Kopf.

»Was für eine Nacht!«, rief er plötzlich und blickte um sich. »Voll Wollust und Milde. Komm, Lilith, lass uns nach Hause gehen und einen Sohn zeugen. Darauf habe ich jetzt Lust!« Er sah sie an und packte sie am Arm. »Ja, danach gelüstet es mich jetzt!« Sein Blick aus dunklen Augen war gierig. »Dich doch auch, oder?«

Er zog sie vom Sofa.

Rahib kannte den Palast sehr gut. Deshalb fand er auch einen schmalen Seitenausgang, den sie nehmen konnten, ohne dass die anderen Gäste ihr Fortgehen bemerkten.

Für einen Augenblick dachte Lilith an Flucht. Wenn ich in den Tempel fliehe und mich dort verstecke, dachte sie verzweifelt. Aber die Priester würden mich sofort zurückbringen, er ist ja viel bedeutender als ich, ein General, ein Mann, der oberste Vertraute der Fürstin. Und ich bin nur ein dünnes, unwichtiges Mädchen.

Du gebierst ihm einen Sohn, mein Kind, hörte sie die Fürstin befehlen, versprichst du mir das, mein Kind?

In ihrem Kopf herrschte ein heilloses Durcheinander. Sie verabscheute den Gedanken, nach einem so schönen Abend von ihm benutzt und beschädigt und verletzt zu werden, sie hasste diesen Akt, es ekelte sie davor. Aber Lilith stieß einen tiefen Seufzer aus, sie konnte sich nicht dagegen wehren.

»Wir sind gleich zu Hause«, flüsterte Rahib neben ihr erregt. »Hab noch ein wenig Geduld, mein wildes Fohlen.«

Sie erreichten das Haus. Die Diener warteten am Eingang auf die Rückkehr ihrer Herrschaft. Sie leuchteten ihnen die Treppen hinauf. Dann schickte Rahib sie mit einer herrischen Geste weg.

Im Schlafgemach brannten einige Öllämpchen und tauchten das Zimmer in ein warmes Licht.

Er setzte sich aufs Bett.

»Zieh dich vor mir aus!«, befahl er. »Aber langsam. Und dreh dich dabei. Ich will alles sehen. Öffne die Beine. Alles will ich sehen. Alles gehört mir. Dein Körper gehört mir.«

Was hat er denn, er spricht so eigenartig?, dachte Lilith verstört.

»Alle haben dich angestarrt, deinen schönen Leib, deine kleinen Knospen. Sogar der fette König von Juda hat dich angeschielt und dabei seine Fürstin vergessen.«

Warum lallt er, ist er etwa betrunken?, dachte sie erschrocken.

Er griff nach ihr.

»Komm, zeig es mir! Nur mir! Nur ich darf dich berühren, nur ich darf da hinein. Tief hinein!« Rahib grölte. »Keiner von diesen Kerlen, die dich mit den Augen verschlungen haben und sich ausgemalt haben, was sie mit dir treiben könnten.« Er lachte laut auf. »Bald liegen sie mit ihren alten Weibern im Bett und träumen davon, wie sie in dich hineinstoßen!«

Er stand auf und riss sich sein kostbares Gewand vom Körper. Wankend kam er auf sie zu, die kleine Peitsche fiel ihm aus der Hand. Sein nackter Körper glänzte von Öl und Schweiß, er hatte den falschen Bart gelöst und auf den Boden geworfen, er zog die schweren Ketten über den Kopf.

Er ist ein guter Mann, hörte Lilith die Fürstin sagen, er ist es wert, dass du ihn liebst. Schenk ihm einen Sohn, mein Kind.

Sie zitterte am ganzen Leib. Ich will es nicht, ich will es nicht, nicht schon wieder. Alles in ihr schrie auf. Sie sah seinen gewaltigen, erigierten Penis, wie er in der Luft hin und her baumelte.

Er griff nach ihr. Langsam zog er sie an sich, sank auf die Knie und warf sie aufs Bett. Er spielte mit den Fingern in ihrem Geschlecht, bohrte den Mittelfinger hinein.

»Sag, dass es dir gefällt!«, rief er. »Sag, dass du mehr willst!« Er bohrte sich tiefer hinein. »Sag es, du Hure, du Luder, du Schmeißfliege. Sag es endlich! Muqabita, sag es mir, dass du nur mich willst, Muqabita, nur mich und nicht diese billigen Soldaten mit ihren dreckigen kleinen Schwänzen!«

Seine Stimme klang gellend und fremd. Lilith hatte Angst vor ihm.

Muqabita? Wieso Muqabita? Das ist doch seine erste Frau gewesen? Dreht er durch? Was ist los? Lilith schluckte und versuchte, sich ganz ruhig zu verhalten.

»Alle Weiber sind Huren«, stammelte er. »Alle seid ihr Huren. Aber du, Muqabita, bist die Schlimmste, die Schlechteste. Ich bringe dich um!« Seine Stimme überschlug sich. »Gib mir meinen Sohn zurück!« Er boxte mit der Hand in die Luft, fiel auf den Boden, rappelte sich wieder hoch.

»Rahib!«, schrie Lilith. »Rahib! Komm doch zu dir!«

Er schaute sie mit verdrehten Augen an.

»Du?!«

»Was ist los, Rahib? Hast du getrunken?«

Aber Lilith wusste, dass er ganz selten Wein oder Bier trank. Was hatte er nur?

Er saß auf dem Boden, richtete sich auf und griff nach ihr. Sie wich zurück. Sie sah, dass sein Glied schlaff geworden war, es hing ihm wie leblos zwischen den Beinen. Er stierte sie an, sein Blick war trüb.

»Ich bin so müde, so matt«, murmelte er leise.

So matt! Dieses Wort traf sie wie ein Peitschenhieb. Das Pulver! Ayas Pulver wirkte! Er tastete sich zum Bett und fiel auf die Matratze. Kurz darauf hörte sie sein lautes Schnarchen.

Sie kauerte sich in eine Ecke des Zimmers und starrte hinaus in den nächtlichen Himmel. Die Sterne funkelten. Was für ein angenehmer Abend das gewesen war, dachte sie, so voller Leben und Schönheit, froh hatte sie sich gefühlt und sicher. Die bewundernden Blicke der Männer waren wohltuend gewesen. Schön hatte sie sich gefühlt, sauber und unberührt. Was für ein Trugbild.

»Bei Attar«, flüsterte sie zitternd. »Warum muss das so enden?«

Sie hörte ihren Gemahl im Schlaf rülpsen, er furzte laut und warf sich hin und her. Das Pulver wirkte!

»Er wird matt werden, Kind, bald schon. In vier Wochen wirst du es merken. Sein Glied wird schlaff werden, er wird müde und verwirrt sein.«

Sie legte den Kopf auf die Knie, erschöpft, und eine tiefe Erleichterung durchströmte ihren Körper.

Teil 2

Sami

20

Sami hatte die alte Stadt Sada erreicht. Sie lag am Rand der unendlichen Wüste Arabiens. Noch ein paar Tage, und er würde in Marib sein. Bei diesem Gedanken begann sein Herz schneller zu schlagen.

Er saß auf einem Felssporn und blickte in die Weiten des Gebirges. Große Täler, Schluchten, Pässe lagen noch vor ihm. Ihn schauderte, wenn er daran dachte, dass er diese mühseligen Wege noch hinter sich bringen musste. Er war müde.

Aber das, was hinter mir liegt, ist bedeutend schrecklicher als das, was auf mich zukommt, dachte er und wurde wieder zuversichtlicher. In Marib wartet Lilith.

Er stand auf und breitete die Arme weit aus.

»Lilith, meine Seele!«, rief er laut in die Stille der Wüstengebirge. »Ich komme zu dir!«

Er dachte an die Zeit zurück, als er Marib vor mehr als zwölf Monaten verlassen hatte. Sicher war er gewesen, sehr sicher, wieder dorthin zurückzukehren. Eine Karawane benötigte etwa drei Monate hinauf zum Hafen Gaza an dem Großen Meer. Nach ein paar Wochen Verschnaufpause wurde dann in der Regel der Rückweg wieder angetreten.

Aber Samis Reise war anders verlaufen. Erst jetzt hatte er zurückkehren können.

Als Nikomedes seinerzeit das Zeichen zum Aufbruch der Karawane von Marib gegeben hatte, vor zwölf Monden nunmehr, ließ er Sami zu sich holen.

Der Junge hatte ein wenig Angst, denn er dachte bei sich, dass Nikomedes ihn wegen Lilith rufen würde. Wenn er etwa herausbekommen hatte, dass er sich heimlich mit der Tochter seines Herrn traf, konnte das unangenehm werden. Sami war ein einfacher Kameltreiber, Nikomedes stand sozial weit über ihm. Sami hatte kein Recht, etwas mit der Tochter des Karawanenführers anzufangen.

»Du wirst bei mir vorne reiten, Sami«, sagte Nikomedes knapp.

»Ich? Vorne? Und reiten?«

Der Junge war sehr stolz auf diese unverhoffte Auszeichnung, denn vorne beim Führer eingeteilt zu sein, war eine große Ehre, noch dazu durfte er reiten und musste nicht, wie so manches Mal vorher, den ganzen langen Weg bis Gaza zu Fuß gehen.

Nikomedes nickte.

»Dies ist meine letzte Karawanentour. Ich werde nicht mehr nach Marib zurückkehren. Ich gehe zurück in meine Heimat nach Griechenland. Wenn du dich gut anstellst, könntest du vielleicht irgendwann meine Stellung einnehmen. Also streng dich an.«

Nikomedes hantierte am Sattel seines Kamels herum. Er hatte sich eine Spezialkonstruktion anfertigen lassen, so etwas wie einen Sonnenschirm, denn er litt sehr unter der heißen Sonne der Wüste, die ihm seine griechische Haut erbarmungslos verbrannte. Nun befestigte er den Sonnenschutz so am Rist des Kamelhalses, dass er gut sehen konnte, aber dennoch vor der Sonne geschützt war.

»Ist nicht ideal«, brummte er. »Es wackelt zu sehr.«

An einem Herbstmorgen, kurz nach Sonnenaufgang, verließen sie den Rastplatz von Marib und machten sich auf den Weg in den Norden. Die Kamele waren mit schweren Packen voller kostbarstem Weihrauch beladen, aber auch Myrrhe war eingepackt und Ledanon, Gewürze, die im Norden sehr beliebt waren und für teures Geld dort verkauft wurden. Zimt hatte auch seinen festen Platz im Sortiment, obwohl dieses Gewürz nicht im südarabischen Raum heimisch war, sondern aus Indien über den Schiffsweg eingeführt wurde.

Es waren an die zweihundertfünfzig Kamele, die zu zwei Dritteln mit Ware beladen waren und zu einem Drittel mit Proviant, Datteln, Mehl, Zwiebeln, Knoblauch, Trockenfisch und Wassersäcken. Die Mannschaft, über hundert Männer, musste versorgt werden. Und da es unterwegs nicht viel und sehr unregelmäßig etwas zu kaufen gab, wurde das Überlebensnotwendige mitgeschleppt.

In harten Zeiten bekam ein Treiber lediglich drei Datteln am Tag und genauso viele Schluck Wasser.

Nikomedes hatte als Führer der Karawane die Männer selbst ausgesucht, die er dabeihaben wollte. So ein monatelanger Marsch durch die Wüste war ein sehr risikoreiches Unternehmen, eine Reise, auf die er nur bedächtige, ruhige, zuverlässige Leute mitnahm, denen er in brenzligen Situationen trauen konnte. Er überprüfte jeweils, ob in der Gruppe, die er mitführen würde, Männer waren, die sich kannten und sich untereinander wohlgesonnen waren. Soweit möglich, holte er Berichte über ihre vorherigen Touren ein, ob sie sich etwas zuschulden hatten kommen lassen. Nichts konnte unangenehmer sein als ein Streit, der auf dem Weg durch die Hitze der Wüste ausbrach.

Nicht selten drehten die Leute auch ohne unmittelbaren Zwist durch, wenn ihnen die Sonne, der Hunger und die lange Entbehrung das Hirn verquirlten. Und wilde, kämpferische Typen waren sie alle, die im Karawanengeschäft arbeiteten.

Nikomedes ging immer auf Nummer sicher. Lange befragte er die Männer, ausführlich und immer wieder, bevor er zustimmte, dass er sie in die Karawane, die er anführte, aufnahm. Er war kein Händler, hatte also keine eigene Ware dabei, sondern war der Befehlshaber der Karawane, der Anführer, derjenige, der die Verantwortung trug für Mensch, Tier und Ware in seinem Zug. Die Bewerber mussten vor allem gehorchen können, denn nur er war der Führer. Nur er und kein anderer hatte das Kommando.

Wenn Nikomedes mit einem Bewerber einverstanden war, wurde die Bezahlung ausgehandelt. Für Nahrung, Versorgung von Tier und Mensch war der jeweilige Besitzer zuständig. Nikomedes garantierte als Führer für die Kenntnis des Geländes, für Sicherheit, für Lagerplätze, Brunnenbenutzung und bewaffneten Begleitschutz. Als Zahlung nahm er Hacksilber, Salz, Getreide, Weihrauch.

Auch die Kamele wurden eingehend untersucht. Das war Samis Aufgabe. Er kannte diese Tiere sehr genau, wusste um ihre Eigenarten, ihre Anfälligkeit für Durchfallerkrankungen, entzündete Fußsohlen und ihr stark eingeschränktes Gefühl für das Miteinander. Kamele waren reizbar, schwierig zu zähmen, sie bissen und schlugen gern um sich.

Auch wenn die Besitzer der Wüstenschiffe ihm hoch und heilig versprachen, dass ihre Tiere gesund, entbehrungswillig und gehorsam seien, führte Sami die Kontrollen doch lieber selber durch. Minutiös. Er schaute ihnen in die riesigen Mäuler, inspizierte die Zähne, das Fell, den Kot, die breiten Füße. Erst wenn er keinerlei Mängel entdecken konnte, nickte er mit dem Kopf.

»Die Tiere von Nabuballit sind in Ordnung«, rief er Nikomedes zu und eilte zur nächsten Untersuchung.

Die Vorbereitungen dauerten Tag um Tag, Woche um Woche. Endlich konnte Nikomedes den Befehl geben, die Ware einzupacken, die Nahrungsmittel bereitzuhalten, die Wasserschläuche zu füllen.

Er sandte nach der Schutztruppe, die die Karawane begleiten würde und die die freien Tage für einen ausgiebigen Aufenthalt in der Stadt benutzt hatte. Monatelang waren die Männer ohne weibliche Gesellschaft und Unterhaltung nur mit übelriechenden Karawanenführern unterwegs. Da ließen sie es sich nicht entgehen, die Tage der Muße in den Schenken, Wirtshäusern und Bordellen der Stadt zu verbringen.

Yala wird gute Geschäfte gemacht haben, dachte Nikomedes wehmütig und dachte an sein schönes Weib, das ihn für diesen muskelstrotzenden Erfolgsmenschen verlassen hatte. Nikomedes spürte Neid, denn General Rahib war nicht nur ein angesehener, wohlhabender und mächtiger Soldat, sondern auch ein gutaussehender Mann, dem die Frauen nachliefen.

Nikomedes hatte nichts dergleichen vorzuweisen, er war Karawanenführer, weder war er reich noch hatte er Beziehungen, er hatte nur seine unermessliche Liebe zu Yala anzubieten. Und die hatte sie nun verschmäht. Es blieb ihm nichts anderes übrig, als das Feld zu räumen. Auch wenn es ihm um der Töchter willen sehr schwer fiel. Vor allem die kleine Lilith würde er vermissen. Seine kleine Gazelle, seine süße Anemone. Das Herz zog sich ihm zusammen.

Rasch wandte er sich wieder der Arbeit zu.

»Sami«, rief er. »Hier ist die Reihenfolge aufgelistet.« Er drückte ihm ein beschriftetes Tontäfelchen in die Hand.

»Ich kümmere mich darum«, antwortete Sami und machte sich auf den Weg. Er musste jedem einzelnen Karawanenmitglied seinen Platz in dem langen Zug zuweisen. Nikomedes hatte ihn veranlasst, lesen und schreiben zu lernen, damit er ihm besser zur Hand gehen konnte. Sami war es überhaupt nicht leicht gefallen, diese vielen, kleinen Zeichen zu erlernen. Er hatte viel Geduld und viel Mühe aufbringen müssen. Aber nun war er froh, dass er nicht aufgegeben hatte. Er war einer der ganz wenigen, die Sabäisch lesen und schreiben konnten. Das erfüllte ihn mit Stolz.

Es war eine heikle Aufgabe, den Männern beizubringen, in welcher Abteilung und an welchem Platz sie innerhalb der Karawane reiten mussten. Kaum einer war je zufrieden mit seinem Platz, es sei denn, er durfte ganz vorne dabei sein. Die Reihenfolge war sehr wichtig, Schwächen und Stärken jedes Einzelnen mussten in Betracht gezogen werden, ihre charakterlichen Eigenschaften mussten bedacht werden, der Wert ihrer Ware, die Schnelligkeit der Tiere und die Geschicklichkeit der Helfer. Es gab oft Streit wegen der Zuordnung, die Nikomedes getroffen hatte, die er aber nie zurücknahm.

»Kannst ja mit einer anderen Karawane ziehen«, sagte er barsch, wenn einer der Männer sich über seinen vermeintlich schlechten Platz beschwerte. »Soviel ich weiß, wird Sinsari in ungefähr zwei Monaten aufbrechen.«

Nun war alles bereit. Die letzte Nacht war hereingebrochen. Es wurde zwar langsam Herbst, aber es war heiß wie im Sommer. Die Nächte brachten kaum Linderung. Jedes Karawanenmitglied opferte noch rasch seinem Gott, dann wurde Aufstellung befohlen, und es ging los.

Zweihundertfünfzig Kamele und über hundert Mann Begleitung machten sich auf den Weg. Die lange Reise von Marib bis hinauf nach Gaza an das Große Meer konnte beginnen.

Das Glöcklein des kleinen Esels, der die Karawane anführte, klingelte leise und zaghaft, als sich der lange Zug in Bewegung setzte. Es lief immer ein Esel voraus, das war so Sitte, es geschah aber auch aus Sicherheitsgründen. Denn die kleinen Tiere waren groß im Bewahren und Merken von Wegen und Routen. Wohingegen die murrenden, grunzenden riesigen Kamele den Inhalt ihrer kleinen Gehirne nicht dafür aufwendeten, sich Wegstrecken zu merken. Die Glocke um den Hals des Esels diente auch dazu, dass selbst in den hinteren Reihen die Position der Karawane immer bestimmbar war.

»Lilith, Lilith«, murmelte Sami vor sich hin. »In ein paar Monaten bin ich wieder da, dann können wir heiraten und werden uns nie wieder trennen. Das verspreche ich dir.«

Am Anfang war der Pfad einfach. Langsam, Schritt für Schritt, Huf vor Huf, gingen die Kamele durch den Sand hinter der Stadt Marib. Sie folgten in den ersten Tagen dem Weg, der in die nächsten Siedlungen und zu deren Brunnen führte.

Weich tappten die gepolsterten Hufe der Kamele in den staubigen Wüstenboden. Unaufhörlich plapperten die Kameltreiber, die Knechte und untergeordneten Helfer miteinander. Ein schier endloses Summen von Stimmen begleitete den Zug. Die Männer plauderten und erzählten, und wenn sie nichts Neues mehr wussten, erzählten sie dieselben Geschichten noch einmal. Ein wenig verändert, ein wenig länger, ein wenig ausgedehnter. Sie lachten vergnügt, dachten an den Lohn, den sie für diese Tour bekamen, waren gerne in Gesellschaft.

Nikomedes war es nicht so leicht ums Herz. Er hatte sein bisheriges Leben hinter sich gelassen, als Mann von achtunddreißig Jahren war er schon fortgeschrittenen Alters, ein Lebensabschnitt, wo die Gedanken an das hohe Alter nicht mehr fern sind. Und er, der ewig Fremde, musste nun neu beginnen. Er würde vielleicht wirklich nach Pilion zurückkehren. Aber nicht als reicher Mann. Seinen Besitz hatte er in Marib zurückgelassen, das Haus, die Schenke, die Wertsachen, das, was er mit Yala gemeinsam all die Jahre geschaffen hatte. Er besaß nur noch das Kamel und die Kleider, die er auf dem Leib trug.

Außerdem wusste er überhaupt nicht, was in Pilion los war, wie es politisch dort aussah. Das würde er wohl an den Küstenstädten oben am Großen Meer herausfinden. Dann könnte er immer noch entscheiden.

Bevor die Mittagshitze zu groß wurde, ließ er zu einer ausgedehnten Rast haltmachen.

»Befreit die Kamele von ihren Lasten!«, befahl Nikomedes.

Sami ließ die Order des Herrn sofort umsetzen. Sie waren im offenen Gelände, kaum ein Akazienstrauch war in dieser staubigen Einöde zu entdecken. Die Tiere dösten in der Hitze, genau wie ihre Herren, die ihre Tücher über die Köpfe gezogen hatten und das bisschen Schatten, dass die Kamele warfen, als Schattenfleck benutzten.

Am späteren Nachmittag ging die Order, wieder aufzubrechen, und bis in die Dunkelheit musste weiter marschiert werden. Beim nächstgelegenen Wasserloch ließ dann Nikomedes das erste Nachtlager errichten. Zuerst mussten die Tiere versorgt werden. Entladen, tränken, füttern. Wenn die Kamele sich dann grunzend und schnaubend auf die Erde niedergelassen hatten zur nächtlichen Ruhe, kamen die Bedürfnisse der Menschen an die Reihe. Ein Schluck aus dem Wasserschlauch, ein karges Mahl, ein Lagerfeuer wurde entfacht. Das anfängliche Plaudern ging über in ein Gemurmel und verstummte dann gänzlich.

Das Lager schlief. Nur die Wachtruppe patrouillierte.

»Übermorgen können wir in der Karawanserei von Baraqish übernachten«, sagte Nikomedes zu Sami.

Dann schlief auch er ein.

Die ersten Tage begegneten der Karawane vereinzelt Bauern, die mit ihren beladenen Eseln unterwegs waren. Oder sie sahen in der Ferne winzig kleine Siedlungen und hörten Stimmen. Nach Baraqish würde es dann richtig einsam werden. Wochenlang kein Anzeichen von menschlichem Tun, keine Häuser, kein Laut. Nur Sand, Staub, Geröll, steile Passagen, Hitze, Wind.

Als Nikomedes am Morgen erwachte, hatte er sich entschlossen, seinen Leuten noch einmal Ausgang zu gewähren. Baraqish gehörte zum Fürstentum Saba, war also kein gefährlicher Ort. Es war eine stinkende Ansammlung von Lehmhütten, die auf einem natürlichen Hügel gebaut worden waren. In Baraqish waren hauptsächlich Soldaten stationiert, weil die Grenzen nicht weit waren. Und wo es Soldaten gab, gab es Wirtshäuser und Huren.

»Sollen sie noch mal ihren Spaß haben«, lächelte Nikomedes. »Sami, übermorgen kannst du dir eine hübsche Afrikanerin gönnen. Die Huren von Baraqish sind berühmt.«

»Nein, Herr!«, rief Sami aufgebracht. »Ganz bestimmt nicht!« Er war rot angelaufen. »Wenn du es wünschst, übernehme ich die Wache, und du kannst gehen.«

Nikomedes lachte.

»Nein, das ist nichts für mich. So eine Art Liebe macht mir kein Vergnügen.«

Frühmorgens wurde der Rastplatz aufgehoben, und noch bevor der erste Sonnenstrahl die Erde erhellte, zog die Karawane weiter. Tagein. Tagaus. Nikomedes saß auf seinem Kamel und starrte auf den Pfad. Mit der linken Hand hielt er den Sonnenschirm, die rechte umschloss seinen Dolch. So schaukelten sie Stunde um Stunde. Er kannte die Route genauestens, blieb aber dennoch wachsam wie ein Raubtier. Es könnte sich in Sekundenschnelle der Himmel verfinstern und damit einen Sandsturm ankündigen, es könnte ein sintflutartiger Regenguss herniederprasseln, es könnte sein, dass Wegelagerer einen Angriff starteten oder sich ein wildes, hungriges Tier auf die Karawane stürzte.

Auch seine Ohren musste Nikomedes offen halten. Die Männer in seinem Zug stammten aus allen möglichen Gegenden des südarabischen Raums. Diese rohen, derben Gesellen waren nicht heikel im Umgang untereinander, schnell gerieten sie in Zorn. Und da galt es, sofort einzugreifen, um die Ruhe wiederherzustellen.

Auch zu ihren Tieren waren sie oft grob und schlugen brutal auf sie ein. Nikomedes duldete solches Verhalten nicht. Er hatte die Länge der Strecke vor Augen, drei Monate schwierigstes Terrain, Hitze wie in einem Backofen, Entsagung, Verzicht, Durst, Krankheiten. Ein jeder musste mit seinen Kräften haushalten. Und wenn er es nicht freiwillig tat, musste Nikomedes nachhelfen.

Sami war ihm eine große Hilfe.

»Reit mal nach hinten, Sami«, sagte er. »Ich höre die Kerle von Sumhurram miteinander streiten.«

Sami nahm seinen Stock, wendete das störrische Kamel und kam kurze Zeit darauf zurück.

»Ich habe sie beruhigt, Herr.«

Nikomedes fragte nicht, wie Sami das erreicht hatte. Aber er bemerkte im Lauf der Zeit, dass diese wilden Gesellen Sami respektierten und ihm nach Möglichkeit aus dem Weg gingen.

Es gab nicht sehr viele Karawansereien auf dem Weg nach Norden, meist mussten sie in der freien Natur übernachten. Von den drei Monaten konnten sie ungefähr ein Drittel in einem befestigten Unterschlupf verbringen. Der Vorteil war natürlich, dass sie, die Tiere und die Ware in Sicherheit waren, die Karawansereien waren ummauert. Es gab Essen, oft gegrilltes Schafsfleisch, genügend Wasser und manches Mal sogar Frauen. Am Abend brannten die Feuer länger, die Männer sangen und erzählten sich ihre Abenteuer.

Bei Halbmond waren sie aufgebrochen, jetzt war er schon voll. Nikomedes nutzte die hellen Mondnächte und ließ die Karawane auch des Nachts marschieren. Das Terrain ließ es zu, denn sie folgten einem breiten, trockenen Flussbett. Die einzige Sorge, die Nikomedes kaum ruhig atmen ließ, war die Furcht vor einer unerwarteten Regenflut. Es war Herbst, bald Winter, die einzige Zeit, wo es hier regnen konnte.

Sie umgingen die steilen, hohen Bergzüge, die mit messerscharfen Obsidiansplittern übersät waren, die sogar in die dicken Kamelsohlen eindringen und sie verletzen konnten. Erst am Ende des Tals mussten sie hinauf in die Schotterödnis des Hochplateaus. Langsam und mühsam schnaubend erreichten sie die Höhlen vor Sada, wo Menschen, die viele tausend Jahre vor ihnen gelebt hatten, Felsmalereien hinterlassen hatten. Dort schlugen sie ihr Nachtlager auf. Nikomedes gab allen einen Tag zum Ausruhen, nachdem sie ohne Zwischenfälle bis hierher gekommen waren.

An einem der nächsten Tage ritt Sami die Karawane ab. Da sah er, dass auf einem beladenen Kamel ein Mann lag, der sich kaum bewegte.

»Was ist mit dem da los?«, rief er.

»Das ist Kuzu«, antwortete der Treiber.

»Ja, und?«

»Er … ja … seit …«

Sami schwang seinen Stock.

»Er …, Sami, Herr …«

»Nun, red schon, du Hundesohn!«

Der Treiber wischte sich den Schweiß von der Stirn.

»Kuzu«, begann er zögernd. »Kuzu ist gestolpert, und der Dorn einer Akazie hat sich in sein Knie gebohrt.«

Er blickte ängstlich zu Sami hoch.

»Ihr verdammten Idioten müsst besser aufpassen, wo ihr hintretet«, rief Sami aufgebracht. »Jedes Neugeborene weiß, dass diese Dornen den Tod bringen können.«

Sami blickte auf das Bein des Verletzten. Es war dick angeschwollen.

»He, Kuzu!«, rief er ihm zu, tippte mit dem Stock auf den Körper.

Als Antwort kam nur ein leichtes Röcheln.

»Mach die Augen auf!«, schrie Sami.

Kuzu schaffte es nicht. Er atmete ganz flach, sein Mund war verkrustet, seine Stirn brannte vor Fieber.

Sami ritt schnell vor zu Nikomedes. Das musste der Herr entscheiden. Das oblag nicht seiner Zuständigkeit.

Nikomedes ließ anhalten, ritt nun selbst nach hinten zu dem Verwundeten. Er begutachtete die Lage. Dieser Kerl würde es nicht mehr lange machen.

»Zu wem gehört er?«, fragte er.

»Er ist einer aus Shabwa.«

»Gut, dann kümmern sich die aus Shabwa darum, dass er uns nicht weiter aufhält. Nehmt seine Sachen, legt ihn unter einen Baum, meinetwegen träufelt ihm noch ein wenig Wasser in den Mund.«

Die Leute schwiegen und starrten auf den Boden.

»Ihr wisst so gut wie ich, dass da nichts mehr zu machen ist.« Nikomedes Stimme war schneidend scharf. »Es kann jeden von uns treffen.«

Er wendete sein Kamel.

»Wir reiten weiter.«

Ein paar Tage später kamen sie zu einer Wasserstelle, die ausgetrocknet war.

»Der Brunnen ist versiegt«, sagte Nikomedes. »Jetzt müssen wir doch über Nadschera.«

Er blickte finster und fluchte auf Griechisch.

»Sag den Leuten, es gibt erst wieder in drei Tagen frisches Wasser. Sie sollen achtsam mit den Reserven umgehen.«

Nikomedes wusste, dass dieser Brunnen eine heikle Sache war, oft war er am Ende des Sommers vertrocknet. Aber er hatte es dennoch versuchen wollen. Der Weg über Nadschera war zwar nicht mühsamer oder gar weiter, aber es gab dort eine Menge Wanderdünen, die ihnen große Schwierigkeiten machen würden.

»Große Schwierigkeiten«, wiederholte Nikomedes grimmig. Aber eine andere Möglichkeit gab es nicht.

Außerdem verlangten diese Hurensöhne in Nadschera erhebliche Steuern auf die Fracht. Und das hatte Nikomedes nicht einberechnet.

Er war jetzt zur Improvisation gezwungen.

Wenigstens gab es unzählige Brunnen in Nadschera, Dattelpalmen und gutes Getreide. Sie würden ihren Proviant dort auffüllen können.

Der Weg nach Nadschera war viel begangen. Es gab sogar so etwas wie eine mit Kies belegte Straße. Kein Wunder, denn Nadschera war ein wichtiger Knotenpunkt. Seit es vermehrt Karawanenzüge Richtung Norden gab, verzweigten sich in diesem Ort die Hauptlinien. Die eine, die Nikomedes verfolgte, lief nach Norden ans Große Meer, mit der anderen konnte der Golf von Persien erreicht werden.

Eine wahrhaft waghalsige Tour, denn sie führte quer durch die unbewohnte Sandwüste, wo es kaum Wasserstellen gab, dafür umso gefährlichere dünenartige Sandhügel, die hart verkrustete, messerscharfe Oberflächen hatten, an denen sich die Kamelsohlen und barfuß laufende Treiber schwere Verletzungen zuziehen konnten. Außerdem konnte diese Dünenwelt nicht umgangen, sondern musste überquert werden. Eine mörderische Anstrengung war es, diese Tausende von Hügeln erklimmen und dann wieder hinabsteigen zu müssen.

Zum Glück erreichte Nikomedes Nadschera, ohne dass er auf Wanderdünen getroffen wäre, die für die Karawane beschwerliche und langwierige Umwege bedeutet hätten. Er ließ weit draußen vor dem Ort das Lager errichten, sandte Sami mit ein paar anderen tüchtigen jungen Helfern in die Siedlung hinein, um Vorrat zu besorgen. Er selbst würde nach ihrer Rückkehr bei Abra, dem Ältesten von Nadschera, den Passagepreis aushandeln.

»Ah, der Grieche!«, begrüßte ihn Abra. »Hättest wohl gerne die Abkürzung genommen, um uns um unseren Zoll zu prellen, was?!«

Abra mochte keine Fremden, er machte aus seiner Abneigung Nikomedes gegenüber keinen Hehl.

»Ihr von da oben meint, ihr seid wohl schlauer als wir«, sagte er laut. »Aber da hast du dich getäuscht, du käsebleicher Griechenbock.«

Er blickte im Kreis herum, wo die anderen Alten des Ortes auf den Teppichen saßen und gespannt zuhörten. Sie grinsten hinterhältig. Es gefiel ihnen, wie ihr oberster Vertreter mit dem dahergelaufenen Fremden umsprang.

»Wir haben das Wasserloch von Ragma absichtlich vernichtet, zugeschüttet haben wir es, unbrauchbar gemacht, damit ihr hinterlistigen Karawanenführer uns nicht ausschalten könnt!«, sagte er und lachte hämisch dabei. »Betrüger, die ihr allesamt seid.«

Wäre Nikomedes nicht ein Fremder gewesen, hätte die Tatsache, dass diese Ehrlosen ein Wasserloch absichtlich zugeschüttet hatten, zweifellos zu einem bewaffneten Kampf geführt. Es war ein ehernes Gesetz, das von allen befolgt werden musste, dass eine Wasserstelle niemals zerstört werden durfte. Seit Jahrtausenden richtete sich jeglicher Stamm danach. Man hätte Abra und seine Mittäter ohne Weiteres dafür töten können, ohne befürchten zu müssen, für diesen Mord bestraft zu werden. So war die Tradition.

Aber Nikomedes war kein Einheimischer, er war ein Ausländer, noch dazu von weit her, ein Weißer, er hatte keine Rechte, niemand wäre ihm zur Seite gestanden, hätte auch nur einen Finger gerührt für ihn und seine Karawane.

Also zuckte er lediglich leicht mit den Schultern und ließ sich seinen Zorn nicht anmerken.

»Wie viel verlangst du, Abra?«, fragte er ruhig.

Abra nannte einen unverschämt hohen Preis.

»Gut«, willigte Nikomedes ein. »Mögen die Götter dir gewogen bleiben«, fügte er gelassen hinzu. »Ich bringe dir das Silber und die Waren vor Sonnenuntergang, bereite die Tontafel mit der Durchlasserlaubnis vor.«

Er stand auf, verneigte sich und ging zurück ins Lager.

»Sami«, rief er, als er dort ankam. »Dieser Hurensohn will uns übers Ohr hauen.«

Er presste die Lippen wütend aufeinander.

»Dem werden wir es zeigen, dieser dreckigen Missgeburt. Geh und hol die Säcke mit dem verdorbenen Getreide.«

Sie hatten mit Schrecken vor ein paar Tagen festgestellt,

dass sich auf mehreren Säcken Getreide ein gefährlicher Pilz gebildet hatte. Ein unscheinbarer, kleiner grauer Pilz, nicht größer als ein Traubenkern. Nikomedes kannte ihn noch aus seiner Jugendzeit in Griechenland. Dort war man ein bisschen weiter als im tiefen Südarabien. Man hatte herausgefunden, dass dieser Pilz giftig war und wahrscheinlich vielen Menschen schon das Leben gekostet hatte, die ahnungslos ihr Brot damit backten. Aus diesem Grund ließ Nikomedes alle paar Tage den gesamten Getreidevorrat prüfen. Das befallene Getreide musste jeweils sofort vernichtet werden.

Am letzten Rastplatz, vor zwei Tagen, hatten sie erschrocken gesehen, dass an einem Bündel der kleine graue Pilz gewachsen war.

»Wir müssen es bei nächster Gelegenheit verbrennen«, hatte Nikomedes gesagt.

Jetzt schüttelte er den Kopf.

»Wir werden das befallene Getreide mit gutem mischen und es Abra und seinen Hundesöhnen als Zoll bezahlen.« Nikomedes zuckte mit den Schultern. »Sie werden verrecken wie die Leute, die vergebens an das Wasserloch kommen, das sie zugeschüttet haben. Die Götter bestrafen Habgier und Gottlosigkeit.« Er lachte bitter. »Und ich helfe ihnen gerne dabei.«

Am späten Nachmittag brachten Nikomedes und Sami das abgezählte Hacksilber und die vereinbarten Bündel Getreide in die Hütte von Abra.

»Hier, Abra, die gewünschte Bestellung«, sagte Nikomedes höflich.

Abra grinste.

»Gut, gut, du griechischer Falschspieler. Haben wir dich doch erwischt.«

Er reichte ihm mit einer herablassenden Geste das Tontäfelchen, das der Karawane freies Geleit gewährte.

»Gute Reise, mögen die Götter dich beschützen«, sagte er anzüglich.

Nikomedes lächelte fein.

»Dich auch, dich auch.«

21

In der Oase Taif, inmitten der arabischen Sandwüste, legte die Karawane zwei Tage Ruhepause ein.

Diese kleine Siedlung aus Lehmhütten schmiegte sich an den Rand eines Flussbettes, das meist ausgetrocknet war. Es kam nur sehr selten vor, vielleicht alle zehn Jahre einmal, dass sich das Tal nach einem heftigen Regenschauer mit Wasser füllte. Ansonsten war das breite Flussbett, dessen Seiten die grüne Oase umgab, trocken.

Auf seiner einen Seite lag der Palmenhain. Die Stämme waren gepflegt, säuberlich beschnitten, die Datteln hingen dick und prall an den Strünken. Es war Winterzeit, die Männer des Dorfes kletterten die Palmen hinauf und pflückten die reifen Früchte.

Um den Palmenwald war eine dichte Hecke von Granatapfelsträuchern gezogen, deren rote Blüten einen herrlichen Duft verströmten, davor hatte man eine mannshohe Lehmmauer gebaut, die die kostbare Plantage vor den streunenden Wildhunden und Raubkatzen, die sich in der Gegend herumtrieben, beschützte.

Auf der anderen Seite des Flussbettes lagen die Häuser der Dorfbewohner. Es war ein heiterer Volksstamm, der dort wohnte, laut plaudernd gingen die Menschen durch die engen Gassen, sie litten keine Not. Die Oase brachte ihnen Lebensgrundlage in Hülle und Fülle. Die Brunnen führten sauberes Wasser, der Erdboden war fruchtbar. Sie konnten Hirse und Emmer anpflanzen. Und hin und wieder trafen Karawanen ein, machten Rast in Taif und ermöglichten den Bewohnern einen zusätzlichen, einträglichen Tauschhandel.

Nikomedes und die Seinen hatten noch nicht einmal die Hälfte ihrer Strecke hinter sich gebracht, aber Nikomedes schien es, als habe sich eine unerklärliche Trägheit über die Karawane ausgebreitet. Das Abladen des Abends, das Beladen am Morgen, alles dauerte so lange und wurde lustlos erledigt. Das Plappern der Treiber fehlte ihm, sie waren beinahe gänzlich verstummt.

»Sami«, hatte er eines Abends gerufen. »Hast du das Gefühl, dass die Leute krank sind? Ist irgendein Fieber im Umlauf?«

»Nein, Herr«, hatte Sami geantwortet. »Sie sind nur alle sehr erschöpft. Die große Hitze, Herr, und dann das Tempo, das du vorlegst. Viele sind schon jetzt am Ende ihrer Kräfte.«

Nikomedes hatte wütend die Augenbrauen zusammengezogen.

»Bei Zeus!«, hatte er gerufen. »Was sind das denn für Männer! Machen die etwa jetzt schon schlapp?«

Sami hatte ihn verlegen angesehen. Sein Herr war wirklich erbarmungslos mit allen umgegangen.

Nikomedes hatte kurz überlegt.

»Es waren harte Wochen, das stimmt, da gebe ich dir recht«, hatte er dann gesagt. »Gut, dann gib ihnen bekannt, dass wir an der Oase Taif zwei Tage eine Ruhepause einlegen. Dort gibt es viel Wasser, schöne Datteln, frisches Fleisch. Sag es ihnen, Sami.«

Es war ein Aufatmen durch die Reihen gegangen, als Sami den Männern die Verschnaufpause ankündigte.

Nikomedes ließ Kaninchen, Hühner und Enten besorgen, sie legten sie in die Glut des Lagerfeuers, und der Duft von gebratenem Fleisch und frischen Kräutern erfüllte die Luft. Plötzlich redeten die Männer wieder, lachten, scherzten und waren guter Dinge.

Jetzt lagen Tiere und Männer im Schatten der Palmen der Oase Taif und ruhten sich satt und beruhigt von den Strapazen der letzten Wochen aus.

Sie waren über Lavafelder, über basaltene Steinwüsten gezogen, der Tagesglut und nächtlicher Kälte ausgesetzt, es gab wenige Brunnen, sie mussten mit Wasser haushalten, wochenlang gab es keine Karawansereien, des Nachts hatten sie nur auf hartem, geborstenem Stein gelagert. Sie hatten Umwege um steile, hohe Bergzüge machen müssen, in der flirrenden

Hitze war nur das Schnauben der Tiere und das Keuchen der Männer zu hören gewesen.

Jetzt war Friede eingekehrt. Nikomedes schaute auf die Männer, wie sie ihre Tiere und Lasten versorgten, sich an den Brunnen wuschen, ihre Kleider ausschüttelten und die Turbane neu wickelten. Bald hörte er nur noch ihr tiefes und lautes Schnarchen.

Er saß mit Sami am Feuer.

»Herr«, begann Sami. »Herr, es soll doch nicht sehr weit von hier dieser berühmte Stein liegen, den die Menschen so verehren?«

»Du meinst den großen Felsbrocken in der Nähe der Oase Makkah?«

»Ja, Herr, kennst du ihn, warst du schon dort?«, fragte Sami aufgeregt.

»Es ist nichts Besonderes, Sami, nur ein riesiger, viereckiger Stein, der aussieht wie geschliffen. Ich weiß nicht, was die Leute so besonders an dem finden.«

»Er ... er soll das Haus eines Gottes sein«, sagte Sami schüchtern.

»Dushar nennen sie den Gott, in ihrer Sprache heißt das Stein.«

Nikomedes zuckte verständnislos mit den Achseln.

»Ich würde so gerne dorthin gehen.«

Samis Stimme war leise.

»Warum denn, Sami? Ihr habt doch genügend andere Götter, warum interessiert dich gerade er?«

»Ich habe gehört, dass er die Wünsche erfüllt, um die er gebeten wird, wenn man ihn umkreist und dabei berührt.«

»Ach, Sami, das sind Hirngespinste, Gewäsch von Priestern. Sie erzählen Märchen, die Menschen glauben es, reisen dorthin, und die Priester tun nichts, als ihnen das Geld aus der Tasche zu ziehen.« Er deutete mit dem Zeigefinger auf Sami. »Für alles müssen die Reisenden zahlen, Unterkunft, Spenden für den Tempel, Essen, Reiseandenken. Die Priester verdienen viel, viel an der Dummheit der Menschen. Glaub mir, Sami, da ist nichts dran. Aber sag, was für einen großen, geheimen Wunsch hast du denn, den dir deine anderen Götter nicht erfüllen können?«, fügte er gutmütig lächelnd hinzu.

Sami lief dunkelrot an, aber es war Nacht, und so konnte Nikomedes seine Verlegenheit nicht sehen. Er hatte natürlich nur einen Wunsch, er wollte Lilith wiedersehen und mit ihr zusammen sein. Für immer. Aber das konnte er Nikomedes nicht sagen.

»Ich möchte gerne eine eigene Familie haben. Darum würde ich den Stein bitten«, antwortete er deshalb ausweichend.

»Das wird auch ohne die Hilfe des Steines in Erfüllung gehen, Sami, dazu brauchst du nicht den weiten Weg nach Makkah zu machen.« Nikomedes stocherte im Feuer. »Lass uns ruhen. Gute Nacht, Sami.«

»Gute Nacht, Herr.«

Gemächlich zog die Karawane nach zwei Tagen weiter. Die Wasserschläuche waren mit frischem, klarem Wasser aus den Brunnen von Taif gefüllt, die Proviantsäcke mit allerlei Leckerbissen vollgepackt, mit Datteln, Granatäpfeln, Taubeneiern, in Salz eingelegten Hühnerschenkeln.

Nikomedes hatte die Zeit der Ruhepause benutzt, sich nach der besten Fährte hinauf nach Yathrib zu erkundigen.

»Es gibt mehrere Strecken«, sagte der Dorfälteste. »Sie führen allesamt durch offenes Gelände.«

Nikomedes wusste um die Gefahren. Von Taif an bis hinauf an den Rand der Wüste senkte sich das hohe Gebirge steil ab und ging über in eine sandige Steppe. Die große Hitze und der trockene Boden ermöglichten so gut wie keine Siedlungen. Es war menschenleeres Gebiet.

Zum raschen Vorwärtskommen war das von großem Vorteil. Jedoch war auch die Gefahr, von räuberischen Banden überfallen zu werden, weitaus größer als im Gebirge. Das flache Gelände begünstigte gewalttätige Angriffe. Wie aus dem Nichts konnten mit einem Mal Horden von wilden Banditen auftauchen und mit lautem Geschrei die Karawane attackieren und ausrauben.

Nikomedes schärfte seinen Soldaten ein, besonders wachsam zu sein, er teilte sie neu ein, ließ sie links und rechts des Karawanenzuges marschieren, die Waffen griffbereit.

Er selbst gönnte sich keine Ruhe. Seine Augen wanderten unaufhörlich über das weite Gelände. Manchmal verrieten sich die Angreifer, indem sie Staub und Sand aufwirbelten. Und je schneller Nikomedes einen Überfall erkennen würde, desto wirkungsvoller konnte er ihn abwehren. Er schnüffelte in der Luft wie ein Wiesel, als ob er Gerüche, Geräusche oder Bewegungen riechend erkennen wollte. Nikomedes war in höchster Alarmbereitschaft.

»Merk dir alles genau«, sagte er zu Sami. »Als Leiter bist du verantwortlich für den ganzen Zug. Die Männer laufen nur, Schritt für Schritt, aber denken muss der Karawanenführer.«

Sami beobachtete das Tun seines Herrn mit großer Aufmerksamkeit. Er war voller Hochachtung und Bewunderung ihm gegenüber, so wollte er auch werden, stark, entschlossen, tatkräftig. Die letzten Tage und Nächte hatte Nikomedes sich kaum ausgeruht, selbst des Nachts schlief er wenig, kontrollierte die Soldaten, lief den Zug auf und ab.

»Ja, Herr«, antwortete Sami.

Er blickte zurück, um sich zu versichern, dass alle in Reih und Glied gingen. Dabei ließ er seinen aufmerksamen Blick über das eintönige, mit kleinen Sandbuckeln übersäte Gelände streifen.

Nur noch ein paar Tage, dachte er, dann sind wir in Yathrib und können uns in der Oase erholen und frische Ware einhandeln. Er freute sich sehr darauf. Obwohl er so jung und zäh war, empfand er den Marsch durch die lange, lange Wüstenei als sehr ermüdend.

Plötzlich sah er, wie nicht weit entfernt von zwei Seiten eine Horde von Männern hinter den Sandkuppen auftauchte und wild gestikulierend auf den rückwärtigen Teil der Karawane stürmte. Sie waren schon im Begriff, die letzten Kamele des Zuges aus den Händen der Treiber zu zerren, um schnell wieder mit den schwer beladenen Tieren das Weite zu suchen.

»Angriff! Angriff!«, brüllte Sami.

Ein Ruck des Entsetzens ging durch die ganze Karawane. Die Soldaten machten kehrt, liefen sofort nach hinten und versuchten, die Angreifer zu erreichen. Sie schlugen mit ihren Waffen um sich und brüllten laut. Aber die Banditen hatten kleine, schnelle Pferde, und die Krieger waren zu Fuß, manche von ihnen saßen auf ungelenken Kamelen.

Die in Tücher gehüllten Angreifer hatten schon die vier letzten Kamele des Zuges den Treibern, die sich heftig wehrten, entrissen. Die Kerle schlugen mit hölzernen Knüppeln auf die Treiber ein, das Blut spritzte, man hörte das Krachen von zerberstenden Knochen.

Bis die Soldaten an die Banditen herankamen, waren die meisten von ihnen längst wieder in den buckeligen Dünen verschwunden. Einige kämpften noch mit den gestohlenen Kamelen, die sie sich nicht einfach wegführen ließen, sondern sich grunzend wehrten und heftig mit den Beinen ausschlugen. Die Nachzügler bekamen nun den Zorn der Soldaten zu spüren. Diese droschen auf die Banditen mit ihren Dolchen und Schwertern ein und durchstachen die Leiber ihrer Pferde. Drei Banditen hatten keine Chance mehr. Die Krieger fielen über sie her, massakrierten sie und schlugen ihnen die Köpfe ab.

»Überlegt angreifen müsst ihr, ihr Wahnsinnigen! Benutzt doch euren Verstand!«

Nikomedes war nach hinten galoppiert und rief herrisch, so laut er nur konnte. Aber niemand hörte ihn. Alle hieben aufeinander ein, es herrschte ein heilloses Durcheinander.

Am Ende war der Wüstensand blutrot gefärbt. Und Nikomedes zählte drei erschlagene und verstümmelte Angreifer und zwei tote Treiber aus seinen eigenen Reihen.

Sie hatten insgesamt keinen großen Verlust, zwei Mann und vier Kamele und deren Ware, aber Nikomedes war alles andere als zufrieden mit den Soldaten.

»Ihr seid ja völlig hirnlos auf die Banditen losgegangen!«, schrie er außer sich. »Wozu seid ihr denn ausgebildete Kämpfer? Was für ein Glück, dass die Banditen genau solche Stümper waren wie ihr. Sonst hätte das ein riesiges Gemetzel gegeben.« Er konnte sich kaum beruhigen. »Unzulängliche Nichtskönner! Pfuscher seid ihr! Wozu habe ich euch denn dabei?«

Während des Kampfes hatten sich viele der Kamele aus dem Zug freigemacht und liefen verstört und verwirrt im Gelände umher, bäumten sich auf, gaben grässliche Töne von sich, wie Schmerz- und Wehlaute. Erst nach langem Zureden ließen sie sich wieder in den Zug einfügen.

Nikomedes befahl, die Leichname zu bestatten.

»Ein Loch für unsere Leute, eines für die Gauner«, sagte er unwirsch.

»Sami, du bist dafür zuständig, dass alles ordentlich gemacht wird. Legt ihnen ihre Sachen ins Grab und vergesst nicht, eure Gebete zu sprechen.«

Er wandte sich ab.

Von da an ritten sie meist nur bei Nacht. Im Schutz der Dunkelheit war ein Angriff weitaus weniger wahrscheinlich. Die Nächte waren mondhell, und die Sterne, deren Verlauf Nikomedes genau kannte, wiesen ihnen den Weg. Die Männer opferten jeden Tag ihrem Mondgott Sin und baten ihn um Schutz.

In Yathrib wechselten sie die Kamele, luden ihre Ware auf ausgeruhte Tiere und zogen weiter durch die sandige Ödnis.

Nach beinahe drei Monaten Wegzeit von Marib erreichten sie endlich den Golf von Aqaba. Jetzt mussten sie nur noch den Sinai durchqueren, um zu ihrem Endziel Gaza zu kommen. Die Route war ein recht viel begangener Weg, jede Nacht würde eine Karawanserei auf sie warten. Das Schlimmste hatten sie überstanden.

Die Männer fielen auf die Knie und dankten ihren Göttern. Sie waren erschöpft, abgemagert, ausgetrocknet. Nikomedes hatte keinen weiteren Verlust mehr zu verbuchen gehabt. Drei Tote auf dieser langen Strecke war ein passabler Durchschnitt. Nikomedes hatte schon Karawanen begleitet, bei denen nicht einmal die Hälfte durchgekommen war.

Er beobachtete die frommen Männer, wie sie ihren Göttern dankten, die sie so verehrten und denen sie die gute Reise zu verdanken glaubten.

Es zuckte ein wenig verächtlich um seine Mundwinkel. Nun, dachte er, du kennst sie lang genug.

Er sah Sami auf sich zukommen. Der drahtige Junge hatte sich wirklich gut angestellt.

»Du hast dich bewährt, Sami«, sagte Nikomedes freundlich.

Sami wischte sich verlegen die langen, schwarzen Locken aus dem Gesicht.

»Ich danke dir, Herr.«

»Setz dich, Sami.«

Sie tranken heißes Wasser, in das sie Kräuter gestreut hatten.

»Wir sind ganz in der Nähe von Eilath, Herr«, sagte Sami vorsichtig.

»Ja, und?«

»Ich habe meine Eltern schon so lange nicht mehr gesehen. Die anderen Karawanen, mit denen ich gezogen bin, haben immer eine andere Route gewählt.«

»Du möchtest deine Eltern besuchen, Sami?«

»Ja, Herr, das möchte ich.«

Nikomedes sah ihn lange an. Er schien nicht begeistert von dieser Idee zu sein.

»Waren sie denn gut zu dir, deine Eltern?«

»Ja, ich habe sie in guter Erinnerung.«

»Wann hast du sie das letzte Mal gesehen?«

»Als ich das Dorf verlassen musste. Vor acht Jahren.«

Er erzählte Nikomedes, wie seine Eltern ihn und seine Brüder in die Ferne geschickt hatten, weil sie sie nicht länger ernähren konnten.

»Deine Brüder?«

»Wo sie hingegangen sind, weiß ich nicht. Ich kam ja damals gleich zu dir, Herr.«

»Deine Eltern haben dir gesagt, sie könnten dich nicht länger ernähren?«

»Sie waren sehr arm. Es gab nicht genügend zu essen.«

Nikomedes zog die Augenbrauen zusammen.

»Wie heißen denn deine Eltern?«

»Schumul und Jesabel.«

»Schumul der Wasserträger?«

»Ja, Vater ist Wasserträger. Kennst du ihn? Aber ... ich verstehe nicht, Herr?!«

Nikomedes beantwortete seine Frage nicht. Er zögerte einen Augenblick.

»Ich werde dich zu deinen Eltern begleiten, Sami, und werde deinem Vater nur Gutes von dir zu berichten wissen«, sagte er dann. »Die Karawane kann inzwischen am Rastplatz hinter Eilath lagern, während wir deinen Eltern einen Besuch abstatten.«

»Das ist eine große Ehre für mich, Nikomedes«, sagte Sami leise. »Danke.«

Sami verstand nicht recht, wie es kam, dass Nikomedes den Namen seines Vaters kannte und nun mit ihm in sein Elternhaus kommen wollte. Aber es erfüllte ihn mit Stolz und Freude.

Sie hatten drei bis vier Tagesmärsche vor sich, bis sie die von Dattelpalmen beschattete Siedlung von Eilath erreichen würden. Gelegentlich türmten sich auf der schmalen Trasse, auf der sie wandern würden, Sandverwehungen zu hohen Dünen auf, die sie umgehen mussten. Grauschwarze, unzugängliche Lavahügel erwarteten sie auf beiden Seiten des Trampelpfads der Karawanen.

Am Tag ihres Abmarsches war es sehr heiß, ein unangenehmer feuchter Wind wirbelte den Sand auf und bedeckte alles mit einer klebrigen Staubschicht. Aber Sami ging plötzlich alles sehr leicht von der Hand. Er scherzte mit den Männern der Karawane, half ihnen beim Hochstemmen der schweren Warenpakete auf die Kamelrücken, tränkte die Tiere, bereitete das Lagerfeuer und das Nachtlager für seinen Herrn.

Er pfiff vergnügt, seine schwarzen Augen mit den langen, dichten Wimpern leuchteten. Bald würde er seine Mutter und seinen Vater wiedersehen. Er überlegte, ob er ihnen von Lilith erzählen sollte. Sein Herz war so von ihr erfüllt, dass er am liebsten allen von ihr erzählt hätte. Aber es durfte niemand von dieser Liebe wissen. Er beschloss abzuwarten. Er wusste ja noch nicht einmal, ob seine Eltern überhaupt noch am Leben waren.

Die Tage bis Eilath verstrichen viel zu langsam für ihn. Er drängte die Karawanenteilnehmer ständig zur Eile. Nikomedes beobachtete ihn lächelnd.

Endlich waren sie im Lager bei Eilath angekommen. Nikomedes und Sami machten sich auf den Weg zum Haus seiner Eltern.

Sami hatte seine Haare gewaschen, sie wehten ihm in luftigen Locken um den Kopf. Er trug einen kurzen weißen Rock und hatte sich ein Tuch um den sehnigen, athletischen Körper geschlungen.

Als sie durch die Siedlung gingen, bemerkte Nikomedes, wie die Mädchen Sami aus ihren Augenwinkeln neugierig anschauten. Er sieht wirklich gut aus, dachte Nikomedes, aber von Frauen redet er nie. Sie fanden die Hütte der Eltern.

»Geh du zuerst hinein, Sami«, sagte Nikomedes. »Ich folge dir dann ein wenig später.«

Sami pochte an die verbogene Holztür. Es kam keine Antwort. Er versuchte es noch einmal. Nichts. Dann öffnete er die Tür und trat in die Wohnstube seiner Kindheit. Es schnürte ihm die Kehle zu, als er alles bis ins kleinste Detail unverändert vorfand. Die zerlumpten Teppiche, die den einfachen Lehmfußboden bedeckten. Die schäbige Kommode, auf der ein paar gelöschte Öllämpchen standen, die fleckige Wand, das Loch in der Mauer, das als Fenster diente. Die Luft war stickig und roch wie früher. Nach Schweiß, nach

Verbranntem, nach Schmutz und Elend. Es war niemand im Raum.

Er trat hinaus in den Hof. War dieser alte Mann, der dort Holz aufschichtete, sein Vater?

»Vater«, sagte Sami zögernd.

Der alte Mann machte eine rasche Bewegung, drehte sich erschrocken um und starrte Sami mit weit aufgerissenen Augen an.

»Ich bin es, Sami, dein Sohn«, flüsterte Sami.

»Meine Söhne haben mich alle verlassen«, sagte der alte Mann. »Und keiner ist zurückgekommen.«

»Aber ich bin gekommen, Vater.«

»Vater?«

Sami eilte auf den alten Mann zu, er erkannte das faltige, magere Gesicht, die traurigen Augen, die großen, dünnen Hände.

Er nahm den Mann in seine Arme, wiegte ihn hin und her, hielt ihn ganz fest umschlungen.

»Vater ... Vater ...«, murmelte er.

»Keiner meiner Söhne ist zurückgekommen«, wiederholte der Alte.

»Ich bin es, Sami, dein Sohn.«

»Sami? Mein Sohn?«

»Ja, Vater, Sami, dein Sohn.«

Der alte Mann begann zu weinen, sein ausgelaugter Körper zitterte. Auch Sami war erschüttert. Er hatte sich seine Heimkehr anders vorgestellt.

»Wo ist Mutter?«, fragte er ängstlich.

»Jesabel ist schon viele Jahre tot.«

Die Mutter tot, dachte Sami traurig, der Vater verwirrt, die Brüder in alle Winde zerstreut.

»Soll ich bei dir bleiben, Vater, soll ich für dich sorgen? Möchtest du das?«

Der alte Mann sah ihn verständnislos an.

In diesem Augenblick betrat Nikomedes den Hof.

»Sami, kannst du dich umsehen, ob du etwas für uns zu essen findest?«

Als Sami mit einem Topf voll frischem, dampfendem Gemüse von einem der Nachbarhäuser zurückkam und mit einer Kanne Bier, saßen die beiden Männer schweigend auf dem Fußboden im einzigen Zimmer des baufälligen Hauses.

Sie aßen die Mahlzeit. Sami versuchte ein Gespräch, aber weder Nikomedes noch sein Vater gingen darauf ein. Nach einer Weile stand Nikomedes auf.

»Verabschiede dich, Sami, wir brechen auf.«

Sami wollte seinen Vater in die Arme nehmen, Schumul wehrte die Umarmung jedoch ab. Grußlos verließen sie die Hütte.

»Er ist alt und verwirrt«, sagte Nikomedes, als sie die Straße hinuntergingen.

»Sollte ich nicht bei ihm bleiben und für ihn sorgen? Wäre das nicht meine Pflicht?«

»Nein, du kümmerst dich um dein eigenes Leben«, antwortete Nikomedes hart. »Und ich werde dir dabei helfen. Ich werde an seine Stelle treten, ich werde dir Vater sein. Darauf kannst du dich verlassen, Sami.« Er nahm den traurigen Jungen ganz kurz in die Arme. »Und jetzt vergisst du das Treffen ganz, ganz schnell. Das ist Vergangenheit und vorbei. Ab jetzt denkst du nur an die Zukunft. Und zwar an deine eigene.«

Sami antwortete nicht darauf. Die Stimme von Nikomedes war so barsch und bestimmt, dass er sich nicht getraute, etwas dagegenzusetzen. Er nickte leicht.

Und sie erwähnten dieses Geschehen nie wieder.

Sami saß am Ufer des endlosen Großen Meeres, er badete mit den Füßen in den Fluten. Blau war das Wasser und salzig, die langen Wellen schlugen sanft an das sandige Ufer. Wie schön ist es hier, dachte Sami, und wie schwer ist es mir ums Herz.

Seit einigen Tagen waren sie in Gaza. Nikomedes und er hatten die Männer entlohnt, ihnen gedankt und sie entlassen. In drei Wochen ging die nächste Karawane zurück nach Marib. Ein Großteil der Männer hatte sich dafür entschieden, beim Rückmarsch wieder dabei zu sein. Andere wollten es sich noch einmal überlegen.

Das Leben am Meer schien vielen einfacher und schöner als in ihrer Heimat im Süden Arabiens, die Siedlungen waren moderner, es gab mehr Arbeit, das Klima war angenehmer. Die Einwohner von Gaza behandelten die Südländer zwar sehr herablassend, lachten, weil sie ihre Sprache nicht beherrschten, andere Götter anbeteten, andere Kleider trugen und andere Dinge aßen. Die Leute am Großen Meer zeigten ganz unverhohlen, dass sie sich denen aus dem Süden haushoch überlegen fühlten. Konnte man hier leben, fragte sich so mancher.

Für Sami gab es nichts zu überlegen. Er würde die erste Gelegenheit am Schopf packen und zurück nach Marib reisen. Zurück zu Lilith. Auch wenn er sich nur mehr als einfacher Kameltreiber verdingen könnte, er würde nicht zögern.

Nikomedes versuchte seit dem Besuch in Samis Elternhaus, ihn zum Bleiben zu überreden. Er hatte ihm das verführerische Angebot gemacht, mit ihm zusammen ein Geschäft zu eröffnen, ein Handelsunternehmen, das den Verkehr zwischen Großem Meer und Südarabien kontrollieren würde.

»Du müsstest nicht mehr diese mörderischen Reisen machen, könntest ein schönes Haus bauen und viel Geld verdienen. Denk doch darüber nach, Sami.«

»Ich dachte, Herr, du wolltest zurück nach Griechenland gehen?«

»Nein, nein, das kommt nicht mehr infrage. Ich werde in Gaza bleiben und mir das zunutze machen, was ich all die Jahre im Karawanengeschäft gelernt habe.« Er zögerte einen Moment. »Und du könntest mein Partner sein, Sami.«

»Ich gehe zurück nach Marib.«

»Aber was willst du denn da unten in diesem rückständigen Land? Hier kannst du dein Glück machen. Hier an meiner Seite. Mit mir.«

»Nein, ich gehe zurück nach Marib.«

Nikomedes redete immer wieder auf Sami ein. Bei jedem Gespräch hatte er eine neue Idee für eine gemeinsame Zukunft, er versprach Sami Unterstützung, ein gutes Einkommen, Unabhängigkeit. Aber Sami wiederholte ebenso unverdrossen jedes Mal das Gleiche.

»Ich gehe zurück nach Marib.«

Nikomedes verlor die Geduld.

»Bei all euren verdammten Göttern, was soll denn das? Warum bist du denn so stur? Was zieht dich so nach Marib, in dieses gottverlassene staubige Nest?«

»Ich habe versprochen, so schnell wie möglich zurückzukommen«, antwortete Sami.

»Ah, daher weht der Wind. Der Herr hat eine Liebe in Marib! Darf man denn wissen, um welche Dame es sich handelt, die ihm so viel wert ist, dass er ihretwegen auf eine so aussichtsreiche und angenehme Zukunft verzichten will?«

»Bitte, fragt mich nicht, Herr.«

Sami kämpfte mit sich. Er hätte ihm so gerne erzählt, dass Lilith, Nikomedes' eigene Tochter, seine große, einzige Sehnsucht sei. Aber er fürchtete noch immer, dass Nikomedes ihm niemals eine Verbindung mit seiner Tochter erlauben würde. Auch wenn er ihn als Handelspartner und sogar als Freund akzeptieren würde, waren doch die gesellschaftlichen Unterschiede so groß, dass er ihm auf jeden Fall die Tochter verweigern würde.

»Bist du wirklich sicher, Sami?«, fragte Nikomedes noch einmal.

»Ja, ich bin ganz sicher.«

»Wann willst du gehen?«

»Ich werde mit der nächsten Karawane reisen, Herr.«

»Dann kann ich nichts mehr für dich tun, Sami. Diese Karawane hat bereits einen Anführer. Du wirst als einfacher Treiber ziehen müssen.«

Sie sahen sich lange an.

»Du weißt, was du tust?«

»Ja, Nikomedes, ich weiß es genau. Ich gehe zurück zu dem einzigen Menschen auf der Welt, der mir etwas bedeutet. Dafür würde ich die Wüste zehn Mal durchqueren.«

22

Sami übernachtete in der Karawanserei in der Nähe von Gaza.

Es war ein viereckiges Steingebäude mit einem großen Innenhof. In der Mitte stand ein Brunnen, und im Hof lagerten Kamele und Esel, die Güter waren in die Arkadenbögen des Erdgeschosses verfrachtet worden. Die Herbergsräume lagen im ersten Stock. Sami teilte mit sieben Männern aus Phönikien den Raum, Sami verstand kein Wort ihrer Unterhaltung. Er spürte ihre aufdringlichen Blicke, mit denen sie ihn unverhohlen und neugierig betrachteten.

Sami war es nicht wohl. Er hatte das Gefühl, Nikomedes sehr enttäuscht zu haben. Nikomedes war so gut zu ihm gewesen, und nun musste Sami ihm auf all seine wohlmeinenden Vorschläge mit einem strikten Nein antworten.

»Ich gehe zurück nach Marib, versteh doch, Nikomedes, ich muss zurück nach Marib.«

Nikomedes hatte es nicht begreifen können.

»Dein Glück, deine Zukunft liegen hier«, hatte er immer wieder gesagt. »Und ich kann dir dabei helfen, Sami.«

Schließlich hatte Nikomedes resigniert.

»Wenn du mich brauchst, sende nach mir, Sami, ich werde immer für dich da sein.« Er umarmte den Jungen. »Ich lasse dich wirklich ungern gehen.«

»Ich werde die gesamte Levante bedienen, aber natürlich auch Waren aus Südarabien kaufen. Ich werde mit allem handeln, was leicht zu transportieren ist und sich gut und teuer verkaufen lässt«, hatte er gesagt. »Nur schade, dass du nicht mitmachen willst, Sami.«

Er hatte Samis betretenen Gesichtsausdruck gesehen und entschuldigend die Hände gehoben.

»Schon gut, Sami. Wer weiß, vielleicht später einmal in der Zukunft. Wer weiß.«

Und er hatte sich rasch abgewandt und war in die Stadt verschwunden.

Sami war nun allein. Er war müde und niedergeschlagen, nur der Gedanke, dass er bereits am übernächsten Morgen mit einer Karawane wieder hinunter nach Saba reisen würde, heiterte ihn ein wenig auf. Er hatte tatsächlich nur noch eine Arbeit als einfacher Kameltreiber gefunden und diese sofort angenommen.

Ach, Lilith, dachte er, wenn wir endlich wieder zusammen sind, dann wird alles gut und einfach.

Er schlenderte am Quai entlang, blickte auf das blaue Wasser des Meeres, ordnete seine Gedanken, überlegte, was er noch erledigen musste, bevor er am nächsten Morgen Gaza für immer verlassen würde. Er setzte sich an einer einsamen Stelle an die Ufermauer und war ganz in Gedanken versunken.

Plötzlich packten ihn Hände. Er hörte, wie jemand rief.

»Ja, das ist er, packt ihn!«

Sami bekam einen Schlag auf den Kopf und verlor das Bewusstsein. Als er erwachte, war ihm schwindlig, und er hatte starkes Kopfweh. Er wollte sich an den schmerzenden Kopf greifen, aber seine Hände waren am Rücken zusammengebunden.

»Was ist hier los?«, rief er außer sich.

Er lag auf einem nackten Dielenboden, es wackelte und schaukelte eigenartig. Um ihn herum war es beinahe dunkel, er konnte lediglich einen bauchigen, hölzernen Raum erkennen.

»Ist da jemand?«, schrie er.

Als er so rief, wurde ihm übel, sein Magen hob sich, und er musste sich beinahe übergeben. Wo bin ich denn nur, dachte er verzweifelt, was ist geschehen?

Er versuchte sich aufzurichten, rutschte zuerst auf die Knie, und endlich gelang es ihm, aufzustehen. Er musste breitbeinig stehen, denn um ihn herum bewegte sich alles so eigenartig, als ob er zu viel Bier getrunken hätte. Etwa auf Augenhöhe war ein winziges Loch in der Holzwand. Er stellte sich auf die Zehenspitzen und sah hinaus.

Das, was er sah, war Wasser, nichts als Wasser. Eine weite Fläche unendlichen Wassers. Er war auf dem Meer! Und sein hölzernes Gefängnis war ein Schiff.

Er sank zurück auf die Knie und fing an zu weinen, es schüttelte ihn vor Verzweiflung. Er wollte nicht aufs Meer, er wollte doch zurück nach Marib, zurück zu Lilith. Was war geschehen? Er konnte sich an nichts erinnern, nur dass er am Strand entlanggelaufen war und plötzlich einen Schlag auf den Schädel bekommen hatte.

Sami überlegte fieberhaft. Was konnte das bedeuten? Hatte Nikomedes seine Hand im Spiel? Das konnte er sich nicht vorstellen. Aber was war es dann?

Die Antwort ließ lange auf sich warten. Stunde um Stunde vergingen, das Schiff schaukelte gleichmäßig dahin, Sami hatte Durst und bald auch Hunger, aber niemand tauchte auf. Es wurde dunkel und wieder hell. Sami lag auf dem harten Boden, sein Geist verwirrte sich langsam, es war heiß und stickig in dem Raum, er war so durstig. Er döste wie benommen vor sich in.

Endlich, Sami hatte die Zeit vergessen, er wusste nicht, ob zwei oder vier Tage vergangen waren, endlich wurde er unsanft angestoßen.

»Steh auf!«, sagte eine Männerstimme.

Alles, was der Kerl sonst noch von sich gab, verstand Sami nicht. Es war wieder das ihm völlig fremde Phönikisch. Aber den Mann erkannte er. Es war einer von den Kerlen, mit denen er in der Karawanserei in Gaza das Zimmer geteilt hatte.

Wo war er? Und warum?

»Was willst du von mir? Wo bin ich überhaupt?«, rief Sami verzweifelt.

Aber der Mann stieß ihn statt einer Antwort nur unsanft die Treppen hinauf.

Plötzlich stand er im gleißenden Sonnenlicht. Die Augen brannten, im ersten Moment konnte er gar nichts sehen.

Seine Hände waren auf dem Rücken zusammengebunden, er konnte sie nicht schützend vors Gesicht halten.

»Wo bin ich?«, rief er außer sich.

Er zwickte die Augen zusammen und erkannte schließlich eine lange Mole, an der unzählige Schiffe festgemacht waren. Es herrschte lauter und emsiger Betrieb. Neben dem Quai eröffnete sich ein halbmondförmiger Sandbogen, hinter dem sich eine Stadt ausdehnte.

»Was ist das für eine Stadt?«

Aber keiner antwortete ihm. Der Phöniker schubste ihn die Quaimauer entlang.

»Los, los! Lauf!«, sagte er und stieß ihm mit dem Ellenbogen ins Kreuz.

Über den unzähligen Hafengebäuden entdeckte Sami viele verschiedene Schrifttafeln, aber das half ihm wenig. Er konnte nicht einmal die Schrift lesen.

Wo in aller Welt bin ich, dachte er zitternd vor Verzweiflung, warum hat man mich hierher verschleppt?

Sie durchquerten die Stadt, es gab schmale Gassen und eng aneinandergebaute Steinhäuser mit Toren aus Holz und bronzenen Türklopfern.

Das muss ein reicher Ort sein, dachte Sami, aber wo sind die Menschen? Es waren keine zu sehen. Die Sonne stand hoch, wahrscheinlich waren sie um diese heiße Tageszeit in den Häusern.

Endlich gelangten sie an ein Portal, vor dem zwei Steinsäulen standen, die sich nach oben verjüngten.

Der Mann hämmerte an das Tor und rief etwas, was Sami nicht verstand.

Die Tür öffnete sich, und Sami wurde hineingestoßen. Er stand in einem prachtvollen Hof mit Wasserbecken und blühenden Sträuchern. Es war angenehm kühl und roch gut.

»Aha, das ist also der reizvolle Knabe aus dem Süden«, hörte er plötzlich eine Stimme hinter sich sagen. Sie klang hoch und nasal. Sami schnellte herum und sah einen dicklichen Mann in einem rotgefärbten Gewand, er musterte ihn eingehend.

»Wo bin ich, Herr?«, fragte Sami aufgeregt. »Und warum?«
Der Dicke lachte.

»Um mich zu erfreuen, hübscher Knabe«, antwortete er auf Aramäisch, das Sami ein wenig verstand. »Ich liebe hübsche, junge Männer.«

Der Mann kam auf Sami zu, ließ seine aufgedunsenen Hände über seinen nackten Körper wandern.

»Gar nicht übel«, sagte er mit einem erfreuten Schmatzer.

»Herr!«, schrie Sami voller Ekel. »Herr!«

»Bringt ihn weg«, befahl der Fette. »Macht ihn sauber und bereit. Ich warte drüben im Schlafgemach.«

Sami wurde in einen Badezuber gesteckt, mit Bürsten und Schwämmen gewaschen, die Diener fuhren ihm lachend und kreischend dabei zwischen die Beine, zupften an seinem Glied und strichen mit langsamen Bewegungen um seinen Anus.

»Da muss es sauber sein! Sauber! Sauber!«, feixten sie höhnisch und rubbelten ihn mit einer öligen Salbe ein. »Unser Herr mag es da sauber! Und gutriechend! Da müssen wir den kleinen Wilden noch ein bisschen mehr putzen! Putzen!«, riefen sie und steckten ihre schmierigen Finger in sein After.

»Nein! Nein!«, schrie Sami verzweifelt. »Ich will das nicht! Was macht ihr da?«

Es ekelte ihn fürchterlich. Er hatte schon davon gehört, dass manche Männer es mit anderen Männern trieben. Aber wie das genau gehen sollte, darüber hatte er sich nie Gedanken gemacht. Jetzt dämmerte es ihm langsam, was ihn hier an diesem unbekannten Ort erwarten würde. Die Kerle in der Karawanserei in Gaza hatten ihn hierher verschleppt, damit er dem fetten Hausbesitzer als Lustknabe dienen sollte.

Es würgte ihn. Er versuchte, sich zu wehren, schlug mit den Armen um sich, aber es nützte nichts. Die Hausdiener grölten vor Vergnügen.

»Bist du gar ’ne Jungfrau, kleiner Knabe?«, riefen sie anzüglich. »Nicht mehr lange!«

Er wurde in einen dämmrigen Raum gebracht, wo es aufdringlich nach Parfum roch. In der Mitte des Zimmers stand ein großes Bett mit einem Baldachin aus hellblauem, durchsichtigem Stoff. Die Diener hielten Sami an den Armen fest, legten ihn auf das Bett. Er wollte sich wehren, er war kräftig und durchtrainiert, aber es nützte ihm nichts. Seine beiden Hände wurden an den Bettpfosten festgebunden.

»Halt still, du Idiot«, flüsterte einer der Diener ihm zu. »Tu, was der Herr wünscht, dann wird es dir gut ergehen hier. Sonst aber ...«

Sami hörte auf zu zappeln. Er war völlig verstört und voller Angst, was nun mit ihm geschehen würde.

Da trat sein neuer Herr in den Raum.

Sami starrte ihn mit weit aufgerissenen Augen an. Er war nackt. Seine Haut war weiß, sein Körper aufgedunsen, unter seinem dicken Bauch stand ein erigierter Penis in die Höhe.

Bei allen Göttern, dachte Sami verzweifelt. Er hielt den Atem an. Der Mann kam näher.

»Du bist ja ein wahrer Leckerbissen«, sagte er, seine Stimme hatte einen anzüglichen Ton. »Da freut sich Ahiram aber.«

Er begann, Sami mit seinen teigigen Händen zu berühren. Zuerst die Zehen, die Knöchel, die Waden.

»Hart wie Steine!«, rief er begeistert und betätschelte Samis Schenkel. »Das gefällt Ahiram.«

Als er Samis Leisten erreichte, schnellte Samis Penis wie ein Pfeil in die Höhe und tanzte unbeholfen in der Luft. Sami war völlig verwirrt. Es graute ihm vor diesem fetten Mann, und dennoch wurde sein Glied erregt.

»Bitte, Herr, nicht!«, rief er mutig, obwohl er um die Ausweglosigkeit wusste.

Ahiram beugte sich laut schnaufend über Samis Geschlecht und fuhr genießerisch mit einer feuchten, neugierigen Zunge darüber. Er leckte und lutschte an Sami herum, den es würgte, der aber vor Schrecken ganz still hielt.

Ahiram stieg auf ihn, steckte ihm sein kleines Glied in den Mund, jaulte und stöhnte dabei.

»Das ist gut«, rief er. »Das macht Ahiram froh.«

Er ließ keine Sauerei aus, mit seinem schwabbeligen Körper, seiner Zunge, seinem Glied, mit allem durchforstete er

Samis Körper, jeden Winkel, jede Wölbung, jeden Zentimeter, jede Öffnung.

Dann band er ihn los.

»Umdrehen, schöner Knabe«, befahl er. »Jetzt geht es los.«

Er lachte laut auf.

»Jetzt kommt Ahiram ganz zu dir!«

Er zog Samis Gesäß auseinander und stieß mit seinem Glied hinein.

In Samis Kopf dröhnte es. Er presste den Kopf ganz fest auf das Bett. Das darf er nicht machen, dachte er schluchzend, das wird mich töten. Er weinte heiße Tränen der Verzweiflung, während sein fetter Herr sich in ihm vergnügte. Er wackelte und stieß auf und ab, hin und her, dabei quietschte er vor Vergnügen.

»Ah, so schön eng, ein Leckerbissen«, rief er immer wieder. »Das gefällt Ahiram!«

Es dauerte eine kleine Ewigkeit, bis Ahiram endlich genug hatte. Er bäumte sich auf und vergoss seinen zähen Saft in Samis After.

Für einen Augenblick blieb er regungslos liegen, dann kuschelte er sich an Samis Schulter und bedeckte ihn mit kleinen, nassen Küssen.

»Wie heißt du, mein Kleiner?«, wisperte er. »Und woher kommst du?«

»Aus Eilath.«

Sami hatte fast keine Stimme mehr. In ihm war alles zerbrochen, zerborsten, erniedrigt, entweiht.

»Du willst aus Eilath kommen?«

Ahiram betrachtete ihn mit seinen hervorstehenden Augen. Er hatte keine Wimpern, auch seine Augenbrauen waren wie gar nicht vorhanden.

»Du bist viel zu dunkel für einen Eilather. Ein Babylonier könntest du mit deinem Gesicht wohl sein, aber niemals ein Eilather.« Er lachte. »Genierst dich wohl, dass du ein kleiner Wilder aus dem Süden bist, was?«

Er drückte ihm seine nassen Küsse auf den Hals und umfasste ihn mit seinen Beinen.

»Mir ist egal, wo du herkommst, Kleiner, mir gefallen Wilde«, kicherte er. »Vor allem von hinten.«

Dann schlief er ein.

Sami lag eingepfercht im Körper des fetten Ahiram, der laut grunzend schnarchte. Er war zu keinem klaren Gedanken fähig. Das muss ein böser Traum sein, dachte er immer wieder, aber es war kein Traum. Der im Schlaf sabbernde Ahiram, der ihn umschlungen hielt, war wirklich da. Man hatte ihn in Gaza geraubt im Auftrag dieses aufgedunsenen Schweins, dem er nun untertan sein musste.

Sami hatte schon viele gefährliche Situationen durchlebt, er hatte Hunger und Durst gespürt, Angst, Gefahr, Bedrohung, Schmerz, Entbehrung. Aber dass er einmal von einem Mann missbraucht werden würde, dass er dazu gezwungen würde, der Geliebte eines Mannes zu sein, war seinem Wesen völlig fremd.

Immer wieder tauchte das zarte Gesicht von Lilith vor ihm auf. Er schob es beiseite, hastig, schnell. Er durfte nicht an sie denken, sonst würde er auf der Stelle sterben. Er hatte seine geliebte Lilith verloren, niemals würde sie ihm vergeben können, dass er diesem Lüstling zu Willen war. Sie war so rein, so unberührt und lieblich. Und er war nun beschmutzt. Für immer.

Sami starrte an die Decke, die Tränen liefen über sein dunkles Gesicht. Sein Leben war wie vorbei, bevor es überhaupt begonnen hatte.

Der fette Ahiram erwachte. Er musterte Sami abschätzig.

»Was soll das?«, fragte er. »Wieso bist du noch hier?«

Er rief nach seinen Dienern.

»Bringt ihn weg«, befahl er.

Er setzte sich im Bett auf.

»Du musst noch viel lernen, Bürschchen.« Seine Mundwinkel waren nach unten gezogen. »So einfach wird Ahiram es dir nicht machen.«

Er drehte sich um.

»Weg mit ihm.«

Sami wurde wieder gewaschen, geölt und dann in ein Zimmer gesperrt. Ein schönes Zimmer mit erlesenen Möbeln, bunten Tüchern und einem großen Fenster, das auf den Innenhof ging. Es war vergittert.

Jeden Tag wurde er zweimal zu Ahiram gebracht, der ihn kichernd vergewaltigte und zu widerlichen Dingen zwang. Das Schlimmste für Sami war es, wenn Ahiram ihm befahl, den aktiven Teil zu übernehmen. Er musste dann sein Glied in das Hinterteil des fetten Widerlings stoßen und so lange darin herumtoben, bis der Herr, der sich auf dem Bauch wand und vor Vergnügen winselte, endlich seinen Höhepunkt erreichte.

Nach dem Liebesspiel ließ Ahiram seine Finger zärtlich über Samis Körper streichen. Manchmal legte er sich auf ihn und schaukelte sacht hin und her. Ein anderes Mal bettete er seinen Kopf in Samis Schoß und lutschte geräuschvoll an seinem Glied, zupfte an seinen Haaren, fuhr ihm mit der Zunge zwischen den Beinen herum.

»Du bist so schön, Kleiner«, murmelte er. »Du bist so reizvoll. So mag dich Ahiram.«

Oft wurde er dann geschwätzig, erzählte in allen Details von seinen vorherigen Lustknaben, von schwarzen Kerlen aus Afrika, die Glieder hatten so lange wie Schwerter.

»Aber keiner war so entzückend wie du, mein kleiner Wilder.« Er streichelte ihm verliebt über die dunklen Locken. »Die anderen waren alle dreckige Gauner. Sie haben mir das Geld aus der Tasche gezogen, weil ich sie liebte. Als ich es merkte, war es oft schon zu spät.«

Seine Mundwinkel hingen nach unten. Das machte ihn noch hässlicher.

»Ich habe alle der Reihe nach töten lassen, weißt du. Mit mir treibt man keine Spielchen.«

Er sah böse aus in diesem Moment.

»Aber du bist anders«, sagte er plötzlich und lächelte. »Du bist so unschuldig, so sauber. Und du unterwirfst dich mir ganz und gar. Das mag Ahiram!«

Sami hatte in all den Wochen kaum ein Wort gesprochen. Er tat, was von ihm verlangt wurde. Er versuchte, sein Inneres zu schützen, indem er teilnahmslos die Lust seines Herrn anstachelte, ausführte und erfüllte. Er erriet schnell, wonach Ahiram es jeweils gelüstete, und tat es, ohne auf dessen Aufforderung zu warten. Zweimal am Tag, manchmal auch dreimal. Die Stunden dazwischen lag Sami auf seinem Bett, betete zu seinen Göttern und versuchte, einen kühlen Kopf zu bewahren. Aber es schien ihm, als sei er dem Wahnsinn ganz nahe.

»Ich werde dir morgen ein Geschenk mitbringen, Kleiner«, flüsterte Ahiram ihm eines Tages verheißungsvoll ins Ohr. »Etwas Schönes, etwas aus meinem Geschäft.«

Sami sah ihn fragend an.

»Ich stelle Purpurfarbe her«, sagte er stolz. »Und verdiene damit sehr, sehr viel. Ich kann mir alles leisten. Alles.«

Er grinste.

»Ich könnte dich in goldene Ketten legen.« Er nickte selbstgefällig. »Ja, das könnte ich.«

»Was ist Purpur?«, fragte Sami leise.

Vielleicht lässt er mich in Ruhe, wenn ich ihn zum Reden bringe, dachte er.

»Purpur, mein Knabe, ist das reine Gold!«, rief er begeistert. »Weißt du, wir haben hier vor der Küste von Byblos unendlich viele winzig kleine Schnecken, die sich im seichten Gewässer tummeln. Diese herrliche süße kleine Schnecke hat eine herrliche kleine süße Drüse. Und genau die wollen wir. Sie nämlich gibt uns den begehrten roten Farbstoff. Wir pressen sie aus, legen sie frei und weichen sie ein«, plapperte er wichtigtuerisch. »Und damit können wir jegliche Farbschattierung von Dunkelrot bis Violett produzieren«, rief er überschwänglich. »Tja, so einfach ist das!«

»Ganz verstehe ich das nicht«, sagte Sami betreten, der die Zusammenhänge der wirren Aufzählung nicht begriff.

»Wie könntest du auch, du kleiner, dummer Südländer. Deine Fähigkeiten liegen ganz woanders.«

Er tätschelte ihn zwischen den Beinen. Sami zuckte zurück.

»Herr, erkläre es mir doch noch einmal, bitte«, sagte Sami kaum hörbar.

Er hatte Angst vor Ahiram und seinen unkontrollierten Reaktionen. Manchmal schlug er ihn plötzlich mit einem kleinen Elfenbeinstock, der immer am Bett lehnte, oder er goss ihm Bier über den Kopf oder besudelte ihn mit Essensresten. Aber diesmal war sein Herr gnädig.

Er fuhr Sami mit seinen weichen, gepflegten Händen durch das prachtvolle Haar.

»Vielleicht nehm ich dich morgen einfach mal mit hinaus zu den Schnecken«, sagte er gönnerhaft. »Ein bisschen frische Luft täte dir gut, mein Hübscher. Du wirst ja schon ganz blass, wenn du immer im Zimmer sitzt.« Er lachte hämisch. »Ahiram mag keine Blässlinge.«

Er überlegte eine Weile.

»Ich lass dich einfach an mein Handgelenk binden, dann kann mein kleiner Wilder nicht abhauen.« Er fand seine Idee großartig und lachte amüsiert. »Ja, das machen wir! Morgen macht Ahiram mit seinem Sklaven aus dem Süden einen Spaziergang.«

Er legte sich zurück aufs Bett.

»Jetzt zeig deinem Herrn deine Dankbarkeit, mein Kleiner.«

Und Sami musste den ekligen Kerl befriedigen. Nun schon Monate lang. Er war ihm so widerwärtig wie am ersten Tag. Es wiederholte sich auch immer das gleiche unselige Spiel. Sobald Ahiram aus seinem Dämmerschlaf nach seiner sexuellen Befriedigung erwachte, fuhr er Sami an, schrie nach den Dienern, dass man diesen Wilden wegbringen solle.

»Mir aus den Augen!«, brüllte er dann. »Ich will den Kerl nicht mehr sehen!«

Sami war davon überzeugt, dass dieser Purpurfürst nicht normal im Kopf sei. Aber es nützte ihm alles nichts, er musste ihm weiterhin diese abscheulichen Dienste leisten.

Am nächsten Morgen bekam Sami den Befehl, sich anzukleiden. Er wurde aus dem Zimmer geführt, in der Halle stand Ahiram. Er trug über seinem hauchdünnen Baumwollkleid einen purpurfarbenen Umhang. Auf dem Kopf thronte eine hoch aufragende dunkle Kappe, die am oberen Ende ebenso purpurrot leuchtete wie sein Mantel. Am Handgelenk trug er ein breites, goldenes Armband, in das ein Amethyst in Form eines Skarabäus eingearbeitet war. Den fetten Hals zierte eine schmale goldene Kette, von der ein blumenförmiger Anhänger baumelte, der mit bunten Steinen eingefasst war. Ahiram sah aus wie ein geschmückter Stier, der zum Opferaltar geführt wurde.

»Komm, mein störrisches Eselchen«, flötete Ahiram und sah voller Begierde auf Samis muskulösen Körper. Schnell zog der den einfachen blauen Kittel enger um sich. Bloß jetzt keine Änderungen, dachte er voller Furcht.

Ahiram ließ Sami an sein Handgelenk binden.

Dann spazierten sie die Gassen entlang. Dieses Mal waren die Straßen voller Menschen. Sie waren gut gekleidet, trugen buntes Tuch, Sandalen aus Leder, sprachen laut und viel in dieser Sprache, die Sami nicht verstand. Die Stadt war schön und gepflegt, die Gassen sauber, nicht so verdreckt und staubig wie die in Marib. In den ordentlich aussehenden Geschäften sah Sami bunte Früchte, frisches Gemüse, Keramikgefäße.

Sie kamen an einem Wirtshaus vorbei. Sami sah durch die offene Tür den Schanktisch und hörte das Grölen und vulgäre Lachen der Zecher. Er dachte sofort an Lilith und die Schenke ihrer Mutter. Ob es da wohl auch so ausgesehen hat, dachte er, ob Lilith da wohl hat mithelfen müssen?

Sie gingen an einem großen Gebäude aus festem Gestein vorbei. Die glänzenden, bronzenen Türen standen weit offen. Über dem Portal war eine geflügelte Sonnenscheibe angebracht. Obwohl sie rasch gingen, konnte Sami viele Obeliskensäulen im Inneren erkennen.

»Was ist das für ein Gebäude?«, fragte er vorsichtig und blieb einen Moment stehen.

»Das ist der Tempel von Baalat Goubal«, antwortete Ahiram.

Ein Tempel, dachte Sami verwundert, in Marib sehen die Tempel ganz anders aus. Viel geschlossener, und außerdem sind sie aus Lehm und nicht wie hier aus geschlagenen Steinen.

»Was für Götter verehrt ihr?«, fragte er zögernd.

»Baalat Goubal«, antwortete Ahiram. »Die Dame von Byblos, das ist unsere Hauptgöttin. Zumindest meine. Es gibt noch viele andere, aber ich bringe immer ihr meine Gaben.« Er zuckte mit den Achseln. »Kann ja nicht schaden.«

Er kaufte am Eingang des Tempels eine kleine Votivfigur aus Bronze mit einer goldenen Kappe auf dem gesichtslosen Kopf.

»Komm mit«, befahl er.

Sie betraten den Tempel. Ahiram deutete auf eine große steinerne Frauenfigur, die in der Mitte des Tempels zu sehen war.

»Das ist sie, Baalat Goubal. Sie trägt Kuhhörner aus Gold und eine Sonnenscheibe. Daran kannst du sie erkennen.«

Er legte die Figur rasch auf eine Mauerbank, wo schon unzählige andere lagen, und zog Sami weiter.

»So, und jetzt lass uns gehen.«

Sie erreichten die letzten Häuser der Stadt. Sami konnte die Fischerboote im Hafen sehen und landeinwärts viele Felder, auf denen die Bauern Gemüse und Obst anbauten.

»Wir müssen ein bisschen hinaus aus der Stadt«, erklärte Ahiram, dem die Schweißperlen schon über das dicke Gesicht liefen. »Du wirst gleich riechen, warum.«

Ein sehr eigentümlicher Geruch strömte Sami entgegen. So etwas hatte er noch nie gerochen. So ein wenig wie fauler Fisch, Urin oder verweste Tiere.

»Das sind die Schneckchen, die süßen, lieben, kleinen Schneckchen, die Ahiram so reich machen!«, feixte Ahiram, als er sah, dass Sami sich die Hand vors Gesicht hielt.

Draußen an den Sanddünen lagen riesige Hügel von winzig kleinen Schnecken aufgetürmt. Mehrere Männer waren damit beschäftigt, in großen Bottichen herumzurühren, die verstreut umherstanden.

»He, Kamil«, rief Ahiram einem der Männer zu. »Komm her!«

Der Mann drehte sich um, warf einen wirschen Blick auf Ahiram, machte sich aber sogleich auf den Weg, ihm entgegenzukommen.

»Herr«, sagte er. »Wir sind gerade dabei, die Drüsen zu zerstampfen. Ich sollte die Arbeit nicht unterbrechen.«

»Einen Augenblick wirst du schon Zeit haben.« Ahirams Stimme klang ärgerlich. »Zeig meinem jungen Freund, wie das geht mit den Schnecken«, befahl er.

Kamil musterte den jungen Mann kurz, starrte überrascht auf die Fessel, mit der er an Ahiram gebunden war.

»Äh, also, äh …« Er räusperte sich.

»Nun fass dich schon!« Ahirams Oberlippe zuckte ungeduldig.

»Wir sammeln die Meeresschnecken, die wir vorher in großen Reusen eingefangen haben. Diese Schnecken haben eine Stelle, wo sie etwas Schleimiges absondern, eine gelbliche Flüssigkeit, die uns interessiert.«

Er musterte Sami eindringlich, während er sprach.

»Also schneiden wir vorsichtig die schleimigen Teilchen heraus und legen sie in Salz. Sie sind winzig.«

Er unterstrich seine Aussage, indem er Zeigefinger und Daumen aufeinanderdrückte.

»Winzig«, wiederholte er. »Das machen wir gerade da drüben. Siehst du? In den großen Bottichen verrühren wir die herausgeschnittenen Teile mit dem Salz. Danach kommen sie gleich hinüber in die Küche, wo sie mit Urin so lange gekocht werden, bis nur noch ein kleiner Teil übrigbleibt.«

Er rieb nervös die Hände ineinander.

»Beim Kochen treiben alle Fleischteile an die Oberfläche, und die werfen wir dann weg. Das, was übrigbleibt, ist das Farbwasser.« Er atmete tief durch. »Ja, das war es, so in aller Eile. Mit dem Farbstoff können die Färber dann alle Rotschattierungen herstellen.«

Er sah Sami listig an.

»Verzeih die Hast, Ahiram, Herr, aber ich muss weiter, sonst geht uns eine ganze Ladung kaputt.«

Kamil verneigte sich vor Ahiram und ging.

»So ein Langweiler«, sagte Ahiram verächtlich. »Wahrscheinlich stimmt das ja alles, was er da so erzählt. Aber es ist zum Sterben fad.«

Er nahm Sami bei der Hand.

»Süßer, lass uns wieder heimgehen. Hier riecht es so übel.«

Er schlenderte mit Sami am Handgelenk zurück in die Stadt. Sami bemerkte, wie Ahiram sich über jeden neugierigen, aufmerksamen Blick, der sie beide streifte, freute. Sein dickes Gesicht war verschwitzt, aber er grinste zufrieden.

Ach, dachte Sami, er hat mich nur mitgenommen, um mich vorzuführen: der dunkle Wilde aus dem Süden, ein neues Spielzeug. Sein Herz krampfte sich wieder zusammen. Er hatte sich während dieses Ausflugs beinahe frei gefühlt. Aber er war weiter an den fetten Ahiram gefesselt, der mit ihm machen konnte, was er wollte.

»Hast du die Schnecken entdeckt, Herr?«, fragte Sami unterwürfig.

»Aber ganz und gar nicht. Das war schon vor langer, langer Zeit. Ich erzähl dir mal die Geschichte dazu, vielleicht ist sie nicht ganz wahr«, begann Ahiram, »aber sie ist so hübsch und überhaupt nicht langweilig.«

Er tätschelte Samis Hand.

»Eines Tages ging eine wunderschöne Prinzessin hier am Strand spazieren. Sie trug ein weißes, durchsichtiges Gewand aus sehr feinem, wertvollem Stoff. Sie hatte ihren kleinen Hund dabei, der durch den Sand tollte, die Schnauze in die Wellen hielt, mit dem Schwanz wild hin und her wedelte. Die Prinzessin freute sich und lachte ein perlendes Lachen. Komm, mein Kleiner, rief sie dem Hund zu, komm her zu mir. Er lief schwanzwedelnd auf sie zu, sie nahm ihn auf den Arm und kraulte ihn hinter seinen wuscheligen Ohren. Ach, bist du süß, bist du einzigartig! Sie setzte ihn wieder auf den Boden. Und plötzlich sah sie, dass ihr schönes, weißes Kleid mit blutroten Flecken übersät war. Sie dachte, der Hund habe sich verletzt, und eilte mit ihm zurück in den Palast. Aber dort stellte man keinerlei Verwundung fest. Das Kleid wurde gewaschen und nochmals gewaschen, aber das Rot blieb haften.«

Ahiram machte eine Pause.

»So hat man die Purpurfarbe entdeckt. Der kleine Hund hatte mit seiner neugierigen Schnauze eine der Schneckendrüsen erwischt!«

»Wie sah denn die Prinzessin aus?«, fragte Sami.

»Oh, sie war jung, schlank und hatte lange, blonde Haare, die sie offen trug. Der Wind spielte mit ihrem Haar.«

Sami dachte sofort an Lilith. Auch sie war ihm wie eine Prinzessin erschienen, wie ein Wesen aus einer schöneren Welt. Er schloss die Augen und sah sie vor sich, wie sie ihre hellen Haare schüttelte, ihn aus ihren blauen Augen anstrahlte. Für immer, Sami, hatte sie gesagt, für immer. Und nun war er der Lustknabe eines fetten Krämers aus Byblos. Alles war anders geworden. Alles war vorbei.

Als Sami in dieser Nacht seinen Dienst an Ahiram beendet hatte und auf der Liege in seinem Zimmer lag, gab er dem Druck, der auf seinem Herzen lag, nach und weinte lange.

23

Mutlos ritzte Sami einen feinen Strich mit der Scherbe eines Tonkruges in den Fußboden unter seiner Liege. Wie jeden Tag. Heute war es der einhundertfünfzigste. Auf den Tag fünf Monate waren es schon, dass er Ahirams sexuelle Phantasien bedienen musste.

Und es bestand keine Hoffnung auf ein Ende.

Viele Stunden hatte Sami damit zugebracht, sich eine Fluchtmöglichkeit auszudenken, aber nichts davon war auch nur annähernd in die Tat umzusetzen. Er war Tag und Nacht eingesperrt, bewacht von Ahirams Garden, er war nur ein einziges Mal außerhalb des Hauses gewesen, vor vielen Wochen, als Ahiram ihm die Purpurschnecken gezeigt hatte. Danach nie wieder. Er wusste, dass er in einer phönikischen Stadt namens Byblos gefangen gehalten wurde und dass diese Stadt am Meer lag. Aber er kannte sich in diesem Ort nicht aus, noch kannte er eine Menschenseele hier. Er war allein und ohne jede Hoffnung, jemals wieder nach Marib zurückkehren zu können.

Sami legte die Scherbe zurück in ihr Versteck zwischen seinen Umhängen und Röcken. Er stützte den Kopf auf die Hände.

»Was soll ich nur machen?«, flüsterte er verzweifelt.

Die Tage schlichen dahin, der Sommer war heiß, sogar hinter den dicken Mauern von Ahirams Haus war die drückende Hitze zu spüren. Ahiram war missgelaunt, er litt unter der Schwüle, sein Körper war ständig mit einem Schweißfilm bedeckt, und seine körperlichen Säfte waren wie versiegt. Er quälte Sami, verlangte die gemeinsten Praktiken, ohne jedoch zu dem gewünschten Höhepunkt zu kommen. Oft schlug er mit dem kleinen Elfenbeinstöckchen auf ihn ein.

»Nichts bist du wert, du elendes Stück Dreck«, schrie er.

Einmal schlug er ihn so heftig ins Gesicht, dass Sami starkes Nasenbluten bekam. Es hörte nicht auf zu bluten, Sami lag auf seiner Liege, die Diener pressten ihm gekühlte Tücher auf die angeschwollene Nase.

Gegen Abend ließ der Schmerz nach. Sami lag auf seinem Bett, blickte auf seine Hände, und plötzlich wusste er, was er zu tun hatte.

»Ich bringe ihn um.«

Samis Hände waren kräftig, sie hatten so viele Lasten getragen und so viele Ballen gestemmt. Es würde einfach sein, diesen fetten Weichling zu erwürgen. Was danach sein würde, daran wollte er nicht denken. Man würde ihn zweifellos auch töten. Sein Leben war sowieso verpfuscht. Für immer.

Seit er diesen Gedanken gefasst hatte, ging es ihm besser. Er wurde ruhiger.

Ahiram ließ nicht mehr nach ihm schicken. Es vergingen viele Tage, ohne dass Sami gebadet, geölt und ins Schlafgemach gebracht wurde.

Was ist nur los, dachte Sami beunruhigt.

Da kam eines Nachmittags einer der Diener ins Zimmer.

»Der Herr erwartet dich.«

»Muss ich nicht vorher …?«, fragte Sami verunsichert.

»Nein!«

Der Diener führte ihn in einen Raum, den Sami nicht kannte. Es lagen bunte Kissen am Boden, der Blick auf den Garten mit den Springbrunnen und Blumen war nur durch ein durchsichtiges Tuch verdeckt, das sich leicht im Wind bewegte.

Auf einem der hohen Kissen saß Ahiram. Er war angezogen, trug Schmuck, Schuhe, eine hohe Mütze mit Purpurrand.

»Ich habe dich verkauft«, sagte Ahiram beiläufig.

»Was heißt verkauft?«, sagte Sami leise.

»Ja, Goldstück, du bist mir fad geworden. Und ich habe ein Angebot für dich erhalten, das ich nicht ablehnen konnte.« Er lachte hässlich. »Viel zu hoch übrigens. Das bist du gar nicht wert, mein lieber Junge.«

»Ja … aber … wer …«, stotterte Sami.

Wer sollte von ihm wissen, er war doch immer eingesperrt gewesen.

»Mach dir keine Gedanken über deine Zukunft. Die hast du sowieso nicht selbst in der Hand.« Ahirams Stimme klang völlig uninteressiert. »Du kannst deine Sachen mitnehmen. Ich bin ja ein großzügiger Mensch. Heute Abend gehst du aufs Schiff.«

»Schiff?«, erwiderte Sami vorsichtig.

»Ja, dein neuer Herr lässt dich mit dem Schiff kommen.«

»Aber, bitte, Ahiram, sag mir doch, wer es ist und wohin ich gebracht werde? Bitte, Herr!«

Ahiram lächelte ihn an.

»Du bist so ein Dummerchen, mein schwarzer Wilder«, sagte er spöttisch. »Wenn man Vorlieben für kleine Jungen hat, spricht sich das natürlich herum. Wir alle wissen um die scharfen Fohlen, die sich in den Betten unserer Freunde tummeln«, lachte er. »Ich hab für dich einen Neuen bekommen. Ein Tauschgeschäft, sozusagen.«

»Aber ... wer ... hat mich gekauft?«

»Das wirst du noch früh genug erfahren«, sagte Ahiram spitz. »So gut wie bei mir wirst du es jedenfalls nicht mehr haben. Er ist nicht so reich wie ich, und sicherlich springt er nicht so zimperlich mit dir um wie ich. Die meisten behandeln ihre Huren wie Tiere. Auch wenn sie hübsche Burschen sind.«

Er stand auf, tätschelte Samis Haare und drückte ihm einen feuchten Kuss auf die schönen Lippen.

»Und nun geh, Süßer, bevor ich es mir anders überlege.«

Er verließ das Zimmer.

Sami stand wie angewurzelt. Schiff, zimperlich, reich, Huren, Tiere. Seine Gedanken überschlugen sich. Bei allen Göttern, was erwartet mich da, dachte er verzweifelt, kann es noch Schlimmeres geben?

Dann rannte er, ohne zu überlegen, hinaus in den Garten und zur Mauer, die das Haus umgab. Er griff mit beiden Händen nach oben und spürte schon den Mauerrand, als er von vier kräftigen Händen heruntergezogen wurde.

»Na, na! Nicht so eilig!«

Es waren Ahirams Diener. Sie schleppten ihn in sein Zimmer, banden seine Hände auf den Rücken, wickelten eine feste Schnur um seine Knöchel, knebelten ihn und zurrten ein Tuch über seine Augen. Er konnte nichts sehen, konnte sich nicht bewegen. Stunden später luden sie ihn auf ihre Schultern und trugen ihn ein Stück durch die Straßen. Er konnte die fremden Stimmen hören und den Lärm der Stadt. Er nahm verschiedene Geräusche wahr, die er aber nicht einordnen konnte. Es ging treppauf, treppab. Dann warfen sie ihn auf einen harten Boden.

Und es wurde still um ihn. Als er ein Rollen und Wälzen um sich herum spürte, wusste er, er war auf dem Meer. Es war dieselbe Bewegung, dieser gleichmäßige Rhythmus, den er zum ersten Mal erlebt hatte, als er in Gaza gekidnappt worden war und die Fahrt mit dem Schiff begonnen hatte.

Er wurde nicht losgebunden, zugeschnürt wie ein Ballen Kamelladung lag er, die Augen verdeckt, den Knebel im Mund. Er war fiebrig vor Angst vor dem, was ihn erwarten würde. Was konnte noch schlimmer als Ahiram sein, dachte er unablässig, vieles konnte schrecklicher sein, das wurde ihm nun klar.

Ahiram hatte ihn zwar gefangen gehalten, aber er hatte ihn nie wie ein Tier behandelt. Er war aufdringlich gewesen und unersättlich in seiner Gier nach seinem Körper, aber er hatte ihn nie wirklich verletzt, verstümmelt oder verelenden lassen. Er war umsorgt worden wie ein Prinz, sein Zimmer war hell und kostbar eingerichtet gewesen, seine Kleidung war aus feinsten Stoffen, die Mahlzeiten, die er oft mit seinem Herrn eingenommen hatte, waren auserlesen, knusprig und schmackhaft gewesen.

Samis Nerven waren angespannt, voller peinigender Vermutungen, ich bin kein freier Mann mehr, ich muss mich von jedem Hund vergewaltigen, schänden und entehren lassen.

Viel Zeit verging in seinem finsteren, schaukelnden Gefängnis, Sami hatte jeglichen Überblick verloren. Er wusste nicht, wohin die Reise ging, wer ihn erwartete, was mit ihm geschehen würde. Wie ein verwundetes Tier wimmerte er und lag in seinem eigenen Unrat.

Plötzlich wurde ihm die Binde von den Augen gerissen, die Fesseln wurden gelöst, der Knebel aus dem Mund gezogen.

»Steh auf!«, herrschte ihn eine Stimme auf Aramäisch an.

»Wo bin ich?«, stammelte er.

Der muskulöse Mann verzog den Mund, gab aber keine Antwort. Er hieß ihn die Treppe des Schiffs hinaufklettern. Wie vor Monaten schon, als er im Hafen von Byblos angekommen war, konnte Sami zuerst nichts sehen. Zu lange war er im Dunkeln gelegen. Er rieb sich die Augen, es brannte, weil er schmutzig und verdreckt war.

»Sami!«, hörte er plötzlich eine vertraute Stimme. »Sami! Bei allen Göttern, wie siehst du denn aus, Junge!«

Sami drehte sich in Richtung der Stimme, blinzelte, alles drehte sich vor seinen Augen. Er war halbblind, ausgehungert und so voller Schrecken, dass er anfing zu zittern.

»Sami!«, rief diese Stimme erneut.

Wem gehört sie, dachte Sami, ich kenne sie.

Jählings lag er in den Armen eines Mannes, der ihm mit beiden Händen über die zerkratzten, aufgerissenen Schultern strich.

»Sami!«

Es war Nikomedes.

Nikomedes trug den jungen Freund über den Damm bis hinüber zu seinem Haus. Es lag in einer Seitenstraße von Gaza und hatte eine kleine Veranda, deren Dach mit Wein überwuchert war. Nikomedes legte Sami auf eine Matte, wusch ihn, salbte ihn, flößte ihm heiße Brühe in den ausgetrockneten Rachen.

»Hast du mich gekauft?«, fragte Sami heiser.

»Ja«, sagte er ernst. »Dieser Halsabschneider aus Byblos wollte dich nicht hergeben. Er war ganz vernarrt in dich. Aber schließlich siegte seine Geldgier.«

Sami fing an zu weinen, krampfartig entlud sich seine monatelange Marter, er konnte sich nicht beherrschen.

»Es ist vorbei, Sami, vorbei, vorbei«, wiederholte Nikomedes sanft und wiegte den Jungen in den Armen. »Wein dich aus, mein Kind, schlaf dich aus. Du musst versuchen, alles zu vergessen. Das Leben wartet auf dich.«

Ganz langsam beruhigte sich Sami, sein Zittern ließ nach, schließlich schlief er ein. Noch im Schlaf zuckte und jammerte er und schrie immer wieder laut auf.

Als er nach vielen Stunden wieder erwachte, verschlang er mit Heißhunger das Mahl, das Nikomedes für ihn hatte zubereiten lassen.

»Wenn du möchtest, dann erzähl mir alles, Sami«, sagte Nikomedes.

Sami schüttelte den Kopf.

»Nein, ich will nichts erzählen«, sagte er leise. »Ich will alles vergessen.« Er hob den Kopf. »Nur eines, Nikomedes, sag mir. Wie hast du mich gefunden?«

»Dieser Ahiram ist ein Klatschweib. Er hat allen Händlern weit und breit in allen Einzelheiten von dem Wilden aus dem Süden erzählt, den er gefangen hält, wie er aussieht, was er mit ihm treibt. Ich erspare dir den Rest.« Nikomedes räusperte sich. »Nach ein paar Wochen wusste die ganze Levante von Ahirams neuestem Liebhaber. Und mir war bald klar, dass du es sein musst, den er sich da eingefangen hat. Nachdem du nicht erschienen warst, als die Karawane nach Marib loszog, wusste ich, dass dir etwas zugestoßen sein musste.« Er schüttelte sein helles Haar. »Die Verhandlungen mit Ahiram zogen sich allerdings eine Ewigkeit hin, sonst wärst du schon früher freigekommen.«

Nikomedes verschwieg dem Jungen, dass Ahiram ihm für den Knaben sein gesamtes Vermögen abgenommen hatte, dass Nikomedes nunmehr wieder mittellos war, von Neuem beginnen musste. Er hatte nur noch das Haus und seinen guten Namen. Aber die Zuneigung zu Sami und sein Verantwortungsgefühl ihm gegenüber hatten ihn den schäbigen Handel eingehen lassen.

Sami genas langsam. Nikomedes umsorgte ihn, hüllte ihn mit all seiner Zuneigung und Achtung ein.

»Du musst so rasch wie möglich weg von hier, zurück nach Marib«, sagte Nikomedes.

Aber Sami traute sich nicht aus dem Haus, fürchtete die Straße. Nikomedes besorgte ihm einen Umhang mit einer Kapuze.

»Es gibt Menschen, die sind zu schön, um unbeschadet davonzukommen«, sagte er. »Du gehörst dazu, Sami. Trag immer diesen Umhang, damit kannst du dich schützen.«

Es dauerte Wochen, bis sich Sami endlich hinauswagte. Als er den Duft der Stadt roch, die würzige Luft des Meeres, als er an den Märkten vorbeischlenderte, wo Früchte, Gemüse, Kräuter, Fische dargeboten wurden, als er die Stimmen der feilschenden Menschen hörte, ihre Sprache verstand, fühlte er sich auf einmal wieder lebendig. Ja, er wollte nach Marib zurück, er musste es versuchen.

Es waren neun Monde vergangen, seit er von dort losgezogen war, bald begann wieder die Zeit der Karawanenzüge. Die große Hitze des Sommers neigte sich dem Ende zu. Er musste es versuchen. Vielleicht wartete Lilith auf ihn. Sicher wartete sie auf ihn. Immer wieder redete er sich ein, dass sie ganz sicherlich auf ihn wartete. Sie hatte es doch versprochen. Für immer, Sami, hatte sie gesagt, für immer.

»Wann kann ich gehen?«, fragte er Nikomedes eines Tages.

»Du willst wirklich zurück?« Nikomedes war froh über die Entscheidung seines Schützlings. »Ich werde dir eine passende Stelle besorgen.«

Und Sami zog mit der ersten Karawane des Herbstes los. Er war als Stellvertreter des zweiten Zugführers angeheuert worden. Aber das alles galt ihm nichts. Er wollte nur zurück nach Marib, zurück zu Lilith.

Langsam zog die Karawane Richtung Süden, die Wüste nahm sie auf. Sami atmete tief. Er fühlte sich endlich wieder selbstständig und unbehindert. Wie sehr hatten ihm die Wüste und ihr mildes, samtenes Licht gefehlt. Er sog die vertrauten Gerüche in sich auf, lauschte voller Freude auf das gleichförmige Tappen der Kamelhufe im weichen Sand. Weitum dehnten sich die Dünen, vom rosaroten Abendlicht beschienen. Ein Meer von weichen Sandhügeln ohne jegliche Spuren, ein wellenförmiges Meer aus Sand, durch nichts und niemanden gestört, nur der Wind wehte leicht darüber und nahm unzählige kleine Sandkörner wie durchsichtige Schleier mit sich.

Er griff nach seiner ledernen Tasche, die er um die Schulter trug. Er spürte die kleine Erhebung und musste lächeln. Er hatte in Gaza eine Spange für Lilith gekauft, eine Gewandfibel, mit der sie ihre Umhänge, Tücher und Tuniken würde befestigen können.

Sie wird sich darüber freuen, dachte er und stellte sich schon vor, wie sie sich die zierliche Fibel an ihr hübsches Gewand steckte.

Die Karawane kam gut voran. Es war früh im Herbst, die Sonne strahlte noch mit heißer Gewalt auf sie hernieder. Der Karawanenführer, ein Mann aus Yathrib mit dem eigenartigen Namen Haidarata, veranlasste deshalb, dass sie meist des Nachts zogen und tagsüber im kargen Schatten kleiner Ginsterbüsche rasteten, wo es auch trockenes Holz für das Feuer unter den Mahlzeiten gab. Die hell leuchtenden Sterne auf dem klaren Nachthimmel konnte Haidarata vorzüglich lesen und als sichere Wegweiser nutzen.

»Wieso heißt du Haidarata?«, fragte Sami den Mann aus Yathrib eines Abends, als sie um das Lagerfeuer saßen und sich Geschichten erzählten.

Haidarata zuckte mit den Achseln.

»Ich weiß es nicht, ich bin ein einfacher Mann aus Yathrib. Mein Vater hat mir gewiss keinen Gefallen getan, mir diesen afrikanischen Namen zu geben, auf den mich jeder anspricht.«

Er war ein dunkler Typ und wurde mit jedem Tag in der heißen Sonne noch dunkler, legte aber lediglich ein kleines Tüchlein auf seinen Kopf als Schutz vor der Sonne, während alle anderen ihre Tücher um den Kopf gewickelt und übers Gesicht gelegt trugen.

Sami fand, Haidarata trug seinen Namen zu Recht. Er sah aus und betrug sich wie einer aus Afrika.

Langsam drangen sie in die südarabische Wüste vor, das Gelände wurde zusehends gebirgiger, es wurde noch heißer, die Wege immer mühsamer, die Wasserquellen seltener. Sie mussten nun bei Tageslicht marschieren, da die kleinen Pfade über Bergpässe führten, an Schluchten vorbei, über winzige, steile Felsabsätze. Alle stöhnten und litten unter den Entbehrungen.

Nur Samis Herz jubilierte, je näher er seinem Ziel kam. Nur noch wenige Wochen, und er würde Lilith wiedersehen. Er bangte noch manche Nacht, wenn er schlaflos im Sand lag und über die Dinge nachsann, die vielleicht sein Herzensziel unmöglich machten. Er hatte noch kein rechtes Vertrauen in sein Schicksal wiedergewinnen können, zu übel war ihm mitgespielt worden die letzten Monate. Aber mit jedem Tag, der ihn sicher weiter hinunter in den Süden brachte, wuchs sein Glaube an eine glückliche Wendung.

Er saß auf einem Felsvorsprung nahe der Siedlung Sada und blickte in die endlose Schluchtenlandschaft, die vor ihm lag. Er wusste, es war nur noch eine kurze Wegstrecke, an die sieben Tage, dann würde er sein Ziel erreicht haben: Marib.

Sami war ein Jahr fort gewesen, aber es schien ihm alles unverändert, er sah den kleinen Pfad vor sich, der auf das Karawanenlager vor der Stadt Marib führte, die verstaubten Palmen, die windschiefen Hütten der armen Bauern, die kleinen Felder, auf denen sie ihre kümmerlichen Zwiebeln anbauten. Wie anders, wie reich Byblos doch gewesen war, aber Sami hätte um nichts auf der Welt dahin zurückgewollt.

Voller Ungeduld half er beim Abladen der Kamele, stand in der Schlange der Männer, die, wie er, auf ihre Entlohnung warteten. Haidarata saß unter einem ausgespannten Tuch auf einem kleinen Schemel, neben sich aufgehäuft die Waren, die er an die Mannschaft verteilte. Die meisten erhielten Waren als Sold, Sami bekam ein paar Stränge Hacksilber, die er eilig in die Taschen des Umhangs steckte. Er rannte los.

Sie waren am frühen Morgen in Marib angekommen, jetzt war es Mittagszeit, die Hitze war schier unerträglich, aber nichts konnte ihn davon abhalten, sich sogleich auf den Weg zu seiner geliebten Lilith zu machen. Er war nie in der Schenke gewesen, aber Lilith hatte ihm davon erzählt, hatte den Weg beschrieben und den Namen genannt. Zum fröhlichen Griechen. Daran erinnerte er sich genau.

Aber er fand dieses Wirtshaus nicht. In keiner der Gassen, die er auf und ab rannte, gab es eine Schenke. Hab ich mich im Viertel getäuscht, dachte er unsicher, aber nein, das kann nicht sein, alles, von dem Lilith erzählt hatte, ist da: die Bäckerei an der Ecke, der Tuchweber, sogar der öffentliche Brunnen an der Weggabelung, von dem Lilith erzählt hatte, dass sie als kleines Mädchen oft dort gesessen war. Aber wo war die Schenke? Wo war der Fröhliche Grieche?

Sami bekam es mit der Angst zu tun. Er klopfte an die Tür der Bäckerei. Es dauerte eine Ewigkeit, bis der alte Bäcker öffnete.

»Was ist denn?«, rief der barsch. »Es ist Mittagszeit! Wir schlafen alle. Wenn du Brot willst, komm später wieder.«

Er wollte die Tür wieder zuschlagen.

»Nicht! Warte!«, rief Sami. »Bitte, sag mir, Meister, wo ist die Schenke Zum fröhlichen Griechen? Sie muss doch hier in der Nähe sein.«

Der alte Bäcker sah ihn erstaunt an.

»Was suchst du? Die Schenke?«

»Ja, die Schenke von Yala, der Wirtin.«

»Träumst du denn, du drolliger Wiedehopf? Die Schenke sucht er!« Der Bäcker lachte amüsiert auf. »Die Schenke, mein Junge, die gibt es schon ein Jahr nicht mehr.«

»Was?« Sami schrie auf.

Er starrte den Mann entgeistert an.

»Was ist denn passiert?«

Der klatschsüchtige Bäcker hatte seinen Mittagsschlaf vergessen. Er war plötzlich hellwach.

»Nikomedes hat sich aus dem Staub gemacht, dieser feine Herr aus Griechenland. Hat seine Frau und die Töchter einfach sitzen lassen. Auf und davon. War nicht mehr gesehen«, höhnte er. »Yala ist kurz darauf gestorben. Keiner weiß, woran. Plötzlich war sie tot. Blitzschnell. Irgendetwas war da faul, sag ich dir, sehr eigenartige Geschichte. Aber das kommt davon, wenn man sich mit einem Fremden einlässt, mit so einem verlogenen Griechen! Das musste ja so kommen, das wusste ja jeder. Ein Grieche!«

»Und wo sind die Töchter?«

»Was weiß denn ich?«, sagte der Bäcker achselzuckend. »Kaum war Yala tot, wurde das Wirtshaus geschlossen. Von Hada und Numarit habe ich nie wieder etwas gehört. Scheinen die Stadt verlassen zu haben.«

»Und ... und Lilith?«, stammelte Sami.

»Na, die hat als Einzige Glück gehabt.«

»Wie? Glück?«

»Bist du von hier?«, fragte der dicke Bäcker. »Kennst du dich aus?«

Sami nickte.

»Dann weißt du, wer Rahib, der General, ist?«

Sami spürte, wie eine Schlange sich um seinen Magen wand. Ihm wurde plötzlich speiübel, und er konnte nicht mehr sprechen.

»Der General hat Lilith mitgenommen.«

Samis Herz blieb einen Moment stehen, dann fing es wie rasend an zu klopfen.

»Was?«, fragte er heiser.

»Der General scheint einen Narren an ihr gefressen zu haben.« Der Bäcker wackelte mit dem Kopf. »Hübsch war sie ja. So hell. So jung.« Er schnalzte anerkennend mit der Zunge. »Hätte mir schon auch gefallen, die Kleine.«

»Was ist mit ihr?«

»Er hat sie mit in den Palast genommen.« Er grinste anzüglich. »Beine breit. Du verstehst schon.«

Sami packte den mehlverschmierten Bäcker an den Schultern und schüttelte ihn aufgebracht.

»Was ist mit ihr?«

»He, he, junger Mann, Finger weg!« Der Bäcker wurde zornig. »Was interessiert dich denn dieses Mädchen so? Da hast du keine Chance mehr, du dahergelaufener Lump.«

»Was hat er mit ihr gemacht?« Samis Stimme überschlug sich beinahe.

»Er hat sie geheiratet.«

Der Bäcker freute sich über das Entsetzen in Samis Gesicht. So ein einfältiger Narr, dachte er, bildet sich ein, er kann mich ausfragen und dann auch noch gewalttätig werden. Nicht mit mir!

»Geheiratet?«

»Ja, sie wohnt jetzt im Palast und ist das Eheweib von Rahib, einem der Mächtigen in unserem Land.« Er lachte laut auf. »Sie trägt goldene Gewänder und Schmuck, sie hat Diener und einen herrlichen Garten mit Palmen und Springbrunnen.«

Eigentlich hatte er überhaupt keine Ahnung, er phantasierte sich einfach etwas zusammen. Diesem frechen Grünschnabel werde ich es schon zeigen, dachte er grimmig, packt mich einfach an den Schultern, mich, einen ehrenwerten Bäcker aus dem Palmenviertel von Marib.

»Kannst dein Lumpenbündel wieder schnüren«, sagte er dreist. »Die wird gerade auf dich gewartet haben!«

Er lachte laut auf und schlug die Tür vor Samis Nase zu.

Teil 3

Lilith und Sami

24

Eigentlich hatten sie Rahib mit dem giftigen Pulver nur ein wenig bändigen, seine gewalttätige Gier nach Liliths Körper lediglich abschwächen wollen. Als sie bemerkten, dass sie ihn beinahe verstümmelt hatten, waren die beiden Frauen zutiefst beunruhigt.

Obwohl Aya sogleich nach Rahibs Anfällen aufgehört hatte, das Pulver über sein Essen zu streuen, blieb er in einem seltsam teilnahmslosen Zustand. Wochenlang lag er träge und schwerfällig auf dem Bett, sprach kaum, aß wenig.

Wenn seine Männer, seine Stellvertreter von draußen, vom Staudamm kamen, um ihm Bericht zu erstatten oder Entscheidungen von ihm einzuholen, ließ er sie nicht vor.

»Herr, Rahib, wir müssen wissen, was du zu tun gedenkst mit der Nachlieferung der Steinquader! Wir müssen wissen, ob wir noch vor dem großen Regen die Ritzen reparieren sollen! Die Fremdarbeiter wollen mehr Brot und Zwiebeln, was gedenkst du zu tun! Wir müssen wissen! Wir müssen wissen!«

Sie riefen lauthals unten im Hof nach seinen Entscheidungen. Sie selbst hatten keine Berechtigung, etwas zu verändern, sie waren nicht befugt zu irgendeinem eigenständigen Entschluss. Das hatte ihnen Rahib, ihr Herr, über Jahre hinweg eingebläut, ihnen hohe Strafen angedroht, wenn sie ohne seine Einwilligung auch nur die kleinste Kleinigkeit selbst regulierten. Und strafen konnte der Herr. Sie alle hatten große Angst vor ihm.

Also kamen sie beharrlich Tag für Tag zu Rahibs Haus und baten um Einlass, forderten seine Maßnahmen, Entschlüsse, seine Meinung. Er empfing sie kein einziges Mal. Sie mussten unverrichteter Dinge wieder abziehen.

Auch die Abgesandten der Fürstin, die, mit Geschenken beladen, um Einlass baten, wies er ab. Sie brachten Früchte,

Kissen, Flakons mit Ölen und medizinischen Essenzen. Er warf nicht einmal einen Blick darauf.

Der einzige Mensch, den er in seiner Nähe duldete, war Lilith. Sie musste mit ihm auf der Liege ausharren, seine undeutlichen Sprachfetzen anhören, wobei ihm bei jedem Sprechversuch der Speichel über das Kinn lief. Lilith wischte die Spucke wortlos mit einem Lappen weg.

»Lilith«, röchelte er und tastete nach ihrer Hand.

Es war ihr beklemmend ums Herz. Sie hasste diesen Mann so sehr, aber seine Mörderin wollte sie nicht sein. Sie fürchtete die Rache der Götter. Jeden Tag lief sie hinüber zum Tempel und legte, Gebete murmelnd, ihre Gaben dem Gott zu Füßen.

»Mach ihn wieder gesund, Attar, Herrscher der gesamten Welt und des Himmelsbogens«, betete sie bang. »Bitte mach ihn wieder gesund.« Und mach, dass niemand merkt, was wir getan haben, wollte sie hinzufügen. Aber sie hatte Angst, diese Gedanken in Worte zu fassen.

Sie zitterte davor, dass ihr Verbrechen Aufklärung fand, dass gar die Fürstin Wind davon bekäme. Was würde dann mit ihr geschehen, und mit Aya? Sie verbeugte sich schnell und eilte dann zurück an Rahibs Lager. Ich muss bei ihm sein, dachte Lilith, ich muss über ihn wachen. Nur wenn er schlief, erhob sie sich, trat ans Fenster und starrte in die dunkle Nacht hinaus.

»Was ist nur aus mir geworden?«, dachte sie. »Ich wollte nur ein kleines Haus, ein paar Felder, Kinder. Und Sami.« Das Leben hatte sich erbarmungslos gezeigt. Und jetzt war sie auch noch zu einer Verbrecherin geworden. »Ach, Sami.« Still weinte sie vor sich hin.

»Lilith!«

Da rief Rahib schon wieder nach ihr. Sie wischte sich die Tränen ab und legte sich zu ihm aufs Bett.

»Ich bin hier, Herr«, sagte sie leise.

Es dauerte sehr lange, bis Rahib genas. Eines Nachts, als Lilith davon erwachte, wie er seine Hand zwischen ihren Schenkeln rieb, erfasste sie ein Schauer von Grauen und Dankbarkeit gleichzeitig. Seine Begierde an ihrem Körper schien von Neuem erwacht, alles würde von vorn beginnen, zweiteilen würde er sie wieder mit seiner schrecklichen Lanze. Sie begann zu zittern. Aber es war auch ein Zeichen seiner Gesundung. Vielleicht käme es doch nicht ans Tageslicht, was sie und Aya getan hatten. Sie schwankte zwischen Erleichterung und tiefem Abscheu.

»Lilith«, flüsterte Rahib. »Nimm ihn in die Hand.«

Sie gehorchte. Rahib stöhnte ein wenig, Lilith presste verzweifelt ihre Beine zusammen. Sie wusste, was jetzt gleich auf sie zukommen würde. Es wurde ihr übel vor Ekel.

Die Erinnerung an den Schmerz, den er ihr zugefügt hatte, so viele Male, ließ sie für einen Moment erstarren. Gleich wird er mich wieder zerreißen, dachte sie. Sie musste erdulden, was geschehen würde, sie hatte nicht die geringste Wahl.

Aber es geschah nichts.

Rahib schlief ein, bevor er zu irgendetwas kam. Er war zu keinem Geschlechtsakt mehr fähig. Er hielt ihre Hand, er versuchte, sie an ihren intimen Stellen zu berühren, er sog an ihren Brüsten, um sich dann zusammenzurollen wie ein Neugeborenes und einzunicken.

Lilith war sehr nervös. Sie wusste nicht, was das alles zu bedeuten hatte. Einerseits war sie froh und dankbar, dass er sie nicht vergewaltigen konnte, andererseits war dieser Krüppel ihr fremd, und sie hatte Angst vor seiner Hinfälligkeit. Es herrschte ein heilloses Durcheinander in ihrem Herzen.

Nach endlosen Wochen schien sich sein Zustand zu festigen. Er stand auf, machte Spaziergänge im Haus, dann im Hof und schließlich in die Stadt. Er ließ die Arbeiter vom Staudamm zu Gesprächen in sein Zimmer, er ging hinüber zum fürstlichen Palast und verbrachte dort mit Bilqis, der Fürstin, viele Stunden. Manches Mal musste Lilith ihn dorthin begleiten und im Vorzimmer der Königin dann auf ihren Gemahl warten, um ihn wieder nach Hause zu bringen. Die beiden waren in lange Gespräche vertieft, Lilith hörte sie flüstern, tuscheln und raunen.

»Ich bin kein richtiger Mann mehr«, jammerte Rahib des Nachts, wenn es wieder nicht klappte. Er klagte und heulte, manchmal schlug er vor Zorn und Unverständnis um sich, zertrat Möbel und schlug Lilith ins Gesicht. An anderen Abenden weinte er und suchte Schutz in ihren Armen.

»Ich bin kein richtiger Mann mehr.« Immer wiederholte er diesen Satz, hilflos vor Scham und Wut. »Ich weiß, wie sehr du es magst, Lilith, wenn ich in dich komme, aber ich bin kein richtiger Mann mehr.«

Geduldig lächelnd reichte sie ihm wie eine demütige Ehefrau das Essen, räumte den Tisch ab, legte sich zu ihm aufs Bett. Er fummelte an ihr herum, einmal liebevoll, ein anderes Mal voller Gewalt, er bot all seine Kräfte auf, nahm Zunge und Finger zu Hilfe, mühte sich stöhnend um Erlösung, probierte alle möglichen Praktiken, liebkoste sie, schlug sie, erniedrigte sie mit seinen Wünschen und Befehlen, die sie schluchzend und angewidert erfüllte. Es half alles nichts, seine Manneskraft war verkümmert.

»Ich bin kein richtiger Mann mehr.« Rahib war außer sich. »Ich begehre dich so, Lilith, und ich möchte einen Sohn mit dir. Aber ich bin kein richtiger Mann mehr.«

Lilith versuchte ihn zu trösten, zu beruhigen.

»Rahib, hab Geduld! Du wirst sicher wieder kräftig werden!«

Insgeheim verabscheute sie seine ungeschickten Versuche, in sie einzudringen. Auf und ab, hin und her, immer wieder. Ohne Erfolg, bis er sich matt und schwitzend rücklings aufs Bett fallen ließ. Es ekelte sie vor seinem üblen Körpergeruch, er roch aus allen Poren nach unverdauten Körpersäften, aus dem Mund stank er wie Ayas ungespülte Kochtöpfe, die zu lange in der Hitze gestanden hatten. Sein Mund stand offen, und der Speichel rann in kleinen Rinnsalen über ihren Hals, ihre Schultern.

»Lilith, Lilith«, stöhnte er weinerlich. »Verlass mich nicht.«

Sie hasste ihn mehr denn je.

Er begann ihr wieder Schmuck zu schenken. Von jedem Spaziergang, von jeder Unterredung im Palast brachte er Geschmeide mit. Armbänder, Ringe, Fußketten, Ohrgehänge. Aus schwerem Gold.

»Ich liebe dich so, Lilith«, sagte er und hängte ihr die Geschenke um. »Verlass mich nicht.«

»Wie könnte ich?«, antwortete sie leise und meinte es gänzlich wörtlich.

Eines Tages fragte Lilith ihn, wo er denn all diese teuren und ausländischen Stücke herbekäme.

»Aus der Schatztruhe der Königin«, antwortete er.

»Was? Du bestiehlst die Fürstin?«

»Ach, was heißt schon bestehlen. Im Palast stehen unzählige Kisten und Truhen, angefüllt mit ihrem goldenen Tand. Das weißt du doch. Meinst du, Bilqis hat irgendeine Ahnung von all den Dingen, die sie sich irgendwann hat besorgen lassen? Nie und nimmer. Es ist viel zu viel.«

Er muss wahnsinnig geworden sein, dachte Lilith. Nur weil er kein Mann mehr zu sein glaubt, verwirrt sich ihm der Sinn. Er bestiehlt die Königin, von der er abhängt und die er so sehr schätzt. Er vernachlässigt seine Pflichten, geht nicht mehr hinaus zu seiner Arbeit am Staudamm. Das Einzige, was ihn beschäftigt, ist seine dahinsiechende Potenz.

Sie übergab den Schmuck Aya, die ihn für sie in ihrem Versteck aufbewahrte.

»Nimm ihn, wer weiß, ob du ihn nicht einmal brauchen kannst!«, wiederholte Aya wie immer.

»Ich will ihn nicht!«, schrie Lilith aufgebracht.

»Gib her.«

Die Alte blieb ruhig, nahm den Schmuck und verschwand damit.

In einer hellen Mondnacht, als Lilith unter den Palmen im Hof saß und die angenehm kühle Luft einsog, kam Rahib vom Palast nach Hause. Er strahlte sie an.

»Komm mit nach oben«, befahl er.

Bei allen Göttern, fuhr es Lilith durch den Kopf, er sieht so zufrieden aus, vielleicht kann er jetzt plötzlich wieder. Sie raffte ihre Tunika und stieg voll unangenehmer Vorahnungen die Treppe hinauf.

»Zieh dich aus.«

Nackt stand sie vor ihm. Schmal, mit den zarten, hoch aufstehenden Brüsten, dem langen, blonden Haar, die blauen Augen weit aufgerissen. Sie hatte Angst.

Er griff in die Tasche seines Umhangs und zog ein ziemlich großes Päckchen heraus. Er wickelte es aus. Sie erkannte den Schmuck sofort. Es war das berühmte Halsband der Königin von Saba. Blätter aus fein ziseliertem Gold in mehreren Reihen, dazwischen Türkise, Lapislazuli-Steine, Karneole. Es war prachtvoll. Die Königin trug das Halsband, das ihr der assyrische König geschenkt hatte, nur an den großen Feiertagen. Jeder im Volk kannte es, bestaunte es. Es war so etwas wie ein Wahrzeichen des Fürstenstaates.

Und jetzt legte Rahib es Lilith um den nackten Hals.

»Rahib!«, schrie sie auf. »Nein, das darfst du nicht!«

»Du bist viel schöner als diese dicke Matrone«, sagte er und rückte das Halsband zurecht. »Auf deiner schönen, weißen und jungen Haut sieht das betörend aus.«

Er sah sie mit stieren Augen voller Begierde an.

»Komm, knie nieder. Mach ihn mir groß.«

Zum ersten Mal seit ihrer Vermählung, zum ersten Mal, seit sie in den Besitz dieses Mannes übergegangen war, wehrte sich Lilith.

»Nein«, sagte sie sehr leise. »Ich werde dieses Halsband nicht behalten. Es gehört der Königin, und du musst es zurücktragen, bevor jemand den Diebstahl bemerkt.«

Er schlug sie ins Gesicht. Aus ihrer Nase begann es zu bluten. Sie wich nicht von der Stelle, sah ihn unverwandt und entschlossen an.

»Du tust, was ich sage«, schrie er. »Knie nieder und mach ihn mir groß. Mit dem verdammten Halsband um deinen verdammten Hals. Ich will es so!«

Er brüllte so laut, dass Lilith befürchtete, dass die Diener kämen.

Er packte sie an den Haaren und warf sie auf die Knie.

»Los!«, schrie er.

»Ich kann nicht«, wisperte sie. »Ich kann nicht!«

»Das werden wir ja sehen!«, schrie er noch lauter. Sein Kopf war hochrot, sein Hals angeschwollen, die Adern traten hervor.

Sie kniete vor ihm. Regungslos. Die Augen fest auf den Boden gerichtet.

»Los!«, schrie er.

Sie hob ein wenig den Blick. Und voller Schrecken sah sie, dass sein Glied unter seinem Rock hoch aufgerichtet und groß hervorstach.

Er packte sie, zog sie am Hals in die Höhe. Die Goldplättchen des Schmuckes gruben sich schneidend in ihr Fleisch. Rahib schmiss sie auf die Liege, riss ihr die Beine auseinander und drang mit einer Gewalt in sie ein, dass sie laut aufjaulte.

Er stieß einen gewaltigen Schrei der Lust aus, als er endlich, endlich wieder seinen Samen in den Schoß der versteinerten Lilith entleeren konnte.

In dieser Nacht hatte Rahib seine Manneskraft wieder zurückbekommen. Und er nutzte sie. Da er fest daran glaubte, dass das Halsband der Königin magische Kräfte auf seine Potenz ausübte, musste Lilith es nunmehr jedes Mal tragen, wenn er sich an ihr austoben wollte. Er war haltlos geworden. Er schien all die verpassten Male nachholen zu wollen.

Und er wollte endlich einen Sohn. Aber Liliths Schoß verweigerte die Befruchtung durch seinen blindwütigen Samen.

»Sami ist in der Stadt«, sagte eines Tages Aya, als sie Lilith vorsichtig salbte.

Lilith sprang auf.

»Sami!«, rief sie. Ihr Herz klopfte wie rasend. Das Blut schoss ihr in den Kopf. »Sami! Mein Sami! Bei Attar, er ist zurückgekommen. Ich habe es immer gewusst!«

Sie packte Aya an den Schultern.

»Erzähl, erzähl! Was weißt du? Warum war er so lange weg? Wieso ist er erst jetzt zurückgekommen? Und wieso ist er nicht sofort zu mir gekommen?«

Aya nahm Liliths Hände von ihren Schultern.

»Bei allen Göttern, Lilith, bist du wirklich so einfältig?«, sagte sie ruhig. »Du bist die Gemahlin einer der einflussreichsten Männer des Königreichs. Meinst du, da kann so ein Kameltreiber einfach hereinmarschieren und ihm die Frau wegholen? Wo lebst du denn? Hast du immer noch nichts verstanden?«

»Du musst ihn sofort suchen gehen, Aya, du musst ihm sagen, dass ich nur ihn liebe.« Sie fuhr sich aufgeregt durch die Haare. »Nein, nein, besser ich schreibe ihm. Und du gehst und gibst ihm meinen Brief. Ja, so machen wir es.«

»Das werde ich nicht tun«, sagte Aya bestimmt. »Auf gar keinen Fall werde ich das tun. Du bist Rahibs Frau, und das wirst du bleiben. Kameltreiber hin oder her.«

Aya bereute, dass sie Samis Rückkehr überhaupt erwähnt hatte. Lange schon wusste sie davon, einen Mond lang sicher. Zufällig hatte sie ihn gesehen auf ihren täglichen Wegen durch Marib. Sie hatte ihn sofort erkannt, er sah genauso aus, wie Lilith ihn immer und immer wieder beschrieben hatte. Hübscher Kerl, hatte Aya gedacht, ich verstehe Lilith ja, aber er war mittellos, einflusslos, ungebildet. Nichts für ihr Täubchen.

Der General quälte Lilith zwar, aber er versorgte sie auf das Allerbeste. Und darauf kam es im Leben einer Frau schließlich an, gut versorgt zu sein, viele Geschenke zu bekommen, Diener zu haben, sich nicht abrackern zu müssen. Aya fand Liliths ständiges Gejammer über die Gewalttätigkeit ihres Ehemanns ein wenig übertrieben. Was war das schon, wenn sie ein- bis zweimal am Tag diese paar Minuten seiner Gier über sich ergehen lassen musste. Sie bekam so schöne Geschenke dafür, Gold, Tücher, Broschen, Schminkdosen, wunderbare Möbel. Bei allen Göttern, dieses Kind wusste überhaupt nicht, wie gut es ihm ging.

Ja, sie bereute es sehr, Lilith erzählt zu haben, dass Sami in der Stadt war. Aber irgendwie hatte ihre Geschwätzigkeit gesiegt. Oder war es ihre Loyalität Lilith gegenüber? Sie wusste es nicht.

»Wenn du es nicht für mich tust, dann gehe ich selbst hinaus und suche ihn.«

Lilith stieß ihre alte Amme beiseite.

»Das wirst du nicht!«, schrie Aya.

»Genau das werde ich! Ich muss ihn sehen, ich muss ihm alles erklären.«

»Wenn du dich auch nur einen Schritt aus dem Haus wagst, erzähle ich Rahib alles.«

»Aya! Nein! Bei Attar, nein! Auf welcher Seite stehst du denn eigentlich?«

»Der General ist dein Mann, er hat dir ein wunderschönes Heim gegeben, Schutz, Geborgenheit und eine gesellschaftliche Stellung. Das willst du wirklich für diesen Kameltreiber riskieren?«

»Nenn ihn nicht immer Kameltreiber! Er hat einen Namen, er heißt Sami! Und außerdem, Aya, erinnere dich doch daran, dass mein Vater auch nur ein Kameltreiber war, als er hier ankam. Und ihn hast du doch auch akzeptiert.«

»Das war aber grundfalsch! Da habe ich mich vollkommen getäuscht. Nikomedes hat euch alle im Stich gelassen, als ihr ihn am nötigsten gebraucht hättet. Und das weißt du ganz genau! So wird es dein feiner Sami auch machen. Sich aus dem Staub machen, wenn es brenzlig wird.«

»Aya, ich hasse Rahib, das weißt du, sein Haus, seine Geschenke, seinen sogenannten Schutz ertrage ich nicht länger. Ich möchte nur bei Sami sein!«

»Du bist wirklich zu dumm!«

Die Alte war außer sich. Dieses verliebte Küken würde tatsächlich auf die Straße rennen und in der Stadt herumlaufen und diesen Kameltreiber suchen. Sie würde ihrer aller Existenz aufs Spiel setzen für diese Narretei.

Aya setzte sich erschöpft auf einen Hocker. Sie sah Lilith lange an.

»Also gut, dann werde ich ihn suchen und ihm alles erklären.«

Sie wusste, dass das verkehrt war, aber sie musste retten, was es zu retten gab.

»Gibst du dann Ruhe?«

»Ja! Dank dir, Aya«, sagte Lilith und lächelte verträumt.

»Gibst du dann Ruhe? Versprichst du mir das?«

Die Alte ließ nicht locker. Lilith nickte.

»Ja, ja, ganz bestimmt.«

Es dauerte drei Tage, bis Aya Sami endlich aufgetrieben hatte. Sie fand ihn draußen am Umschlagplatz der Karawanen. Er saß im Sand und schnürte Palmenballen.

»Sami?«, fragte Aya leise.

Er sah hoch. Seine dunklen Augen streiften über die ihm unbekannte Gestalt.

Bei allen Göttern, der ist wirklich schön, dachte Aya.

»Ich bin die Dienerin von Lilith.«

Sami sprang auf.

»Ich will nichts von ihr hören, ich will nichts wissen. Sie hat mich betrogen und belogen. Sie hat einen anderen geheiratet, obwohl sie mir versprochen hat, auf mich zu warten. Ich werde die Stadt mit der nächsten Karawane verlassen. Geh weg, du, ich will nichts hören!«

Er begann zu schluchzen und sank auf den Boden zurück.

»Es ist nicht so, wie du denkst, Sami«, begann Aya. »Es ist ganz und gar nicht so.«

Sie setzte sich neben ihn auf den sandigen Boden.

»Lass dir erklären.«

Sami sah hoch und machte eine abwehrende Bewegung mit der Hand. Er hatte die schlimmsten Wochen seines jungen Lebens hinter sich. Sein Traum vom Glück mit Lilith war in dem Augenblick zerronnen, zerplatzt auf immer, als er hören musste, dass sie einen anderen geheiratet hatte. Er war tagelang herumgesessen, unfähig, auch nur einen vernünftigen Gedanken zu fassen. Warum hat sie das getan? Warum? Das war die einzige Frage, die sich ihm pausenlos im Kopf drehte. Er aß nichts, er trank nichts, er war in einen Zustand der Lethargie gefallen, der ihn beinahe umbrachte.

So hatte ihn Haidarata gefunden.

»Was ist mir dir, Sami?«, hatte der Karawanenführer gefragt.

Sami schüttelte den Kopf, er konnte nicht reden. Aber er ließ sich von Haidarata in den Schatten führen, begann wieder zu essen und zu trinken.

»Meine Karawane zieht in ein paar Tagen wieder Richtung Norden«, sagte Haidarata. »Kommst du mit?«

Sami wusste nicht, was er tun sollte. Das Beste wäre, Marib so rasch wie möglich zu verlassen. Lilith ein für alle Mal zu vergessen, einen Schlussstrich zu ziehen. Für immer. Nikomedes würde ihm sicherlich in Gaza eine Arbeit besorgen. Ja, das wäre sicher das Vernünftigste.

»Nein«, antwortete er stattdessen.

Ich muss hier noch etwas zu Ende bringen, dachte er, erst dann kann ich gehen.

Seither war er durch die Straßen gelaufen, hatte Opfergaben in den Tempel getragen und war stundenlang dort gesessen, er hatte alle Schenken der Stadt aufgesucht und Bier in rauen Mengen getrunken. Einmal war er sogar mit einer der Huren mitgegangen. Aber als sie begann, sich nackt auszuziehen, lief er einfach davon. Er wusste nicht mehr ein noch aus. Schließlich war er hinausgegangen zum Karawanenplatz.

Dort fand ihn Aya und erzählte ihm, wie es um Lilith stand.

»Sie hatte keine andere Wahl, Sami, dieser General hätte dich kaltblütig umbringen lassen. Und das wollte Lilith nicht. Sie liebt dich.«

Nur widerwillig hörte er zu.

»Yala war tot, die Schwestern benahmen sich übel. Lilith war dem mächtigen Mann vollkommen ausgeliefert. Um dich zu schützen, ist sie mit ihm gegangen.«

Bald machte eine tiefe Betroffenheit seiner eigenen Verletztheit Platz.

Aya erzählte ihm nicht alles. Sie verschwieg dem jungen Mann die Qualen, die Lilith durch Rahibs Besessenheit auf ihren Körper erdulden musste. Sie deutete sie nur an. Aber Sami verstand auch so. Erinnerte ihn Liliths Geschichte doch an seine Zeit in Ahirams Gewalt. Es schauderte ihn. Er schlug die Hände vors Gesicht.

»Ist sie sehr unglücklich?«, fragte er.

Aya nickte.

»Aber sie ist sicher und gut aufgehoben bei ihm, er liebt und verwöhnt sie. Sie hat ein schönes Heim, Schmuck, Diener. Das muss genügen. Es ist mehr, als eine Frau vom Leben erwarten darf.«

»Ich soll also aus ihrem Leben verschwinden?«, fragte er heiser.

»Ja, wenn du sie nicht noch unglücklicher machen willst.«

»Ist das auch ihr Wunsch?«

»Ja«, log Aya.

Aya fühlte sich unbehaglich, als sie Lilith im Hof begegnete.

»Er wird Marib in den nächsten Tagen verlassen.«

Aya erzählte nichts von Samis Schmerz, von seinen Tränen, auch nichts von ihrer Lüge. Ihr Bericht blieb sachlich und kühl. Sie hatte ein schlechtes Gewissen.

Lilith hörte ihr atemlos zu. Sie schlug die Hände vors Gesicht und begann hemmungslos zu weinen. Ihr Körper bebte vor Bestürzung. Unkontrolliert schüttelte es sie, sie konnte sich nicht beherrschen.

»Sami, Sami«, flüsterte sie immer wieder. »Sami, Sami.«

Langsam schleppte sie sich hinauf in ihr Zimmer, lehnte sich ans Fenster und starrte auf den Hof mit den Palmen. Rahib war im Palast zu einer Besprechung. So musste sie ihre Tränen nicht zurückhalten und ihm die einfältige Ehefrau vorspielen.

»Ich hasse ihn!«, schrie sie. »Wenn Sami weg ist, bleibt mir nicht einmal mehr eine Hoffnung.«

Plötzlich fasste sie einen Entschluss. Sie griff nach ihrem dunkelbraunen Umhang mit der großen Kapuze und schlich auf den Gang hinaus. Sie hörte, wie Aya und Lahaythat sich laut in der Küche unterhielten. Rasch lief sie die Treppe hinunter, überquerte den Hof ganz nah an der Wand. Die Kapuze hatte sie tief übers Gesicht gezogen. Sie lief grußlos durch den Eingang hinaus in die Stadt.

Atemlos erreichte sie den Karawanenplatz.

Sie lehnte sich an die Mauer und blickte hastig über den Platz. Viele Männer waren gerade dabei, die Ballen für den Karawanenzug zu schnüren.

Lass einen von ihnen Sami sein, betete Lilith aufgeregt, bitte.

Ihr Blick schweifte umher. Sie fand ihn nicht. Keiner der Kameltreiber ähnelte ihm. Sie presste die Lippen aufeinander. Ihre Enttäuschung war grenzenlos.

Da trat aus dem Bogen der Mauerumfassung ein junger Mann auf den Platz.

»Sami!«, schrie Lilith auf. »Sami!«

Und schon lagen sie einander in den Armen. Sie achteten nicht darauf, dass sie beobachtet werden konnten. Für einen Augenblick, für den herrlichen Moment des Wiedersehens stand die Welt für sie still.

Sami ließ sie los und sah sie lange an.

»Ich dachte, du wünschtest, dass ich aus deinem Leben verschwinde?«, fragte er.

»Hat Aya das gesagt?«

»Ja.«

Lilith schüttelte ungeduldig den Kopf.

»Sie hat gelogen«, flüsterte sie. »Bleib, Sami, bitte bleib in Marib. Vielleicht können wir uns manchmal sehen, vielleicht stirbt Rahib ja bald. Vielleicht ... vielleicht ...« Sie sah ihn mit ihren großen, hellen Augen an. »Ich liebe dich.«

Er streichelte zart ihre Wange.

»Ich bleibe, keine Sorge, Lilith. Und ich werde auf eine Nachricht von dir warten. Jeden Tag werde ich hier hinter der Mauer an unserer Akazie sein, bevor die Sonne am höchsten steht.« Er lächelte sie an. »Aber jetzt gehst du besser.«

Lilith nickte.

»Ich liebe dich, Lilith«, sagte er zärtlich. »Ich liebe dich – für immer.«

25

Aya stand händeringend am Hoftor.

»Wie kannst du nur!«, rief sie vorwurfsvoll. »Ganz allein in der Stadt herumlaufen. Ohne mir etwas zu sagen. Du hast doch nicht etwa …? Wie siehst du denn überhaupt aus? Was soll dieser Umhang?«

»Aya«, antwortete Lilith ganz ruhig. »Besorg deine eigenen Sachen, ja? Sei so gut.«

»Wo du warst, will ich wissen.«

»Ich glaube nicht, dass dich das etwas angeht.«

»Ich werde dem Herrn davon berichten«, sagte Aya spitz. »Der General ist sicher sehr daran interessiert zu wissen, dass seine junge Frau alleine durch die Stadt streift.«

»Das kannst du gerne, liebe Aya, aber Rahib weiß, dass ich oft in den Tempel gehe und die Götter um einen Sohn für uns bitte. Du wirst Rahib nichts Neues erzählen können. Ich gehe selbstverständlich mit seiner Einwilligung.«

Lilith schob die alte Dienerin, die mit offenem Mund im Haustor stehen blieb, beiseite.

»Geh nur hin und denunziere mich bei meinem Gemahl. Es wird dir nichts nützen. Du wirst höchstens seine Peitsche zu spüren bekommen.«

Ich darf von nun an zu keiner Seele mehr Vertrauen haben, dachte Lilith, zu niemandem, auch zu Aya nicht. Einmal hat sie mich schon betrogen. Nur damit sie ihr wohliges Zuhause behält, hätte sie mich geopfert.

Sie ging ins Schlafgemach, hängte den Umhang zurück an seinen Platz, wusch sich, setzte sich ans Fenster und dachte lange nach. Sie schob ihre Gedanken hin und her, bedachte dies und das, verwarf es wieder, überdachte alles von Neuem. Immer wieder. Ganz ruhig. Sie wunderte sich, wie es ihr gelang, sich ganz nüchtern an ihr Ziel und seine Umsetzung heranzutasten.

Als Rahib Stunden später nach Hause kam, hatte Lilith sich einen Plan zurechtgelegt.

»Ja, so mache ich es«, sagte sie laut zu sich selbst.

Als der General das Zimmer betrat, lächelte sie ihn ruhig an.

»Rahib, mein Gemahl!«

»Komm, massiere mir den Nacken, Lilith, die Gespräche mit diesen Hohlköpfen von Beamten ermüden mich sehr.«

Er entspannte sich unter dem leichten Druck ihrer Hände.

»Mein Gebieter«, sagte Lilith leise. »Ich habe eine große Bitte an dich.«

Er schaute sie fragend an.

»Ob du wohl Aya und Lahaythat auf den Markt schicken könntest, damit sie Gaben für den Tempel kaufen, die ich dann nach und nach den Göttern opfern werde, damit wir endlich einen Sohn bekommen.«

Rahib war sehr erfreut über diesen Vorschlag.

»Willst du sie nicht begleiten, damit sie auch das Richtige kaufen?«, fragte er besorgt.

Lilith schüttelte den Kopf.

»Nein, Rahib«, sagte sie. »Ich bleibe lieber hier. Die beiden Alten feilschen so widerwärtig mit den armen Händlern, dass es mir immer sehr arg ist.«

Rahib lächelte verständnisvoll und rief sofort nach Aya.

»Mach dich zusammen mit Lahaythat auf den Weg, Alte, nehmt euch zwei große Körbe mit und füllt sie mit Statuen und anderen Votivgaben, die dann deine Herrin im Tempel opfern wird.«

Aya warf Rahib einen ängstlichen Blick zu.

»Votivgaben für einen Sohn!«, betonte er. »Dass du mir nichts Verkehrtes kaufst, Alte!«

Er winkte sie hinaus.

»Und überfordere die armen Verkäufer nicht. Auch sie müssen leben!«, rief er ihr gut gelaunt hinterher.

Aya verschwand eilig. Bald darauf hörte Lilith, wie die beiden Dienerinnen das Haus verließen.

Sie kraulte weiter Rahibs Nacken.

»Ich denke, es ist besser, wenn ich nachschauen gehe, ob Aya die Töpfe vom Feuer genommen hat, bevor sie in die Stadt ging. Sie ist so vergesslich in letzter Zeit«, sagte sie.

»Und vergewissere dich, dass sie genügend Kräuter vorbereitet hat.« Rahib legte sich auf das Bett. »Du weißt, wie gerne ich Ayas Mischung in meinem Essen habe.«

»Aber gewiss, Rahib«, lächelte Lilith. »Gewiss.«

Sie stieg die Treppen hinunter, warf auch nicht nur einen Blick in die Küche, sondern ging geradewegs in Ayas Kammer. Sie sah sich rasch um und kniete dann neben dem Bett ihrer Dienerin nieder, hob den Überwurf und griff mit der Hand nach einer Schachtel, die unter dem Bett verstaut war. Mit zittrigen Händen öffnete sie die Schachtel. Die Dose, die sie suchte, lag darin. Lilith hielt den Atem an, während sie die Dose öffnete.

»Bei Attar!«, entfuhr es ihr erleichtert.

Die Dose war noch zu drei Vierteln voll.

Rasch zog Lilith eine Schatulle aus ihrem Kleid, füllte die Hälfte des Pulvers um. Ihre Hände bebten. Sie hatte Angst, etwas von dem wertvollen Pulver zu verschütten. Hastig verschloss sie Ayas Dose wieder, legte sie zurück in die Kiste, schob sie unters Bett, strich den Überwurf gerade und verließ die Kammer.

Es war ihr heiß geworden. Sie ging ein paar Schritte hinaus in den Hof, um sich abzukühlen und zu beruhigen.

In der Küche nahm sie die irdene Schale, in der Aya die getrockneten Kräuter für Rahib aufbewahrte. Es war ihre eigene Mischung, die nur Rahib übers Essen gestreut bekam. Niemand anderer im Haushalt konnte diese Mischung ausstehen. In der ganzen Küche duftete es aufdringlich nach Koriander, Minze, Kerbel, Zwiebeln, Knoblauch, Kümmel und Wacholder.

Vorsichtig öffnete Lilith die Schatulle mit dem dunklen Pulver und schüttete die Hälfte davon in Ayas Kräutermischung. Mit einem hölzernen Löffel vermischte sie alles sorgfältig. Dann stellte sie die Schale zurück an ihren Platz, lief eilig die Treppe hinauf, legte die hübsche Schatulle zu ihren anderen Schatullen auf einen Sims und ging zurück ins Schlafzimmer.

Es dauerte nicht lange, und die beiden Dienerinnen kehrten mit prall gefüllten Körben zurück vom Markt.

Rahib und Lilith begutachteten die kleinen Statuen, Öllämpchen, winzigen Stelen in Penisform, die dicken Frauenfiguren, die sich die riesigen Brüste hielten, die kopulierenden Paare.

»Gut gemacht«, sagte Rahib anerkennend zu Aya. »Du kannst jetzt das Essen auftragen.«

»Aya, du Gute«, fügte Lilith hinzu. »Bring doch die Schale mit deinen Gewürzmischungen herauf und lass sie auf dem Esstisch stehen. Dann kann Rahib sich so viel davon nehmen, wie es ihm gelüstet.«

Sie lächelte Aya freundlich an.

»Und bring einen hübschen Deckel dafür mit.«

Die Alte nickte und verschwand, um bald darauf mit einem großen Teller herrlich duftendem Gemüse und gedünstetem Fleisch zurückzukommen. Lahaythat watschelte hinter ihr her, hielt die Kräuterschale in der Hand und stellte sie ehrerbietig auf den Tisch.

Lilith winkte die beiden hinaus, rückte die Platten zurecht, nahm eine Kelle in die Hand und griff damit in die Kräutermischung.

»Wie viel möchtest du?«, fragte sie ihren Gemahl.

»Den ganzen Löffel voll«, antwortete Rahib und begann genüsslich zu essen. »Willst du nichts?«

»Nein, Herr, ich habe keinen Hunger.«

Nachdem er das Mahl beendet hatte, rülpste er laut, öffnete seinen Umhang, nahm Lilith bei der Hand und zog sie aufs Bett.

»Ich bin ein wenig voll«, sagte er träge. »Mach du, was ich mag, Lilith.«

Sie gehorchte widerstandslos, befriedigte ihn mit ihrem hübschen Mädchenmund. Er schlief eine Weile. Als er erwachte, erwachte auch seine Begierde aufs Neue. Lilith spürte sein Gewicht auf ihr, sie stöhnte und wälzte sich hin und her.

Ganz fest hatte sie die Augen zusammengepresst und konzentrierte sich auf ihren Plan.

»Schön«, stöhnte sie. »Wie schön!«

Rahib schrie vor Lust, er grub sich tief in sie hinein. Lilith dachte unentwegt an Sami, stellte sich vor, dass er es sei, der sich in ihr bewegte.

»Schön«, flüsterte sie. »Schön.«

Rahib bäumte sich auf. Er war schnell zum Höhepunkt gelangt. Es hatte ihn noch nie geschert, ob Lilith dies auch war. Ihn kümmerte nur seine Lust, die galt es zu befriedigen. Und, bei allen Göttern, dachte er berauscht, dieses Weib glüht ja vor Leidenschaft. Wie sie eben ächzte und stöhnte, als er Besitz von ihr genommen hatte. Es gefiel ihr augenscheinlich, wenn er ein wenig roh mit ihr umging. Ihm gefiel das auch, er mochte keine zimperlichen Weiber.

Dann fiel er in tiefen Schlaf.

Lilith löste sich aus seiner Umklammerung und ging zum Fenster.

»Nicht mehr lange«, flüsterte sie in die Nacht hinaus. »Nicht mehr lange, dann werde ich frei sein.«

Am späten Vormittag griff sie nach einer der kleinen Votivgaben, ließ sich ihren Umhang bringen und verstaute die Opfergabe darin.

»Ich gehe zum Tempel, Herr«, sagte sie freundlich zu Rahib. »Die Dienerinnen bereiten dir gerade ein Bad, lass dich von ihnen waschen und einölen. Ich bin bald zurück.«

Beim Hinausgehen wandte sie sich um.

»Reitest du heute hinaus zum Staudamm?«, fragte sie.

»Nein, heute nicht«, antwortete er ausweichend.

Er vermied schon lange den Besuch am Staudamm, nur mehr äußerst selten ließ er sich dort blicken.

Lilith verließ das Haus und verschwand in der Menge der Menschen, die noch rasch vor der großen Mittagshitze durch die Straßen von Marib hasteten. Sie erreichte den Karawanenplatz. Unterwegs hatte sie die kleine Votivgabe in einen offenen Kanal geworfen.

Sami lehnte an ihrem Baum und wartete. Als er sie kommen sah, begann sein Gesicht zu strahlen.

»Lilith!«

Sie standen einander gegenüber und schauten sich an, getrauten sich aber nicht, sich zu berühren. Sie hatten so viel zu verlieren, konnten nicht riskieren, dass jemand sie beobachtete. Es blieben nur die Blicke.

»Sami, ich muss sehr vorsichtig sein. Die alte Aya wacht wie ein Adler über mich. Sie hetzt sicher ihre Leute hinter mir her. Früher oder später wird sie herausfinden, dass ich dich treffe.« Ihre Stimme zitterte ein wenig. »Du musst es irgendwie schaffen, dass ihr zu Ohren kommt, dass du die Stadt verlassen hast. Geht das?«

Sami nickte.

»Da wird mir schon was einfallen.«

»Ich kann unmöglich öfter kommen, Sami. Aber ich habe einen Plan.«

Sie erklärte ihm in kurzen Worten ihr Vorhaben.

»Machst du mit?«, fragte sie.

»Ja«, antwortete Sami. »Ja, ich mache mit.«

»Ich brauche Zeit«, sagte sie. »Vielleicht drei bis vier Wochen. Dann komme ich noch einmal her. Am besten wäre es, du würdest jeden Tag auf mich warten.« Sie sah ihn fragend an. Er nickte.

»Nach meinem nächsten Besuch musst du dann jeden Tag in den Almaqah-Tempel gehen. Dorthin, wo die Votivgaben liegen, auf der rechten Bank, gleich neben dem Eingang. Wenn du die rote Sandalette, die du mir einmal geschenkt hast, dort unter den Gaben findest, ist es so weit. Dann halte dich bereit. Erwarte mich hier, um Mitternacht.«

Er sah sie ein wenig beunruhigt an.

»Ist das nicht ungewöhnlich, dem Gott einen Schuh zu opfern? Und wenn jemand die Sandalette wegnimmt?«

»Viele Bittsteller bringen ganz persönliche Sachen. Das ist völlig normal«, sagte sie beschwichtigend. »Und wegnehmen tut niemand etwas. Keine Sorge, Sami, ich habe mir das genau überlegt. Der Tempel ist ein heiliger Ort, und keiner getraut sich, keiner, glaub mir, dem Gott eine Votivgabe zu stehlen.«

»Gut.« Er berührte ganz leicht ihren Arm.

»Ja, gut«, sagte sie, und ein Lächeln huschte über ihr ernstes Gesicht.

»Bring mir die Körbe mit dem Schmuck«, befahl Lilith der alten Aya am nächsten Morgen. »Der Herr will, dass ich alles trage.«

»Was?«

»Tu, was ich dir sage, Aya. Ich muss gehorchen, das weißt du doch. Also gehorche auch du.«

Die Alte nickte.

Am Nachmittag, als Rahib im Palast war, kam sie mit zwei Körben in Liliths Zimmer.

»Das ist alles«, sagte sie.

Lilith zog eine Kette aus einem der Körbe und reichte sie der Amme.

»Nimm«, sagte sie. »Oder wähl dir etwas anderes aus.«

»Nein, nein, die ist wunderschön.«

Aya streckte gierig ihre Hand aus. Schnell verließ sie den Raum, bevor Lilith es sich anders überlegen konnte.

Lilith schüttete die Schmuckstücke auf den Boden. Sie sortierte sie nach Halsketten, Armreifen, Ohrgehängen, Fußketten, Ringen, Gürteln, Schnallen.

Die Ketten, Gürtel und Armreifen stopfte sie in zwei kleinere Säckchen, den Rest packte sie wieder in die Körbe und schob sie hinter einen Vorhang. Die beiden Säckchen legte sie in ihre Truhe und stapelte ihre Wäsche darüber.

Sie zog sich aus, legte das Halsband der Königin um und wartete auf ihren Gemahl.

Als er müde zur Tür hereinkam, war sie einen Augenblick verunsichert. Aber als er sie nackt, mit gespreizten Beinen und einem aufreizenden Lächeln im Gesicht, sah, war seine Müdigkeit wie weggeblasen. Sie lächelte.

»Komm«, sagte sie.

Er warf sich auf sie, vergrub sich in ihrem Fleisch.

»Meine Gazelle«, raunte er in ihr Ohr. »Meine Magierin. Wie ich dich liebe.«

Er stank nach Schweiß, nach Zwiebeln und gebratenem Fleisch, zwischen den Beinen roch er nach Urin. Es würgte sie vor Ekel. Aber sie zwang sich, heisere Laute der Lust aus sich herauszupressen.

Er stieß und rieb sein Glied in Liliths kalten, trockenen Unterleib.

»Meine Rose, öffne deine Blätter, zieh mich hinein, mein Vögelchen, meine helle Taube.«

Sie wollte schreien vor Schmerz, sie hielt es beinahe nicht mehr aus. Es tat so weh.

Er brüllte vor Lust wie ein Stier, hielt sie an den Schultern, der Schweiß lief ihm übers Gesicht. Er zerrte und zog an dem Halsband, krallte sich darin fest. Da riss es, und die goldenen Blätter und Edelsteine kugelten auf das Leintuch und hinunter auf den Boden.

In diesem Moment kam Rahib zu seinem Höhepunkt. Er gab einen zischenden Laut von sich, der Schleim troff ihm aus dem Mund, und er drehte sich laut schnaufend auf die Seite.

Als er eingeschlafen war, sammelte Lilith rasch die Teile des kostbaren Halsbandes auf. Sie war sich sicher, dass sie in der Dunkelheit nicht alles hatte finden können. Ohne weiter nachzudenken, stopfte sie die goldenen Blätter, die bunten Steine zu den anderen Schmuckstücken in die Säckchen in ihrer Kleidertruhe.

In den nächsten Wochen verließ Rahib das Haus so gut wie gar nicht.

»Es ist so schön, bei dir zu sein«, sagte er. »Ich bin wunschlos glücklich. Komm, setz dich her zu mir, Lilith.«

Lilith musste die Mahlzeiten mit ihm einnehmen, er betrachtete sie, in Gedanken versunken, bei ihren Tätigkeiten, ob sie sich die Haare pflegte oder ihre Kleider versorgte, ob sie sich anzog oder auszog, ob sie sich wusch, ob sie die Möbel zurechtrückte.

»Ich bin so gern mit dir«, sagte er. »Es fehlt nur noch ein Kind, ein Sohn.«

Er tätschelte ihren Bauch.

»Mögen die Götter doch endlich ein Einsehen haben«, sagte er flehentlich. »Ich brauche einen Sohn.«

Lilith hatte nun keine Zeit mehr für sich allein. Sie war gereizt und musste sich unendlich zusammenreißen, Rahib freundlich zu begegnen.

»Musst du denn nicht zur Fürstin hinüber in den Palast?«, fragte sie hin und wieder.

Er schüttelte den Kopf.

»Und hinaus zum Staudamm? Solltest du dich da nicht ab und zu sehen lassen?«

»Wenn die was wollen von mir, kommen sie her.«

Lilith lief täglich in die Stadt, Rahib glaubte, sie ginge in den Tempel, um für einen Sohn zu beten. Die Gaben für die Götter warf sie in die Abfallgruben hinter der Stadt, sie hatte andere Dinge zu erledigen.

Sie ging über die Märkte, sah sich genau um, begutachtete die Waren, ließ sich die Preise nennen für Datteln, Öl, Matten und Decken. Immer traf sie Vorsorge, dass Aya in der Zeit ihrer angeblichen Tempelbesuche andere Aufgaben zu erledigen hatte. Sie traute ihrer alten Dienerin nicht mehr.

Aya hatte sich an das bequeme Leben in dem schönen Haus gewöhnt, sie vergötterte den General, der ihr immer wieder kostbare Kleinigkeiten zusteckte und sie lobte, wenn ihm das Essen schmeckte. Aya hatte die Seiten gewechselt.

Lilith achtete sehr darauf, dass sie nur bei Händlern kaufte, die sie nicht kannten und bei denen auch Aya sich nicht mit Haushaltsdingen eindeckte.

Wenn sie handelseinig wurde mit den gerissenen Kerlen an den Marktständen, ließ sie alles in ein kleines Lager ganz in der Nähe des Karawanenplatzes bringen. Sie bezahlte mit Hacksilber, das sie vorher gegen einige kleine Schmuckstücke aus Gold eingetauscht hatte.

»Du kommst spät«, sagte Rahib, als sie abgehetzt von ihren Streifzügen zurückkam.

»Ich habe die Priester gebeten, besondere Gebete zu sprechen, das dauert immer so lange, wie du weißt«, log sie rasch und drehte sie in die andere Richtung, damit er nicht sah, dass sie vor Verlegenheit rot geworden war.

»Ich komme morgen mit dir in den Tempel«, sagte er plötzlich. »Vielleicht müssen wir gemeinsam die Götter bitten.«

»Ja«, sagte sie, und ihre Stimme zitterte vor Angst. »Ja, tu das, Gemahl.«

Sie schüttete eine große Portion von Ayas Gewürzmischung auf sein Essen. Sie wirkt nicht mehr, und wenn er mit in den Tempel kommt, fliegt alles auf, dachte sie voll Schrecken. Ihr Herz begann zu rasen. Sie musste sich setzen, es wurde ihr übel vor Angst und Wut.

»Wie fein, wie gut das schmeckt!«

Rahib schmatzte gierig.

Er war zu einem biederen Ehemann geworden, behäbig, geschwätzig und alltäglich. Er gab sich nicht einmal mehr die Mühe, sich regelmäßig zu waschen. Sein Schweißgeruch zog aufdringlich durch das Schlafzimmer. Meist lag er den ganzen Tag faul auf dem Bett oder auf einem der schönen Diwane, beobachtete sie, zog sie zu sich her, schlief mit ihr. Danach nickte er meist ein, schnarchte und stieß grunzende Töne aus.

»Ich bin so erschöpft heute«, sagte er am nächsten Morgen. »Geh du in den Tempel, ich komme ein anderes Mal mit.«

Er drehte sich um und schlief wieder ein.

Als Lilith die Treppe hinunterging, kam ihr Aya entgegen. Sie trug das Frühstück für Rahib auf einem Tablett.

»Dein großartiger Liebhaber hat die Stadt übrigens gestern verlassen«, sagte sie spitz.

»Was?«, schrie Lilith auf.

»Ja, ja, du hast schon richtig gehört.« Die Alte grinste hämisch. »Er ist mit einer Karawane in den Norden gezogen. Ganz so, wie ich es vorausgesehen habe. Feiner Bursche, dein Kameltreiber.«

»Woher willst du das wissen?«, rief Lilith und packte Aya am Arm.

»Er hat es mir selbst gesagt!«, prahlte sie triumphierend. »Vorgestern habe ich ihn auf dem Dattelmarkt getroffen. Da hat er eingekauft für seine Reise.«

»Das glaube ich nie, niemals!«, schrie Lilith aufgebracht, stieß die Alte beiseite und stürmte zur Tür hinaus.

Dieses Mal ging Lilith in der Tat zum Tempel. Sie ließ sich auf die Knie nieder, hob die Arme flehend zur Statue von Almaqah.

»Lass es gelingen, großer Gott«, betete sie eindringlich. »Lass es gelingen!«

Sie hatte den größten der Fingerringe aus ihrem Schmuckkorb mitgebracht und dem Gott zu Füßen gelegt.

»Ich flehe dich an, Allmächtiger, verweigere mir deinen Schutz nicht!«

Als sie nach Hause zurückkehrte, lag Rahib auf dem Fußboden des Schlafzimmers. Er verdrehte die Augen, der Schleim troff ihm aus dem Mund, er versuchte, etwas zu sagen, konnte aber nur lallende, unverständliche Laute hervorbringen.

»Gemahl, mein Gemahl!«

Lilith kniete neben ihm nieder und beobachtete ihn genau. Er zuckte krampfartig mit den Beinen, schlug unkontrolliert mit den Armen um sich.

Endlich, dachte Lilith, endlich wirkt es. Sie blieb neben ihm auf dem Boden sitzen, hielt seine Hand und tat gar nichts. Sie holte keine Hilfe, sie wischte ihm nicht die Schweißperlen ab, die ihm übers Gesicht tropften, sie kühlte seine Stirn nicht. Sie wischte ihm nicht den Urin ab, mit dem er sich selbst besudelte. Sie ließ ihn einfach am Boden liegen und streichelte sanft seine Hand.

»Rahib, Rahib«, flüsterte sie teilnahmslos und dämmerte hinweg.

Als sie wieder aufwachte, lagen sie beide am Boden, Rahib zusammengekrümmt wie ein Hund, und er schlief fest.

Nun säuberte sie ihn, zog ihn auf das Bett, deckte ihn zu, ging zum Esstisch hinüber, griff nach der Schale mit den vergifteten Gewürzen, nahm sie, eilte hinunter in den Hof hinter der Küche. Sie schüttete das Pulver in das große Abfallloch, nahm eine lange Stange und stocherte damit in dem Müll herum.

»Gut so«, flüsterte sie.

Sie kehrte zurück ins Schlafzimmer, setzte sich auf einen Stuhl und wartete auf den Morgen.

Als die Dienerschaft begann, in der Küche zu hantieren, ging Lilith wieder hinunter.

»Der Herr fühlt sich nicht wohl«, sagte sie besorgt. »Er möchte nur schlafen und nicht gestört werden. Ich gebe euch Bescheid, wenn er etwas braucht«, fügte sie bestimmt hinzu. »Bis dahin stört ihn nicht.«

Als Rahib aufwachte, hatte sich der Krampf etwas gelöst. Er konnte nicht richtig sprechen, aber sein Körper war wieder ein wenig entspannter. Seine Augen suchten Liliths Blick.

»Du bist nur ein wenig müde, Gemahl«, sagte sie mitfühlend. »Ich bin bei dir. Sorge dich nicht!«

Sie wachte den ganzen Tag an seiner Seite, gab ihm weder etwas zu trinken noch etwas zu essen. Sein Zustand blieb gleich. Auch die Nacht hindurch.

Am nächsten Morgen versuchte er, sich aufzurichten, fiel aber wieder zurück auf das Bett.

»Lilith«, lallte er.

»Ich bin da, Rahib«, flüsterte sie.

Sie flößte ihm Bier ein, das starke, unverdünnte. Gierig sog er die Flüssigkeit auf. Im Nu war der Krug geleert. Seine Augen wurden glasig, und er schlief ein. Als sein Atem ruhig und gleichmäßig war, nahm Lilith ihren Umhang und eilte aus dem Haus.

In die Küche rief sie Befehle.

»Aya, der Herr hat Hunger. Schlachte sofort eine Ziege, bereite ihm eine Suppe. Du weißt schon, die mit dem gekochten Ziegenkopf, die er so mag.«

»Wird gemacht!«, rief Aya zurück.

Lilith sah noch, wie sie ihre Hände an der Schürze abwischte und hinaus in den hinteren Hof ging, wo die jungen Ziegen weideten.

»Dank sei den Göttern«, rief die Alte. »Der Herr ist wieder genesen!«

Lilith durchquerte die Stadt. Sie musste an sich halten, dass sie nicht zu laufen begann. Bloß nicht auffallen, dachte sie, und verlangsamte ihren Schritt.

Als sie am Karawanenlager ankam, sah sie Sami schon von Weitem. Sie hob ganz leicht die Hand zum Gruß.

»Es ist bald so weit!«, sagte sie atemlos. »Sami, besorge uns drei Kamele. Drüben neben dem ehemaligen Lager meines Vaters findest du alles Notwendige. Verschnüre die Sachen gut. Ab morgen kannst du in den Tempel gehen und die rote Sandalette suchen.«

Sie sah ihn mit weit aufgerissenen Augen an.

»Ich hab solche Angst, Sami«, flüsterte sie.

»Ich auch«, antwortete er. »Aber wir müssen es versuchen.«

Er lächelte sie an.

»Ab morgen gehe ich täglich in den Tempel.«

»Ja, am besten während der heißen Mittagszeit.« Sie überlegte kurz. »Wenn du ihn findest, werde ich bei dir sein in derselben Nacht gegen Mitternacht.«

Er schloss für einen Moment die Augen und nickte dann.

»Er hat nichts angerührt«, beschwerte sich Aya, als Lilith wieder nach Hause kam. »Schläft den ganzen Tag, wie gibt es denn so etwas? Ein General und schläft den ganzen Tag!«, brummelte sie.

Ob ich wohl lieber den Beschwörungspriester hole, dachte sie, kommt mir irgendwie sonderbar vor, morgen werde ich den Beschwörungspriester holen, der kann mit Sicherheit feststellen, was der Herr für eine Krankheit hat.

»So ein starker Mann und schläft den ganzen Tag!«, wiederholte sie und ging zurück in die Küche.

»Ich bin so schwach«, hörte Lilith Rahib in der Nacht sagen.

Sie erschrak entsetzlich. Er darf nicht wieder gesund werden, dachte sie außer sich, nicht jetzt. Später kann er wieder gesund werden, aber jetzt nicht, jetzt nicht!

Am nächsten Tag konnte er beinahe wieder normal sprechen. Langsam und undeutlich, aber jedes Wort konnte man verstehen. Ich habe ihm zu wenig von dem Pulver gegeben, dachte Lilith verzweifelt, und jetzt habe ich es nicht mehr, alles weggeworfen.

Sie legte sich zu ihm ins Bett und streichelte seinen Körper.

»Rahib, wie fühlst du dich?«

»Ich bin so schwach«, sagte er leise.

»Komm, ich helfe dir aufstehen.«

Aber er schaffte es nicht. Er kam bis an den Bettrand, die Füße standen schon auf dem Boden, aber er hatte nicht genügend Kraft, sich selbst aufzurichten.

Lilith ließ ihn los. Er fiel zurück aufs Bett.

»Durst«, sagte er. »Durst!«

Sie ging hinter den Vorhang und holte einen frischen Krug mit Bier. Sie öffnete den Krug und ließ ihn trinken.

Nach einer halben Stunde schlief er fest.

Es war kurz vor Mittag.

Lilith holte aus einer ihrer Truhen die rote Sandalette, steckte sie in ihren Umhang und verließ das Haus.

Mit zitternden Händen legte sie den Schuh mitten in die zahlreichen Weihgaben im Tempel des allmächtigen Gottes. Neben Tonfiguren, Lämpchen und Schrifttafeln lagen auch viele Schmuckstücke dort, kleine Spiegel, Dosen, Schatullen aller Art, Spielzeuge, Puppen, Halstücher. Ein Durcheinander an Gaben, sodass die rote Sandalette niemandem auffallen würde.

Am späten Nachmittag erwachte Rahib.

»Mein Kopf«, stöhnte er und griff sich an die Stirn.

»Ich gebe dir zu trinken, Rahib«, sagte Lilith und flößte ihm das Bier ein.

»Danke, Lilith«, murmelte er leise und trank den Krug leer.

Bald darauf schlief er tief und fest.

Kurz vor Mitternacht, es war eine dunkle Nacht, nur die kleine Sichel des Mondes war zu sehen, packte Lilith die beiden Säckchen mit dem Goldschmuck aus ihrer Truhe und ein drittes mit zwei dunklen Umhängen, Schuhen, Blusen, Tüchern.

Sie schlich aus dem Haus. Die Straßen waren dunkel, sie stolperte mehrmals, einmal verlief sie sich, musste umkehren, weil der Weg in eine Sackgasse mündete.

»Hoffentlich wartet er«, flüsterte sie aufgeregt. »Hoffentlich ist er da.«

Ihr Herz klopfte laut, sie meinte, es müsse gleich zerspringen.

Als sie am Baum ankam, stand Sami dort. Zwei Reitkamele und ein vollgepacktes Lasttier neben ihm.

»Schnell, schnell«, rief er.

Lilith stieg auf eines der Kamele, Sami auf das andere. Das dritte hielt er an einem Strick.

Lautlos stapften die Tiere durch den Sand und trugen Lilith und Sami fort von Marib.

26

Am nächsten Morgen traf mit großem Getöse der Beschwörungspriester beim General ein.

Er trug einen schwarzen, beinahe durchsichtigen, mit Gold eingefassten Umhang, der bei jeder Bewegung mitschwang. Auf den Kopf hatte er die hohe Priestermütze gestülpt. Sein Name war Ammianas. Er hatte seine Gehilfen dabei, die in alle Fenster, Nischen, Türen des Hauses ihre unheilabweisenden kleinen Figuren stellten und die Gewürzbrenner anzündeten, in denen Weihrauch verbrannt wurde. Im Nu war das ganze Haus in den Nebel des Rauches gehüllt.

»Wo ist der Befallene?«, fragte der Priester hoheitsvoll.

Er war nur der zweithöchste Priester der Stadt. Um das zu vertuschen, benahm er sich doppelt wichtigtuerisch. Aya machte ein mürrisches Gesicht, sie hätte lieber den obersten Beschwörer im Haus gehabt. So, wie es sich geziemte für das Haus des Generals. Nun musste sie sich mit der zweiten Wahl zufrieden geben.

Aya geleitete Ammianas die Treppe hinauf. Sie war sehr unruhig, weil sie endlich herausfinden wollte, was hier eigentlich gespielt wurde. Lilith war so schroff zu ihr gewesen die letzten Wochen, wohingegen sie Rahib, ihren verhassten Gemahl, geradezu liebevoll umschwärmte. So einem heiligen Mann wird sie nichts vormachen können, dachte sie.

Aya zeigte dem Priester das Zimmer des Generals.

Er schritt mehrmals durch den Raum, sog die Luft ein, blickte um sich. Dann trat er an das Bett, in dem Rahib lag und schlief. Der Priester beugte sich zu ihm hinab, sog erneut tief die Luft ein, legte ihm die Hand auf die Stirn und murmelte Unverständliches.

Er schüttelte den General an der Schulter.

Rahib wachte auf. Er starrte mit glasigen Augen auf den Mann vor ihm.

»Lilith«, lallte er. »Wo ist Lilith?«

Der Priester wich zurück.

»Und dafür rufst du mich?«, fuhr er Aya an. »Mich, den Beschwörungspriester Ammianas!«

Er stieß Aya zur Seite.

»Der schläft seinen Rausch aus, sonst nichts! Betrunken ist er, sonst nichts! Riechst du denn nicht, wie es hier übel nach Bier stinkt und was für eine Bierfahne er ausatmet.«

Er war rot angelaufen vor Zorn, vergaß, in wessen Haus er sich befand, vergaß, dass der General in der Gesellschaft des Reiches weit über ihm stand, dass er ehrerbietig ihm gegenüber auftreten müsste. Er hatte die Beherrschung verloren.

Noch einmal schüttelte er den General an den Schultern. Er konnte es nicht glauben! Wegen eines Betrunkenen hatte man ihn eigens hergeholt.

Rahib machte eine abwehrende Bewegung, dabei fiel das Kissen auf den Boden.

»Was ist das denn?«

Der Priester riss die Augen auf. Auf dem Leintuch unter dem Kopfkissen lagen unzählige kleine, goldene Blätter und bunte Lapislazuli-Steine, Karneole und Türkise.

Er nahm eines der goldenen Blättchen in die Hand.

»Das ist doch! … Nein, das kann nicht sein!«

Ihm blieb der Mund offen stehen.

»Einsammeln! Alles einsammeln!«, befahl er.

Aya und seine Gehilfen knieten nieder, suchten den Boden ab, unter dem Bett, neben dem Bett und sammelten die kleinen goldenen Blätter und Edelsteine in ihre Röcke.

»Fenster öffnen! Wir brauchen Licht!«, rief der Priester.

Das Licht drang herein.

Ammianas ließ sich die Blättchen und Steine geben und legte sie vorsichtig nebeneinander. Er betrachtete den Schmuck eingehend, wiegte den Kopf hin und her.

»Es besteht kein Zweifel«, sagte er nach einer Weile. »Das ist das Halsband unserer Königin!«

Er blickte auf Rahib, der das Geschehen apathisch verfolgt hatte.

»Wieso ist das Halsband in deinem Haus, in deinem Bett?«, fragte Ammianas. Er begriff nichts. Was ging hier vor? »Und wieso ist das Halsband aufgelöst? Wo ist der Rest?«

Rahib sah ihn wirr und verständnislos an.

»Wo ist Lilith?«, stöhnte er.

Erst jetzt fiel Aya auf, dass Lilith nicht im Zimmer war. Rasch schaute sie in den anderen Räumen nach. Aber Lilith war nirgends zu finden. Sie rief nach ihr.

»Lilith, Lilith, wo steckst du?«

Da sie keine Antwort erhielt, ging sie zu Liliths Kleidertruhe. Es lagen nur ein paar wenige alte Blusen darin. Die Umhänge, die ledernen Schuhe, die Tücher waren weg. Sie wurde blass und musste sich auf den Rand der Truhe setzen. Hastig lief sie zu dem hölzernen Sims, auf dem Lilith ihre Lieblingsstücke aufbewahrt hatte. Nichts war mehr da. Nicht der elfenbeinerne Kamm aus Assyrien, nicht die Brosche in Skarabäusform aus Ägypten, nicht die kleine Statue einer griechischen Göttin. Die Geschenke von Nikomedes waren weg.

»Sie ist abgehauen«, murmelte sie erschrocken. »Sie ist abgehauen. Das war es also. Abgehauen mit dem Kameltreiber!«

Sie blickte auf den Priester, der aufgebracht im Zimmer auf und ab lief. Ich muss eingreifen, dachte sie voller Schrecken, ich muss irgendetwas tun.

»Ich werde das sofort an das königliche Archiv melden«, rief Ammianas schließlich drohend. »Sofort! Dieser Mann«, er deutete auf den General. »Dieser General ist ein Dieb!«

Er wandte sich zum Gehen.

»Wir gehen!«, befahl er.

»Ich kann das alles erklären!«, sagte Aya, so ruhig sie konnte. »Es ist nicht so, wie du denkst, Ammianas!«

Ammianas blieb stehen.

»Wie ist es dann?« Seine Miene war finster, er presste die Lippen zusammen, seine Augenbrauen zuckten. »Wie ist es dann, sag es, du Alte!«

»Hoher Herr, du musst wissen, dass der General seine Frau über alles liebt«, begann Aya. Das ist ja nicht einmal gelogen, dachte sie. »Er hat ihr viel Schmuck geschenkt. Ganze Körbe voll.«

Sie lief hinter den Vorhang und zerrte die beiden Körbe mit dem Geschmeide hervor.

»Da, schau selber!«

Sie öffnete einen der Körbe und zog Ohrgehänge und Fußketten hervor.

»Aber das war ihm nicht genug. Er wollte, dass seine Frau genauso schönen Schmuck wie die Königin besitzt. Er hat den Schmuck der Königin nachmachen lassen, damit seine Frau den gleichen hat.« Sie holte tief Luft. »Er wollte, dass sie genauso schönen Schmuck wie die Fürstin besitzt! Er hat den Schmuck nachmachen lassen«, wiederholte sie.

Ammianas war verunsichert.

»Stimmt das?«, fragte er Rahib, der inzwischen verstanden hatte, worum es ging.

Sein Kopf schmerzte, seine Glieder waren schwer, aber sein Bewusstsein war zurückgekehrt, sein Verstand arbeitete wieder.

Er nickte erschrocken.

»Kannst du das beweisen?« Die Stimme des Priesters war scharf.

Rahib nickte wieder.

»Und wie willst du das beweisen?«

»Frag seine Frau«, warf Aya schnell ein. »Und schau im Schatz der Königin nach.«

»Das allerdings werde ich. Darauf kannst du dich verlassen.«

Er wandte sich zur Tür.

»Wo ist denn dieses Eheweib?«

»Sie ist im Tempel«, log Aya. »Sie geht sehr viel in den Tempel. Sie ist sehr fromm und gottesfürchtig und betet für die Gesundheit ihres Gemahls.«

»Ich werde sie dort suchen«, sagte der Priester, der das Weib des Generals nie zu Gesicht bekommen hatte. »Wie ist ihr Name?«

»Lilith.«

Ammianas verließ das Haus.

»Los«, rief Aya den Dienern zu. »Bringt Wasser für den Herrn.«

Dann blickte sie auf Rahib.

»Du musst sofort verschwinden!«, sagte sie ernst. »Sobald herauskommt, dass du die Königin bestohlen hast, bist du des Todes. Einen größeren Frevel als deinen gibt es nicht im Lande Saba.«

Rahib stand mühsam und ungeschickt auf. Die Dienerin rieb ihn mit einem Schwamm ab und legte ihm einen Umhang um.

Sie rief nach Hayw, dem Lieblingsdiener des Generals, und nach Yadhub, dem Pferdeknecht.

»Ihr begleitet den Herrn!«, ordnete sie an. »Er ist krank und muss sofort die Stadt verlassen.«

Die beiden starrten sie verständnislos an.

»Macht, was ich sage! Es geht um sein Leben und um euer Leben!«

»Wo sollen wir denn hin mit ihm?«, fragte Hayw verstört.

»Nehmt die Körbe mit dem Goldschmuck mit! Und eure Waffen«, antwortete sie und steckte Rahib einen Dolch in den Gürtel.

»Ja, aber wo sollen wir denn hin mit ihm?«, wiederholte Hayw ratlos. »Und wieso überhaupt?«

Aya dachte nach.

»Ihr reitet am besten in Yalas Dorf, nach Shurwah. Dort werden sie ihn nicht suchen. Wartet in Shurwah. Ich lasse euch wissen, wie es weitergehen soll.«

Sie packte die beiden am Arm.

»Ihr wisst doch, wo Shurwah ist, oder? Ihr müsst den großen Hügel hinter der Stadt hinaufreiten, dann das nächste Tal durchqueren, den nächsten Hügel wieder hinauf, und dahinter liegt Shurwah. Ihr könnt es nicht verfehlen.«

Wenn das nur gut geht, dachte sie, wenn das nur gut geht!

»Nehmt die schnellsten Pferde und fort mit euch! Es geht um Leben und Tod!«

»Wo ist Lilith?«, fragte Rahib jetzt. »Ist sie auch bereit?«

Aya sah ihn unschlüssig an.

»Wo ist Lilith?«, fragte er noch einmal ungeduldig.

Aya half ihm die Treppe hinunter. Er stieß sie beiseite.

»Ich brauche deine Hilfe nicht. Es geht mir wieder gut.« Er schrie jetzt zornig. »Wo ist sie? Wo ist Lilith?«

Er wankte ein wenig.

»Helft dem Herrn auf das Pferd!«, befahl die Alte.

Hayw und Yadhub hievten den schweren Mann auf das Pferd.

»Wo ist Lilith?«, keuchte er.

»Sie ist schon weg, Herr!«, sagte Aya.

»Weg?«

»Ja, sie ist schon weg.«

»Was soll das heißen?«

»Herr«, Aya schob das Pferd ein wenig von sich weg, weil sie Rahibs Hiebe fürchtete. »Sie hat dich verlassen, Herr.«

Er starrte sie ungläubig an.

»Was erzählst du da?«

»Ja, Rahib, Herr, sie hat dich heute Nacht verlassen. Sie ist mit Sami, dem Kameltreiber davon.«

Rahib griff nach Aya, erwischte aber nur ihren Umhang. Sein Kopf lief rot an, und seine Augen waren blutunterlaufen. Aya fürchtete sich vor ihm.

»Verlassen? Kameltreiber?«

»Sie hat schon vor Monaten angefangen, dich zu vergiften, deshalb hast du diese Schwächeanfälle, Herr. Und dann ist sie auf und davon.«

»Auf und davon? Wohin?«

Sein Gesicht war nur noch eine entstellte Fratze.

»Wo ist sie hin?«

»Ich denke, nach Norden. Das ist der einzige Weg, den dieser Kameltreiber kennt.«

»Beweise«, schrie der General, aber die Stimme versagte ihm beinahe. »Beweise es mir! Ich glaube dir nicht!«

»Sie hat alles mitgenommen, was ihr wichtig war.«

»Ist das wirklich wahr? Aya, ist das wirklich wahr?« Seine Stimme war kaum mehr zu hören.

Aya nickte.

»Ja, Herr, es ist wahr. So wahr, wie ich hier stehe.«

»Und du hast es gewusst, du Bestie!«, zischte er. »Du hast ihr geholfen, du … du treulose Verräterin!«

Aya zuckte erschrocken zusammen.

»Ich habe dich nicht verraten, Herr!«

Rahib glitt vom Pferd, griff nach seinem Dolch und stieß ihn mit voller Wucht in Ayas Leib.

Aya sank in den Sand.

»Ich bin unschuldig, Herr«, flüsterte sie sterbend. »Ich habe es nicht gewusst.«

Rahib hangelte sich bereits wieder auf das Pferd, riss es brutal am Zügel und galoppierte aus dem Tor. Er schlug auf das Pferd ein wie ein Wahnsinniger.

»Ich werde dich erwischen! Du entkommst mir nicht!« Er raste vor Wut. »Und wenn es das Letzte ist, was ich tue, ich werde dich erwischen und dich töten!«

Er ließ das Pferd den Hügel hinter Marib hinaufgaloppieren. Jedes Mal, wenn das Tier langsamer wurde, schlug er mit den Fäusten auf seinen Hals.

»Lauf, du elendes Vieh!«

Das Pferd war schweißnass, hatte die Nüstern gebläht, es konnte nicht mehr. Aber Rahib gab erst Ruhe, als sie oben auf dem hohen Hügel ankamen. Hayw und Yadhub keuchten hinterher. Sie hatten die Körbe mit dem Gold dabei und mehrere Schwerter und Dolche. Auch ihre Pferde waren weiß von schaumigem Schweiß.

»Warte, Herr!«, baten sie. »So warte doch!«

Rahib war vom Pferd gerutscht und lag auf dem steinigen Weg.

»Durst!«, rief er unwillig. »Gebt mir etwas zu trinken.«

»Wir haben nichts zu trinken dabei, Herr«, antwortete Hayw atemlos. »Es ging alles so schnell.«

Rahib wollte nach ihm schlagen, aber es fehlte ihm die Kraft. Ermattet blieb er am Boden liegen. Die Sonne brannte ohne Gnade auf die baumlosen Hügel. Die Steine schienen zu glühen.

Die drei Männer legten sich in den Schatten der Pferde, atmeten schwer und dösten eine Weile vor sich hin.

»Wir sollten weiter«, sagte Hayw. »Die Alte sagte, dass man uns bald verfolgen würde.«

»Ja, wir sind des Todes«, antwortete Rahib und richtete sich mühsam auf. Seine Glieder waren so schwer.

»Was ist das für ein Geräusch?«, fragte er plötzlich und drehte den Kopf. »Hört ihr das? Was ist das?«

Er legte die Hände an die Ohren und lauschte hinaus in die Wüste. Von irgendwo, von weit her kam ein Sausen, ein Dröhnen, ein unheimliches Geräusch, es klang wie ein starker Sturm.

»Was ist das?«

Sie bekamen es mit der Angst, blickten umher, hinauf in den wolkenlos blauen Himmel, hinunter ins Tal, sie konnten nichts Fremdes sehen, nichts erkennen, was anders als das Gewohnte war, nur dieses zischende, fließende Geräusch, das die Luft erbeben ließ und sie zutiefst erschreckte.

»Was ist das? Ich habe noch nie so ein Geräusch gehört!«

Sie spähten ins Tal, hinunter in die Stadt. Alles lag ruhig. Nur dieses unheimliche Summen, dieses wirbelnde Sausen brauste durch die Luft.

»Bei allen Göttern, Herr, da! Schau!«, schrie Yadhub und griff sich mit beiden Händen an den Kopf. Der starke Mann zitterte vor Schrecken. »Da! Schaut!«, brüllte er. »Schaut! Da!«

Und plötzlich sahen es auch die anderen: Eine Flutwelle wälzte sich in rasender, unglaublicher Geschwindigkeit und Breite von dort hinten im Tal, wo die mächtige Staumauer die Wassermassen in einem großen See zurückhielt, hinunter ins Gebiet der bewohnten Stadt.

Sie stierten hinab auf das Unglaubliche. Was war geschehen?

Yadhub und Hayw blickten erschrocken auf Rahib.

»Herr! Die Staumauer! Bei allen Göttern, deine Staumauer muss gebrochen sein!«

Rahib war kreidebleich geworden. Er schloss die Augen

für einen Moment. Nein, nein, das kann nicht sein, dachte er verwirrt, die Staumauer ist fest.

»Die Staumauer ist fest!«, sagte er laut.

Aber sie war geborsten. Das Wasser raste durch die fruchtbaren Gärten und wohlbestellten Plantagen direkt auf die Stadt zu. Es war fürchterlich anzusehen. Wie eine graue Mauer schob sich die Flut vorwärts und zerstörte alles, was ihr ihm Weg stand.

Die drei Männer dort oben auf der sicheren Anhöhe mussten zusehen, wie alles unter der Gewalt des Wassers hinweggerissen wurde und für immer verschwand. Nur noch die Wogen des Wassers waren zu sehen, wie sie vorwärts drängten, die Hütten, Zäune, Bäume, Tiere und Menschen wurden umgemäht. Das Wasser verschlang alles.

Schreckensbleich blickten die Männer auf das Geschehen. Die gewaltige, krachende Wasserfront war nun ganz nahe der Stadt. Schon stürzten die ersten Häuser ein, an der großen Stadtmauer wurde das Wasser kurz abgebremst, wälzte sich aber sogleich ungehindert weiter. Die Mauer brach ein, auch die hohen, starken Säulen des Tempels fielen widerstandslos zusammen und wurden unter den Massen des Wassers begraben.

»Der Palast!«, rief Hayw angstbleich.

Aber auch der Palast mit seinen starken Mauern, der auf einer kleinen Anhöhe stand, wurde hinweggeschwemmt. In nur wenigen Sekunden versank er in der braungrauen Gewalt des dampfenden Wassers.

Sie hörten kein Schreien, kein menschliches Geräusch, nur das Brausen des Wassers. Es ging alles blitzschnell. Die Menschen, die sich in ihre Häuser und Hütten während der heißen Mittagszeit verkrochen hatten, wurden von der Sturzflut überrascht. Sie hatten nicht einmal Zeit wahrzunehmen, was da vor sich ging. Die Flut rollte über sie und erstickte jegliches Leben.

Nach kaum einer Stunde, war das Grauen vorbei. Das Wasser zog sich zurück, versickerte und hinterließ eine zerstörte Welt. Die einst stolze Stadt Marib glich nur noch einem dreckigen, erdigen Brei, in dem Balken, Bäume, Büsche herumschwammen. Und Leichen. Unzählige tote Körper von Menschen und Tieren.

»Wir müssen hinunter«, sagte Hayw.

»Nein«, antwortete Rahib. »Da gibt es nichts mehr zu helfen.«

Sie ritten gleichwohl einige hundert Schritt talabwärts und spähten in die zerstörte Stadt.

»Da ...«, Hayws Stimme zitterte. »Da war der Markt.«

Suchend blickte er hinunter. Es war nichts mehr zu erkennen. Der Schlamm hatte die Stadt bis zur Unkenntlichkeit verwüstet.

»Der Palast ... die Königin ... die Tempel ...«, Hayw schluchzte verzweifelt und wischte sich die Tränen mit dem Handrücken weg. »Unsere Familien ... unsere Häuser! Alles weg.«

Die Männer warteten regungslos mehrere Stunden, ob sich irgendein Zeichen von Leben regte. Nichts. Die Stadt und ihre Bewohner waren tot. Es bewegte sich nichts mehr.

Hayw und Yadhub weinten leise. Sie hatten in Marib ihre Frauen und Kinder, ihre Eltern, ihre Verwandten und ihre Häuser verloren.

»Herr, reiten wir hinunter und schauen wir, ob wir Überlebende finden?«, fragte Hayw unsicher.

Er wusste, dass es keinen Sinn hatte, nach ihnen zu suchen. Sie lagen unter dem sumpfigen Schlamm, der in der Sonne rasch zu hartem Bruch austrocknen würde.

»Zwecklos«, antwortete Rahib mit klangloser Stimme.

Er hatte sofort begriffen, dass diese Katastrophe seine Schuld war, die Mauer, die Marib schützen sollte, war gebrochen, weil er sich nicht genug darum gekümmert hatte, dass sie weiterhin in tadellosem Zustand blieb. Er hatte sich die letzten Monate oft schwach und lustlos gefühlt, hatte nicht in die Hitze hinausreiten wollen, war lieber zu Hause bei Lilith geblieben. Es war einzig und allein seine Schuld.

Wenn doch noch irgendjemand vom Hof überlebt haben sollte, überlegte er, würde man ihn zur Rechenschaft ziehen.

Er konnte unmöglich hinunterreiten und sein Leben riskieren. Das Einzige, was ihn retten konnte, war, sich so rasch wie möglich auf und davonzumachen. Was kümmerte ihn noch Marib, was kümmerte ihn noch die Fürstin? Er verspürte keine Reue, nur Sorge um sein eigenes Leben.

»Zwecklos«, wiederholte er und wendete sein Pferd in Richtung Norden. »Es sei denn, ihr wollt auch sterben. Die verwesenden Kadaver werden das Land rasch verseuchen.«

Langsam machten die drei Männer kehrt und ritten den Hügel wieder hinauf, in das nächste Tal hinunter und erreichten kurz vor Sonnenuntergang Shurwah. Sie hatten all die Stunden kein Wort gesprochen. Zu Tode erschöpft kamen sie in dem armseligen Dorf an. Wie bewusstlos sanken sie am Brunnen nieder und löschten ihren Durst. Dann suchten sie Yalas Familie.

Der Vater war tot, die Mutter hauste wie eine Hündin in einer Hütte, verdreckt, zerlumpt und sprachlos. Hayw tötete eine der mageren Ziegen, die im Hof verstört auf und ab liefen. Sie brieten das Fleisch, tranken die Brühe und legten sich ausgelaugt auf den nackten Boden in der zerfallenen Hütte.

Yadhub war der Erste, der nach vielen Stunden erschöpften Schlafs erwachte. Er rüttelte Hayw an der Schulter.

»Ich reite zurück«, sagte er leise. »Diese Unsicherheit halte ich nicht aus. Ich muss nachschauen, ob noch einer von den Meinen lebt.«

Hayw sah ihn mitleidig an.

»Du weißt, dass das nicht möglich ist.«

»Ich kann nicht anders«, antwortete Yadhub. »Der General schläft noch. Sag es du ihm, wenn er aufwacht.«

Er stand auf, nahm einen großen Schluck Wasser, stieg auf sein Pferd und ritt langsam aus dem Dorf.

Der General blieb mehrere Tage liegen. Meist schlief er, er fühlte sich elend, war bleich, schwach und mutlos.

»Warum hat sie das getan?«, murmelte er vor sich hin.

»Herr, du musst essen und trinken.«

Hayw versuchte, Rahib Wasser und ein wenig Gemüse in

den Mund zu schieben. Es ging nicht, Rahib konnte nicht schlucken, erbrach sofort alles wieder.

»Warum hat sie das getan?«

Immer dieselbe Frage. Hayw hatte diese blonde, hochnäsige Person nie leiden können. Er hatte es immer geahnt, dass sie nichts wert war. Und nun hatte sich herausgestellt, dass er recht behalten hatte. Sie hatte seinen Herrn hintergangen, betrogen und verlassen. Er würde seinem Herrn beistehen, was immer auch geschehen würde, er würde ihn nie im Stich lassen.

Nur langsam kam Rahib wieder zu Kräften. Hayw hatte im Dorf Schmuck gegen Esswaren getauscht, er konnte nun seinem Herrn kräftige Mahlzeiten bereiten.

»Du musst gesund werden, Herr«, flüsterte er dem General zu.

Rahibs Mutlosigkeit wich allmählich, und der Hass kehrte zurück. Der unbändige Hass, den er verspürt hatte, als Aya ihm von Liliths Betrug erzählt hatte.

»Ich muss sie verfolgen, ich muss sie töten. Sie hat mich verraten«, sagte er. »Beide werde ich töten. Lilith und den Kameltreiber.«

Sie hatten wertvolle Zeit verloren, die beiden Verräter hatten einen Vorsprung von drei ganzen Wochen.

»Bereite alles vor, Hayw«, sagte Rahib eines Tages. »Ich bin so weit. Wir können los.«

27

»Sami, ich kann nicht mehr«, sagte Lilith leise.

Sie waren die Nacht und den ganzen darauffolgenden Tag beinahe ohne Halt durchgeritten, es graute schon wieder der nächste Morgen. Die Kamele tappten langsam über Grasbüschel und Steine durch das unwirtliche Gelände. Gleich hinter Marib begann die unendliche Einöde. Der kleine Trampelpfad führte neben Kalksteinfelsen, Lavafeldern und Sanddünen hindurch hinauf in das Hochland bei Sada. Es gab dort so gut wie keine Siedlungen mehr. Die Menschen hatten nicht, wie in Marib, gelernt, das Wasser zu speichern und so die vielen Monate äußerster Trockenheit zu überstehen. Nur hin und wieder tauchten ovale Wohnhütten aus Holz und Palmblättern am Wegesrand auf.

Wovon ernähren sich diese Leute, dachte Lilith, aber sie war zu erschöpft, um weiter darüber nachzudenken. Von dem ungewohnten Reiten auf dem Kamel taten ihr die Knochen weh, sie litt unter der Hitze und dem heißen Wind, der viel Sand mit sich führte. Ihre Augen brannten.

»Wir machen bald eine längere Ruhepause. Sobald ich ein wenig Schutz und Schatten für uns finde«, sagte Sami. »Siehst du, dort oben, wo die Büsche sind. Das könnte gehen, dort ruhen wir uns aus.«

Es war ein nicht einsehbarer Platz mit ein paar Bäumen und dornigem Gestrüpp. Sami blickte um sich. Ja, das war in Ordnung, hier konnte sie niemand so rasch entdecken. Er musste sehr vorsichtig sein, denn sie benutzten die Wege der Weihrauchstraße, und jetzt, in den weniger heißen Monaten des Jahres, waren natürlich auch die Karawanen unterwegs. Bisher hatten sie allerdings noch keine anderen Reisenden getroffen.

Sami hob Lilith vom Kamel, sie sank in den Sand und schlief sofort ein.

Er sammelte ein wenig Holz, grub ein Loch in den Sand und fachte ein kleines Feuer an. Aus dem Ziegenbalg goss er Wasser in einen kupfernen Topf, gab Kräuter dazu, die er von den umliegenden Büschen pflückte. Es roch herrlich in ihrem kleinen Versteck. Nach Wacholder, Lorbeer und Geißblatt.

Dann versorgte er die drei Kamele, die ruhig und gelassen neben den Bäumen standen. Er nahm ihnen die Säcke mit den Kleidern, dem Essen und natürlich den beiden wertvollen Päckchen mit dem Goldschmuck ab. Und auch die Ballen mit getrocknetem Heu für die Tiere. Er fütterte die Kamele, die sich zufrieden grunzend in den Sand niederließen.

Nach ein paar Stunden weckte er Lilith. Sie tranken gemeinsam die Kräuterbrühe, aßen ein paar Datteln. Sie bekam als Extraration einen Löffel Honig und eine große Nuss.

»Das wird dir guttun, mein tapferes Mädchen«, sagte Sami lächelnd und beugte sich zu ihr.

Er streichelte über ihr Haar, das in wirren Strähnen über ihr Gesicht hing. Es war heiß.

»Wirst du es schaffen, Lilith?«, fragte er besorgt. »Es ist ein so langer und gefährlicher Weg, und du bist so zart.«

»So zart bin ich gar nicht«, lächelte sie tapfer. »Und mit dir zusammen geh ich überall hin.«

Sie sah ihn mit ihren blauen Augen neugierig an.

Wie sehr sie sich wünschte, endlich Sami berühren zu dürfen, seine Lippen, seine Haut. Wie oft hatte sie davon geträumt, wie das wäre, den geliebten Mann bei sich zu haben, wenn Rahib ihr brutal Gewalt angetan hatte. Sie spürte eine eigenartig kribbelnde Unruhe in ihrer Bauchgegend, das war neu für sie, es war so ein hungriges, aufreizendes Gefühl. Sie zog Sami zu sich herab.

Ihre Lippen trafen sich, Sami schob leicht ihren Umhang beiseite, zärtlich und sanft liebkoste er ihren Körper. Ganz langsam und vorsichtig näherten sie sich einander, beide kannten die Liebe nur auf gemeine, schmerzhafte, erniedrigende Weise, nie hatten sie in all den Nächten, in denen sie gezwungenermaßen ihre Körper zur Verfügung stellen mussten, die leiseste Ahnung davon gehabt, wie schön es sein kann, wenn ein geliebter Mensch zu einem kommt. Sami kraulte sie im Nacken, er kitzelte sie am Bauch.

Lilith lachte auf und ahmte seine Berührungen nach. Sie ließen sich Zeit, küssten und umfassten sich. Und endlich kam er dann zu ihr. Keinerlei Abwehr war mehr in ihr, nur Hingabe und Dankbarkeit. Als sie spürte, dass er seinem Höhepunkt entgegentaumelte, breitete sich auch in ihr ein zitterndes Wohlgefühl aus. Nie hatte sie das bei Rahib gespürt.

»Es ist wundervoll«, flüsterte sie.

Wohlig war ihnen zumute nach der Liebe, voller Hoffnung und Vertrauen in die Zukunft, sie lachten und kicherten, schäkerten, stupsten sich an der Nase, streichelten sich.

Sie waren glücklich. Zum ersten Mal in ihrem Leben.

»Die Reise wird schwer, Lilith«, sagte er.

Sie packten ihre Sachen wieder auf die Kamele und ritten weiter auf den winzigen Pfaden durch die Schluchten und Täler des Gebirges.

Für Lilith, die nie aus Marib herausgekommen war, glich diese Reise einem phantastischen Tagtraum. Sie staunte über die gewaltigen Felsmassive, an denen sie vorbeiritten, die buntfarbigen Steinformationen, die Höhlen, Felsvorsprünge, sie konnte sich nicht sattsehen an den herrlichen Ausblicken, an den malerischen Palmen, deren Wedel im Wind leicht schaukelten. Sie war begeistert von den Rastplätzen, die Sami aussuchte, von den Sonnenuntergängen, von dem kleinen Feuer, das er oft am Abend entfachte. Wenn es Nacht wurde, blickte sie in den Himmel und bestaunte die Pracht des Sternenzeltes.

»Schau, Sami, wie die Sterne glitzern«, schwärmte sie.

In der Nacht kuschelte sie sich nahe an Sami, sie liebten sich oft vor dem Einschlafen und drifteten danach beglückt in tiefe Träume. Lilith hatte keine Angst. Sie genoss jeden Moment dieses Wegs, fürchtete sich nicht vor Gefahren, dachte wohl daran, dass Rahib oder einer seiner Getreuen ihnen mit Gewissheit folgen würden, um sie zu töten. Sie schob den Gedanken aber beiseite, sie war so jung und endlich auch so unbeschwert und unbekümmert, wie es ihrer Jugend zukam.

»Ich bin glücklich, Sami«, sagte sie oft.

Sami setzte die Ahnung der drohenden Gefahr weit mehr zu. Er wusste, dass Rahib nicht so leicht aufgeben würde, dass Verfolger ihnen auf der Spur waren. Das Einzige, was ihm blieb, war größte Vorsicht. Die kleinen Pfade, die sie benutzten, waren für alle da. Es gab keine anderen in diesem unwirtlichen Gelände.

Sehr schnell kamen sie nicht vom Fleck, denn Lilith war das Reiten und das Reisen nicht gewohnt, er musste darauf Rücksicht nehmen und ihre Kräfte schonen, denn bis zum Mittelmeer waren es noch mehrere Monate. Wenn Rahib und seine Reiter ihnen schon auf den Fersen waren, konnten sie sie jeden Augenblick einholen, sie würden nicht rasten noch ruhen, bis sie die untreue Lilith aufgestöbert hätten. Sie waren mit Sicherheit auch viel besser ausgerüstet als die beiden Liebenden.

Sami fürchtete die Rache des verlassenen, betrogenen Ehemannes.

Er versuchte, Liliths heitere Gemütsverfassung nicht zu stören, musste sie aber ständig ermahnen, nicht zu trödeln. Sie konnte stundenlang herrliche Ausblicke genießen oder ihre Kleidersäcke neu sortieren.

»Komm, Lilith, wir sollten weiter«, sagte er.

»Es ist so schön hier«, sagte sie lachend und ließ ihre Augen über die rotglühenden Felsen schweifen.

»Morgen kommen wir zu einem kleinen Gehöft«, sagte Sami. »Dort können wir die Quelle benutzen, auch die Tiere brauchen Wasser.«

Am Mittag erreichten sie eine windschiefe Hütte. Daneben war ein Töpferofen aus aufgeschichteten Steinen gebaut, der Rauch stieg aus dem Kaminschacht in die Höhe. Neben dem Ofen lagen Palmenstämme und viele kleine Schalen und Becher, allerlei einfache Gefäße aus gebranntem Ton. Als sie abstiegen, trat ein Mann aus dem Haus.

»Wir möchten gern deine Quelle benutzen«, sagte Sami

zu ihm und zog ein dünnes Goldkettchen aus dem Umhang.

Der Mann nickte. Er sah armselig aus, trug alte Lumpen und war verdreckt.

»Ihr könnt hier lagern.«

Er nahm das goldene Kettchen und verbarg es eilig in seinen zerfetzten Kleidern.

Sami führte die Kamele zur Tränke, Lilith breitete die Matten aus, holte Datteln, Oliven und Nüsse, legte sie auf ein paar Palmblätter.

Der Mann war stehen geblieben und starrte Lilith an. Sie reichte ihm lächelnd ein paar Nüsse. Aber er rührte sich nicht vom Fleck. Sami kam von der Tränke zurück.

»Wieso starrst du sie so an?«, fragte er unwirsch.

»Die ... die Haare«, antwortete der Mann. »Und die Augen, so hell.«

Schnell wandte er sich ab, so als fürchtete er sich vor Lilith.

Sami war erschrocken. Natürlich, fuhr es ihm durch den Kopf, daran habe ich gar nicht gedacht. Lilith würde überall auffallen, und jeder würde sich an sie erinnern.

Als sie gegessen hatten, holte Sami abgekühlte Asche aus dem Feuer.

»Du musst dir die Haare schneiden, Lilith, und sie dann schwärzen«, sagte er. »Und das Gesicht auch.«

»Aber ...«

»Es muss sein, Lilith, du bist viel zu auffällig.«

Vorsichtig schnitt er ihr die Haare bis auf Schulterlänge mit einem kleinen, scharfen Dolch ab, dann schmierte er ihr die schwarze, nasse Asche ins Haar und in das Gesicht.

»Schau, dass du dir den Umhang immer weit ins Gesicht ziehst, Lilith, damit keiner deine hellen Augen sieht.«

Sie lachte ihn aus.

»Aber Sami, hier ist doch niemand.«

»Denk daran, Rahib wird uns verfolgen. Er wird nach uns fragen. Und ein jeder wird sich an das helle, weiße Mädchen erinnern, wenn wir nicht aufpassen.«

Sie saßen eine Weile mit dem Töpfer zusammen. Sami gab ihm noch einen kleinen, goldenen Anhänger.

»Du hast uns nicht gesehen, Alter«, sagte er eindringlich.

»Wieso wohnst du hier in dieser trostlosen Einsamkeit?«, fragte Lilith ihn.

»Das war einmal viel besser hier, früher regnete es öfter, das Wasser reichte für ein paar kleine Felder. Es gab mehrere Dörfer, die Leute kamen und kauften meine Waren, und ich hatte ein Auskommen.« Er seufzte. »Jetzt muss ich bis Sada hinauf auf den Markt und verkaufe dort meine Sachen. Aber es lohnt sich kaum noch.« Er blickte ein wenig traurig auf seine abgearbeiteten Hände. »Wo soll ich denn hingehen? Hier ist meine Heimat, und deshalb bin ich hier.«

Sie verabschiedeten sich, der Mann versprach, dass er niemandem davon erzählen würde, dass sie bei ihm Einkehr gefunden hatten. Sami wusste jedoch genau, dass er sie für ein bisschen Gold oder Silber an jedermann verraten würde. Er konnte es ihm nicht einmal verübeln.

Sie ritten in den späten Nachmittag hinein, durchquerten bei Nacht die Stadt Sada, damit sie möglichst niemand sehen würde. Erst hinter Sada unter einem Felsvorsprung machten sie endlich wieder Rast.

Sie waren nun zehn Tage unterwegs, und mindestens achtzig lagen noch vor ihnen, erst dann würden sie Gaza erreichen und bei Nikomedes sicheren Unterschlupf finden.

»Wir müssen uns so rasch wie möglich einer Karawane anschließen«, sagte Sami besorgt. »Nur in einem großen Zug sind wir sicher.« Er fuhr sich mit der Hand über die Stirn. »Wir müssen auch bei der nächsten Gelegenheit Esswaren und Heu für die Tiere kaufen.«

Er blickte auf die Beutel mit dem Goldschmuck.

»Ich muss unbedingt das Gold in Hacksilber tauschen. Wir können nicht jedes Mal richtiges Gold verteilen. Das ist viel zu übertrieben.« Er überlegte kurz. »Weißt du, Lilith, es wäre wohl am besten, wir würden jeder ein paar Goldketten am Körper tragen. Das ist sicherer.«

Er schüttete die Säckchen mit dem Goldschmuck auf den Boden der Höhle.

»Was sind das denn für goldene Blätter, Lilith?«, fragte er erstaunt und nahm ein paar der Goldblättchen aus dem Halsband der Königin von Saba in die Hand.

»Bei Attar!«, rief Lilith entgeistert.

Sie schlug die Hände vors Gesicht. Weinend erzählte sie Sami, wie es sich zugetragen hatte mit dem Halsband der Königin, das Rahib gestohlen hatte.

»Als es zerriss, habe ich ohne nachzudenken einfach alles, was herumlag, in den Beutel gestopft. Ich habe gar nicht mehr daran gedacht!« Sie sah Sami hilfesuchend an. »Jetzt werden sie mich für die Diebin halten«, sagte sie düster.

»Das sieht nicht gut für dich aus, Lilith«, antwortete Sami vorsichtig.

Jetzt jagt uns nicht nur Rahib, sondern auch der Hof und seine Soldaten, dachte er erschrocken, sie werden mit aller Macht versuchen, uns zu fassen. Ein eisiger Schauer jagte ihm den Rücken hinunter.

»Da lässt sich jetzt nichts ändern.« Er streichelte besänftigend ihren Arm. »Wir müssen nur höllisch aufpassen.«

Er legte Lilith einige der glänzenden Ketten um den Hals und band ihr die goldenen Gürtel um die Taille.

»Pass auf, dass immer alles schön von deinem Umhang bedeckt ist.«

Er selber stopfte ein paar Ketten in seinen ledernen Beutel, den er immer um die Schulter gelegt bei sich trug.

»Für alle Fälle«, sagte er beschwichtigend, als er Liliths besorgtes Gesicht sah.

Er beschloss, noch vor der Dunkelheit alleine zurück nach Sada zu reiten, um Nachschub zu besorgen, denn vor ihnen lag ein langer Weg durch die Wüste ohne Möglichkeit, unauffällig einzukaufen.

»Bleib in dem Versteck«, sagte er. »Ich bin bald wieder da.«

Lilith saß am Rand der kleinen Höhle und schaute in die sanft wellige Dünenlandschaft, die von einzelnen dunklen

Felsbändern durchzogen war. Wie schön es hier ist, dachte sie, aber zum ersten Mal auf dieser Reise begann sie sich zu fürchten.

»Wie konnte ich nur glauben, dass ich einfach verschwinden kann? Wie dumm war ich!«, rief sie in die Leere der Wüste hinaus.

Die Stunden verrannen, aber Sami kehrte nicht zurück. Wie gebannt schaute sie ständig auf den kleinen Pfad hinter der Höhle, auf dem er auftauchen müsste. Aber er kam nicht. Sie wartete vergebens.

Irgendwann war sie eingeschlafen, als sie plötzlich jemanden neben sich spürte. Sie zuckte zusammen.

»Keine Angst, Lilith«, hörte sie Samis Stimme. »Ich bin es.«

Er hatte in der Stadt Esswaren und Heu für die Kamele gekauft, hatte ihre Wasserbälge aufgefüllt. Und er hatte einige Goldketten in Hacksilber tauschen können. Die Männer in Sada waren sehr misstrauisch gewesen, es hatte eine halbe Ewigkeit gedauert, bis Sami sie von seinen lauteren Absichten hatte überzeugen können. Schließlich hatten sie ihm das Gold eingetauscht. Einige Gürtel, Armbänder und Halsbänder. Die Blätter und Edelsteine aus dem Halsband der Königin hatte Sami nicht zum Kauf angeboten. Sie lagen tief unten in den Säckchen.

Die Männer waren noch eine Weile zusammengesessen. Das Feuer hatte geprasselt, es war das einzige Geräusch in der Stille des Abends. Schließlich hatte Sami gefragt, ob es noch einen anderen Weg als den bekannten hinauf nach Yathrib gäbe.

Die Männer hatten geseufzt, mit den Schultern gezuckt, ihre Bärte gestrichen.

»Du findest ihn nicht allein«, hatten sie zu bedenken gegeben.

Schließlich hatten die Männer Sami vorgeschlagen, ihm einen Begleiter mitzugeben, der den Weg kannte und der ihn sicher nach Yathrib bringen würde.

»Es ist kein sichtbarer Pfad wie auf der Karawanenstrecke.

Du musst durch spurloses Gelände, ein einziges Dünenmeer.« Die Männer seufzten wieder und blähten ihre Nasen. »Es ist sehr gefährlich.«

Sami hatte eingewilligt, der Begleiter wurde ausgewählt, die Bezahlung vereinbart. Es dauerte schließlich bis in die Nacht hinein, erst dann konnte Sami sich mit Halik, dem neuen Gefährten, auf den Weg hinaus zu ihrem Versteck machen, wo Lilith sie erwarten würde.

Am nächsten Morgen, kaum war die Sonne aufgegangen, brachen sie auf. Sie kamen rasch voran, Halik kannte den Weg gut. Er war ein angenehmer Mann, stellte keine Fragen, redete nicht viel. Er führte ein Reitkamel und ein Lasttier mit sich.

»Schau, wie schön«, rief Lilith und zeigte auf blühende Agaven, Kakteen und blattlose Flaschenbäume mit rosaroten Blüten in den felsigen Schluchten.

Langsam änderte sich die Landschaft hinter Sada, sie wurde flacher, die engen Täler wichen stein- und schotterbedeckten Feldern.

Sie sahen die ersten Dünen mit den windgepeitschten Kämmen, auf denen nur noch ganz vereinzelt ein paar Grasbüschel wuchsen.

Sie ritten schweigend, legten nur kurze Pausen ein, damit Lilith sich ein wenig erholen konnte. Sicher führte Halik sie durch die verwaiste Dünenlandschaft, wo alles gleich aussah, weglos, beige. Nur noch vom Wind verblasene Dünenberge waren zu sehen. Tausende und Abertausende. Die Tage glichen einander. Dieselben Handgriffe tagein und tagaus. Es war ein ermüdender und eintöniger Marsch. Lilith hatte ständig Durst, ihr Gesicht war aufgeraut und rissig. Sie mussten mit allem sehr sparsam umgehen, das Wasser war streng eingeteilt und nur zum Trinken da, nicht zum Waschen. Sie ertrug den monotonen Ritt durch die Hitze der Dünen nur schwer, ihre anfängliche Begeisterung wich großer Müdigkeit und Mattigkeit.

Erst am Abend, wenn sie am Lagerfeuer saßen, kam es manchmal zu vereinzelten Gesprächen.

»Dieser Pfad hinauf nach Yathrib ist viel kürzer als der eigentliche Karawanenweg. Aber er ist tückisch, deshalb benutzt ihn kaum jemand«, erzählte Halik.

»Tückisch?«, fragte Sami.

»Wir bewegen uns die meiste Zeit seitlich der Steingebirge in sandigem Dünengebiet. Dort gibt es keinerlei Orientierungshilfen. Es ist ein menschenleeres, baumloses Dünenmeer.«

»Wie findest du dich denn hier zurecht?«

»Ich gehe diesen Weg schon, seit ich ein kleiner Junge war. Mir ist er sehr vertraut.« Er verstummte für einen Moment. »Ich habe die Sonne zum Orientieren und des Nachts die Sterne. Wisst ihr, manchmal geben mir auch die Farbe und die Beschaffenheit des Sandes Auskunft darüber, wo wir gerade sind. Schwierig wird es nur, wenn der Himmel trüb ist oder wenn ein Sandsturm tobt.«

»Sandsturm?«, schrie Lilith auf.

Sie war ängstlich geworden in den letzten Tagen, sie hatte an Gewicht verloren. Manchmal rief sie im Schlaf laut nach ihrer Mutter. Sami machte ihr wenig stabiler Zustand große Sorgen.

»Das passiert nicht oft, keine Angst«, wiegelte Halik sofort ab, als er Samis besorgtes Gesicht sah.

Bevor sie einen Lagerplatz auswählten, suchten sie Brennholz. Sie sammelten schon weit vor dem jeweiligen Lager alles brennbare Material, vertrocknete Äste und Wurzeln. Manchmal gab es gar nichts Brennbares, dann saßen sie ohne Licht in der dunklen Nacht.

»Aber noch gefährlicher als die mangelnde Orientierung ist der Mangel an Wasser«, sagte Halik.

»Aber …«, warf Sami sofort ein.

»Keine Sorge«, sagte er.

Am nächsten Tag, sie waren bereits zwei Wochen unterwegs, liefen sie über eine weite Sandfläche. Es war verbackener Sand, wie festgetreten und gar nicht locker wie Flugsand.

Halik ließ anhalten.

»Hier in dieser Hitze?«, rief Lilith und zog sich den Umhang weit übers Gesicht. »Können wir nicht warten, bis wir ein wenig Schatten finden?«

»Nein«, sagte Halik bestimmt. »Leg dich in den Schatten eines Kamels. Es wird eine Weile dauern.«

Er nahm ein schaufelähnliches Holzbrett vom Rücken seines Lasttieres, warf Sami ein zweites zu und begann ein Loch in den Sand zu graben. Groß wie ein Grab und tief wie für einen erwachsenen Mann.

»Was machst du da?«, fragte Sami.

»Warte es ab.«

Als sie beinahe mannshoch tief gegraben hatten, standen ihre Füße plötzlich im Wasser.

»Wasser!«, schrie Sami aufgeregt. »Er hat Wasser für uns gefunden!«

Sie schöpften die Tontöpfe voll mit sandigem Wasser und gaben den Kamelen zu saufen. Das Trinkwasser passierten sie durch Baumwollstoffe. Es schmeckte ein wenig brackig.

Sami ließ der Gedanke an einen Überfall beinahe nicht schlafen. Tagsüber schaute er ununterbrochen nach hinten, ob ihnen nicht jemand folgte. Auch er war abgemagert, unruhig und verunsichert.

Es lief alles so reibungslos. Sie kamen rasch voran. Und genau das beunruhigte Sami.

Er war ständig auf der Hut, ob Halik etwas Verräterisches tat, er war sich immer noch nicht sicher, ob er ihm wirklich trauen durfte. Sami prüfte jeden Tag, ob ihr Goldschmuck noch da war, er gestattete Lilith nicht, die juckenden, reibenden Goldketten von ihrem Leib zu nehmen. Er selbst trug einen Dolch am Gürtel, war wachsam und ritt nahe hinter Lilith, um sie besser schützen zu können, wenn irgendetwas passieren sollte.

So schleppten sie sich vorwärts. Es gab keinen Schatten, ihre Mittagspausen hielten sie in dem Schattenwurf ab, den die Kamele boten. Es war ein mörderisches Unternehmen. Sami machte sich langsam große Vorwürfe, dass er Lilith dieser Qual aussetzte. Sie war so blass, wollte nicht essen.

»Mir ist übel, Sami, ich kann nichts essen«, sagte sie, wenn er sie drängte, eine Dattel zu nehmen.

Und sie marschierten weiter, durch Dünentäler hindurch, oft sanken sogar die Kamele tief ein in den feinen Sand. Dann grunzten sie laut und zeigten ihren Schrecken mit geifernden Mäulern. Auch die Kamele spürten mehr und mehr die Anstrengungen.

»Wir müssen aufpassen, dass wir in den Dünenkesseln bleiben«, sagte Halik. »Unten kann man gut über den Sand laufen, aber oben auf den Kämmen ist er scharf wie ein Dolch. Das reißt sogar den Kamelen die Füße auf.«

Wenn sie in der Nacht ruhten, hielt Sami Lilith ganz fest an sich, sie war sehr schwach geworden.

»In Yathrib ruhen wir uns aus«, versprach Sami.

Sie nickte.

»Es geht schon, Sami, mach dir keine Sorgen. Ich halte schon durch.«

So quälten sich die Tage dahin. Bei Vollmond waren sie in Sada aufgebrochen, jetzt beschien wieder die runde, silberne Kugel ihren Weg.

»Morgen gelangen wir zu dem Weg, der nach Yathrib führt. Es ist nicht mehr weit dorthin. In ein paar Tagen werdet ihr in Yathrib sein, und ihr könnt euch für den Rest der Strecke einer Karawane anschließen. Ihr habt jetzt einen schönen Vorsprung.«

Am nächsten Tag verließen sie den Talkessel der Wüste und stiegen hinauf zum Karawanenweg, der sich zwischen den Gebirgszügen entlangwand.

»Ich verlasse euch hier und kehre zurück nach Sada«, sagte Halik. »Am Ende des Tages werdet ihr in Yathrib sein.«

»Ja, aber willst du nicht mit nach Yathrib, dich erholen, neues Futter für die Tiere ...« Sami war sprachlos. »Nach diesen Strapazen, Halik!«

»Auf dem Karawanenweg gibt es überall etwas zu kaufen, das weißt du doch, Sami, ich habe nichts in Yathrib verloren, ich kehre heim nach Sada.«

Sami hatte Tränen in den Augen beim Abschied. Die ganze

Zeit hatte er insgeheim Halik misstraut, er schämte sich nun dafür. Dieser ruhige Mann hatte sie schnell und sicher ans Ziel geführt, er hatte nichts Böses im Schild geführt, hatte seine Aufgabe erfüllt und wollte nun zurück.

»Hab Dank, Halik.«

Die beiden Männer umarmten sich.

»Gib gut auf sie acht«, sagte Halik. »Ich glaube, sie bekommt ein Kind. Jedenfalls war es bei meinen Frauen immer so, dass ihnen übel war, sie nichts essen konnten. Und so blass und matt, wie sie ist!«

Er wendete sein Kamel und ritt davon.

Ein Kind! Ein Kind! Der Gedanke wirbelte Sami im Kopf herum, Lilith bekommt ein Kind. Sein Kind! Das schien ihm schier unglaublich. Sie waren doch erst sechs Wochen zusammen. Kann das so schnell gehen, fragte er sich verwirrt.

»Lilith«, sagte er sanft. »Ich bringe dich jetzt sofort in eine Herberge. Dort kannst du dich waschen und ausruhen. Alles andere wird sich zeigen.«

Sie fanden eine Herberge am Rand der Stadt, ein einfaches Zimmer für sie beide allein, der Waschtrog stand im Hof, aber Sami handelte mit dem Wirt aus, dass sein kranker Begleiter von ihm persönlich im Zimmer gewaschen und gefüttert werden würde.

»Was hat er denn?«, fragte der Wirt misstrauisch.

»Er ist sehr erschöpft von dem langen Marsch. In ein bis zwei Tagen hat er sich wieder erholt. Keine Sorge.«

Der Wirt war damit zufrieden und ließ Sami walten. Noch dazu, wo er doppelt so viel als gefordert bezahlt hatte.

Sami versorgte Lilith, wusch sie, fütterte sie und legte sie auf eine Matte.

»Herrlich bequem!«, lachte sie erschöpft.

»Ich bringe dir neue Umhänge mit!«, sagte Sami. Aber sie war schon fest eingeschlafen.

»Ist letzthin eine Karawane aus Marib hier eingetroffen?«, erkundigte sich Sami in der Stadt.

»Nein, erstaunlicherweise nicht«, antworteten ihm alle,

die er ausfragte. »Kein Mensch ist aus dem Süden gekommen. Niemand. Schon wochenlang nicht.«

Das war eigenartig für diese Jahreszeit. Darüber waren sich alle einig. Aber Sami fand es beruhigend, auch dass keine Einzelpersonen angekommen waren, tröstete ihn sehr. Sie hatten also tatsächlich ein paar Tage Vorsprung, er konnte Lilith Zeit geben, zu Kräften zu kommen, bevor sie den letzten, langen Teil des Marsches in Angriff nehmen würden.

Als er zurück in die Herberge kam, war sie wach und begrüßte ihn mit klaren Augen.

»Es geht mir gut, Sami«, sagte sie. »Wir können bald weiter.«

Sie küssten sich, er legte sich zu ihr, streichelte ihren Bauch.

»Weißt du es schon?«, fragte sie erstaunt.

»Was?«

»Wir bekommen ein Kind, Sami«, lachte sie. »Ein schönes, kleines, wunderbares Kind.«

»Ja, Lilith, Halik hat es mir gesagt. Er hat ja ein wenig mehr Erfahrung als ich mit seinen neun Kindern. Ich selbst hätte nichts gemerkt.« Er strich sich durch sein langes, schwarzes Haar. »Bist du sicher, dass es unser Kind ist und nicht …?«

»Aber ja, Sami, ganz sicher.« Sie hatte sich aufgerichtet und sah ihm fest in die Augen. »Rahib hat mich mit Gewalt schwängern wollen, so viele, viele Male, aber die Götter haben seinen Samen zerstört, bevor er bei mir angekommen ist. Ich habe das immer gespürt.« Sie legte ihren Kopf auf seine Schulter. »Bei dir aber habe ich es sofort gewusst, beim ersten Mal schon, dass wir viele, viele Kinder haben werden.«

Sie lachten sich verträumt an.

»Meinst du, wir dürfen noch … ich meine, jetzt, wo du ein Kind in dir trägst?«

»Es ist noch so winzig, Sami, wir stören es sicher nicht?«

Sie öffnete sich für ihn ganz ohne Scheu, voller Vertrautheit und Wärme. Sie liebten sich füreinander, miteinander, ließen sich völlig fallen und waren einander alles in diesem Moment unbedingter, uneingeschränkter Liebe.

Lächelnd schliefen sie ein.

Am nächsten Morgen machte Sami sich auf, eine passende Karawane zu finden, der sie sich anschließen konnten. Er ging hinaus zum Sammelplatz und verhandelte mit den Zugführern. Drei Karawanen bereiteten sich auf den langen Weg nach Norden vor. Von den Anführern kannte er keinen. Er beschloss, ein Bewerbungsgespräch mit dem Karawanenchef, der den größten Zug leitete, zu führen.

»Eine Frau hast du dabei?«, fragte der Mann argwöhnisch. »Wie soll die denn das schaffen?«

»Sie hat es bisher ohne Probleme gemeistert«, antwortete Sami knapp.

Der Karawanenführer zögerte sichtlich. Erst als er Samis prallen Silberbeutel sah, willigte er ein.

»Ich will keine Scherereien, hörst du!«, sagte er barsch. »Für die Frau bist du alleine zuständig, es gibt keine Sonderregelungen. Und keiner darf es merken. Klar!?«

»Wann geht es los?«, fragte Sami.

»Heute Nacht wird der erste Zug beginnen, in drei Tagen der zweite und in fünf Tagen sind wir dran«, sagte Zabyat, der Karawanenführer. »Haltet euch bereit. Du scheinst dich ja auszukennen, also spare ich mir die Worte.«

Er griff nach dem Silber und wandte sich wieder seinen Beschäftigungen zu.

Sami war zufrieden. Ein geschwätziger Führer wäre ihm unangenehmer gewesen, dieser hier schien genau zu wissen, was er wollte und was er tat.

Nach fünf Tagen waren Sami und Lilith für den neuen Marsch bereit. Sie hatten die Kamele ausgewechselt, viel Heu geladen, Datteln, Oliven, Dumpalnüsse, Wasser nachgefüllt, neue Kleidungsstücke gekauft. Sami hatte eine Pflanzenfarbe gefunden, die Lilith sich in die Haare, ins Gesicht, auf die Füße und auf die Hände schmieren konnte, ohne dass es abfärbte.

Sie lachten fröhlich, als sie sich aufmachten.

»Gefalle ich dir?«, kicherte Lilith übermütig. Sie hatte sich sehr gut erholt.

»Du schönste aller Krähen!«, rief Sami. »Aber im Ernst,

Lilith, ich glaube, du solltest nicht ausschließlich reiten, sondern auch zu Fuß gehen, das ist sicher besser für das Kind.«

Sie nickte.

Sie reihten sich ein. Zabyat hatte ihnen im vorderen Drittel einen Platz zugewiesen.

Sie kamen sehr langsam voran. Sami bedauerte schon, dass er eine so große Karawane gewählt hatte. Aber das ist sicherer, redete er sich immer wieder ein, und Zabyat ist ein erfahrener Mann.

Wieder schlichen sie tagein und tagaus durch das heiße und sandige Gelände, das so gar keine andere Farbe bot als die Braun- und Beigetöne der Wüste. Zabyat achtete darauf, dass die Teilnehmer nicht bummelten, bestand auf Pünktlichkeit, Ruhe und Disziplin. Es war eine verhaltene Karawane, kaum vernehmbar liefen die vielen Hundert Menschen stetig voran. Nur die ewig unzufriedenen Grunzlaute der Kamele waren weithin hörbar.

»Du kannst die Goldketten und Gürtel abnehmen, Lilith«, sagte Sami nach einigen Tagen. »Wir sind in Sicherheit.«

Erleichtert löste Lilith die Ketten, die ihre Haut aufgescheuert hatten, und verstaute sie wieder in den Beuteln mit dem Rest des Goldes.

»Wie lange noch, Sami?«, fragte sie.

»Noch einen Mond, dann haben wir es geschafft!«, antwortete er.

Sie atmete auf.

»Vater wird Augen machen, wenn wir zwei vor ihm stehen!«, sagte sie lachend.

In einer der darauffolgenden Nächte schlief Lilith unruhig. Sie träumte, dass Rahib ihr das Pulver einflößte, mit dem sie ihn vergiftet hatte. Nein, nein, das Kind, du darfst dem Kind nichts antun, schrie sie im Traum. Sie wälzte sich hin und her, sie versuchte, Rahib abzuwehren, er starrte sie mit blutunterlaufenen Augen an und riss ihr den Mund weit auf. Schließlich wachte sie schweißgebadet auf. Attar sei Dank, es war nur ein Traum, dachte sie aufatmend.

Sie wollte ein wenig hinter die Dünen gehen, um sich zu erleichtern und um zur Ruhe zu kommen. Es war ziemlich dunkel, der Mond war nur eine dünne, elegante Sichel hoch oben im Himmelszelt.

Vorsichtig weckte sie Sami. Sie hatte ihm versprechen müssen, sich nicht alleine zu entfernen.

»Sami, ich muss Wasser lassen.«

Er rieb sich die Augen, stand auf und führte sie in die Dünen hinaus. Sie waren nicht hoch, es waren nur unansehnliche Buckel, hinter denen man sich gut verstecken konnte.

»Ist nicht nötig, so weit zu gehen«, sagte Sami. »Es ist doch dunkel, und alle schlafen.«

»Aber es ist so schön!« Lilith blickte in der bläulich schimmernden Dunkelheit umher. »Komm, wir machen einen kleinen Spaziergang. Wir zwei.«

Er lächelte sie überrascht an. Ja, dachte er, darauf habe ich auch Lust. Er spürte, wie eine Welle der Erregung durch seinen Körper ging.

Er zog sie ein Stück weiter hinein in die Wüsteneinsamkeit, kaum sahen sie noch die schlafende Karawane. Sami ebnete den Sand, strich ihn glatt und zog Lilith zu sich herunter. Sie hob ihren Umhang.

Plötzlich hörten sie gellende Schreie. Vom Lager her drang durchdringendes, verzweifeltes Brüllen zu ihnen, qualvoll entsetztes Aufbegehren. Sie hörten, wie Dolche und Lanzen aufeinander krachten, die Tiere jaulten auf, Menschenstimmen kreischten. Wie ein Paukenschlag zerschnitt der wahnsinnige Schrei des Schmerzes aus vielen Kehlen die Stille der Wüste.

»Bleib!«, flüsterte Sami. »Leg dich flach hin. Rühr dich nicht!«

Er robbte vorsichtig bis zum nächsten Grasbüschel, kniff die Augen zusammen, um trotz der Dunkelheit erkennen zu können, was da im Lager vor sich ging. Aber er wusste es eigentlich schon. Es war ein Anschlag. Die Karawane war überfallen worden.

Alles ging ganz schnell. Die Angreifer waren zu Fuß gekommen, wahrscheinlich hatten sie ihre Tiere ein Stückchen weiter hinten in der Wüste weiden lassen. Damit waren die Banditen wendiger, sie waren zwar zahlenmäßig den Karawanenteilnehmern sicherlich unterlegen, aber sie nutzten das Überraschungsmoment.

Wo waren die Wachen, dachte Sami aufgeregt. Auch das war ihm rasch klar. Man hatte sie von hinten angegriffen und getötet.

Und ich hatte mich sicher gefühlt, dachte er entgeistert, hatte geglaubt, in einer großen Karawane, unter der Obhut eines erfahrenen Mannes, seien Lilith und ich sicher.

Der kalte Schweiß brach ihm aus, als er sah, wie die Menschen und Tiere kaltblütig abgeschlachtet wurden. Die Angreifer hatten in beiden Händen Dolche, die sie Mensch und Tier wahllos in die Hälse stießen.

Sami sah, dass die Räuber lediglich die vordere Hälfte der Karawane ausraubten. Sie packten die großen Säcke, Ballen, geschnürte Packen. Ein Teil der Kerle schleppte die Beute davon, während die anderen weitermordeten.

»Unser Gold!«, entfuhr es Sami.

Er dachte an Lilith, an das ungeborene Kind und spürte, wie ihm die Tränen kamen.

»Alles aus, alles vorbei«, stammelte er. Niemals würden sie nun die Sicherheit von Nikomedes' Haus erreichen, verhungern, verdursten würden sie, austrocknen, elend verenden.

»Was ist los, Sami?«, wisperte Lilith von ihrem Versteck aus.

»Warte, warte noch ein wenig, Liebes«, rief er ihr leise zu.

So flugs sie gekommen waren, so schnell waren die Banditen auch wieder verschwunden. Sami sah sie in die Nacht davonlaufen, die Säcke geschultert.

Im Lager rührte sich nichts.

Vorsichtig stand er auf und schlich an die Stelle, wo er seine drei Kamele vermutete. Er versuchte das Blutbad um ihn herum nicht wahrzunehmen, versuchte, das Röcheln derjenigen nicht zur Kenntnis zu nehmen, die noch lebten. Er musste zuerst wissen, was mit seiner Habe geschehen war. Die Kamele lagen abgestochen auf der Erde, die Säcke mit ihren Kleidern, der Nahrung und mit dem Gold und dem Silber waren verschwunden. Er sank zu Boden. Ein verzweifelter, heiserer Laut drang aus seiner Kehle, so nahe am Ziel und jetzt alles aus. Er konnte seine Tränen nicht länger zurückhalten. Es schüttelte ihn, er bebte am ganzen Körper.

»Sami!«, hörte er Lilith rufen.

Da stand sie schon neben ihm. Sie blickte um sich, schweigend und mit seltsam starren Augen.

Sie sah den Karawanenführer, der tot am Boden lag, die vielen anderen Toten, sie sah die toten Kamele, sie sah, dass ihre gesamte Habe gestohlen worden war.

»Wir schaffen das auch so, Sami.« Ihr Stimme war fast nicht zu hören. »Wir schaffen das auch so. Wir werden zu Vater kommen.«

Sie begannen, die Reihen der Gestalten nach Lebenden abzusuchen. Im rückwärtigen Teil gab es einige, die nicht einmal verletzt waren. Die Räuber hatten es anscheinend nur auf die vordere Partie abgesehen, so als hätten sie etwas Bestimmtes gesucht. Den Menschen am Ende der Karawane waren ihre Waren, ihr Essen, ihr Futter und ihre Tiere geblieben.

Sami übernahm das Kommando. Das war nicht schwer, denn alle waren zutiefst erschrocken und zu keinem vernünftigen Gedanken fähig. Er ließ die Lebenden auf die Seite treten, wies sie an, die Vorräte zu kontrollieren, stellte den Zug neu auf. Sie schleppten die Verletzten zur Seite. Die Toten und die Sterbenden mussten sie liegen lassen.

Von einhundert Menschen und einhundertfünfzig Kamelen waren hundert Tiere übriggeblieben sowie siebzig Männer, davon zwanzig verletzt.

Der Mann, der im Auftrag Zabyats die Nachhut gebildet hatte, zupfte Sami am Umhang und zog ihn beiseite.

»Er war ein Gauner, dieser Zabyat, musst du wissen«, raunte er ihm zu. »Er hat eine Karawane überfallen drunten bei den Inseln. Sie waren von Afrika gekommen und hatten viel Gold für die Fürstin von Saba dabei.« Er räusperte sich. »Jetzt haben sie es ihm wieder abgenommen.«

»War es nur auf den vorderen Kamelen verpackt?«

Der Alte nickte.

»Der Rest der Karawane war Tarnung.«

»Und du, wieso hast du da mitgemacht?«, schrie Sami wütend.

»Spiel dich nicht auf, ich habe zwölf Mäuler zu stopfen.«

Noch am selben Morgen verließen sie den unheilvollen Ort. Die Toten hatten sie ein wenig mit Sand zugeschüttet, ein jeder betete zu seinen Göttern. Alle waren froh, so rasch wie möglich von hier fortzukommen. Sami hieß aufsitzen, und die Karawane zog weiter.

Es kamen nun die zehn schlimmsten Tage im Leben von Sami und Lilith. Die Hitze der Wüste war unerträglich, es tobte ein Sandsturm, der Mensch und Tier mit einer Schicht klebrigen Sands überdeckte. Sie stülpten ihre Umhänge über den Kopf, aber der Sand klebte überall fest, in den Zähnen, in den Augen, im Hals.

Die beiden hatten keinerlei Proviant mehr, sie mussten um jeden Schluck Wasser betteln, jede Dattel, jede Nuss wurde ihnen von gnadenvoller Hand gereicht. Die schwangere Lilith durfte nicht reiten, weil niemand wissen sollte, dass sie eine Frau war. Tapfer setzte sie Schritt vor Schritt in den Sand. Sami bewunderte seine junge Frau und die unvorstellbare Kraft, die sie aufbrachte.

Am Abend, wenn sie erschöpft in den Schlaf sank, betrachtete Sami oft ihr schmales, ausgemergeltes Gesicht.

»Was habe ich ihr nur angetan?«, flüsterte er dann. »Ich werde für ihren Tod verantwortlich sein.«

Aber Lilith gab nicht auf.

»Du wirst sehen, Sami«, wisperte sie ihm zu und zwang sich zu einem Lächeln, »es wird ein wunderbares Kind.«

Einige der Karawanenteilnehmer schafften es nicht bis Aqaba. Sie blieben im Sand liegen, dem Tod geweiht.

Nach beinahe vier Monaten, seit sie von Marib aufgebrochen waren, erkannten sie die ersten Hütten und Häuser von Aqaba. Die Überlebenden fielen sich um den Hals und weinten vor Glück und vor Schwäche. Sie sahen aus wie Geister, dürr, von Sand bedeckt, mit Lumpen umwickelt, die Lippen aufgesprungen, die Haare verfilzt.

In einem großen Bogen umwanderten sie die Hafenstadt am Roten Meer und zogen in Richtung Norden. Nach sieben qualvollen Tagen erreichten sie endlich Gaza, ihr Ziel am Mittelländischen Meer. Sie waren beinahe blind von der sengenden Sonne und dem Sand, der ihnen die Augen verklebte. Lilith konnte sich kaum mehr auf den Beinen halten.

Die letzten Meter zu Nikomedes' Haus in Gaza musste Sami sie tragen. Mit Mühe erkannte er das Haus, erkannte er die Pergola, den kleinen griechischen Gott, dessen Statue das Haus bewachte.

»Lilith! Meine Lilith!«, stöhnte er. »Wir haben es geschafft. Wir sind in deines Vaters Haus angekommen.«

28

Nikomedes umarmte beide, und ihm liefen die Tränen übers Gesicht. Doch dann wurde er sofort sehr ernst.

»Ihr könnt unmöglich in Gaza bleiben«, rief er aufgebracht. »Stellt euch vor, wie leicht es für Rahib oder die Soldaten des Hofs der Fürstin ist, euch hier bei mir zu finden. Sie werden euch doch als Erstes bei mir suchen!«

Er schaute die beiden an.

»Ihr hättet nicht in den Norden gehen dürfen«, sagte er. »Durchs Masila-Tal hättet ihr marschieren müssen, in die andere Richtung, bis an den Ozean und dann hinüber nach Indien. Da wäre euch sicherlich niemand gefolgt.«

»Ach, Vater!«

Lilith war am Ende ihrer Kräfte. Sie hatte all die Monate der Wüstendurchquerung immer ihren Vater vor sich gesehen und war sich sicher gewesen, dass er ihnen helfen würde.

»In den Norden zu gehen! Bei allen Göttern, was für eine Idee!«

Nikomedes blieb unfreundlich. Statt seiner Unterstützung bekamen Lilith und Sami nun Vorhaltungen und Schelte.

»Deine Besserwisserei nützt uns jetzt auch nichts, Vater. Sami hat das getan, was er für richtig befunden hat.« Ihre Stimme klang überreizt. »Er hat uns sicher durch die Wüste geführt. Jetzt wirst du es doch noch fertig bringen, uns zu schützen!«

Nikomedes sah sie lange an.

»Ich verstehe dich ja, mein Kind, aber so einfach ist das nicht. Hier kennt jeder jeden, und ein jeder weiß genau über den anderen Bescheid. Ich kann euch auf gar keinen Fall hierbehalten. Aber ich werde mir etwas überlegen.«

Sami nickte betroffen. Auch er hatte im Lauf der langen Wanderung durch die Wüste in den Norden oft daran gedacht, dass es ein Fehler war, diese Richtung eingeschlagen zu haben. Aber es war ihm zu spät eingefallen, sie hatten nicht mehr umkehren können. Außerdem kannte er den Weg nach Gaza, den Weg durch das Masila-Tal war er noch nie gegangen.

»Ich vertraue dir, Nikomedes«, sagte Sami leise. »Nur denk daran, dass Lilith schwanger ist. Wir können ihr nicht mehr viel zumuten.«

Nikomedes nickte.

»Erwartet nicht zu viel von mir, mein Einfluss hier ist nicht groß«, antwortete er ausweichend. »Aber ich werde schon eine Lösung finden. Keine Sorge.«

Er hatte bereits einen Reiter losgeschickt, der sofort Meldung geben würde, wenn Rahib oder seine Leute irgendwo in den Karawansereien oder an den Brunnen entlang des Wegs von Yathrib herauf auftauchen würden. Es war die übliche Methode der Nachrichtenübermittlung. Es war kein großer Vorsprung, der damit erlangt werden konnte. Aber manches Mal reichten schon ein paar Stunden.

»Warum ist er nur so feige?«, klagte Lilith. Sie lehnte sich an Samis Schulter und kämpfte mit den Tränen. »Immer wenn ich ihn brauche, ist er nicht für mich da.«

»Er ist nicht feige, Lilith«, sagte Sami beruhigend. »Er handelt nur sehr überlegt. Du wirst sehen, er wird uns helfen.«

»Ach, Sami, wenn du nur recht hättest.«

Nikomedes saß in seiner Handelsstube und zermarterte sich das Hirn.

»Was machen wir nur mit den beiden?«, sagte er fragend zu seinem Gehilfen, einem Mann namens Amun. Er war Ägypter und sein verlässlicher Mitarbeiter.

»Nach Griechenland kann ich sie nicht schicken. Die würden den dunklen Jungen niemals akzeptieren.« Nikomedes presste die Lippen zusammen. »Außerdem haben die in Griechenland arge Hungersnöte, und viele müssen auswandern, um sich in der Fremde neues Ackerland zu suchen. Das geht also nicht.«

»Deine Tochter muss ja rasch irgendwo hin, ihr Bauch

wächst täglich. Sie kann keine weiten Reisen mehr unternehmen.«

Nikomedes nickte.

Sie saßen lange beieinander, beratschlagten, trafen Entscheidungen, verwarfen sie wieder. Nikomedes lief im Zimmer auf und ab. Es wollte ihm nichts einfallen.

»Herr, verzeih, dass ich dich gerade jetzt erinnere, aber hast du daran gedacht, dass die Ware für die Edomiter in fünf Tagen raus muss?«, fragte Amun unvermittelt in die Gedanken Nikomedes hinein.

»Edomiter?«, rief Nikomedes aufgebracht. »Edomiter?«

Er starrte Amun ungehalten an. »Wieso …?«

Plötzlich fing er zu lachen an, klopfte Amun auf die Schulter, atmete wie befreit auf.

»Das ist es, Amun, das ist die Lösung! Komm, wir wollen gleich alles in Gang bringen.«

Es lag schon eine gute Weile zurück, dass Rahib eine Wüstendurchquerung hatte durchstehen müssen. Damals, vor Jahren, war er ein junger, kräftiger Soldat gewesen, gesund, abenteuerlustig und ehrgeizig. Inzwischen war er ein verweichlichter Bürokrat geworden, älter, nicht mehr im Vollbesitz seiner gesundheitlichen Kräfte. Er fühlte sich oft schwach und elend, er trug schwer an der Glut der Sonne und den ungewohnten Entbehrungen der Reise. Sobald sie einen Rastplatz fanden, der im Schatten lag, in einer Felsnische oder unter einem großen Baum, legten sie lange Pausen ein. Manchmal schlief Rahib zwei Tage am Stück.

Sie kamen langsam voran.

Hayw hatte in Sada einen kleinen Trupp zusammengestellt mit einem Führer, drei Kameltreibern, genügend Tieren zum Reiten, Lasttieren, viel Proviant und Wasservorräten. Rahib hatte auf allem Möglichen beharrt. Er wollte Bier mitführen, getrockneten Fisch, in Salz eingelegte Ziegenkeulen. Es dauerte nicht lange, und sie mussten alles wegwerfen. In der großen Hitze hielt sich weder das Bier, noch war der Gestank des Fisches zu ertragen.

»Was, du hast das Bier ausgeschüttet?«, tobte Rahib.

Aber er musste, wie alle anderen Reisenden auch, mit Oliven, Datteln, Rosinen und hie und da einem Schluck Wasser vorliebnehmen.

Er war sehr schlecht gelaunt.

»Diese Hure«, fluchte er unaufhörlich. »Sie wird es mir büßen, wenn ich sie erst erwischt habe.«

An manchen Tagen war er kräftig und stark, und sie schafften gute Wegstrecken. Dann war er davon überzeugt, dass Lilith ihm niemals etwas zuleide hätte tun können. Ich habe sie doch so verwöhnt, dachte er wehmütig.

Aber wenn ihn der Kopf schmerzte, wenn er keine Nahrung bei sich behalten konnte, wenn ihm schwindlig war und er kaum auf dem Kamel sitzen konnte, wenn ihm Schatten vor den Augen tanzten, ihm die Haare büschelweise ausfielen, sah er ein, dass Aya recht gehabt hatte mit ihrer Darlegung der Dinge. Lilith, dieses Miststück, dieses Luder hatte ihm irgendetwas eingeflößt, das ihn schwach machte. Sie hatte ihn töten wollen, damit sie mit diesem Kameltreiber das Weite suchen konnte, diese Hure.

Er wurde dann so wütend, dass er auf das Kamel einschlug, auf Hayw, dass er Geschirr zerschmetterte, um sich schlug und wie wild schrie.

»Wozu habe ich dich denn dabei, du elender Hund, wenn du mir die Reise nicht angenehm machen kannst!«, herrschte er den Diener an.

»Herr«, antwortete Hayw traurig, »es ist nicht unsere Schuld, dass du diese wahnwitzige Tour machen musst. Sie, deine Frau, ist die Schuldige, sie musst du finden und bestrafen. Nicht uns, wir sind unschuldig.«

Rahib sank zu Boden.

Es war ein qualvoller Marsch.

Seine Haut riss, bildete scheußlichen Schorf, am Haaransatz hatte er Krusten, am Hals offene Stellen. Rahib war es oft zumute, als müsse er bersten vor Ohnmacht und Zorn.

Lilith, Lilith toste und wütete es in seinem Herzen, blutrünstig verlangte es ihn nach ihrem Tod.

»Meinst du, Vater will uns loshaben, weil er uns mit den Edomitern schicken will?«, fragte Lilith traurig.

Sie lag in Samis Armen auf der Matte in ihrem winzig kleinen Zimmer in Nikomedes' Haus. Sie umarmte ihn ganz fest.

»Nein, das glaube ich nicht, Lilith. Ich sehe auch keine andere Möglichkeit, unbemerkt hier wieder wegzukommen.«

»Du magst ihn sehr gerne, nicht wahr, Sami?«

»Ja, ich vertraue ihm. Du weißt, er hat mir das Leben gerettet. Ich habe keinen Grund, nicht an ihn zu glauben.«

Lilith streichelte Sami über die Hüften.

»Was hast du da eigentlich?«

An seiner linken Hüfte hatte Sami vier kleine Narben, schlecht verheilt, manchmal waren sie gerötet und geschwollen.

»Ich weiß nicht«, antwortete er. »Meine Mutter hat es mir nie erklärt. Sie sagte immer nur, dass mich als Baby eine Wildkatze angegriffen habe.«

»Wildkatze? In Eilath?«

»Ja, ich finde das auch merkwürdig.« Er strich ihr sanft übers Haar. »Lass uns schlafen, Lilith, morgen müssen wir wieder los.«

Am nächsten Tag, noch bevor die Sonne aufging, verließen Lilith und Sami das Haus von Nikomedes und schlossen sich der kleinen Karawane der Edomiter an, die sich bei Nikomedes mit Waren eingedeckt hatten und sich nunmehr wieder auf den Weg in ihre Heimat machten.

»Das sind brave Leute«, hatte Nikomedes gesagt. »Arm, fleißig, sehr zurückhaltend.«

»Wo wohnen sie denn?«, hatte Sami wissen wollen.

»Ich war nie dort, aber das, was sie von ihrer Heimat erzählt haben, hat mich auf den Gedanken gebracht, sie zu bitten, euch dorthin mitzunehmen. Nie und nimmer wird Rahib euch dort finden.«

»Ist es sehr weit?«

»Nein, nein, höchstens zehn Tage.«

»Gut, ich vertraue dir, Nikomedes. Wir nehmen dein Angebot an.«

Die beiden Männer umarmten einander.

»Ich komme euch besuchen«, sagte Nikomedes lächelnd. »Ich möchte doch meinen Enkel kennenlernen.«

Sie liefen in einer kleinen Kolonne von zwanzig bepackten Kamelen. Alle mussten zu Fuß gehen, auch Lilith.

Sie hatte sich nicht von ihrem Vater verabschiedet, sie verstand nicht, dass er sie wieder wegschickte, erneut hinunter in Richtung Aqaba. Ihr schien die Gefahr, dort Rahib oder den Männern des Hofs von Saba über den Weg zu laufen, sehr groß.

»Wieso tut Vater das?«, fragte sie ständig. »Er liebt mich überhaupt nicht. Er denkt nur an sich.«

Der Pfad von Gaza nach Aqaba war viel begangen. Normalerweise. Dieses Jahr jedoch kam kaum jemand aus dem Süden. War etwas geschehen, von dem sie nichts wussten? Sie hätten in jeder Herberge, die es auf der Strecke gab, Platz gefunden, aber die Edomiter waren sparsame Leute. Es wurde im Freien übernachtet.

Sie sprachen ihre eigene Sprache, aber sie redeten nicht viel. Sami saß oft abends mit den Männern am Lagerfeuer und schnappte ein paar Worte auf.

»Sie betreiben ein wenig Landwirtschaft«, erzählte er Lilith danach. »Hauptsächlich pflanzen sie Getreide an.«

Er lächelte sie an.

»Der Anführer sagte mir, sie könnten sehr wohl einen fleißigen Mann zusätzlich brauchen. Auch wenn er ein Fremder ist.«

Sami strahlte.

»Lilith, vielleicht gelingt es uns doch noch, unseren Traum zu erfüllen. Du, das Kind, ein kleines Haus, ein paar Felder!«

Zum ersten Mal lachte Lilith wieder.

»Ja, Sami, das wäre schön. Das wäre wunderschön!«

Der Weg zurück in die Stadt der Edomiter führte hinunter zum Golf des Roten Meeres. Zwei Tagesritte vor Eilath und Aqaba würden sie dann das breite, lange Tal, das Richtung Norden zum Salzmeer führte, durchqueren und auf der anderen Seite der sandigen Ebene langsam hinaufsteigen zum hohen Mabrak-Berg und dort in ihre verborgene Heimatstadt zurückkehren.

Sie schleppten sich durch die Hitze der großen Krater in der südlichen Wüste, wie in einem Trichter sammelte sich die heiße Luft. Schweigend und aufmerksam zogen die Edomiter dahin.

»Sami, ich glaub, die sind nicht besonders lustig, unsere neuen Bekannten!«, flüsterte Lilith und fing an zu kichern.

»Das glaub ich auch, aber warte nur, bis wir sechs oder sieben Kinder haben, dann haben wir unseren eigenen Spaß!«

Die beiden alberten vergnügt vor sich hin.

Eine ebenso kleine Karawane wie die ihre kam ihnen entgegen, es waren nicht mehr als zehn Kamele. Sie bogen gerade von der Höhe hinunter in den Krater ein.

»Sami!«, zischte Lilith plötzlich. »Sami! Schau!«

Er blickte auf, und es fuhr ihm eiskalt über den Rücken. Einer der Männer war Rahib. Bei allen Göttern, dachte er, jetzt hat es uns doch noch erwischt.

»Umhang über das Gesicht ziehen, Lilith, geh auf die andere Seite des Kamels, damit er dich nicht sehen kann!«

Lilith zitterte am ganzen Körper. Jetzt wird er mich erwischen und bestrafen, dachte sie voller Grauen, er wird mir bei lebendigem Leib die Haut abziehen, mich vierteilen und in der Sonne verrotten lassen. So hatte er ihr immer die babylonischen Methoden der Bestrafung von Verrätern erklärt. Sie hatten ihm sehr imponiert. »Dagegen sind unsere Strafen ein Zuckerschlecken«, hatte er wegwerfend gesagt.

Lilith betete leise vor sich hin und verbarg sich unter ihrem großen, weiten Umhang.

»Wer seid ihr denn?«, hörte sie Rahib barsch fragen.

Die Edomiter antworteten knapp, hielten gar nicht an.

»Was seid ihr denn für komische Banditen?«, fragte Rahib noch einmal, sein Ton wurde schärfer.

»Friede sei mit dir«, antwortete der edomitische Anführer und ging einfach weiter.

»So ein Lumpengesindel!«, schrie Rahib und drehte sich wütend nach ihnen um.

Es wurde ihm schwindlig.

»Heiß ist es hier, diese verdammte Gluthitze«, beschwerte er sich. »Lass uns weiterziehen, Gaza kann nicht mehr weit sein.«

Ayma, der edomitische Karawanenführer, blickte rasch zu Sami.

»Setz sie auf ein Kamel, dann können wir schneller gehen.«

Sami hob Lilith auf eines der Kamele, das nicht so voll bepackt war. Sie schlotterte am ganzen Körper.

»Es ist gut, Lilith«, flüsterte Sami. »Er ist weg.«

Schnell zogen sie weiter.

Als Rahib und die Seinen den Kraterrand verlassen hatten, brach Rahib zusammen. Hayw und die anderen trugen ihn unter einen brüchigen Felsvorsprung, schütteten ein wenig Wasser über sein Gesicht. Aber Rahib rührte sich nicht.

Hayw massierte ihm die Füße, die Beine, den Bauch, er flößte ihm Wasser und Kräutersud ein. Aber der General rührte sich nicht. Er war in eine tiefe Ohnmacht gefallen.

Erst nach drei Tagen kam er wieder zu sich. Er war sehr schwach. Sie benötigten weitere zwei Tage, bis er wieder reisefähig war.

»Diese üble Hure«, fluchte Rahib. »Was hat sie nur aus mir gemacht.«

Er stand mühsam auf, Hayw hob ihn auf das Kamel.

»Wenn ich dich erst erwischt habe, du verräterisches Weib«, zischte Rahib. »Dann kannst du sicher sein, dass ich bei meiner Rache nichts auslassen werde! Nichts!«

In seiner Phantasie steinigte er sie schon, schnitt ihr die Brustwarzen ab, riss ihr die Haare aus, nagelte sie an die Stadtmauer. Es wurde ihm heiß bei diesen blindwütigen Gedanken.

»Schone deine Kräfte, Herr!«, sagte Hayw.

Sie zogen langsam und beklommen weiter.

Nach sieben Tagen erreichten sie endlich Gaza. Hayw musste sofort das Haus des Nikomedes suchen.

»Jetzt hab ich dich gleich!«

Dem General zuckten schon die Hände. Eigenhändig würde er sie erwürgen, diese Metze, diese Mörderin, diese Ehebrecherin.

»Nikomedes hat keine Ahnung, wo seine Tochter ist oder dieser Kameltreiber«, berichtete Hayw. Es war ihm nicht wohl zumute bei dieser Nachricht. Er meinte schon, die Peitsche seines Herrn im Gesicht zu spüren.

»Das werden wir ja sehen«, brüllte Rahib zornig. »Bring mich zu ihm.«

Sie standen sich gegenüber, der helle Grieche und der dunkle mächtige General aus dem Süden.

»Deine Macht reicht nicht bis hierher«, sagte Nikomedes ruhig.

»Es gibt überhaupt keine Macht mehr. Marib ist zerstört. Der Damm ist gebrochen. Ich habe es mit eigenen Augen gesehen. Keine Ratte hat überlebt.«

»Wieso dann du?«

»Ich war schon hinter ihr her, hoch oben auf dem Hügel hinter der Stadt, als es losging.«

»Und du bist nicht hinunter ...?«, Nikomedes konnte es nicht fassen.

»Bist du sicher? Ganz Marib zerstört?«

Nikomedes war außer sich vor Schreck.

Rahib antwortete nicht, sondern packte ihn an seinem Handgelenk.

»Wo ist sie?«

Die blauen Augen des Griechen musterten den gewalttätigen Kerl eingehend.

»Hier helfen dir deine Fäuste nicht, Rahib. Ich werde meine Tochter nicht ausliefern.«

Rahib schlug ihm ins Gesicht.

»Rahib.« Nikomedes wischte sich das Blut ab, das aus seiner Nase rann. »Rahib, höre. Da ist noch etwas.« Seine

Stimme zitterte. »Dieser Junge, dieser Kameltreiber Sami, ist nicht irgendwer.«

Er griff nach einem Stuhl und drückte Rahib darauf.

»Du musst mir glauben, es ist die Wahrheit, was ich dir jetzt sage, Rahib.« Nikomedes blickte dem brutalen Mann in die Augen. »Du musst mir glauben, Rahib. Dieser Knabe ist Tiglat. Dein Sohn. Es ist Tiglat.«

Rahib sprang auf.

»Niemals«, schrie er. »Tiglat, mein kleiner Tiglat ist tot. Muqabita hat ihn erschlagen lassen.«

Er barg sein Gesicht in beiden Händen.

»Hat sie nicht, Rahib, hör doch.« Nikomedes griff ihn an den Schultern. »Ihre Dienerin hatte ihn mir gegeben, in seinem kleinen Umhang war viel Gold eingewickelt. Rette ihn, hatte sie geflüstert, die Herrin Muqabita bittet dich. Bring ihn weit, weit weg, sonst tötet ihn Rahib. Also habe ich ihn mitgenommen, diesen Dreijährigen, von Marib nach Eilath.«

»Nein, nein, du lügst!«, brüllte Rahib. »Du willst mir nur wehtun!«

»Wieso sollte ich lügen?« Nikomedes musste sich sehr zusammennehmen, ihm war dieser herrische Mann widerwärtig. »Ich gab ihn Schumul, dem Wasserträger in Eilath. Das Gold gab ich ihm auch, er sollte sich um ihn kümmern. Stattdessen hat er ihn fortgeschickt, als er zwölf Jahre alt war. Als Diener und Sklave musste dein Sohn schuften. Bis ich ihn zufällig wiedergefunden habe.«

»Kein Wort! Ich glaube dir kein Wort, du Lügner, du Grieche!« Rahib schnaubte laut. »Mein Sohn ist tot. Mein Tiglat wurde von seiner eigenen Mutter umgebracht. Und von dir will ich wissen, wo deine Hurentochter ist, damit ich sie abschlachten kann, wie es ihr gebührt.«

»Von mir wirst du es nicht erfahren«, sagte Nikomedes leise. »Und außer mir weiß es keiner.«

»Und das viele Gold, reizt dich das gar nicht, du geldgieriger Griechenbock?«

Er hielt ihm einen prall gefüllten Sack vor die Nase.

Nikomedes schob ihn beiseite.

»Niemals«, wiederholte er leise.

Rahib nestelte in seinem Umhang, zog einen Dolch hervor und stieß ihn mit aller Wucht ins Herz von Nikomedes.

»Du räudiger Hund«, schrie Rahib. »Hast nichts anderes verdient!«

Nikomedes sank zu Boden.

»Wo ist sie?«, rief Rahib aufbrausend.

Er blickte auf Nikomedes, aber der konnte ihm nicht mehr antworten.

Da war ein Geräusch an der Tür! Überrascht wandte er sich um. Ein Mann trat in den Raum.

»Ich kann dir helfen, Herr«, sagte er. »Ich weiß, wo die beiden sind.«

»Wer bist du denn?«

»Ich bin Amun, der Gehilfe von Nikomedes, sein Vertrauter. Wir haben deiner Tochter zur Flucht vor dir verholfen«, antwortete der Ägypter. »Wenn du mir das Gold gibst, bringe ich dich zu Lilith und ihrem Mann.«

Rahib warf ihm den Goldsack hin.

»Wenn du lügst, wird es dir genauso ergehen wie ihm da!«, rief er drohend.

Rahib, Hayw und Amun zogen los. Zu Ägyptern hatte Rahib zwar kein Vertrauen, sie hatten einen schlechten Ruf, aber es war seine letzte Chance, diese Dirne zu finden und sich an ihr zu rächen. Rahib hatte keinen anderen Gedanken mehr. Rache, Rache rauschte es in seinem Kopf.

Sie folgten dem Pfad zurück nach Aqaba.

Amun kannte den Schleichweg, den die Edomiter benutzten, nicht. Er musste seine kleine Gruppe durch ein langes und weites Tal führen, das hinaufführte in die alte Stadt Damaskus. Im Osten erstreckte sich die große Ram-Wüste, im Westen ragten steile Bergrücken in den Himmel.

Des Nachts durfte nur einer schlafen, die anderen schoben Wache. Amun erzählte von Überfällen, Massakern, abgeschnittenen Köpfen, Genitalverstümmelungen, Vergewaltigungen.

Nach acht Tagen erreichten sie eine weite Ebene mit großen, flimmernden Salzseen.

»Ja, das muss es sein«, sagte Amun und blickte hinauf. »Jetzt gehen wir ins Gebirge.«

Es ging steil bergauf, mehrere Tage lang.

»Oben in den Bergen gibt es eine Wasserquelle, der müssen wir folgen«, sagte der Ägypter. »Sie führt direkt in die enge Schlucht, durch die man zu der verborgenen Stadt der Edomiter gelangt. Diese schmale Felsspalte ist der einzige Zugang zu ihrer Siedlung.«

»Bist du sicher?«, fragte Rahib misstrauisch.

»Ja, Herr, die Edomiter kommen schon seit Jahren nach Gaza. Ich habe oft mit ihnen gesprochen.«

Der Kerl lügt, dachte Rahib.

Kurz bevor sie den letzten Tropfen aus ihrem Wasserbalg sogen, kamen sie an die Quelle, die munter aus dem Felsen sprudelte.

»Wie weit ist es noch zur Schlucht?«, fragte Rahib.

»Nicht länger als ein Gebet. Wir müssen nur ein wenig absteigen, immer den Bach entlang.«

Sie versteckten sich für ihr Nachtlager in einer Mulde unfern der Quelle.

In der Nacht, als Hayw und Amun schliefen, ging Rahib heimlich den Lauf des kleinen Baches entlang und stand plötzlich am Eingang zu einer engen Schlucht. Es war nicht mehr als ein schmaler Schlitz zwischen zwei Gebirgsmassiven. Viel konnte er in der Dunkelheit nicht erkennen, war aber beruhigt, weil keine Wachen zu sehen waren.

Es stimmt alles, was dieser Ägypter erzählt, dachte Rahib und ging zurück zum Lager.

»Jetzt bin ich ganz nah an meinem Ziel«, murmelte er. »Aber Zeugen kann ich nicht gebrauchen.«

Er griff nach seinem Dolch und schnitt den beiden Schlafenden die Kehlen durch. Weder Hayw noch der Ägypter machten eine Bewegung, Rahib hatte sie im Tiefschlaf ermordet. Er deckte sie flüchtig mit Kleidungsstücken und ein paar Zweigen zu. Den Kamelen band er die Fußfesseln los und ließ sie ziehen. Nur eines der Tiere führte er mit sich.

Er nahm seine Habe, auch den Beutel mit dem Gold und den Wasserbalg, ging ein weites Stück auf der anderen Seite des Pfades, machte halt, legte sich auf seine Matte und sank in dumpfen Schlaf.

Bei Sonnenaufgang machte er sich auf und schritt hinunter zum schmalen Eingang in die Schlucht. Steil und hoch ragten die Felsen auf beiden Seiten des sandigen Pfades in den Himmel. Der Stein war buntfarbig, es schillerte gelb, rosarot, braun, weinrot. Kein Mensch war zu sehen.

Rahib hatte den Sack mit dem Gold geschultert, den Umhang lose umgehängt, seinen Dolch hielt er in der Hand. Es war sehr heiß in diesem engen Tal. Am Rand wucherten ein paar Büsche, Feigenbäume und Akazien. Die Schlucht wollte kein Ende nehmen.

»Vielleicht hat er ja doch gelogen, dieser dreckige Ägypter«, fluchte Rahib.

Aber plötzlich öffnete sich die steilwandige Felsklamm, und er trat hinaus in ein breites Tal. Links und rechts waren Höhlen in den bunten Felsen, er hörte menschliche Stimmen, Eselsgewieher und das Grunzen unzufriedener Kamele.

Er versteckte sich hinter einem Felsvorsprung und beobachtete die Lage.

Da, wo das Tal sich weit öffnete und ausdehnte, standen Zelte.

»Das ist gar keine Stadt!«, rief Rahib erstaunt. »Das ist ein lausiges Lager von armen Schluckern!«

Er ging auf eines der Zelte zu, kramte in seinem Schmuckbeutel und zog eine schöne Brosche hervor. Er hielt sie der nächstbesten Frau, die er in einer der Höhlen wirtschaften sah, vor die Nase. Sie war verdreckt und ungewaschen.

»Hast du das blonde Mädchen mit dem dunklen Jungen gesehen?«, fragte er.

Aber sie verstand ihn nicht, zuckte mit den Schultern. Doch ihre habgierigen Augen hatten die Brosche schon entdeckt. Sie hielt die Hand auf.

»Wo ist das Mädchen?«, fragte Rahib noch einmal.

Er beschrieb Lilith mit den Händen, ihre schlanke Gestalt, die blonden, langen Haare, die hellen Augen.

Die Frau starrte ihn verständnislos an.

Rahib packte die Brosche wieder in den Sack.

Auf einmal schien sich im Hirn dieser Person etwas zu regen.

Sie deutete auf den Himmel und dann auf ihre Augen. In ihrer kehligen Sprache murmelte sie etwas, was er nicht verstand. Er packte sie ungeduldig an den Schultern. Die Frau wehrte ihn ab, nahm einen kleinen Zweig von ihrem Holzstapel und zeichnete im Sand eine Furt durch das offene Tal, dazu deutete und redete sie unaufhörlich. Zwischendurch schielte sie auf die Brosche, die golden im Sonnenlicht glänzte. Am Ende der Furt sollte er bergauf gehen, und in der hintersten Höhle würde er das Mädchen finden.

Sie sah ihn erwartungsvoll an. Er drückte ihr die Brosche in die Hand. Blitzschnell verschwand diese in ihrem stinkenden Umhang.

Rahib wandte sich zum Gehen, da zupfte sie ihn an seinem Kleid. Sie hatte beide Hände weit geöffnet und sah ihn mit gierigen Augen an.

»Dir sollte ich auch die Gurgel durchschneiden!«, zischte Rahib, kramte in seinem Sack und reichte ihr eine goldene Kette.

Die Frau verschwand sofort im Dunkel der Höhle.

Rahib durchquerte das Tal, die Menschen schienen alle auf den Feldern zu sein, denn er sah kaum jemanden. Lediglich vor einigen der Höhlen saßen uralte, zahnlose Gestalten. Er blickte um sich und schritt vorsichtig weiter. Er musste nun den steinigen Weg bergauf nehmen. Es war heiß, kein Baum, kein Schatten war zu finden.

Diese Edomiter haben sich wirklich einen verdammt gut geschützten Flecken für ihre Siedlung gesucht, dachte Rahib, ein Hochtal, das von beiden Seiten durch eine steile Bergkette geschützt ist.

Beim Aufstieg in der sengenden Hitze wurde es Rahib

schwindlig. Er ging an den Rand der Felsen und setzte sich an einen schattigen Felsvorsprung. Es wurde ihm übel, er musste sich übergeben, sein Kopf tat weh. Eine maßlose Wut ergriff ihn. So nah am Ziel und wieder ein Anfall. Er wollte mit der Faust auf den Fels schlagen, aber er war zu kraftlos dafür. Er sackte nach hinten.

Wie bewusstlos hatte er geschlafen, denn als er erwachte, war die Nacht schon beinahe zu Ende. Er nahm einen Schluck Wasser aus seinem Balg und machte sich auf den Weg. Im allerersten Tageslicht konnte er sehen, dass in den Höhlen, die seinen Pfad säumten, keine Menschen wohnten.

»Diese verdammte alte Vettel hat mich angelogen«, knurrte er erzürnt.

Da sah er plötzlich vor einer der Höhlen ein Häufchen Reisig, schön gestapelt. Daneben eine Feuerstelle, um die ein paar Bastmatten lagen. Vorsichtig näherte sich Rahib von der Seite. Er lugte in die Höhle.

Und da sah er sie.

Die beiden lagen eng aneinandergeschmiegt unter einer schäbigen, zerschlissenen Decke. Liliths helles, langes Haar schimmerte im Morgenlicht, sie hatte ihren Kopf auf Samis Schulter gebettet. Die beiden atmeten ruhig, sie schliefen tief.

Rahib starrte auf die beiden. Fassungslos. Er schloss für einen Augenblick die Augen. Als er sie wieder öffnete und das gleiche Bild vor sich sah, durchfuhr ihn eine heiße Welle von Hass, ein unkontrollierter Wirbel von Rachsucht zuckte durch ihn hindurch. Er spürte, wie die Kälte über seinen Rücken kroch, ihn erstarren und versteinern ließ, gleichzeitig wurde ihm brütend heiß. Er war so hasserfüllt wie nie zuvor.

Mit ihm liegt sie da, brüllte sein verletzter Stolz laut auf, mit diesem dreckigen, kleinen, armseligen Kameltreiber, mit ihm treibt sie es, obwohl sie mir gehört.

In Sekundenschnelle durchzuckten ihn Bilder dessen, was nun gleich passieren würde. Den Dolch würde er ihr in ihre verbrecherische Möse rammen, sie aufschlitzen, ihren hellen

Körper verunstalten, sie quälen und brüllen lassen. Auf sie einstechen würde er, bis sie so verwundet war, dass sie nur noch den Tod herbeisehnte. Sie würde für all ihre Schandtaten, ihren Betrug, ihren Verrat zahlen. Er würde kein Mitleid kennen.

Er griff nach seinem scharfen, kleinen Schwert und betrat die Felsbehausung.

Mit einem schnellen Griff zog er die Decke weg, mit nackten Leibern lagen die beiden da. Dunkel und jung der verfluchte Kameltreiber, daneben der helle, geschmeidige Körper Liliths. Er ließ seinen Blick über sie huschen. Da sah er ihren gewölbten Leib.

Sie trägt sein Kind, fuhr es ihm wild durch den Kopf.

Er hob seinen Dolch, da streifte sein Blick Samis Körper. An seiner linken Hüfte sah er vier kleine Narben. Hell und rosarot traten sie auf der sonst so dunklen Haut hervor. Rahib stockte der Atem. Er trat einen Schritt näher. Doch, doch, es waren vier kleine Narben.

Wie damals bei Tiglat, als die elende kleine Tigerkatze, mit der Muqabita immer spielte, seinen Sohn verletzt hatte. Ihn durchzuckte jäh die Erinnerung, eigenhändig hatte er dem Tier den Hals umgedreht, damals.

»Das kann nicht sein«, flüsterte er.

Sein Blick suchte Samis Gesicht. Sami war aufgewacht und schaute mit seinen dunklen Augen den fremden Mann fragend an.

»Muqabita«, flüsterte Rahib fassungslos.

Es waren Muqabitas Augen, in die er da blickte. Unter Millionen hätte er sie wiedererkannt, die herrlichsten Augen der Welt, die Augen seiner geliebten Muqabita.

»Muqabita«, wiederholte er stammelnd.

Seine Hand fuhr zu seinem Mund.

»Tiglat, mein Tiglat, du bist es wirklich!«

Sein wirrer Blick wanderte zu Liliths schwangerem Leib. Sie trägt das Kind meines Sohnes, dachte Rahib zutiefst erschrocken.

Der Dolch fiel ihm aus der Hand, der Wasserbalg, der

Beutel mit dem Gold. Sein Gesicht zuckte, die Tränen liefen ihm über die Wangen.

»Tiglat«, sagte er noch einmal wie benommen. »Tiglat.«

Er drehte sich um und stolperte aus der Höhle.

Der Mann eilte den Hügel hinauf, bis ihn die weite Leere der Wüste aufnahm.

Sami sah ihm nach, aber bald war er nur noch ein winziger Punkt in der Endlosigkeit der monotonen, sandigen Ödnis.

Dann war er verschwunden.

Epilog

Lilith und Sami waren die ersten Einwanderer aus dem südarabischen Raum, die in der Felsenschlucht beim heutigen Petra in Jordanien siedelten und dort ihr Auskommen fanden.

In den folgenden Jahrhunderten drangen immer mehr südarabische Stämme nach Norden vor, einige von ihnen entdeckten ebenfalls die Felsensiedlung des späteren Petra. Sie vertrieben die ursprünglich dort ansässigen Edomiter und gründeten ein mächtiges Karawanenreich, das der Nabatäer.

Für mehr als dreihundert Jahre war es die führende Handelsmacht im Nahen Osten.

Agnes Imhof

Das Buch des Smaragds

Historischer Roman. 480 Seiten. Piper Taschenbuch

Córdoba, 979: Im Hof der Moschee wird die junge Sklavin Atika Zeugin, wie das legendäre »Buch des Smaragds« als Ketzerwerk verbrannt wird. Seine unheimliche Macht schlägt nicht nur sie in seinen Bann, sondern auch den düster-faszinierenden Amr und den jungen Aristokraten Safwan. Fieberhaft suchen sie nach der letzten Kopie, um dem rätselhaften Buch sein Geheimnis zu entreißen. Dabei gerät nicht nur Atikas Leben in Gefahr – auch ihre Liebe wird auf eine harte Probe gestellt …

»Ein historischer Roman, wie ich ihn mir wünsche. Gefährlich, poetisch und voller Leidenschaft entsteht ein pralles Panorama von Córdoba bis Bagdad. Die trotzige und zugleich so verletzliche Heldin Atika ist mir ans Herz gewachsen.«

Peter Prange

05/2378/01/L

Judith Lennox

Bis der Tag sich neigt

Historischer Roman. Aus dem Englischen von Georgia Sommerfeld. 512 Seiten. Piper Taschenbuch

Die Loyalität zum eigenen Familiennamen steht im englisch-schottischen Grenzland vor der Loyalität zur Krone, verwegene Räubereien unter verfeindeten Geschlechtern sind an der Tagesordnung. Inmitten der politischen Intrigen und Familienfehden sorgen zwei bildhübsche weibliche Verwandte für zusätzlichen Aufruhr bei den vielen männlichen Ridleys, doch offensichtlich nicht bei dem allein auf sich gestellten, unehelichen Lucas …

Ein fesselnder, historischer Roman vor dem Hintergrund der Machtspiele um Elizabeth von England und Maria Stuart.

05/2154/02/R

Sabrina Capitani

Das Buch der Gifte

Historischer Roman. 400 Seiten.
Piper Taschenbuch

Die Schriftstellerin Christine de Pizan setzt sich nach dem Tod ihres geliebten Mannes gegen alle Widerstände durch: gegen die Frauenfeindlichkeit der Kirche, gegen betrügerische Anwälte und gewalttätige Verehrer. Doch als sie den jungen Franziskanermönch Thomas kennen lernt, steht die Liebe zu ihrem verstorbenen Ehemann, dem sie Treue bis über den Tod hinaus geschworen hat, auf dem Prüfstand. Gemeinsam mit Thomas gelingt es ihr, einen rätselhaften Todesfall aufzuklären, der auf verschlungenen Wegen die wahre Vergangenheit des Mönchs offenbart ... Lebendig und mit Einfühlungsvermögen erzählt Sabrina Capitani aus dem Leben der Christine de Pizan (1364–1430), einer der bekanntesten und frühesten Schriftstellerinnen Europas.

05/2053/02/L

Wolfgang Jaedtke

Steppenkind

Ein Skythen-Roman. 448 Seiten.
Piper Taschenbuch

Ein namenloser Junge soll von der Hohepriesterin des Dorfes den Göttern geopfert werden, doch er kann sich retten. Als Sklave und später als Schmied lebt er fortan bei den Skythen, den legendären Reiternomaden, die im Begriff sind, aus den Steppen Mittelasiens nach Europa vorzustoßen. Dank seiner außergewöhnlichen Begabung steigt er schließlich zum Anführer einer skythischen Armee auf – und kehrt in sein Heimatdorf zurück, um Rache zu nehmen für das, was man ihm als Kind angetan hat. Dort aber stürzt ihn die Liebe zu Arinai in einen tragischen Konflikt ...
Mit bravouröser erzählerischer Dramatik zieht Wolfgang Jaedtke den Leser in den Bann der sagenumwobenen Reiternomaden, die um 700 vor Christus die südrussische Steppe unsicher machten.

05/2227/02/R

Petra Balzer de García

Die Hoffnung von Tabarca

Historischer Roman. 432 Seiten. Piper Taschenbuch

Als Piraten im Jahr 1769 die Stadt Alicante überfallen, verlieren die Geschwister Ana und José ihre Eltern. Zur gleichen Zeit beschließt der spanische König Carlos III., die Insel Tabarca im Meer vor Alicante zu besiedeln. Dadurch möchte er Piratenangriffe abwehren und seine Vorstellung einer »idealen Stadt« in die Wirklichkeit umsetzen. Voller Sehnsucht auf ein glücklicheres Leben begeben sich Ana und José auf die Insel. Doch die neuen Bewohner haben nicht nur ihre Hoffnung mitgebracht, sondern auch ihre Vergangenheit. Und die droht die Gemeinschaft zu sprengen …

Petra Balzer de García schildert voller Atmosphäre das Bild einer längst vergangenen historischen Epoche.

05/2277/02/L

Tilman Röhrig

Riemenschneider

Historischer Roman. 624 Seiten. Piper Taschenbuch

Würzburg, 1492. Feierlich werden die Skulpturen von Adam und Eva vor dem Eingang der Marienkapelle enthüllt. Doch diesmal ist der Bildschnitzer Tilman Riemenschneider zu weit gegangen: Eine Bäuerin hat ihm Modell gestanden – nackt. Ein Skandal! Die Gemüter erhitzen sich. Dabei ahnt noch niemand, welch viel gewaltigeres Beben die Stadt in den nächsten Jahren erwartet, dass Reformation und Bauernkriege die bestehende Ordnung in ihren Grundfesten erschüttern werden. Bald muss auch Meister Riemenschneider um sein Leben kämpfen …

»Röhrig zeichnet nicht nur ein eindrucksvolles Bild des Künstlers Tilman Riemenschneider, sondern auch ein großartiges Panorama einer aufregenden Epoche deutscher Geschichte.«
Kölnische Rundschau

05/2366/01/R

PIPER